LE
CABINET
DES FÉES.

CE VOLUME CONTIENT

LE CABINET

DES FÉES,

OU

COLLECTION CHOISIE

DES CONTES DES FÉES,

ET AUTRES CONTES MERVEILLEUX,

Ornés de Figures.

TOME TROISIÈME.

A AMSTERDAM,

Et se trouve à PARIS,

RUE ET HÔTEL SERPENTE,

M. DCC. LXXXV.

*Votre Mère m'aporta pour toute dot, deux Escabelles et
une Paillasse, les voila, avec ma Faute, un Pot d'Œillets,
et un jonc d'Argent.*

FORTUNÉE,

CONTE.

IL étoit une fois un pauvre laboureur, qui se voyant sur le point de mourir, ne voulut laisser dans sa succession aucuns sujets de dispute à son fils & à sa fille qu'il aimoit tendrement. Votre mère m'apporta, leur dit-il, pour dot, deux escabelles & une paillasse. Les voilà avec ma poule, un pot d'œillets, & un jonc d'argent qui me fut donné par une grande dame qui séjourna dans ma pauvre chaumière ; elle me dit en partant : mon bon homme, voilà un don que je vous fais ; soyez soigneux de bien arroser les œillets, & de bien serrer la bague. Au reste, votre fille sera d'une incomparable beauté, nommez-la Fortunée, donnez-lui la bague & les œillets, pour la consoler de sa pauvreté ; ainsi, ajouta le

bon homme, ma chère Fortunée, tu auras l'un
& l'autre, le reste sera pour ton frère.

Les deux enfans du laboureur parurent contens:
il mourut. Ils pleurèrent, & les partages se firent
sans procès. Fortunée croyoit que son frère l'aimoit; mais ayant voulu prendre une des escabelles pour s'asseoir: garde tes œillets & ta bague,
lui dit-il, d'un air farouche, & pour mes escabelles ne les dérange point, j'aime l'ordre dans
ma maison. Fortunée qui étoit très-douce, se mit
à pleurer sans bruit; elle demeura debout, pendant que Bedou (c'est le nom de son frère) étoit
mieux assis qu'un docteur. L'heure de souper
vint, Bedou avoit un excellent œuf frais de son
unique poule, il en jeta la coquille à sa sœur.
Tiens, lui dit-il, je n'ai pas autre chose à
te donner; si tu ne t'en accommodes point,
va à la chasse aux grenouilles, il y en a dans
le marais prochain. Fortunée ne répliqua rien.
Qu'auroit-elle répliqué? Elle leva les yeux au
ciel, elle pleura encore, & puis elle entra dans
sa chambre.

Elle la trouva toute parfumée, & ne doutant
point que ce ne fût l'odeur de ses œillets, elle
s'en approcha tristement, & leur dit: beaux
œillets, dont la variété me fait un extrême plaisir
à voir, vous qui fortifiez mon cœur affligé, par
ce doux parfum que vous répandez, ne craignez

point que je vous laisse manquer d'eau , & que
d'une main cruelle , je vous arrache de votre
tige ; j'aurai soin de vous , puisque vous êtes
mon unique bien. En achevant ces mots , elle
regarda s'ils avoient besoin d'être arrosés ; ils
étoient fort secs. Elle prit sa cruche , & courut
au clair de la lune jusqu'à la fontaine , qui étoit
assez loin. Comme elle avoit marché vîte , elle
s'assit au bord pour se reposer ; mais elle y fut
à peine , qu'elle vit venir une dame , dont l'air
majestueux répondit bien à la nombreuse suite
qui l'accompagnoit ; six filles d'honneur soutenoient la queue de son manteau ; elle s'appuyoit
sur deux autres ; ses gardes marchoient devant
elle , richement vêtus de velours amaranthe , en
broderie de perles : on portoit un fauteuil de
drap d'or , où elle s'assit , & un dais de campagne , qui fut bientôt tendu ; en même tems on
dressa le buffet , il étoit tout couvert de vaisselle
d'or & de vases de cristal. On lui servit un excellent souper au bord de la fontaine , dont le doux
murmure sembloit s'accorder à plusieurs voix ,
qui chantoient ces paroles :

Nos bois sont agités des plus tendres zéphirs ,
   Flore brille sur ces rivages ;
   Sous ces sombres feuillages
Les oiseaux enchantés expriment leurs désirs.

FORTUNÉE.

Occupez-vous à les entendre;
Et si votre cœur veut aimer,
Il est de doux objets qui peuvent vous charmer:
On fera gloire de se rendre.

Fortunée se tenoit dans un petit coin, n'osant
remuer, tant elle étoit surprise de toutes les
choses qui se passoient. Au bout d'un moment,
cette grande reine dit à l'un de ses écuyers: il
me semble que j'apperçois une bergère vers ce
buisson, faites-la approcher. Aussi-tôt Fortunée
s'avança, & quelque timide qu'elle fût naturellement, elle ne laissa pas de faire une profonde
révérence à la reine, avec tant de grâce, que
ceux qui la virent en demeurèrent étonnés; elle
prit le bas de sa robe qu'elle baisa, puis elle se
tint debout devant elle, baissant les yeux mo-
destement; ses joues s'étoient couvertes d'un
incarnat qui relevoit la blancheur de son teint,
& il étoit aisé de remarquer dans ses manières
cet air de simplicité & de douceur, qui charme
dans les jeunes personnes. Que faites-vous ici,
la belle fille, lui dit la reine, ne craignez-vous
point les voleurs? Hélas! Madame, dit Fortunée, je n'ai qu'un habit de toile, que gagne-
roient-ils avec une pauvre bergère comme moi?
Vous n'êtes donc pas riche, reprit la reine en
souriant? Je suis si pauvre, dit Fortunée, que

je n'ai hérité de mon père qu'un pot d'œillets
& un jonc d'argent. Mais vous avez un cœur,
ajouta la reine, si quelqu'un vouloit vous le
prendre, voudriez-vous le donner? Je ne sais
ce que c'est que de donner mon cœur, madame,
répondit-elle, j'ai toujours entendu dire que
sans son cœur on ne peut vivre, que lorsqu'il
est blessé il faut mourir, & malgré ma pauvreté,
je ne suis point fâchée de vivre. Vous aurez
toujours raison, la belle fille, de défendre votre
cœur. Mais, dites-moi, continua la reine, avez-
vous bien soupé? Non, madame, dit Fortunée,
mon frère a tout mangé. La reine commanda
qu'on lui apportât un couvert, & la faisant
mettre à table, elle lui servit ce qu'il y avoit
de meilleur.

La jeune bergère étoit si surprise d'admiration,
& si charmée des bontés de la reine, qu'elle pouvoit à peine manger un morceau.

Je voudrois bien savoir, lui dit la reine, ce
que vous venez faire si tard à la fontaine? Madame, dit-elle, voilà ma cruche, je venois
querir de l'eau pour arroser mes œillets. En parlant ainsi, elle se baissa pour prendre sa cruche
qui étoit auprès d'elle; mais lorsqu'elle la montra
à la reine, elle fut bien étonnée de la trouver
d'or, toute couverte de gros diamans, & remplie d'une eau qui sentoit admirablement bon.

A iij

Elle n'ofoit l'emporter, craignant qu'elle ne fût
pas à elle. Je vous la donne, Fortunée, dit la
reine ; allez arrofer les fleurs dont vous prenez
foin, & fouvenez-vous que la reine des Bois
veut être de vos amies.

A ces mots, la bergère fe jeta à fes piés.
Après vous avoir rendu de très-humbles grâces,
madame, lui dit-elle, de l'honneur que vous
me faites, j'ofe prendre la liberté de vous prier
d'attendre ici un moment, je vais vous querir
la moitié de mon bien, c'eſt mon pot d'œillets,
qui ne peut jamais être en de meilleures mains
que les vôtres. Allez, Fortunée, lui dit la reine,
en lui touchant doucement les joues, je confens
de reſter ici juſqu'à ce que vous reveniez.

Fortunée prit ſa cruche d'or, & courut dans
ſa petite chambre ; mais pendant qu'elle en avoit
été abfente, fon frère Bedou y étoit entré, il
avoit pris le pot d'œillets, & mis à la place un
grand chou. Quand Fortunée apperçut ce malheureux chou, elle tomba dans la dernière affliction, & demeura fort irréfolue ſi elle retourneroit à la fontaine. Enfin elle s'y détermina,
& fe mettant à genoux devant la reine, madame,
lui dit-elle, Bedou m'a volé mon pot d'œillets,
il ne me reſte que mon jonc ; je vous fupplie
de le recevoir comme une preuve de ma reconnoiſſance. Si je prends votre jonc, belle bergère,

dit la reine, vous voilà ruinée? Ha! Madame,
dit-elle, avec un air tout spirituel, si je possède
vos bonnes grâces, je ne puis me ruiner. La
reine prit le jonc de Fortunée, & le mit à son
doigt; aussi-tôt elle monta dans un char de corail,
enrichi d'émeraudes, tiré par six chevaux blancs,
plus beaux que l'attelage du soleil. Fortunée la
suivit des yeux, tant qu'elle put; enfin les différentes routes de la forêt la dérobèrent à sa vue.
Elle retourna chez Bedou, toute remplie de cette
aventure.

La première chose qu'elle fit en entrant dans
la chambre, ce fut de jeter le chou par la fenêtre. Mais elle fut bien étonnée d'entendre une
voix, qui crioit : ha! je suis mort. Elle ne com-
prit rien à ces plaintes, car ordinairement les
choux ne parlent pas. Dès qu'il fut jour, Fortunée, inquiette de son pot d'œillets, descendit
en bas pour l'aller chercher; & la première chose
qu'elle trouva, ce fut le malheureux chou; elle
lui donna un coup de pié, & disant : que fais-
tu ici, toi qui te mêles de tenir dans ma chambre
la place de mes œillets? Si l'on ne m'y avoit
pas porté, répondit le chou, je ne me serois pas
avisé de ma tête d'y aller. Elle frissonna, car
elle avoit grand peur; mais le chou lui dit encore: si vous voulez me reporter avec mes camarades, je vous dirai en deux mots que vos œillets

A iv

font dans la paillaffe de Bedou. Fortunée, au
défefpoir, ne favoit comment les reprendre ;
elle eut la bonté de planter le chou, & enfuite
elle prit la poule favorite de fon frère, & lui
dit : méchante bête, je vais te faire payer tous
les chagrins que Bedou me donne. Ha ! Bergère,
dit la poule, laiffez-moi vivre, & comme mon
humeur eft de caqueter, je vais vous apprendre
des chofes furprenantes.

Ne croyez pas être fille du laboureur chez qui
vous avez été nourrie ; non, belle Fortunée, il
n'eft point votre père ; mais la reine qui vous
donna le jour, avoit déjà eu fix filles ; & comme
fi elle eût été la maîtreffe d'avoir un garçon,
fon mari & fon beau-père lui dirent qu'ils la
poignarderoient, à moins qu'elle ne leur donnât
un héritier. La pauvre reine affligée devint groffe ;
on l'enferma dans un château, & l'on mit auprès
d'elle des gardes, ou pour mieux dire, des bourreaux, qui avoient ordre de la tuer, fi elle avoit
encore une fille.

Cette princeffe alarmée du malheur qui la menaçoit, ne mangeoit & ne dormoit plus ; elle
avoit une fœur qui étoit fée ; elle lui écrivit fes
juftes craintes ; la fée étant groffe, favoit bien
qu'elle auroit un fils. Lorfqu'elle fut accouchée,
elle chargea les zéphirs d'une corbeille, où elle
enferma fon fils bien proprement, & elle leur

donna ordre qu'ils portaffent le petit prince dans
la chambre de la reine , afin de le changer contre
la fille qu'elle auroit : cette prévoyance ne fervit
de rien , parce que la reine ne recevant aucune
nouvelle de fa fœur la fée , profita de la bonne
volonté d'un de fes gardes , qui en eut pitié ,
& qui la fauva avec une échelle de cordes. Dès
que vous fûtes venue au monde, la reine affligée
cherchant à fe cacher , arriva dans cette maifonnette , demi-morte de laffitude & de douleur ;
j'étois laboureufe , dit la poule , & bonne nourrice , elle me chargea de vous , & me raconta
fes malheurs , dont elle fe trouva fi accablée ,
qu'elle mourut fans avoir le tems de nous ordonner ce que nous ferions de vous.

Comme j'ai aimé toute ma vie à caufer , je
n'ai pu m'empêcher de dire cette aventure ; de
forte qu'un jour il vint ici une belle dame , à
laquelle je contai tout ce que j'en favois. Auffi-
tôt , elle me toucha d'une baguette , & je devins
poule , fans pouvoir parler davantage : mon affliction fut extrême & mon mari qui étoit abfent
dans le moment de cette métamorphofe , n'en
a jamais rien fu. A fon retour , il me chercha
partout ; enfin il crut que j'étois noyée , ou que
les bêtes des forêts m'avoient dévorée. Cette
même dame qui m'avoit fait tant de mal , paffa
une feconde fois par ici ; elle lui ordonna de

vous appeler Fortunée, & lui fit préfent d'un
jonc d'argent & d'un pot d'œillets; mais comme
elle étoit céans, il arriva vingt-cinq gardes du
roi votre père, qui vous cherchoient avec de
mauvaifes intentions : elle dit quelques paroles,
& les fit venir des choux verts, du nombre def-
quels eft celui que vous jetâtes hier au foir par
votre fenêtre. Je ne l'avois point entendu parler
jufqu'à préfent, je ne pouvois parler moi-même,
j'ignore comment la voix nous eft revenue.

La princeffe demeura bien furprife des merveilles que la poule venoit de lui raconter; elle
étoit encore pleine de bonté, & lui dit : vous
me faites grand'pitié, ma pauvre nourrice, d'être
devenue poule, je voudrois fort vous rendre votre
première figure, fi je le pouvois ; mais ne défef-
pérons de rien, il me femble que toutes les
chofes que vous venez de m'apprendre, ne peuvent demeurer dans la même fituation. Je vais
chercher mes œillets, car je les aime unique-
ment.

Bedou étoit allé au bois, ne pouvant imaginer
que Fortunée s'avisât de fouiller dans fa paillaffe;
elle fut ravie de fon éloignement, & fe flatta
qu'elle ne trouveroit aucune réfiftance, lorfqu'elle vit tout d'un coup une grande quantité
de rats prodigieux, armés en guerre : ils fe rangèrent par bataillons, ayant derrière eux la fa-

meufe paillaffe & les efcabelles aux côtés ; plufieurs groffes fouris formoient le corps de réferve,
réfolues de combattre comme des amazones. Fortunée demeura bien furprife ; elle n'ofoit s'approcher, car les rats fe jetoient fur elle, la mor-
doient & la mettoient en fang. Quoi ! s'écria-t-elle,
mon œillet, mon cher œillet, refterez-vous en
fi mauvaife compagnie ?

Elle s'avifa tout d'un coup, que peut-être
cette eau fi parfumée qu'elle avoit dans un vafe
d'or, auroit une vertu particulière ; elle courut
la querir ; elle en jeta quelques gouttes fur le
peuple fouriquois ; en même tems la racaille
fe fauva chacun dans fon trou, & la princeffe
prit promptement fes beaux œillets, qui étoient
fur le point de mourir, tant ils avoient befoin
d'être arrofés ; elle verfa deffus toute l'eau qui
étoit dans fon vafe d'or, & elle les fentoit avec
beaucoup de plaifir, lorfqu'elle entendit une voix
fort douce qui fortoit d'entre les branches, &
qui lui dit : *incomparable Fortunée, voici le jour
heureux & tant défiré de vous déclarer mes fentimens ; fachez que le pouvoir de votre beauté eft
tel, qu'il peut rendre fenfible jufqu'aux fleurs.* La
princeffe, tremblante & furprife d'avoir entendu parler un chou, une poule, un œillet,
& d'avoir vu une armée de rats, devint pâle &
s'évanouit.

Bedou arriva là-deſſus : le travail & le ſoleil
lui avoient échauffé la tête ; quand il vit que Fortunée étoit venue chercher ſes œillets , & qu'elle
les avoit trouvés , il la traîna juſqu'à ſa porte , &
la mit dehors. Elle eut à peine ſenti la fraîcheur
de la terre , qu'elle ouvrit ſes beaux yeux ; elle apperçut auprès d'elle la reine des Bois , toujours
charmante & magnifique. Vous avez un mauvais frère , dit-elle à Fortunée , j'ai vu avec quelle
inhumanité il vous a jetée ici ; voulez-vous que
je vous venge ? Non , madame , lui dit-elle , je
ne ſuis point capable de me fâcher , & ſon mauvais naturel ne peut changer le mien. Mais ,
ajouta la reine , j'ai un preſſentiment qui m'aſſure que ce gros laboureur n'eſt pas votre frère ;
qu'en penſez-vous ? Toutes les apparences me
perſuadent qu'il l'eſt , madame , répliqua mo-
deſtement la bergère , & je dois les en croire.
Quoi ! continua la reine , n'avez-vous pas entendu dire que vous êtes née princeſſe ? On me
l'a dit depuis peu , répondit - elle , cependant
oſerois-je me vanter d'une choſe dont je n'ai aucune preuve ? Ha ! ma chère enfant , ajouta la
reine , que je vous aime de cette humeur ! je
connois à préſent que l'éducation obſcure que
vous avez reçue n'a point étouffé la nobleſſe
de votre ſang. Oui , vous êtes princeſſe , & il
n'a pas tenu à moi de vous garantir des diſ-

grâces que vous avez éprouvées jufqu'à cette heure.

Elle fut interrompue en cet endroit par l'arrivée d'un jeune adolefcent plus beau que le jour; il étoit habillé d'une longue vefte mêlée d'or & de foie verte, ratachée par de grandes boutonnières d'émeraudes, de rubis & de diamans; il avoit une couronne d'œillets, fes cheveux couvroient fes épaules. Auffi-tôt qu'il vit la reine, il mit un genou en terre, & la falua refpectueufement. Ha! mon fils, mon aimable Œillet, lui dit-elle, le tems fatal de votre enchantement vient de finir, par le fecours de la belle Fortunée: quelle joie de vous voir! Elle le ferra étroitement entre fes bras; & fe tournant enfuite vers la bergère: charmante princeffe, lui dit-elle, je fais tout ce que la poule vous a raconté: mais ce que vous ne favez point, c'eft que les zéphirs que j'avois chargés de mettre mon fils à votre place, le portèrent dans un parterre de fleurs. Pendant qu'ils alloient chercher votre mère qui étoit ma fœur, une fée qui n'ignoroit rien des chofes les plus fecrètes, & avec laquelle je fuis brouillée depuis long-tems, épia fi bien le moment qu'elle avoit prévu dès la naiffance de mon fils, qu'elle le changea fur le champ en œillet, & malgré ma fcience, je ne pus empêcher ce malheur. Dans le chagrin où j'étois réduite, j'em-

ployai tout mon art pour chercher quelque remède, & je n'en trouvai point de plus affuré que
d'apporter le prince Œillet dans le lieu où vous
étiez nourrie, devinant que lorfque vous auriez
arrofé les fleurs de l'eau délicieufe que j'avois
dans un vafe d'or, il parleroit, il vous aimeroit, & qu'à l'avenir rien ne troubleroit votre
repos ; j'avois même le jonc d'argent qu'il falloit que je reçuffe de votre main, n'ignorant
pas que ce feroit la marque à quoi je connoitrois
que l'heure approchoit où le charme perdoit fa
force, malgré les rats & les fouris que notre
ennemie devoit mettre en campagne, pour vous
empêcher de toucher aux œillets. Ainfi, ma
chère Fortunée, fi mon fils vous époufe avec ce
jonc, votre félicité fera permanente : voyez à
préfent fi ce prince vous paroît affez aimable pour
le recevoir pour époux. Madame, répliqua-t-elle
en rougiffant, vous me comblez de grâces, je
connois que vous êtes ma tante ; que par votre
favoir, les gardes envoyés pour me tuer, ont été
métamorphofés en choux, & ma nourrice en
poule ; qu'en me propofant l'alliance du prince
Œillet, c'eft le plus grand honneur où je puiffe
prétendre. Mais, vous dirai-je mon incertitude ?
Je ne connois point fon cœur, & je commence
à fentir pour la première fois de ma vie que je
ne pourrois être contente s'il ne m'aimoit pas.

N'ayez point d'incertitude là-deſſus, belle princeſſe, lui dit le prince, il y a long-tems que
vous avez fait en moi toute l'impreſſion que vous
y voulez faire à préſent, & ſi l'uſage de la voix
m'avoit été permis, que n'auriez-vous pas entendu tous les jours des progrès d'une paſſion qui
me conſumoit ? mais je ſuis un prince malheureux, pour lequel vous ne reſſentez que de l'indifférence. Il lui dit enſuite ces vers.

> Tandis que d'un œillet j'ai gardé la figure,
>   Vous me donniez vos tendres ſoins :
> Vous veniez quelquefois admirer ſans témoins,
> De mes brillantes fleurs la bizarre peinture.
> Pour vous je répandois mes parfums les plus doux,
> J'affectois à vos yeux une beauté nouvelle ;
>   Et lorſque j'étois loin de vous,
>   Une ſécbereſſe mortelle
> Ne vous prouvoit que trop, qu'en ſecret conſumé,
> Je languiſſois toujours dans l'attente cruelle
>   De l'objet qui m'avoit charmé.
>   A mes douleurs vous étiez favorable,
>   Et votre belle main,
>   D'une eau pure arroſoit mon ſein,
>   Et quelquefois votre bouche adorable,
> Me donnoit des baiſers, hélas ! pleins de douceurs.
>   Pour mieux jouir de mon bonheur,
> Et vous prouver mes feux & ma reconnoiſſance,
>   Je ſouhaitois, en un ſi doux moment,
>   Que quelque magique puiſſance,
>   Me fît ſortir d'un triſte enchantement.

Mes vœux font exaucés, je vous vois, je vous aime;
  Je puis vous dire mon tourment :
Mais par malheur pour moi, vous n'êtes plus la même.
Quels vœux ai-je formés ! juftes dieux, qu'ai-je fait !

La princeffe parut fort contente de la galanterie du prince ; elle loua beaucoup cet impromptu,
& quoiqu'elle ne fût pas accoutumée à entendre
des vers, elle en parla en perfonne de bon goût.
La reine, qui ne la fouffroit vêtue en bergère
qu'avec impatience, la toucha, lui fouhaitant
les plus riches habits qui fe fuffent jamais vus ;
en même temps fa toile blanche fe changea en
brocard d'argent, brodé d'efcarboucles ; de fa
coiffure élevée, tomboit un long voile de gaze
mêlé d'or ; fes cheveux noirs étoient ornés de
mille diamans ; & fon teint, dont la blancheur
éblouiffoit, prit des couleurs fi vives, que le
prince pouvoit à peine en foutenir l'éclat. Ha !
Fortunée, què vous êtes belle & charmante, s'é-
cria-t-il en foupirant ! ferez-vous inexorable à
mes peines ? Non, mon fils, dit la reine, votre
coufine ne réfiftera point à nos prières.

Dans le tems qu'elle parloit ainfi, Bedou qui
retournoit à fon travail, paffa, & voyant Fortunée comme une déeffe, il crut rêver ; elle l'appela avec beaucoup de bonté, & pria la reine
d'avoir pitiéde lui. Quoi ! après vous avoir fi mal-
traitée, dit-elle ! Ha ! madame, répliqua la princeffe,

cesse, je suis incapable de me venger. La reine
l'embrassa, & loua la générosité de ses sentimens.
Pour vous contenter, ajouta-t-elle, je vais enrichir l'ingrat Bedou; sa chaumière devint un
palais meublé & plein d'argent; ses escabelles
ne changèrent point de forme, non plus que sa
paillasse, pour le faire souvenir de son premier
état, mais la reine des Bois lima son esprit;
elle lui donna de la politesse, elle changea sa
figure. Bedou alors se trouva capable de reconnoissance. Que ne dit-il pas à la reine & à la princesse pour leur témoigner la sienne dans cette
occasion!

Ensuite par un coup de baguette, les choux
devinrent des hommes, la poule une femme;
le prince Œillet étoit seul mécontent; il soupiroit auprès de sa princesse; il la conjuroit de
prendre une résolution en sa faveur : enfin elle
y consentit; elle n'avoit rien vu d'aimable, &
tout ce qui étoit aimable, l'étoit moins que ce
jeune prince. La reine des Bois, ravie d'un si heureux mariage, ne négligea rien pour que tout y
fût somptueux; cette fête dura plusieurs années,
& le bonheur de ces tendres époux dura autant
que leur vie.

> Sans le secours d'aucune fée,
> On connoissoit de quels parens
> Sortoit l'aimable Fortunée.

Tome III. **B**

Les brillantes vertus dont elle étoit ornée,
　　Etoient autant de sûrs garans
　　Que d'un beau sang elle étoit née :
　　Le seul mérite & la vertu
　　Font la véritable noblesse.
　　O toi ! qui d'honneur revêtu,
　　Ne montre qu'orgueil & foiblesse,
　　Apprends de moi cette leçon :
　　Envain d'une antique famille,
　　Tu nous vantes l'illustre nom,
　　Envain sur toi la pourpre brille.
Quiconque a des vertus, malgré son humble état,
Passe pour noble, ou pour digne de l'être :
　　Mais tes honneurs & ton éclat,
Pour noble ne sauroient te faire reconnoître.

Lorsque Lucile eut fini sa romance, Juana &
ses nièces la remercièrent du plaisir qu'elle leur
avoit fait. La délicatesse de votre esprit paroît
en toutes choses, lui dirent-elles, & jusqu'à un
petit conte, qui est de soi fort stérile, vous
l'avez fait valoir infiniment. Il est vrai, ajouta
don Louis, qu'il est des génies brillans qui tirent
tout de l'obscurité, & qui font valoir les moindres
bagatelles. Lucile se défendit avec autant de politesse que de modestie, des louanges qu'on lui
donnoit ; & comme dans ce moment on vint
avertir Juana que l'on avoit servi, elle pria son
neveu de manger avec les pélerins, & de leur
faire un accueil favorable.

Auffi-tôt que les dames furent forties de table, don Louis & les pélerins vinrent les trouver; mais Juana prenant Lucile par la main, elle la fit entrer dans fon cabinet; & après lui avoir fait de nouveaux complimens, elle lui dit qu'elle étoit demeurée d'accord avec fon neveu de partir pour aller proche de Seville, dans une de fes terres; qu'elle la laiffoit avec un fenfible regret; mais qu'après la démarche qu'elle avoit faite en faveur de don Louis, elle ne pouvoit pas fe défendre d'achever fon bonheur par fon mariage, qu'ainfi fa gloire n'en fouffriroit point; & qu'en reftant avec un époux que l'on aime, l'on ne s'appercevoit guères des ennuis de la folitude. Lucile ne put s'empêcher de rougir entendant parler d'un mariage fi prompt; elle répondit à dona Juana fort honnêtement qu'elle vouloit à l'avenir régler fa conduite par fes ordres, qu'elle reffentoit vivement le départ qu'elle méditoit; mais que le croyant néceffaire à fon repos, elle n'ofoit travailler à l'en détourner. Ifidore & Melanie entrèrent là-deffus, & lui firent beaucoup d'honnêtetés; elles étoient déjà fi prévenues les unes pour les autres, que fe voir & s'aimer n'avoit été qu'une même chofe; elles lui témoignèrent qu'elles avoient un fenfible regret de la quitter. Je fuis bien malheureufe, leur dit Lucile, d'apporter tant de trouble parmi vous; c'eft moi

B ij

qui vous éloigne de votre maison, j'imaginois mille plaisirs dans votre société; je n'aurois pu me résoudre à sortir de Séville, si je n'avois été remplie de cette flatteuse idée; cependant vous me quittez. Des paroles si tendres réveillèrent dans le cœur des deux sœurs la cruelle séparation de Ponce de Léon & du comte: elles pensèrent à la peine qu'elles auroient de ne plus les voir, elles en soupirèrent, quelques larmes coulèrent de leurs yeux. Lucile déçue par de si obligeantes marques d'amitié, se jeta à leur cou, & les embrassa étroitement, mêlant ses soupirs & ses larmes aux leurs.

Pendant qu'elles pleurent & qu'elles s'affligent, don Louis console Ponce de Léon & le comte d'Aguilar; il leur rend compte de la situation de leurs affaires; ils savent enfin qu'Isidore aime celui qui ne l'aime pas, & que Mélanie s'y méprend de même. Ils pourroient espérer que le tems, la persévérance & la raison changeroient leur cœur, mais ils prévoient une prochaine séparation. Ah! quel tourment de s'éloigner de ce qu'on aime, sans être aimé. Comme don Louis comprenoit toute la cruauté de leur état, il essayoit de les soulager en leur disant: Ne vous affligez point, mes chers amis, j'espère que mes sœurs entendront leurs véritables intérêts, & je veux dès aujourd'hui vous donner les moyens de les entretenir , car il y a beaucoup d'apparence que dona Juana partira d'ici très-promptement. Nous efpérons tout de vos foins, répliquèrent ils , & jugez de notre reconnoiffance par la grandeur de l'obligation ; car enfin nous regardons comme le fouverain bonheur d'être aimés de ces aimables perfonnes.

Dona Juana fongeoit bien moins à fon voyage, qu'à trouver les moyens d'emmener fon cher muficien : elle craignoit que l'on n'en fît quelques mauvaifes plaifanteries, & elle attendoit avec une extrême impatience que le prétendu mariage dont le comte l'avoit amufée, fût caffé pour conclure le fien. Après avoir fait mille réflexions, fa tendreffe l'emporta fur tous les égards qu'elle fe devoit ; elle envoya querir le comte, elle entra avec lui dans fon cabinet, & pouvant lui parler en liberté : don Efteve, lui dit - elle, je quitte cette maifon pour aller en Andaloufie, voulez-vous y venir? Je vous fuivrai par-tout, madame, s'écria-t-il, trop heureux que vous me le permettiez. En effet, il étoit ravi de faire ce voyage avec Melanie. Dona Juana lui dit tout ce qu'elle put imaginer de plus obligeant, & comme l'efpérance d'accompagner fa maîtreffe le mettoit à fon tour de belle humeur, il lui difoit mille chofes agréables qui la charmoient.

Tout étoit en cet état, lorsque fur le foir ; Dona Juana fut dans le pavillon du parc. Il y avoit du côté du falon qui donnoit fur le bois, un petit cabinet dont elle gardoit la clef ; il étoit rempli de livres & de papiers ; elle en vouloit chercher pour emporter avec elle ; & comme elle n'alloit prefque jamais dans ce lieu-là, don Louis & fes fœurs n'eurent garde de l'y croire, quand elles s'y rendirent pour entretenir Ponce de Leon, & le comte d'Aguilar. Don Louis les quitta au bas du degré. Je vais avertir mes amis de venir, leur dit-il ; fi vous m'aimez, fi vous vous aimez vous-même, ménagez leur cœur, ne négligez pas un fi bon établiffement. Dona Juana entendant parler, ota la clef du cabinet, & s'enferma dedans.

A peine fes nièces furent-elles entrées, que jetant les yeux du côté du bois : voilà, ma chère fœur, dit Ifidore, le lieu fatal à notre repos, le lieu, dis-je, où nous avons entendu pour la première fois ces aimables pélerins : aurions-nous cru que c'étoit pour nous voir qu'ils jouoient un tel rôle. Ha ! ma fœur, interrompit Melanie, que je ferois fort contente fi leurs cœurs ou fi les nôtres n'avoient point erré dans le choix ; mais qu'allons-nous leur dire ? Avouerons-nous nos fentimens ? Comment s'y réfoudre, ma chère Melanie, s'écria Ifidore, n'eft ce pas encore trop d'é-

couter les leurs ? Ne bleſſons-nous point notre devoir de conſentir à cette eſpèce de rendez-vous ?
Et mon frère qui nous conduit dans une aventure où nous ſommes ſi nouvelles, n'eſt-il point
trop nouveau lui-même ſur les règles de bien-
ſéance ? Avant que de venir ici, interrompit Melanie, il auroit été fort à propos de faire les réflexions que vous faites à préſent ; mais ſavez-
vous, ma ſœur, ce que je crains plus que toutes
choſes, c'eſt que dona Juana ne découvre nos
ſentimens. Il lui ſiéroit bien de s'en fâcher, répondit Iſidore ; elle qui en nourrit de ſi tendres
pour le comte, & qui ſe fait faire un habit verr
brodé d'or, dont elle veut nous ſurprendre au
premier jour. Cela n'eſt pas poſſible, dit Melanie, vous outrez trop l'extravagance pour que je
la croye. Je vous proteſte que c'eſt la vérité,
ajouta-t-elle ; & ſi vous prenez garde, la plupart
des dames ne veulent point régler leurs habits à
leur âge, elles penſent tromper le public avec
un ruban couleur de roſe, & ſelon moi, elles ſe
trompent toutes ſeules. Quoi! je verrai ma vieille
tante auſſi verte qu'une cigale, reprit Melanie en
s'éclatant de rire ! Oui, ma ſœur, dit Iſidore,
vous la verrez cigale pour plaire à ſon cher muſi-
cien. Melanie alloit répondre lorſqu'il entra avec
Ponce de Leon : les uns & les autres ſe firent de
profondes révérences, d'un air ſi embarraſſé,

qu'il paroiſſoit bien que chacun penſoit beaucoup de ſon côté, ſans oſer déclarer ſes ſentimens. Enfin Iſidore prenant la parole : ſi nous ne vous avons pas rendu tout ce que l'on doit à votre naiſ-ſance & à votre mérite, leur dit-elle, cette faute vous doit être imputée, puiſque le myſtère que vous en avez fait en eſt la cauſe. Ha ! madame, répliqua Ponce de Leon, nous ne demandons point de complimens ; vous ſavez notre paſſion & nos deſſeins, daignez les approuver, & nous ſerons trop heureux : vous ne pouvez douter, conti-nua-t-il, que votre mérite n'ait produit tout ſon effet ſur nous, puiſque nous ſommes partis de Cadix exprès pour vous voir, & que ſachant la conduite trop ſévère de dona Juana, nous avons paru ſous un déguiſement ſi ſingulier ; il ne fal-loit pas moins qu'une paſſion violente pour nous réſoudre à faire de telles démarches ; mais ſi nous avons été capables de les faire ſans vous voir, de quoi ne nous rendent-elles pas capables après vous avoir vues ?

Oui, madame, interrompit le comte, qui vouloit parler à ſon tour ; oui, belle Melanie, cette paſſion me fera tout entreprendre, pourvu que vous l'approuviez, & que de tant de vœux & de ſoupirs que je vous ai conſacrés, quelques-uns vous ſoient agréables. Lorſque ma complai-ſance pour don Gabriel m'obligea de l'accompa-

gner , je regardois l'amour comme un écueil terrible que je ne pouvois trop éviter ; l'état où je
le voyois m'inspiroit un tel éloignement pour la
légère galanterie, que j'aurois bien juré de ne
m'engager de mes jours. O dieu! que ma réfolution dura peu lorfque je vous vis; mon cœur
trop charmé ne rendit pas le moindre combat ;
il fembloit qu'il n'étoit fait que pour vous aimer.

La jufte crainte , feigneur, que vous avez eue
d'aimer , répliqua Melanie au comte , me doit
être une leçon pour me défendre un engagement.
Oui, madame, répondit-il , j'avoue que les
chagrins de don Gabriel étoient fi violens, que
j'ai été cent fois près de renoncer à fon amitié.
Hélas! Vous n'avez que trop pris foin de les juf-
tifier dans mon efprit ; j'ai appris, en vous connoiffant, qu'il eft une heure fatale, où enfin il
faut fe rendre : mais à quoi penfai-je , de nommer
cette heure fatale? Si vous le voulez , madame,
elle fera la plus heureufe de ma vie. Le filence
& l'embarras de Melanie jeta le comte dans une
confufion de penfées fi terribles, qu'il n'ofoit
plus lui parler; elle voyoit fon état dans fes yeux.
Seigneur, lui dit-elle, l'aveu que vous me demandez ne dépend point affez de moi , pour
vous l'accorder ; vous n'ignorez pas ce que je
dois à ma famille , & ce que je dois à moi-
même.

Une converfation fi tendre ne pouvoit être long-tems générale : Ponce de Leon foahaitoit d'entretenir Ifidore en particulier ; il s'avança avec elle vers une eftrade garnie de plufieurs piles de carreaux. Melanie, de fon côté , s'affit contre la porte du cabinet, où la bonne Juana s'étoit enfermée ; le comte fe mit à fes piés, & quelque bas qu'ils parlaffent, elle pouvoit les entendre aifément.

Quel quart d'heure , bon dieu, pour cette pauvre perfonne ! elle découvrit dans le même moment que le muficien, que don Efteve , que fon amant n'étoit rien de tout cela ; qu'il avoit une grande naiffance , beaucoup d'amour pour fa niéce ; qu'il fongeoit à l'époufer ; qu'il n'oublioit rien pour toucher fon cœur ; qu'il employoit les fermens , les foupirs, les promeffes ; que Melanie n'y paroiffoit point infenfible , & qu'elle étoit la dupe de toute cette aventure ; que le comte la plaifantoit même fur le deffein chimérique de fon mariage. Enfin , pour achever de pouffer fa patience à bout, il chanta à Melanie ces paroles, qu'il avoit faites fur une paffacaille qu'elle aimoit.

Souvent dans quelque lieu fecret ,
Croyant pouvoir parler fans crainte,
D'un ton languiffant & difcret ,
Juana fait au ciel cette plainte.

Des cheveux blancs le trifte afpect,
Et les rides de la vieilleffe,
Peuvent infpirer du refpect,
Mais ne donnent point de tendreffe.

Enfin, rien ne manqua à cette converfation, pour convaincre dona Juana de fon malheur. Il eft difficile de comprendre comment elle put le foutenir; elle a dit depuis qu'elle étoit tombée en foibleffe, & qu'elle n'eut pas affez de force pour ouvrir la porte, & pour paroître dans un lieu où elle auroit apporté beaucoup de trouble.

Ifidore & Melanie entendirent avec plaifir les proteftations qu'on leur faifoit de les aimer juf- qu'à la mort; elles pénétrèrent même qu'elles ne devoient point efpérer que leurs amans chan- geaffent cette réfolution; l'un pour fe donner à Ifidore, & l'autre pour s'attacher à Melanie; qu'ils refteroient fixes dans leur premier deffein; & confidérant leur mérite, & tous les avantages qu'elles trouveroient dans leur alliance, elles penfèrent très-férieufement qu'elles ne devoient pas les éloigner, & qu'il falloit rendre juftice aux fentimens qu'ils avoient pour elles.

Jamais deux amans n'ont été plus fatisfaits; ils commencèrent à prendre des efpérances, dont ils n'avoient ofé fe flatter jufqu'alors. Ils avoient toujours appréhendé qu'Ifidore prévenue pour le comte, & Melanie pour don Gabriel,

ne refufaffent de prendre d'autres impreffions;
ils les quittèrent avec une extrême peine; ils
n'avoient point encore goûté de fi doux momens,
& la nouveauté en augmentoit le plaifir. Ces
deux belles filles, qui pénétroient jufqu'au fond
de leur ame, s'applaudiffoient d'avoir fait des
conquêtes fi glorieufes : mais les premières impreffions qu'elles avoient prifes étoient encore
trop fortes pour changer au gré de leurs défirs;
elles croyoient qu'un peu de tems étoit néceffaire pour s'affurer elles-mêmes de leur propre
fentiment.

Ponce de Leon & fon coufin, furent joindre
don Louis dans la chambre de Lucile, pendant
qu'Ifidore & fa fœur retournèrent dans leur appartement; alors dona Juana, un peu remife de
fon étonnement & de fa douleur, revint au
château & s'enferma dans fon cabinet pour écrire
cette lettre au comte d'Aguilar.

La nobleffe de votre naiffance ne vous met point
à couvert des juftes reproches que je vous dois;
vous avez feint une bleffure, vous avez fuppofé un
nom; je ne vous ai pas feulement reçu dans ma
maifon, je vous ai reçu dans mon cœur. Hélas!
j'exerçois l'hofpitalité à votre égard, pendant que
vous méditiez ma perte. J'ai deux nièces auffi jeu-
nes qu'innocentes, vous & votre parent ufez de la
liberté de les voir, pour engager leur cœur, & pour

les traiter enfuite comme vous venez de me traiter :
ne croyez pas que je fois affez lâche pour oublier
votre ingratitude, j'en porterai le fouvenir & le
reffentiment jufques dans le tombeau ; car enfin,
que ne voulois-je pas faire pour vous, dans un
tems où mon ignorance vous faifoit paroître fort
au-deffous de moi ? la bonté de mon cœur méritoit
toute la reconnoiffance du vôtre ; mais bien loin
d'en reffentir, vous me prenez pour le fujet de vos
fatyriques chanfons ; je ferois au défefpoir d'éprou-
ver un traitement fi indigne, fans que la fortune
me fournît une prompte vengeance. Oui, feigneur,
ma vengeance fera ma confolation ; je vous arrache
celles que vous aimez ; un auftère couvent me répon-
dra à l'avenir de leur conduite ; & fi elles prennent
une alliance avec vous, je les deshériterai.

Auffi-tôt que cette lettre fut achevée, &
qu'elle eut employé encore quelques heures
pour tranquillifer fa douleur, elle fit appeler fon
majordome, & lui dit qu'elle vouloit partir à
minuit, qu'il envoyât fon équipage à la porte du
parc, qu'elle méneroit très-peu de monde, &
qu'il tînt la chofe fecrète. Enfuite elle parla à
fon neveu : croyez-moi, lui dit-elle, ne perdez
pas un moment pour époufer Lucile; car il eft
à craindre que fes proches ne viennent vous
l'enlever à leur tour ; & puifque vous l'aimez,
& que d'ailleurs vous y trouvez tant d'avanta-

ges, pour éviter d'en avoir le démenti, il faut
que vous alliez cette nuit à Compostelle querir
la permission de l'épouser ici.

Ce conseil s'accordoit trop bien avec la passion de don Louis, pour qu'il y apportât aucunes difficultés; il dit à Juana qu'il alloit en parler à Lucile, & qu'aussi-tôt il monteroit à cheval.

Ainsi l'adroite Juana éloigna son neveu, ayant
presqu'autant de chagrin contre lui, que contre
les pélerins, dont elle avoit su qu'il étoit ami;
mais voulant témoigner une entière liberté d'esprit, pour qu'ils ne prissent aucune défiance de
son départ, elle parut gaie & contente; elle
leur fit même chanter toute la soirée des paroles
espagnoles, qu'elle venoit de faire sur une sara-
bande très-agréable : comme elles découvroient
assez l'état de son ame, en voici la traduction.

> Gloire, fierté, sévère honneur,
> Revenez, s'il se peut, revenez dans mon cœur :
> Hélas ! n'osez-vous me défendre ?
> Je chéris un ingrat qui méprise mes vœux,
> Il refuse d'entendre
> Les soupirs embrasés de mon cœur amoureux ;
> Je ne connois que trop ses mépris rigoureux,
> Il me préfère une autre amante :
> Mais bien loin d'étouffer mon amour malheureux ;
> Ma tendresse, hélas ! s'en augmente :
> Gloire, fierté, sévère honneur,
> Revenez, s'il se peut, revenez dans mon cœur.

Toute cette agréable compagnie ne sachant rien du sujet qui avoit donné lieu à ces paroles, se tua de les chanter pour faire sa cour à dona Juana ; & le comte d'Aguilar, qui trouvoit un grand intérêt à la ménager , s'étant approché d'elle , lui dit d'un air tendre : à quoi pensez-vous , madame , de faire des vers si tristes ? avez-vous jamais trouvé une rivale en votre chemin, qui ait osé vous disputer la possession de quelque cœur ? Non, répliqua-t-elle, avec un sourire forcé ; ce que je viens de vous faire entendre, ne me regarde point ; c'est par un pur caprice que j'ai fait ces paroles. Isidore, Melanie & Ponce de Leon n'en comprenoient point le mystère : mais ils se disoient tout bas : ne semble-t-il pas que la bonne tante devine ? se peut-il rien de plus convenable à ce qui s'est passé aujourd'hui ? Ensuite ils prenoient des prétextes , & s'éclatoient de rire ; elle étoit alors plus informée qu'ils ne le croyoient de leurs intrigues, de sorte qu'elle pénétroit leurs regards & leurs gestes ; & il est difficile de comprendre la violence qu'elle se faisoit pour ne pas parler ; enfin elle dit dès neuf heures , qu'il étoit tard ; aussi-tôt chacun lui donna le bon soir, & se retira.

A minuit juste, elle entra dans la chambre de ses nièces, & les faisant lever, elle ne les quitta plus ; elles se regardoient sans en rien dire, éga-

lement furprifes d'un départ fi prompt & fi fecret;
elles ne voyoient paroître ni leur frère, ni leurs
amans; elles pafsèrent par le parc, fans dire
même adieu à Lucile : tout cela les furprenoit
beaucoup, & les jetoit dans une grande confternation; elles montèrent en carroffe, & partirent
pour l'Andaloufie.

Tout étoit dans un filence qui ne préfageoit
rien de fâcheux aux galans pélerins, lorfque fur
les dix heures du matin, l'aumônier entra dans
la chambre du comte, & lui préfenta la lettre de
dona Juana; il en demeura furpris; mais il le
fut bien davantage de ce qu'elle contenoit; il la
donna à don Gabriel, & demanda à l'aumônier,
fi elles étoient toutes parties ? Il lui dit qu'oui;
& après avoir répondu à quelques autres queftions, il fe retira.

Nous avons été trahis, s'écria le comte; mais
par qui ? Mais comment ? Nous n'avons confié
notre fecret à perfonne capable de le révéler;
don Louis a trop d'honneur, Lucile eft trop difcrète : feroit-il poffible qu'Ifidore ou Melanie
nous euffent joué un fi méchant tour ? Il n'eft
pas aifé de le croire, interrompit don Gabriel;
dona Juana paroît irritée contr'elles; vous voyez
qu'elle les menace d'un couvent & de les déshé-
riter ; fi elles lui avoient rendu compte de notre
paffion, fi elles avoient confenti à s'éloigner,
elle

elle n'en feroit pas fi mécontente. Il faut donc que l'on nous ait écoutés, répliqua le comte, car elle fait qui nous fommes, & jufqu'à ce malheureux couplet de chanfon qui n'eft fait que depuis deux jours. Dom Gabriel rêvoit profondément pendant qu'il parloit; il fe mit à rêver à fon tour; & reprenant la parole : il n'en faut pas douter, s'écria-t-il, nous avons été écoutés dans le falon du parc. Il me fouvient qu'étant affis avec Mélanie proche du cabinet, j'entendis plufieurs fois du bruit, & j'aurois cru même que quelqu'un foupiroit, fans qu'il me vînt jamais dans l'efprit que l'on pouvoit être enfermé là. O bon dieu, continua t-il ! fi c'étoit Juana, comme je n'en doute plus, pourquoi n'en fortit elle point pour m'étrangler? Ce qu'elle vient de nous faire, repliqua triftement don Gabriel, eft plus cruel que la mort; croyez-moi, elle eft affez vengée; elle nous enlève ce qui nous eft plus cher que la lumière; je ne verrai plus Ifidore, vous ne verrez plus Mélanie. Hélas ! cette liberté charmante de les voir, de leur parler, de nous promener avec elles, nous eft ravie tout d'un coup; nous allons trouver dona Juana irritée, qui s'oppofera à tous nos deffeins ; elle préviendra fon frère contre nous ; il fe peut encore que fes nièces, peu affermies dans leurs fentimens, en changeront par contrainte ou par

Tome III.   C

complaifance pour elle. Que je prévois de malheurs & de peines continua-t il ! je me meurs de
douleur & de rage , fans favoir à quoi me réfoudre.

Un profond filence fuivit ces trittes réflexions;
on les auroit plutôt pris pour des ftatues , que
pour des hommes vivans : mais cette léthargie
dura peu ; l'aumonier entra dans leur chambre avec
un air effrayé : le château , leur dit-il eft in-
vefti par des gens armés qui en demandent l'entrée : tout ce que j'ai pu faire , ça été de bien
fermer les portes ; mais ils menacent de les enfoncer à coups de hache; & s'ils fe mettent en
devoir de le faire , nous ne fommes pas en état
de les en empêcher.

Don Gabriel & le comte demeurèrent auffi
furpris qu'irréfolus , fur ce qu'ils devoient faire.

Confervons Lucile à don Louis , s'écria le
comte, c'eft le fervice le plus effentiel que nous
puiffions lui rendre. Mais quoi, interrompit
don Gabriel, prétendez-vous tenir le fiége contre
cette petite armée ? Non , répliqua-t-il, je prétends que nous montions à cheval, & que nous
emmenions Lucile, nous fortirons par le parc ; il
n'y a guères d'apparence qu'on foit de ce côté-là ;
nous gagnerons Tui ; nous pafferons la rivière
de Miniftrio : & quand nous ferons à Valentia,
nous n'aurons plus rien à craindre , parce que

cette place eft au roi de Portugal. Ce qui m'em-
barraffe, dit l'aumonier, c'eft que les chevaux
qui font reftés ici, ne valent guères, & la chofe
preffe fi fort que l'on ne peut en chercher ailleurs.
Il n'y a point d'autre parti à prendre, s'écria
don Gabriel, partons en diligence.

Ils alloient dans la chambre de Lucile pour
l'avertir de ce qui fe paffoit, lorfqu'elle entra
dans la leur. Ah! feigneur, dit-elle au comte
qui s'avança le premier, je fuis perdue fi vous ne
trouvez le moyen de me fauver; mon père eft
ici avec celui qu'il me deftine pour époux; je
les ai reconnus l'un & l'autre du donjon où j'ai
monté; ils font accompagnés d'un nombre confidérable de mes parens & de leurs amis. Hélas!
malheureufe que je fuis, continua-t-elle en pleurant, faut-il que je caufe tant de défordres dans
ma famille, & tant de déplaifir à don Louis; car
enfin jugez de fa douleur, fi pour la récompenfe
de fes peines, il me voyoit à fon retour au pouvoir d'un rival.

Belle Lucile, lui dit le comte, foyez perfuadée
que nous ne vous fervirons pas avec moins d'ardeur que le feroit don Louis s'il étoit ici; nous
avons réfolu de vous emmener tout-à-l'heure;
il ne faut pas différer d'un moment. En achevant
ces mots, ils l'obligèrent de defcendre; elle
étoit couverte de fa mante. Don Gabriel monta

à cheval , & la prit derrière lui ; le comte eut une mule , qui fervoit ordinairement à l'aumônier : ils fortirent par le parc fans aucun obftacle , & s'éloignèrent auffi vîte qu'ils le purent ; mais leur équipage étoit très-mauvais ; & dans les circonftances où ils étoient , il n'étoit pas poffible d'envoyer à Ciudald Rodrigo querir leur valet de chambre & leurs chevaux qui les attendoient depuis le jour que dona Juana les reçut chez elle.

Don Fernand de la Vega , qui vouloit époufer Lucile , piqué d'honneur & d'amour , n'oublioit rien pour irriter fon père & fes parens. Auffi-tôt qu'ils furent arrivés , il craignit que don Louis & elles ne·s'échappaffent par quelque porte de derrière ; il avoit engagé des payfans d'y veiller : ceux-ci connoiffoient la porte du parc ; ils feignirent de travailler dans le champ prochain ; mais à peine virent-ils Lucile & les deux cavaliers qui l'accompagnoient , qu'ils en donnèrent avis à don Fernand. C'étoit un jeune homme étourdi , fans bravoure , brutal , & capable d'une mauvaife action ; il étoit bien perfuadé que s'il attaquoit don Louis fans avantage , il n'y trouveroit pas fon compte ; il prit un de fes coufins & deux valets , tous également bien montés ; ils favoient le chemin que Lucile tenoit ; & fans aucune réflexion , ils allèrent par un autre route dans un bois fort épais , où ils eurent le tems de fe cacher, & de prendre toutes les mefures néceffaires pour ne pas manquer leur coup.

Ainfi couvert par des buiffons, ils furent affez lâches de tirer fans quartier fur don Gabriel & fur le comte. Don Gabriel fut bleffé au genou, & le comte eut le bras droit caffé; fa mule épouvantée du bruit & du feu, prit fa courfe d'une telle furie, que le comte n'ayant plus affez de force pour la retenir, vouloit fe jeter par terre : mais fon pied refta embarraffé dans l'étrier; il tomba fans pouvoir fe dégager, & fa tête porta tout le poids de fon corps; il n'a jamais été un état fi déplorable, cette mule ombrageufe couroit de tous côtés; enfin les fangles de la felle fe rompirent, il demeura au bord du chemin, noyé dans fon fang.

Don Louis revenoit en diligence de Compoftel avec la permiffion qu'il avoit été demander à l'archevêque; fon tendre cœur fe promettoit une félicité prochaine; il fe croyoit déjà le plus heureux de tous les hommes. Ah! que l'on a peu de raifon de compter fur les biens de la vie; ils nous échappent fouvent quand nous les croyons plus certains. C'eft ce qui arriva dans cette occafion. Don Louis apperçut un homme demi-mort; le fang qui lui couvroit le vifage, l'empêcha de le reconnoître : mais quelqu'empreffement qu'il

C iij

eût d'arriver chez lui, il ne voulut pas se repofer
fur un gentilhomme & un valet de chambre qui
l'accompagnoient, du foin de le fecourir; il
s'approcha. O dieu qu'elle rencontre pour un
auffi véritable ami que lui! Il fe précipita de
fon cheval fur le corps du comte; il l'embraffa;
il ne put retenir fes larmes; & pendant que fon
valet de chambre apportoit de l'eau d'une fontaine qui par hafard n'étoit pas éloignée, don
Louis & fon gentilhomme regardoient les bleffures dont il étoit couvert.

Enfin il commença de refpirer; il ouvrit enfuite les yeux, & reconnut don Louis. Que
faites-vous ici, lui dit-il, d'une voix fi baffe qu'à
peine pouvoit-on l'entendre? Courez après Lucile, on l'enlève dans le bois prochain, où don
Gabriel a été bleffé. A des nouvelles fi funeftes,
don Louis penfa expirer : quel parti prendre
dans une telle extrémité? Deux amis morts ou
vivans, une maîtreffe fi chère au pouvoir de fes
plus terribles ennemis. Il prit cependant bien vîte
la réfolution de la fuivre, & de mourir ou de la
recouvrer. Il laiffa fon gentilhomme avec le
comte, Il commanda à fon valet de chambre d'aller chercher du monde; & s'adreffant à fon ami :
je vais au fecours de Lucile & de don Gabriel; je
vais chercher à vous venger; vous ne ferez pas
longtems fans me revoir.

Il monta à cheval, le cœur si serré qu'il souffroit tout ce qu'on peut souffrir; & bien que la foiblesse du comte l'eût empêché de lui rien particulariser, il imaginoit assez quel étoit le ravisseur de son bien. Il courut à toute bride vers le bois; il y entendit pousser de hauts cris; il lui sembla même reconnoître la voix de sa chère Lucile: c'étoit elle en effet qui faisoit la résistance dont elle étoit capable, pour se défendre contre don Fernand & un de ses valets, qui vouloient la mettre sur un cheval.

Don Gabriel avoit déja ôté la vie à deux de ses assassins, & les autres auroient eu un semblable sort, s'ils avoient osé le combattre; mais ils restèrent cachés derrière les arbres, & lui tirèrent de-là un coup qui le fit tomber. Lucile n'ayant plus de défenseur voulut fuir; mais don Fernand de la Vega la retint, & lui faisoit beaucoup de violence pour qu'elle se laissât emmener.

A cette vue, don Louis, plus furieux qu'un jeune lion à qui le chasseur arrache sa proie, se jeta l'épée à la main sur ces deux lâches adversaires; leur défaite lui coûta trop peu, pour qu'elle lui apportât de la gloire. Quel carnage! quatre hommes morts d'un côté, don Gabriel étendu de l'autre, sans aucun sentiment de vie.

Don Louis & Lucile coururent à lui: cette

scène ne fut pas moins triste que celle qui s'étoit
passée avec le comte d'Aguilar. Don Louis se
trouvoit dans un embarras étrange ; car s'il abandonnoit son ami , il faisoit la dernière lâcheté ,
& s'il retenoit Lucile en ce lieu , il hasardoit de
la perdre une seconde fois. Comme il rêvoit profondément, il entendit du bruit : c'étoit son gentilhomme. Il lui commanda d'aller promptement
querir du monde pour emporter don Gabriel
chez un de ses amis, dont la maison étoit proche:
pendant ce temps , il obligea Lucile de se cacher
dans le plus épais du bois

Que ne craignoit-il point après l'extrême malheur de ses deux amis; il appréhendoit que la fatalité de son étoile ne se répandît aussi sur sa
maîtresse ; qu'un serpent, que quelqu'autre animal venimeux ne la piquât dans l'endroit où il
l'avoit laissée seule. Ah ! que son ame étoit pénétrée de douleur ! qu'il ressentoit d'inquiétude!
Amour , cruel amour , c'est toi qui cause les plus
grands maux de la vie !

Bien que don Gabriel parût mort, don Louis
ne pouvoit perdre l'espérance de le voir revenir
de ce pitoyable état : il le suivit avec Lucile chez
son ami. La force des remèdes le tira de son éva-
nouissement ; & l'on jugea que ses blessures n'é-
toient pas dangereuses. Don Louis l'ayant ainsi
déposé entre les mains d'un très-honnête homme,

& fachant que le comte étoit dans une maifon
dont il connoiffoit particulièrement le maître, il
laiffa fon gentilhomme pour prendre foin de l'un
& de l'autre, monta à cheval avec les deux fils
de fon ami, qui étoient de jeunes hommes fort
braves. Il dit adieu à fon cher Ponce de Leon,
en l'affurant qu'Ifidore ne feroit jamais à d'autre
qu'à lui.

Il n'auroit·pu l'entretenir long-temps, & le
remercier de la manière généreufe dont il lui
avoit confervé Lucile, fans l'incommoder. Il
partit au commencement de la nuit avec elle, &
fe rendit en Portugal où il l'époufa.

Le grand-père de cette belle fille, étoit entré
avec fes amis dans le château de Felix-Sarmiente,
& ils y demeuroient tranquilles, attendant que
don Fernand de la Vega ramenât Lucile. La nuit
étoit déjà bien avancée, fans qu'ils euffent appris
de fes nouvelles; l'inquiétude s'empara de leur
efprit; ils envoyèrent le chercher, & l'on vint
leur apprendre fon malheur. Rien n'eft égal à l'affliction dont le père de Lucile & celui de la Vega
furent faifis; mais, comme ces deux vieillards,
peu accoutumés aux actions de vigueur, dès
qu'ils ne furent plus animés par les jeunes gens
qui les avoient accompagnés, ils ne fongérent qu'à
retourner à Seville, pour continuer les procédures
qu'ils avoient commencées contre don Louis.

Dona Juana irritée, prit en partant de chez elle la route de Malaga, sans rien dire à ses nièces; elle les amena droit au couvent des dames Jeronymites, où elles avoient été élevées. Après avoir entretenu l'abbesse en particulier, elle s'enferma avec Isidore & Mélanie: je n'ai pas voulu vous parler plutôt, leur dit-elle, des sujets de plainte que j'ai contre vous; mais comptez que je n'en ignore aucuns; que je meurs de douleur que vous ayez été coupables de souffrir auprès de vous de jeunes seigneurs travestis, qui vont vous perdre dans le monde; & que pour expier une conduite si affreuse, je vous laisse ici, dont vous ne sortirez que par l'ordre de votre père.

Madame, repliqua Isidore, avec une fierté qui ne l'éloignoit point du respect qu'elle lui devoit, nous n'avons rien à nous reprocher : & s'il est vrai que vous sachiez les choses comme elles se sont passées, vous savez que nous n'avons appris le nom de ces seigneurs, que le jour dont nous sommes parties la nuit avec vous; vous pouvez encore vous souvenir, que lorsque vous résolûtes de les arrêter, nous n'oubliâmes rien pour les faire partir. Etions-nous d'intelligence avec vous, madame, puisque nous avions de la peine à les voir dans notre maison? Il est vrai qu'ils nous ont parlé de leurs sentimens, sans nous offenser; nous les trouvons très-avan

tageux ; & si nous avions l'honneur d'être dans
vos bonnes grâces , vous ne perdriez pas une occasion si favorable de nous établir

Dona Juana manquant de bonnes raisons pour
répondre à ses nièces , ne manqua pas d'injures,
elle les en accabla ; car son entêtement pour le
comte , bien loin de diminuer par l'absence ,
prenoit de nouvelles forces , & le peu d'espoir
qui lui restoit de l'engager, achevoit de la rendre
furieuse. Isidore & Mélanie entrèrent dans le
couvent ; elles croyoient y trouver toute l'honnête liberté que méritoit leur bonne conduite :
mais à peine les portes furent refermées sur
elles , qu'on leur dit qu'elles ne verroient personne , qu'elles n'écriroient point , & qu'on ne
les quitteroit pas de vue. Dona Juana avoit fait
accroire à l'abbesse , que des gens d'une condition fort au-dessous de la leur , vouloient les
enlever, qu'elles y donnoient les mains, & que
l'on ne pouvoit les éclairer de trop près.

Cette précaution fut cause que les desseins de
cette vieille ne réussirent pas ; l'abbesse choisit
entre ses religieuses , celles qui avoient le plus
de naissance , pour les mettre auprès de ces
belles prisonnières ; entr'elles dona Iphigenie
d'Aguilar fut nommée comme la première ,
parce qu'elle n'avoit commerce qu'avec ses parens , & que des malheureux tels que dona Juana

venoit de dépeindre les amans de ſes nièces, ſe trouvoient fort éloignés d'un tel caractère.

Dona Iphigénie avoit beaucoup d'eſprit & de douceur ; elle trouva tant de mérite à ces nouvelles penſionnaires, que les voyant dans une extrême mélancolie, elle n'oublioit rien pour les en retirer. Mais elle ne fut pas long-temps ſans avoir beſoin elle-même de la conſolation qu'elle vouloit leur donner ; elle reçut une lettre que le comte d'Aguilar ſon frère lui faiſoit écrire ; il lui mandoit où il étoit, & ſans lui dire le ſujet de ſon combat, il ſe contentoit de ſe recommander à ſes prières, parce qu'il étoit dangereuſement bleſſé ; qu'il avoit des déplaiſirs extrêmes, & que don Gabriel Ponce de Leon étoit auſſi mal que lui.

Iſidore ayant remarqué ſur le viſage d'Iphigénie une pâleur extraordinaire, elle lui en demanda la cauſe. Iphigénie lui dit qu'elle étoit très-affligée, & lui donna la lettre : Iſidore, en la liſant, pouſſa un grand cri, & ſe laiſſa tomber ſur un fauteuil : Mélanie accourut ; Iſidore, ſans lui pouvoir parler, lui préſenta la lettre du comte ; Mélanie ne témoigna pas moins d'affliction que ſa ſœur.

Iphigénie, juſqu'à ce moment, ne leur avoit point dit le nom de ſa maiſon ; ſa modeſtie l'empêchoit de ſe vanter de ces ſortes d'avantages, qui ne conviennent guères à une religieuſe ; ainſi elle n'avoit jamais eu lieu de parler avec elles du comte & de don Gabriel ; mais la fensibilité qu'elles témoignèrent dans cette occasion, passoit de bien loin celle que l'on a ordinairement pour une nouvelle amie ; elle les voyoit pleurer plus amèrement qu'elle , & leur connoissance étoit encore si récente, qu'elle n'osoit attribuer à la tendresse une douleur de cette nature ; elle les regardoit sans parler ; enfin Isidore comprenant une partie de ce qui se passoit dans son esprit : cessez d'être surprise , madame , lui dit-elle , de l'état où vous nous voyez ; nous sommes aimées, & nous voulons bien vous avouer que nous n'avons point d'indifférence pour le comte d'Aguilar, & pour don Gabriel Ponce de Leon ; c'est à cause d'eux que nous sommes ici ; quelque peine qu'on pût nous y faire , dieux ! qu'elles nous seroient douces , en comparaison des cruelles nouvelles que nous apprenons.

Quoi ! mon cher frère & mon cher cousin vous aiment , reprit dona Iphigénie , en embrassant Isidore & Mélanie ; quoi ! vous leur voulez du bien , vous souffrez pour eux , & je ne l'ai pas su plutôt ? que je m'en veux de mal ! Hélas ! me pardonnerez-vous tous mes airs d'espion ? Oui , sans doute , continua-t-elle , après quelques momens de silence , vous me le pardonnerez , par le soin que je prendrai à l'avenir de vous plaire ; mon cœur n'a pas attendu que je vous connusse par votre propre nom, pour s'attacher à vous. Madame, répliqua Mélanie, un preſſentiment ſecret lui inſpiroit la tendreſſe qu'il vous doit, par rapport au comte d'Aguilar & à don Gabriel; mais que ferons-nous pour les ſoulager?

Il faut leur écrire, reprit Iphigénie, j'enverrai un exprès porter nos lettres; votre tante a très-inutilement ordonné que vous ſoyez captives ici, je vous aſſure qu'elle ſera mal obéie. Iſidore & Mélanie la remercièrent du plaiſir qu'elle leur faiſoit, & ſans différer, elles écrivirent. La lettre d'Iſidore à don Gabriel étoit en ces termes:

Vous ſerez auſſi ſurpris d'apprendre que je ſuis aux Jéronymites de Malaga, que je l'ai été de votre bleſſure. Que vous peut-il être arrivé, ſeigneur, depuis notre ſéparation; & cette ſéparation n'eſt-elle pas aſſez douloureuſe, ſans qu'elle ſoit ſuivie de nouvelles diſgrâces? Si vous m'aimez, ne négligez point une ſanté à laquelle je m'intéreſſe autant que vous le ſouhaitez. Venez le plus promptement que vous pourrez ici, & ſoyez perſuadé, ſeigneur, que votre ſouvenir me tiendra fidelle compagnie.

Mélanie écrivit au comte d'Aguilar:

Vous êtes éloigné, vous êtes en péril, que de maux à la fois, ſeigneur! S'il ſuffiſoit de les partager pour vous ſoulager, hélas que je vous ſerois utile! Ma douleur & mon inquiétude ſont affreuſes; j'aurai peu de repos juſqu'à ce que je vous voie.

Elles écrivirent auſſi à leur frère. Iphigénie,

ayant fait un paquet de toutes ces lettres, en chargea un homme de confiance.

Il eſt aiſé de juger de la joie que reçut le comte, par des nouvelles ſi chères & ſi peu attendues ; elles contribuèrent plus à ſa guériſon, que tous les remèdes qu'on lui faiſoit. Don Gabriel étoit avec lui dans la même chambre ; dès qu'il put ſouffrir la litière, il s'y fit porter : les témoignages de bonté qu'il recevoit d'Iſidore, le comblèrent de ſatisfaction : ils prièrent le gentilhomme de don Louis d'écrire tout ce qui s'étoit paſſé depuis le départ de Juana, afin d'en informer ſes dames : & comme le comte étoit encore fort mal, il ne put écrire que ce peu de mots à Melanie :

Vous me verrez bientôt à vos pieds le plus tendre & le plus reſpectueux de tous les amans.

Ponce de Leon écrivit à Iſidore :

Nous croyions vous ſuivre, lorſque mille accidens ſe ſont ſuccéſés pour nous arrêter : mais, madame, ſe peut-il une ſurpriſe plus agréable, que celle de recevoir un billet de votre main ? Avec quel tranſport ai-je vu ces témoignages de votre bonté ! Je ne ſaurois vous les faire mieux entendre, qu'en vous parlant de ma paſſion ; elle eſt telle que, ſur le point de perdre la vie, je ne regrettois que vous. En effet vous me tenez lieu de tout ; heureux, madame, ſi je vous tiens lieu de quelque choſe.

Le meſſager fit toute la diligence néceſſaire, pour ne pas laiſſer long-tems Iphigénie & les deux aimables sœurs dans l'inquiétude où elles étoient de la santé de ces cavaliers. Le caractère de leurs lettres leur parut si tendre & si touchant, qu'elles résolurent de rendre une entière justice à leurs sentimens , d'aimer ceux qui les aimoient, & de seconder les démarches qu'ils vouloient faire pour leur mariage. Elles écrivirent, dans cet esprit à don Louis ; & comme il n'attendoit que leur consentement , pour mander à don Felix Sarmiente la recherche que don Gabriel & le comte faisoient de ses sœurs , il ne fut plus question que de savoir la dernière résolution de ces deux amans ; mais lorsqu'il leur en écrivit , ils renchérirent sur cet empressement , & lui déclarèrent qu'encore que dona Juana les déshéritât , ce ne seroit point un obstacle , puisqu'ils les aimoient assez , pour ne regarder , en les épousant , que leur seule personne. Don Gabriel manda de son côté à son père qui étoit à Madrid , les sentimens qu'il avoit pour Isidore : & comme il ne souhaitoit pour son fils qu'une fille aimable & vertueuse, il donna volontiers les mains à ce qu'il désiroit , & il chargea le comte de Leon son frère , qui étoit à Cadix , de prendre tous les soins nécessaires pour cette affaire.

Don Felix Sarmiente se sentit si honoré de l'alliance que son fils proposoit pour ses sœurs , qu'il jugea nécessaire de se rendre à Malaga , afin d'applanir toutes les difficultés ; car le procès de don Louis ne lui permettoit pas de venir en Andaloufie. Les amans & les maîtreffes reçurent ces bonnes nouvelles, avec une fatisfaction difficile à exprimer ; don Gabriel & le comte furent bientôt en état de fe rendre à Malaga ; ils arrivèrent dans le tems que leur oncle & don Félix , qui avoient commercé enfemble pour ce mariage , s'y rendirent auffi.

Cependant dona Juana , trifte & défolée , fe nourriffoit de fon propre poifon dans une maifon de campagne , où fon frère fut la trouver pour la prier de venir aux nôces de fes filles. Un coup de foudre ne lui auroit pas été plus terrible ; elle lui dit tout ce que fa rage put lui faire imaginer , afin de rompre cette affaire ; mais don Felix étoit déjà prévenu , & fes emportemens, non plus que fes remontrances & fes menaces, n'eurent aucun effet. Lorfqu'elle vit que la chofe étoit fans remède , elle fut à Seville , & donna tout fon bien au grand-père de Lucile , & au père de don Fernand de Vega , à condition de plaider éternellement avec fa famille.

Mais c'étoient des parties trop peu redoutables, pour faire long-tems de la peine à des perfonnes fi diftinguées par leur mérite & par leur qualité. On leur propofa un accommodement qu'ils acceptèrent avec joie : ainfi les mariages de don Gabriel & d'Ifidore , du comte & de Mélanie , s'achevèrent en peu de jours, avec toute la magnificence possible, & toute la satisfaction que l'on doit s'imaginer, entre des personnes si accomplies, & qui s'aimoient si chèrement.

Pour Juana, elle auroit été ruinée par la folle donation qu'elle venoit de faire, si don Felix n'avoit heureusement trouvé le moyen d'appaiser le père de Lucile. Après avoir pardonné son enlevement à don Louis, il donna à sa fille, outre son bien, celui de Juana; & comme ce bien revenoit dans la famille des Sarmientes, ils eurent la générosité d'en laisser jouir Juana, qui se retira, pour le reste de sa vie, aux Carmélites de Séville.

Aussi-tôt que madame D. eut fini, l'on avertit la compagnie que l'on avoit servi une grande collation dans le cabinet de verdure qui étoit proche de la fontaine : allons-y, dit la comtesse de F....... j'y consens, pourvu qu'on me promette qu'en sortant de table, on achèvera la lecture de ce cahier ; car je suis persuadée, par tout ce que nous avons entendu, & par ce qui reste à lire, que nous perdrions bien de jolies choses ; chacun applaudit à ce que la comtesse souhaitoit. Puisque vous le voulez, dit madame. D..., nous recommencerons par le conte de Babiole ; il y en a encore quelques autres, avec une nouvelle Espagnole, qui ne vous déplairont peut-être pas.

BABIOLE,

CONTE.

IL y avoit un jour une reine qui ne pouvoit rien souhaiter, pour être heureuse, que d'avoir des enfans : elle ne parloit d'autre chose, & disoit sans cesse que la fée Fanferluche étant venue à sa naissance, & n'ayant pas été satisfaite de la reine sa mère, s'étoit mise en furie, & ne lui avoit souhaité que des chagrins.

Un jour qu'elle s'affligeoit toute seule au coin de son feu, elle vit descendre par la cheminée une petite vieille, haute comme la main ; elle étoit à cheval sur trois brins de jonc ; elle portoit sur sa tête une branche d'aube-épine, son habit étoit fait d'aîles de mouches ; deux coques de noix lui servoient de bottes, elle se promenoit en l'air, & après avoir fait trois tours dans la chambre, elle s'arrêta devant la reine. Il y a long tems, lui dit-elle, que vous murmurez contre moi, que vous m'accusez de vos déplaisirs, & que vous me rendez responsable de tout

D ij

ce qui vous arrive : vous croyez , madame , que
je suis cause de ce que vous n'avez point d'enfans, je viens vous annoncer une infante, mais
j'appréhende qu'elle ne vous coûte bien des larmes. Ha! noble Fanferluche, s'écria la reine,
ne me refusez pas votre pitié & votre secours ;
je m'engage de vous rendre tous les services qui
seront en mon pouvoir, pourvu que la princesse
que vous me promettez , soit ma consolation &
non pas ma peine. Le destin est plus puissant que
moi , répliqua la fée ; tout ce que je puis, pour
vous marquer mon affection, c'est de vous donner cette épine blanche ; attachez la sur la tête
de votre fille , aussi-tôt qu'elle sera née, elle la
garantira de plusieurs périls. Elle lui donna l'é-
pine blanche , & disparut comme un éclair.

La reine demeura triste & rêveuse : que sou-
haitai-je , disoit-elle ! une fille qui me coûtera
bien des larmes & bien des soupirs : ne serois-je
donc pas plus heureuse de n'en point avoir ? La
présence du roi qu'elle aimoit chèrement dissipa
une partie de ses déplaisirs ; elle devint grosse,
& tout son soin, pendant sa grossesse, étoit de
recommander à ses plus confidentes, qu'aussi-tôt
que la princesse seroit née on lui attachât sur la
tête cette fleur d'épine, qu'elle conservoit dans
une boîte d'or couverte de diamans, comme la
chose du monde qu'elle estimoit davantage.

Enfin la reine donna le jour à la plus belle
créature que l'on ait jamais vue : on lui attacha
en diligence la fleur d'aube-épine fur la tête ;
& dans le même inftant, ô merveille ! elle devint une petite guenon, fautant, courant & ca-
briolant dans la chambre, fans que rien y manquât. A cette métamorphofe, toutes les dames
pouffèrent des cris effroyables, & la reine, plus
allarmée qu'aucune, penfa mourir de défefpoir :
elle cria qu'on lui ôtât le bouquet qu'elle avoit
fur l'oreille : l'on eut mille peines à prendre la
guenuche, & on lui eût ôté inutilement ces fatales fleurs ; elle étoit déjà guenon, guenon confir-
mée, ne voulant ni tetter, ni faire l'enfant,
il ne lui falloit que des noix & des marrons.

Barbare Fanferluche, s'écrioit douloureufe-
ment la reine, que t'ai-je fait pour me traiter
fi cruellement ? Que vais-je devenir ! quelle
honte pour moi, tous mes fujets croiront que
j'ai fait un monftre : quelle fera l'horreur du roi
pour un tel enfant ! elle pleuroit & prioit les
dames de lui confeiller ce qu'elle pouvoit faire
dans une occafion fi preffante. Madame, dit la
plus ancienne, il faut perfuader au roi que la
princeffe eft morte, & renfermer cette guenuche
dans une boîte que l'on jetera au fond de la
mer ; car ce feroit une chofe épouvantable, fi
vous gardiez plus long-tems une beftiole de

cette nature. La reine eut quelque peine à s'y
réfoudre; mais comme on lui dit que le roi venoit dans fa chambre, elle demeura fi confuſe
& fi troublée, que fans délibérer davantage,
elle dit à fa dame d'honneur de faire de la guenon tout ce qu'elle voudroit.

On la porta dans un autre appartement; on
l'enferma dans la boîte, & l'on ordonna à un
valet-de-chambre de la reine de la jeter dans la
mer; il partit fur le champ. Voilà donc la princeſſe dans un péril extrême : cet homme ayant
trouvé la boîte belle, eut regret de s'en défaire;
il s'affit au bord du rivage, & tira la guenuche
de la boîte, bien réfolu de la tuer, car il ne
favoit point que c'étoit fa fouveraine; mais
comme il la tenoit, un grand bruit qui le furprit, l'obligea de tourner la tête; il vit un charriot découvert, traîné par fix licornes; il brilloit
d'or & de pierreries, pluſieurs inftrumens de
guerre le précédoient : une reine, en manteau
royal, & couronnée, étoit affiſe fur des carreaux
de drap d'or, & tenoit devant elle fon fils âgé
de quatre ans.

Le valet de chambre reconnut cette reine,
car c'étoit la fœur de fa maîtreſſe; elle l'étoit
venue voir pour fe réjouir avec elle; mais auffi-
tôt qu'elle fut que la petite princeſſe étoit morte,
elle partit fort trifte, pour retourner dans fon

royaume; elle rêvoit profondément lorsque son fils cria : je veux la guenon, je veux l'avoir : la reine ayant regardé, elle apperçut la plus jolie guenon qui ait jamais été. Le valet de chambre cherchoit un moyen de s'enfuir ; on l'en empêcha : la reine lui en fit donner une grosse somme, & la trouvant douce & mignonne, elle la nomma Babiole : ainsi, malgré la rigueur de son sort, elle tomba entre les mains de la reine, sa tante.

Quand elle fut arrivée dans ses états, le petit prince la pria de lui donner Babiole pour jouer avec lui : il vouloit qu'elle fût habillée comme une princesse : on lui faisoit tous les jours des robes neuves, & on lui apprenoit à ne marcher que sur les pieds ; il étoit impossible de trouver une guenon plus belle & de meilleur air : son petit visage étoit noir comme geai, avec une barbette blanche & des touffes incarnates aux oreilles ; ses menottes n'étoient pas plus grandes que les aîles d'un papillon, & la vivacité de ses yeux marquoit tant d'esprit, que l'on n'avoit pas lieu de s'étonner de tout ce qu'on lui voyoit faire.

Le prince, qui l'aimoit beaucoup, la carressoit sans cesse ; elle se gardoit bien de le mordre, & quand il pleuroit, elle pleuroit aussi. Il y avoit déjà quatre ans qu'elle étoit chez la reine,

D iij

lorfqu'elle commença un jour à bégayer comme un enfant qui veut dire quelque chofe ; tout le monde s'en étonna , & ce fut bien un autre étonnement, quand elle fe mit à parler avec une petite voix douce & claire , fi diftinéte , que l'on n'en perdoit pas un mot. Quelle merveille ! Babiole parlante, Babiole raifonnante ! La reine voulut la ravoir pour s'en divertir ; on la mena dans fon appartement au grand regret du prince ; il lui en coûta quelques larmes ; & pour le confoler , on lui donna des chiens & des chats, des oifeaux, des écureuils, & même un petit cheval appelé Criquetin, qui danfoit la farabande : mais tout cela ne valoit pas un mot de Babiole.

Elle étoit de fon côté plus contrainte chez la reine que chez le prince ; il falloit qu'elle répondît comme une fybille, à cent queftions fpirituelles & favantes, dont elle ne pouvoit quelquefois fe bien démêler. Dès qu'il arrivoit un ambaffadeur ou un étranger, on la faifoit paroître avec une robe de velours ou de brocard, en corps & en colerette : fi la cour étoit en deuil , elle traînoit une longue mante & des crêpes qui la fatiguoient beaucoup : on ne lui laiffoit plus la liberté de manger ce qui étoit de fon goût; le médecin en ordonnoit, & cela ne lui plaifoit guères , car elle étoit volontaire comme une guenuche née prinsesse.

La reine lui donna des maîtres qui exercèrent
bien la vivacité de son esprit ; elle excelloit à
jouer du clavecin : on lui en avoit fait un merveilleux dans une huître à l'écaille : il venoit des
peintres des quatre parties du monde, & particulièrement d'Italie pour la peindre ; sa renom-
mée voloit d'un pole à l'autre, car on n'avoit
point encore vu une guenon qui parlât.

Le prince, aussi beau que l'on représente l'a-
mour, gracieux & spirituel, n'étoit pas un prodige moins extraordinaire ; il venoit voir Babiole ;
il s'amusoit quelquefois avec elle ; leurs conversations, de badines & d'enjouées, devenoient
quelquefois sérieuses & morales. Babiole avoit
un cœur, & ce cœur n'avoit pas été métamor-
phosé comme le reste de sa petite personne : elle
prit donc de la tendresse pour le prince, & il
en prit si fort qu'il en prit trop. L'infortunée
Babiole ne savoit que faire ; elle passoit les nuits
sur le haut d'un volet de fenêtres, ou sur le coin
d'une cheminée, sans vouloir entrer dans son
pannier ouaté, plumé, propre & mollet. Sa
gouvernante (car elle en avoit une) l'entendoit
souvent soupirer, & se plaindre quelquefois ;
sa mélancolie augmenta comme sa raison, &
elle ne se voyoit jamais dans un miroir, que par
dépit elle ne cherchât à le casser ; de sorte qu'on
disoit ordinairement, le singe est toujours singe,

Babiole ne fauroit fe défaire de la malice naturelle à ceux de fa famille.

Le prince étant devenu grand, il aimoit la
chaffe, le bal, la comédie, les armes, les livres,
& pour la guenuche, il n'en étoit prefque plus
mention. Les chofes alloient bien différemment
de fon côté ; elle l'aimoit mieux à douze ans,
qu'elle ne l'avoit aimé à fix ; elle lui faifoit quel-
fois des reproches de fon oubli, il croyoit en être
fort juftifié, en lui donnant pour toute raifon une
pomme d'apis, ou des marrons glacés

Enfin, la réputation de Babiole fit bruit au
royaume des Guenons ; le roi Magot eut grand
envie de l'époufer, & dans ce deffein il envoya
une célèbre ambaffade, pour l'obtenir de la reine;
il n'eut pas de peine à faire entendre fes intentions à fon premier miniftre : mais il en auroit
eu d'infinies à les exprimer, fans le fecours des
perroquets & des pies, vulgairement appelées
margots ; celles-ci jafoient beaucoup, & les geais
qui fuivoient l'équipage, auroient été bien fâchés
de caqueter moins qu'elles.

Un gros finge appelé Mirlifiche, fut chef de
l'ambaffade: il fit faire un carroffe de carte, fur
lequel on peignit les amours du roi Magot avec
Monette Guenuche, fameufe dans l'empire Ma-
gotique ; elle mourut impitoyablement fous la
griffe d'un chat fauvage, peu accoutumé à fes

efpiègleries. L'on avoit donc repréfenté les douceurs que Margot & Monette avoient goûtées pendant leur mariage , & le bon naturel avec lequel
ce roi l'avoit pleurée après fon trépas. Six lapins
blancs , d'une excellente garenne , traînoient ce
carroffe , appelé par honneur carroffe du corps :
on voyoit enfuite un chariot de paille peinte
de plufieurs couleurs , dans lequel étoient les
guenons deftinés à Babiole ; il falloit voir comme
elles étoient parées : il paroiffoit vraifemblable-
ment qu'elles venoient à la noce. Le refte du cortége étoit compofé de petits épagneuls , de le-
vrons , de chats d'Efpagne , de rats de Mofco-
vie , de quelques hériffons , de fubtiles belettes,
de friands renards; les uns menoient les chariots,
les autres portoient le bagage. Mirliche, fur le
tout , plus grave qu'un dictateur romain , plus
fage qu'un Caton , montoit un jeune levraut
qui alloit mieux l'amble qu'aucun guildain d'Angleterre.

La reine ne favoit rien de cette magnifique
ambaffade, lorfqu'elle parvint jufqu'à fon palais.
Les éclats de rire du peuple & de fes gardes l'ayant
obligée de mettre la tête à la fenêtre , elle vit la
plus extraordinaire cavalcade qu'elle eût vue de
fes jours. Auffi-tôt Mirliche, fuivi d'un nombre
confidérable de finges , s'avança vers le charriot
des guenuches , & donnant la patte à la groffe

guenon, appelée Gigógna, il l'en fit defcendre,
puis lâchant le petit perroquet qui devoit lui fervir d'interprète, il attendit que ce bel oifeau fe
fût préfenté à la reine, & lui eût demandé audience de fa part.

Perroquet s'élevant doucement en l'air, vint
fur la fenêtre d'où la reine regardoit, & lui dit
d'un ton de voix le plus joli du monde : madame,
monfeigneur le comte de Mirlifiche, ambaffadeur du célèbre Magot, roi des finges, demande
audience à votre majefté, pour l'entretenir d'une
affaire très-importante. Beau perroquet, lui dit
la reine en le careffant, commencez par manger
une rôtie, & buvez un coup; après cela, je confens que vous alliez dire au comte Mirlifiche qu'il
eft le très-bien venu dans mes états, lui & tout
ce qui l'accompagne. Si le voyage qu'il a fait depuis Magotie jufqu'ici ne l'a point trop fatigué,
il peut tout-à-l'heure entrer dans la falle d'audience, où je vais l'attendre fur mon trône avec
toute ma cour.

A ces mots, perroquet baifa deux fois la patte,
battit la garde, chanta un petit air en figne de
joie; & reprenant fon vol, il fe percha fur l'é-
paule de Mirlifiche, & lui dit à l'oreille la réponfe favorable qu'il venoit de recevoir. Mirlifiche n'y fut pas infenfible; il fit demander à un
des officiers de la reine par Margot, la pie, qui

s'étoit érigée en fous-interprète, s'il vouloit bien
lui donner une chambre pour fe délaffer pendant
quelques momens. On ouvrit auffi-tôt un fallon,
pavé de marbre peint & doré, qui étoit des plus
propres du palais; il y entra avec une partie de fa
fuite; mais comme les finges font grands fure-
teurs de leur métier, ils allèrent découvrir un
certain coin, dans lequel on avoit arrangé maints
pots de confiture; voilà mes gloutons après; l'un
tenoit une taffe de criftal pleine d'abricots, l'autre
une bouteille de firop; celui-ci des pâtés, celui-
là des maffepains. La gente volatille qui faifoit
cortège, s'ennuyoit de voir un repas où elle n'a-
voit ni chenevis, ni millet; & un geai, grand
caufeur de fon métier, vola dans la falle d'audience, où s'approchant refpectueufement de la
reine: madame, lui dit-il, je fuis trop ferviteur
de votre majefté, pour être complice bénévole
du dégât qui fe fait de vos très-douces confitures:
le comte Mirlifiche en a déjà mangé trois boîtes
pour fa part: il croquoit la quatrième fans aucun
refpect de la majefté royale, lorfque le cœur pénétré, je vous en fuis venu donner avis. Je
vous remercie, petit geai, mon ami, dit la
reine en fouriant, mais je vous difpenfe d'avoir
tant de zèle pour mes pots de confitures, je les
abandonne en faveur de Babiole que j'aime de
tout mon cœur. Le geai un peu honteux de la

levée de bouclier qu'il venoit de faire, se retira
sans dire mot.

L'on vit entrer quelques momens après l'ambaffadeur avec fa suite : il n'étoit pas tout-à-fait
habillé à la mode, car depuis le retour du fameux Fagotin, qui avoit tant brillé dans le monde,
il ne leur étoit venu aucun bon modèle : son chapeau étoit pointu, avec un bouquet de plume
verte, un baudrier de papier bleu, couvert de
papillottes d'or, de gros canons & une canne.
Perroquet qui paffoit pour un affez bon poëte,
ayant composé une harangue fort férieufe,
s'avança jufqu'au pied du trône où la reine
étoit affife ; il s'adreffa à Babiole, & parla
ainfi :

Madame, de vos yeux connoiffez la puiffance,
Par l'amour dont Magot reffent la violence.
Ces finges & ces chats, ce cortège pompeux,
Ces oifeaux, tout ici vous parle de fes feux,
Lorfque d'un chat fauvage éprouvant la furie,
Monette (c'eft le nom d'une guenon chérie)
Madame, je ne peux la comparer qu'à vous,
Lorfqu'elle fut ravie à Magot fon époux.
Le roi jura cent fois qu'à fes manes, fidelle,
Il lui conferveroit un amour éternelle.
Madame, vos appas ont chaffé de fon cœur
Le tendre fouvenir de fa première ardeur.
Il ne penfe qu'à vous : fi vous faviez, madame,
Jufques à quel excès il a porté fa flame,

Sans doute votre cœur, fensible à la pitié,
pour adoucir fes maux, en prendroit la moitié !
Lui qu'on voyoit jadis gros, gras, difpos, alègre,
Maintenant inquiet, tout défait & tout maigre,
Un éternel fouci femble le confumer,
Madame, qu'il fent bien ce que c'eft que d'aimer !
Les olives, les noix dont il étoit avide,
Ne lui paroiffent plus qu'un ragoût infipide.
Il fe meurt : c'eft à vous que nous avons recours !
Vous feule, vous pouvez nous conferver fes jours.
Je ne vous dirai point les charmans avantages
Que vous pouvez trouver dans nos heureufes plages.
La figue & le raifin y viennent à foifon,
Là, les fruits les plus beaux font de toute faifon.

Perroquet eut à peine fini fon difcours, que la reine jeta les yeux fur Babiole, qui de fon côté fe trouvoit fi interdite, qu'on ne l'a jamais été davantage; la reine voulut favoir fon fentiment avant que de répondre. Elle dit à perroquet de faire entendre à monfieur l'ambaffadeur qu'elle favoriferoit les prétentions de fon roi, en tout ce qui dépendroit d'elle. L'audience finie, elle fe retira, & Babiole la fuivit dans fon cabinet : ma petite guenuche, lui dit-elle, je t'avoue que j'aurai bien du regret de ton éloignement, mais il n'y a pas moyen de refufer le Magot qui te demande en mariage, car je n'ai pas encore oublié que fon père mit deux cens mille finges en campagne, pour foutenir une grande

guerre contre le mien ; ils mangèrent tant de nos
fujets, que nous fûmes obligés de faire une paix
affez honteufe. Cela fignifie, madame, repliqua
impatiemment Babiole, que vous êtes réfolue
de me facrifier à ce vilain monftre, pour éviter fa
colère ; mais je fupplie au moins votre majefté
de m'accorder quelques jours pour prendre ma
dernière réfolution. Cela eft jufte, dit la reine ;
néanmoins, fi tu veux m'en croire, détermines-
toi promptement ; confidères les honneurs qu'on
te prépare ; la magnificence de l'ambaffade, &
quelles dames d'honneur on t'envoie ; je fuis fûre
que jamais Magot n'a fait pour Monette, ce
qu'il fait pour toi. Je ne fais ce qu'il a fait pour
Monette, répondit dédaigneufement la petite
Babiole, mais je fais bien que je fuis peu touchée
des fentimens dont il me diftingue.

Elle fe leva auffi-tôt, & faifant la révérence
de bonne grâce, elle fut chercher le prince pour
lui conter fes douleurs. Dès qu'il la vit, il s'écria :
Hé bien, ma Babiole, quand danferons-nous à
ta noce ? Je l'ignore, feigneur, lui dit-elle triftement ; mais l'état où je me trouve eft fi déplorable, que je ne fuis plus la maîtreffe de vous
taire mon fecret, & quoiqu'il en coûte à ma pu-
deur, il faut que je vous avoue que vous êtes
le feul que je puiffe fouhaiter pour époux. Pour
époux, dit le prince, en s'éclatant de rire ! pour
époux,

époux, ma guenuche! je suis charmé de ce que
tu me dis ; j'espère cependant que tu m'excuse-
ras, si je n'accepte point le parti; car enfin,
notre taille, notre air & nos manières ne font pas
tout à fait convenables. J'en demeure d'accord ,
dit-elle , & sur-tout nos cœurs ne se ressem-
blent point; vous êtes un ingrat, il y a long-
temps que je m'en apperçois , & je suis bien ex-
travagante de pouvoir aimer un prince qui le
mérite si peu. Mais, Babiole , dit-il, songe à la
peine que j'aurois de te voir perchée sur la pointe
d'un sycomore, tenant une branche par le bout de
la queue : crois-moi , tournons cette affaire en
raillerie pour ton honneur & pour le mien ,
épouse le roi Magot, & en faveur de la bonne
amitié qui est entre nous, envoie-moi le premier Magotin de ta façon. Vous êtes heureux,
seigneur, ajouta Babiole , que je n'ai pas tout
à fait l'esprit d'une guenuche ; une autre que moi
vous auroit déjà crevé les yeux, mordu le nez ,
arraché les oreilles; mais je vous abandonne
aux réflexions que vous ferez un jour sur votre
indigne procédé. Elle n'en put dire davantage ;
sa gouvernante vint la chercher, l'ambassadeur
Mirlifiche s'étoit rendu dans son appartement ,
avec des présens magnifiques.

Il y avoit une toilette de rézeau d'araignée ,
brodée de petits vers luisans , une coque d'œuf

renfermoit les peignes, un bigarreau fervoit de
pelote, & tout le linge étoit garni de dentelles
de papier : il y avoit encore dans une corbeille
plufieurs coquilles proprement afforties, les unes
pour fervir de pendans d'oreilles, les autres de
poinçons, & cela brilloit comme des diamans :
ce qui étoit bien meilleur, c'étoit une douzaine
de boëtes pleine de confitures avec un petit coffre
de verre dans lequel étoit renfermé une noifette
& une olive, mais la clé étoit perdue, & Babiole s'en mit peu en peine.

L'ambaffadeur lui fit entendre en gromelant
qui eft la langue dont on fe fert en Magotie, que
fon monarque étoit plus touché de fes charmes
qu'il l'eût été de fa vie d'aucune guenon ; qu'il lui
faifoit bâtir un palais, au plus haut d'un fapin ;
qu'il lui envoyoit ces préfens, & même de
bonnes confitures pour lui marquer fon attachement : qu'ainfi le roi fon maître ne pouvoit lui
témoigner mieux fon amitié : mais, ajouta-t-il,
la plus forte épreuve de fa tendreffe, & à laquelle
vous devez être la plus fenfible, c'eft, madame,
au foin qu'il a pris de fe faire peindre pour vous
avancer le plaifir de le voir. Auffi-tôt il déploya
le portrait du roi des finges affis fur un gros bil-
lot, tenant une pomme qu'il mangeoit.

Babiole détourna les yeux pour ne pas regarder plus long-temps une figure fi défagréable,

& grondant trois ou quatre fois, elle fit entendre
à Mirlifiche qu'elle étoit obligée à son maître
de son estime; mais qu'elle n'avoit pas encore
déterminé si elle vouloit se marier.

Cependant la reine avoit résolu de ne se point
attirer la colère des singes, & ne croyant pas qu'il
fallût beaucoup de cérémonies pour envoyer Babiole où elle vouloit qu'elle allât, elle fit préparer tout pour son départ. A ces nouvelles le
désespoir s'empara tout-à-fait de son cœur : les
mépris du prince d'un côté ; de l'autre l'indifférence de la reine, & plus que tout cela, un tel
époux, lui firent prendre la résolution de s'enfuir : ce n'étoit pas une chose bien difficile depuis qu'elle parloit, on ne l'attachoit plus, elle
alloit, elle venoit & rentroit dans sa chambre
aussi souvent par la fenêtre que par la porte.

Elle se hâta donc de partir, sautant d'arbre
en arbre, de branche en branche jusqu'au bord
d'une rivière ; l'excès de son désespoir l'empêcha de comprendre le péril où elle alloit se mettre
en voulant la passer à la nage, & sans rien examiner, elle se jeta dedans : elle alla aussi-tôt au
fond. Mais comme elle ne perdit point le juge-
ment, elle apperçut une grotte magnifique,
toute ornée de coquilles, elle se hâta d'y entrer ;
elle y fut reçue par un vénérable vieillard, dont
la barbe blanche descendoit jusqu'à sa cein-

ture : il étoit couché fur des rofeaux & des glayeuls, il avoit une couronne de pavots & de fauvages ; il s'appuyoit contre un rocher, d'où couloient plufieurs fontaines qui groffiffoient la rivière.

Hé ! qui t'amène ici, petite Babiole, dit-il, en lui tendant la main? Seigneur, répondit-elle, je fuis une guenuche infortunée, je fuis un finge affreux que l'on veut me donner pour époux. Je fais plus de tes nouvelles que tu ne penfes, ajouta le fage vieillard; il eft vrai que tu abhorres Magot, mais il n'eft pas moins vrai que tu aimes un jeune prince, qui n'a pour toi que de l'indifférence. Ah ! feigneur, s'écria Babiole en foupirant, n'en parlons point, fon fouvenir augmente toutes mes douleurs. Il ne fera pas toujours rebelle à l'amour, continua l'hôte des poiffons, je fais qu'il eft réfervé à la plus belle princeffe de l'univers. Malheureufe que je fuis, continua Babiole ! Il ne fera donc jamais pour moi ! Le bonhomme fourit, & lui dit : ne t'affliges point, bonne Babiole, le temps eft un grand maître, prend feulement garde de ne pas perdre le petit coffre de verre que le Magot t'a envoyé, & que tu as par hafard dans ta poche, je ne t'en puis dire davantage : voici une tortue qui va bon train, affis-toi deffus, elle te conduira où il faut que tu ailles. Après les obligations dont je vous fuis redevable,

lui dit-elle, je ne puis me paſſer de ſavoir votre
nom. On me nomme, dit-il, Biroqua, père de
Biroquie, rivière, comme tu vois, aſſez groſſe &
aſſez fameuſe.

Babiole monta ſur ſa tortue avec beaucoup de
confiance, elles allèrent pendant longtemps ſur
l'eau, & enfin à un détour qui paroiſſoit long,
la tortue gagna le rivage. Il ſeroit difficile de
rien trouver de plus galant que la ſelle à l'an-
gloiſe & le reſte de ſon harnois; il y avoit juſqu'à de petits piſtolets d'arçon, auxquels deux
corps d'écreviſſes ſervoient de fourreaux.

Babiole voyageoit avec une entière confiance
ſur les promeſſes du ſage Biroqua, lorſqu'elle
entendit tout d'un coup un aſſez grand bruit.
Hélas! hélas! c'étoit l'ambaſſadeur Mirlifiche,
avec tous ſes mirlifichons, qui retournoient en
Magotie, triſtes & déſolés de la fuite de Babiole.
Un ſinge de la troupe étoit monté à la dînée
ſur un noyer, pour abattre des noix & nourrir
les magotins; mais il fut à peine au haut de
l'arbre, que regardant de tous côtés, il apperçut
Babiole ſur la pauvre tortue, qui cheminoit lentement en pleine campagne. A cette vue il ſe prit
à crier ſi fort, que les ſinges aſſemblés, lui demandèrent en leur langage de quoi il étoit queſ
tion; il le dit : on lâch.. ....
les pies & geais, ...

& fur leur rapport l'ambaſſadeur , les guenons & le reſte de l'équipage coururent & l'arrê-tèrent.

Quel déplaiſir pour Babiole ! il feroit difficile d'en avoir un plus grand & plus ſenſible ; on la contraignit de monter dans le carroſſe du corps , il fut auſſi-tôt entouré des plus vigilantes gue-nons , de quelques renards & d'un coq qui ſe percha ſur l'impériale , faiſant la ſentinelle jour & nuit. Un ſinge menoit la tortue en main , comme un animal rare : ainſi la cavalcade conti-nua ſon voyage au grand déplaiſir de Babiole , qui n'avoit pour toute compagnie que madame Gigona , guenon acariâtre & peu complaiſante.

Au bout de trois jours, qui s'étoient paſſés ſans aucune aventure , les guides s'étant égarés , ils arrivèrent tous dans une grande & fameuſe ville qu'ils ne connoiſſoient point ; mais ayant apperçu un beau jardin , dont la porte étoit ou-verte , ils s'y arrêtèrent , & firent main baſſe par-tout, comme un pays de conquête. L'un croquoit des noix , l'autre goboit des ceriſes , l'autre dé-pouilloit un prunier ; enfin , il n'y avoit ſi petit ſingenot qui n'allât à la picorée, & qui ne fît magaſin.

Il faut ſavoir que cette ville étoit la capitale du royaume où Babiole avoit pris naiſſance ; que la reine , ſa mère , y demeuroit, & que de-

puis le malheur qu'elle avoit eu de voir métamor-
phofer fa fille en guenuche, par le bouquet
d'aube-épine, elle n'avoit jamais voulu fouffrir
dans fes états, ni guenuche, ni fapajou, ni magot, enfin rien qui pût rappeler à fon fouvenir
la fatalité de fa déplorable aventure. On regardoit-
là un finge comme un perturbateur du repos public. De quel étonnement fut donc frappé le
peuple, en voyant arriver un carroffe de carte, un
chariót de paille peinte, & le refte du plus fur-
prenant équipage qui fe foit vu depuis que les
contes font contes, & que les fées font fées ?

Ces nouvelles volèrent au palais, la reine demeura tranfie, elle crut que la gente fingenote
vouloit attenter à fon autorité. Elle affembla
promptement fon confeil, elle les fit condamner
tous comme criminels de lèze-majefté; & ne
voulant pas perdre l'occafion de faire un exemple
affez fameux pour qu'on s'en fouvînt à l'avenir,
elle envoya fes gardes dans le jardin, avec ordre
de prendre tous les finges. Ils jetèrent de grands
filets fur les arbres, la chaffe fut bientôt faite, &,
malgré le refpect dû à la qualité d'ambaffadeur,
ce caractère fe trouva fort méprifé en la perfonne
de Mirlifiche, que l'on jeta impitoyablement
dans le fond d'une cave fous un grand poinçon
vide, où lui & fes camarades furent emprifon-
nés, avec les dames guenuches & les demoi-

felles Guenuchonnes, qui accompagnoient Babiole.

A fon égard elle reffentoit une joie fecrette
de ce nouveau défordre : quand les difgrâces
font à un certain point, l'on n'appréhende plus
rien, & la mort même peut être envifagée comme
un bien ; c'étoit la fituation où elle fe trouvoit,
le cœur occupé du prince, qui l'avoit méprifée,
& l'efprit rempli de l'affreufe idée du roi Magot,
dont elle étoit fur le point de devenir la femme.

Au refte, il ne faut pas oublier de dire que fon
habit étoit fi joli & fes manières fi peu communes, que ceux qui l'avoient prife s'arrêtèrent
à la confidérer comme quelque chofe de merveilleux ; & lorfqu'elle leur parla, ce fut bien un
autre étonnement, ils avoient déjà entendu parler de l'admirable Babiole. La reine qui l'avoit
trouvée, & qui ne favoit point la métamorphofe
de fa nièce, avoit écrit très-fouvent à fa fœur,
qu'elle poffédoit une guenuche merveilleufe, &
qu'elle la prioit de la venir voir ; mais la reine
affligée paffoit cet article fans le vouloir lire.
Enfin les gardes, ravis d'admiration, portèrent
Babiole dans une grande galerie, ils y firent un
petit trône ; elle s'y plaça plutôt en fouveraine,
qu'en guenuche prifonnière, & la reine venant à
paffer, demeura fi vivement furprife de fa jolie
figure, & du gracieux compliment qu'elle lui

fit, que malgré elle, la nature parla en faveur de
l'infante.

Elle la prit entre ses bras. La petite créature,
animée de son côté par des mouvemens qu'elle
n'avoit point encore ressentis, se jeta à son cou,
& lui dit des choses si tendres & si engageantes,
qu'elle faisoit l'admiration de tous ceux qui l'entendoient. Non, madame, s'écrioit-elle, ce n'est
point la peur d'une mort prochaine, dont j'apprends que vous menacez l'infortunée race des
singes, qui m'effraye & qui m'engage de chercher les moyens de vous plaire & de vous adoucir;
la fin de ma vie n'est pas le plus grand malheur
qui puisse m'arriver, & j'ai des sentimens si fort
au-dessus de ce que je suis, que je regretterois la
moindre démarche pour ma conservation; c'est
donc par rapport à vous seule, madame, que je
vous aime, votre couronne me touche bien moins
que votre mérite.

A votre avis, que répondre à une Babiole si
complimenteuse & si révérencieuse? La reine
plus muette qu'une carpe, ouvroit deux grands
yeux, croyoit rêver, & sentoit que son cœur étoit
fort ému.

Elle emporta la guenuche dans son cabinet.
Lorsqu'elles furent seules, elle lui dit: Ne diffère
pas un moment à me conter tes aventures; car
je sens bien que de toutes les bestioles qui peu-

plent les ménageries , & que je garde dans mon
palais , tu feras celle que j'aimerai davantage : je
t'assure même qu'en ta faveur je ferai grâce aux
singes qui t'accompagnent. Ha ! madame , s'é-
cria-t-elle, je ne vous en demande point pour eux:
mon malheur m'a fait naître guenuche , & ce
même malheur m'a donné un discernement qui
me fera souffrir jusqu'à la mort ; car enfin , que
puis-je ressentir lorsque je me vois dans mon
miroir , petite , laide & noire , ayant des pates
couvertes de poil , avec une queue & des dents
toujours prêtes à mordre , & que d'ailleurs je ne
manque point d'esprit , que j'ai du goût , de la
délicatesse & des sentimens? Es-tu capable , dit la
reine , d'en avoir de tendresse ? Babiole soupira
sans rien répondre. Oh ! continua la reine, il faut
me dire si tu aimes un singe , un lapin ou un
écureuil; car si tu n'es point trop engagée , j'ai
un nain qui seroit bien ton fait. Babiole à cette
position prit un air dédaigneux , dont la reine
s'éclata de rire. Ne te fâches point , lui dit-elle,
& apprends-moi par quel hasard tu parles ?

Tout ce que je sais de mes aventures , repliqua Babiole, c'est que la reine, votre sœur ,
vous eut à peine quittée , après la naissance &
la mort de la princesse, votre fille , qu'elle vit en
passant sur le bord de la mer , un de vos valets
de chambre qui vouloit me noyer. Je fus arra-

chée de ses mains par son ordre ; & par un prodige dont tout le monde fut également surpris,
la parole & la raison me vinrent : l'on me donna des maîtres qui m'apprirent plusieurs langues,
& à toucher des instrumens ; enfin, madame,
je devins sensible à mes disgrâces, &...........
Mais, s'écria-t-elle, voyant le visage de la reine
pâle & couvert d'une sueur froide : qu'avez-
vous, madame ? Je remarque un changement extraordinaire en votre personne. Je me meurs !
dit la reine d'une voix foible & mal articulée ;
je me meurs, ma chère & trop malheureuse
fille ! c'est donc aujourd'hui que je te retrouve.
A ces mots, elle s'évanouit. Babiole effrayée,
courut appeler du secours, les dames de la reine
se hâtèrent de lui donner de l'eau, de la délacer
& de la mettre au lit ; Babiole s'y fourra avec
elle, l'on n'y prit pas seulement garde, tant
elle étoit petite.

Quand la reine fut revenue de la longue pâ-
moison où le discours de la princesse l'avoit jetée,
elle voulut rester seule avec les dames qui savoient le secret de la fatale naissance de sa fille,
elle leur raconta ce qui lui étoit arrivé, dont
elles demeurèrent si éperdues, qu'elles ne savoient quel conseil lui donner.

Mais elle leur commanda de lui dire ce qu'elles
croyoient à propos de faire dans une conjoncture

fi trifte. Les unes dirent qu'il falloit étouffer la guenuche, d'autres la renfermer dans un trou, d'autres encore la vouloient renvoyer à la mer. La reine pleuroit & fanglotoit; elle a tant d'efprit, difoit-elle, quel dommage de la voir réduite par un bouquet enchanté, dans ce miférable état? Mais au fond, continuoit-elle, c'eft ma fille, c'eft mon fang, c'eft moi qui lui ai attiré de la méchante·Fanferluche; eft-il jufte qu'elle fouffre de la haine que cette fée a pour moi? Oui, madame, s'écria fa vieille dame d'honneur, il faut fauver votre gloire; que penferoit-on dans le monde, fi vous déclariez qu'une monne eft votre infante? Il n'eft point naturel d'avoir de tels enfans, quand on eft auffi belle que vous. La reine perdoit patience de l'entendre raifonner ainfi. Elle & les autres n'en foutenoient pas avec moins de vivacité, qu'il falloit examiner ce petit monftre, & pour conclufion, elle réfolut d'enfermer Babiole dans un château, où elle feroit bien nourrie & bien traitée le refte de fes jours.

Lorfqu'elle entendit que la reine vouloit la mettre en prifon, elle fe coula tout doucement par la ruelle du lit, & fe jetant de la fenêtre fur un arbre du jardin, elle fe fauva jufqu'à la grande forêt, & laiffa tout le monde en rumeur de ne la point trouver.

Elle paſſa la nuit dans le creux d'un chêne, où elle eut le tems de moraliſer ſur la cruauté de ſa deſtinée : mais ce qui lui faiſoit plus de peine ; c'étoit la néceſſité où on la mettoit de quitter la reine ; cependant elle aimoit mieux s'exiler volontairement, & demeurer maîtreſſe de ſa liberté, que de la perdre pour jamais.

Dès qu'il fut jour, elle continua ſon voyage, ſans ſavoir où elle vouloit aller, penſant & repenſant mille fois à la biſarrerie d'une aventure ſi extraordinaire. Quelle différence, s'écrioit elle, de ce que je ſuis, à ce que je devrois être! Les larmes couloient abondamment des petits yeux de la pauvre Babiole.

Auſſi-tôt que le jour parut, elle partit : elle craignoit que la reine ne la fît ſuivre, ou que quelqu'un des ſinges échappés de la cave ne la menât malgré elle au roi Magot ; elle alla tant & tant, ſans ſuivre ni chemin ni ſentier, qu'elle arriva dans un grand déſert où il n'y avoit ni maiſon, ni arbre, ni fruits, ni herbe, ni fontaine : elle s'y engagea ſans réflexion, & lorſqu'elle commença d'avoir faim, elle connut, mais trop tard, qu'il y avoit bien de l'imprudence à voyager dans un tel pays.

Deux jours & deux nuits s'écoulèrent, ſans qu'elle pût même attraper un vermiſſeau, ni un moucheron : la crainte de la mort la prit ; elle

étoit si foible qu'elle s'évanouissoit, elle se coucha par terre, & venant à se souvenir de l'olive
& de la noisette qui étoient encore dans le petit
coffre de verre, elle jugea qu'elle en pourroit faire
un léger repas. Toute joyeuse de ce rayon d'espérance, elle prit une pierre, mit le coffre en
pièces, & croqua l'olive.

Mais elle y eut à peine donné un coup de dent,
qu'il en sortit une si grande abondance d'huile
parfumée, que tombant sur ses pattes, elles devinrent les plus belle mains du monde; sa surprise fut extrême, elle prit de cette huile, & s'en
frotta toute entière! merveille! Elle se rendit
sur le champ si belle, que rien dans l'univers ne
pouvoir l'égaler; elle se sentoit de grands yeux,
une petite bouche, le nez bien fait, elle mouroit
d'envie d'avoir un miroir; enfin elle s'avisa d'en
faire un du plus grand morceau de verre de son
coffre. O quand elle se vit, quelle joie! quelle surprise agréable! Ses habits grandirent comme elle,
elle étoit bien coiffée, ses cheveux faisoient mille
boucles, son teint avoit la fraîcheur des fleurs
du printems.

Les premiers momens de sa surprise étant pas-
sés, la faim se fit ressentir plus pressante, & ses
regrets augmentèrent étrangement. Quoi! disoit-
elle, si belle & si jeune, née princesse comme
je le suis, il faut que je périsse dans ces tristes

lieux. O ! barbare fortune qui m'as conduite ici ; qu'ordonnes-tu de mon fort ? Eft-ce pour m'affliger davantage que tu as fait un changement fi heureux & fi inefpéré en moi ? Et toi, vénérable fleuve Biroqua, qui me fauva la vie fi généreufement, me laifferas-tu périr dans cette affreufe folitude ?

L'infante demandoit inutilement du fecours, tout étoit fourd à fa voix : la néceffité de manger la tourmentoit à tel point, qu'elle prit la noifette & la caffa : mais en jetant la coquille, elle fut bien furprife d'en voir fortir des architectes, des peintres, des maçons, des tapiffiers, des fculpteurs, & mille autres fortes d'ouvriers ; les uns deffinent un palais, les autres le bâtiffent, d'autres le meublent ; ceux-là peignent les appartemens, ceux-ci cultivent les jardins, tout brille d'or & d'azur : l'on fert un repas magnifique ; foixante princeffes mieux habillées que des reines, menées par des écuyers, & fuivies de leurs pages, lui vinrent faire de grands complimens, & la convièrent au feftin qui l'attendoit. Auffi-tôt Babiole, fans fe faire prier, s'avança promptement vers le falon ; & là d'un air de reine, elle mangea comme une affamée.

A peine fut-elle hors de table, que fes tréforiers firent apporter devant elle quinze mille coffres, grands comme des muids, remplis d'or

& de diamans : ils lui demandèrent fi elle avoit
agréable qu'ils payaffent les ouvriers qui avoient
bâti fon palais. Elle dit que cela étoit jufte, à
condition qu'ils bâtiroient auffi une ville, qu'ils
fe marieroient, & refteroient avec elle. Tous y
confentirent, la ville fut achevée en trois quarts
d'heure, quoiqu'elle fût cinq fois plus grande
que Rome. Voilà bien des prodiges fortis d'une
petite noifette.

La princeffe minutoit dans fon efprit d'envoyer
une célèbre ambaffade à la reine fa mère, & de
faire faire quelques reproches au jeune prince,
fon coufin. En attendant qu'elle prît là-deffus les
mefures néceffaires, elle fe divertiffoit à voir
courre la bague, dont elle donnoit toujours le
prix, au jeu, à la comédie, à la chaffe & à la
pêche, car l'on y avoit conduit une rivière. Le
bruit de fa beauté fe répandoit par tout l'univers;
il venoit à fa cour des rois, des quatre coins du
monde, des Géans plus haut que les montagnes,
& des pygmées plus petits que des rats.

Il arriva qu'un jour que l'on faifoit une grande
fête, où plufieurs chevaliers rompoient des lances;
ils en vinrent à fe fâcher, les uns contre les autres,
ils fe battirent & fe bleffèrent. La princeffe en
colère defcendit de fon balcon pour reconnoître
les coupables : mais lorfqu'on les eut défarmés,
que devint-elle quand elle vit le prince, fon
coufin,

toufin. S'il n'étoit pas mort, il s'en falloit fi peu,
qu'elle en penfa mourir elle-même de furprife &
de douleur. Elle le fit porter dans le plus bel appartement du palais, où rien ne manquoit de tout ce
qui lui étoit néceffaire pour fa guérifon, médecin de Chodrai, chirurgiens, onguens, bouil-
lons, firops; l'infante faifoit elle-même les bandes
& les charpies, fes yeux les arrofoient de larmes,
& ces larmes auroient dû fervir de baume au
malade. Il l'étoit en effet de plus d'une manière :
car fans compter une demi-douzaine de coups
d'épée, & autant de coups de lance qui le per-
çoient de part en part, il étoit depuis long-temps
incognito dans cette cour, & il avoit éprouvé le
pouvoir des beaux yeux de Babiole, d'une manière à n'en guérir de fa vie. Il eft donc aifé de
juger à préfent d'une partie de ce qu'il reffentit,
quand il put lire fur le vifage de cette aimable
princeffe, qu'elle étoit dans la dernière douleur
de l'état où il étoit réduit.

Je ne m'arrêterai point à redire toutes les
chofes que fon cœur lui fournit pour la remercier des bontés qu'elle lui témoignoit; ceux qui
l'entendirent furent furpris qu'un homme fi malade pût marquer tant de paffion & de reconnoiffance. L'infante qui en rougit plus d'une fois, le
pria de fe taire; mais l'émotion & l'ardeur de
fes difcours le menèrent fi loin, qu'elle le vit

Tome III. E

tomber tout d'un coup dans une agonie affreuſe.
Elle s'étoit armée juſques-là de conſtance ; enfin,
elle la perdit à tel point qu'elle s'arracha les cheveux, qu'elle jeta les hauts cris, & qu'elle donna lieu de croire à tout le monde, que ſon cœur
étoit de facile accès, puiſqu'en ſi peu de temps,
elle avoit pris tant de tendreſſe pour un étranger ;
car on ne ſavoit point en Babiole (c'eſt le nom
qu'elle avoit donné à ſon royaume) que le prince
étoit ſon couſin, & qu'elle l'aimoit dès ſa plus
grande jeuneſſe.

C'étoit en voyageant qu'il s'étoit arrêté dans
cette cour, & comme il n'y connoiſſoit perſonne
pour le préſenter à l'infante, il crut que rien ne
feroit mieux que de faire devant elle cinq ou ſix
galanteries de Héros ; c'eſt-à-dire, couper bras
& jambes aux chevaliers du tournois : mais il
n'en trouva aucun aſſez complaiſant pour le ſouffrir. Il y eut donc une rude mêlée ; le plus fort
battit le plus foible, & ce plus foible, comme je
l'ai déjà dit, fut le prince.

Babiole déſeſpérée, couroit les grands chemins
ſans carroſſe & ſans gardes ; elle entra ainſi dans
un bois, elle tomba évanouie au pied d'un arbre,
où la fée Fanfreluche qui ne dormoit point, &
qui ne cherchoit que des occaſions de mal faire,
vint l'enlever dans une nuée plus noire que
de l'encre, & qui alloit plus vîte que le vent. La

princeffe refta quelque temps fans aucune con-
noiffance : enfin elle revint à elle ; jamais furprife n'a été égale à la fienne , de fe trouver fi
loin de la terre , & fi proche du Pôle ; le parquet
de nuée n'eft pas folide , de forte qu'en courant
deçà & delà , il lui fembloit marcher fur des
plumes , & la nuée s'entr'ouvrant , elle avoit
beaucoup de peine de s'empêcher de tomber ;
elle ne trouvoit perfonne avec qui fe plaindre ,
car la méchante Fanfreluche s'étoit rendue invifible : elle eut le temps de penfer à fon cher
prince , & à l'état où elle l'avoit laiffé , & elle
s'abandonna aux fentimens les plus douloureux
qui puiffent occuper une ame. Quoi ! s'écrioit-
elle , je fuis encore capable de furvivre à ce que
j'aime , & l'appréhenfion d'une mort prochaine
trouve quelque place dans mon cœur! Ah! fi le
foleil vouloit me rôtir , qu'il me rendroit un
bon office ; ou fi je pouvois me noyer dans l'arc-
en-ciel, que je ferois contente ! Mais , hélas !
tout le zodiaque eft fourd à ma voix, le fagittaire
n'a point de flèches , le taureau de cornes & le
lion de dents : peut-être que la terre fera plus
obligeante , & qu'elle m'offrira la pointe d'un
rocher fur lequel je me tuerai. O ! prince , mon
cher coufin , que n'êtes-vous ici , pour me voir
faire la plus tragique cabriole dont une amante
défefpérée fe puiffe avifer. En achevant ces mots,

elle courut au bout de la nuée, & se précipita comme un trait que l'on décoche avec violence

Tous ceux qui la virent, crurent que c'étoit la lune qui tomboit ; & comme l'on étoit pour lors en décours, plufieurs peuples qui l'adorent & qui restent du tems sans la revoir, pritent le grand dueil, & se persuadèrent que le soleil, par jalousie, lui avoit joué ce mauvais tour.

Quelqu'envie qu'eût l'infante de mourir, elle n'y réussit pas, elle tomba dans la bouteille de verre où les fées mettoient ordinairement leur ratafia au soleil : mais quelle bouteille ! il n'y a point de tour dans l'univers qui soit si grande ; par bonheur elle étoit vuide, car elle s'y feroit noyée comme une mouche.

Six géans la gardoient, ils reconnurent aussi-tôt l'infante ; c'étoient les mêmes qui demeu-roient dans sa cour & qui l'aimoient : la ma-ligne Fanfreluche qui ne faisoit rien au hasard, les avoit transportés-là, chacun sur un dragon volant, & ces dragons gardoient la bouteille quand les géans dormoient. Pendant qu'elle y fut, il y eut bien des jours où elle regretta sa peau de guenuche ; elle vivoit comme les ca-méléons, de l'air & de la rosée.

La prison de l'infante n'étoit sue de personne ; le jeune prince l'ignoroit, il n'étoit pas mort, & demandoit sans cesse Babiole. Il s'appercevoit

aſſez , par la mélancolie de tous ceux qui le ſervoient, qu'il y avoit un ſujet de douleur générale à la Cour ; ſa diſcrétion naturelle l'empêcha
de chercher à la pénétrer ; mais lorſqu'il fut con-
valeſcent, il preſſa ſi fort qu'on lui apprît des nouvelles de la princeſſe , que l'on n'eut pas le courage de lui céler ſa perte. Ceux qui l'avoient vue
entrer dans le bois, ſoutenoient qu'elle y avoit
été dévorée par les lions ; & d'autres croyoient
qu'elle s'étoit tuée de déſeſpoir ; d'autres encore
qu'elle avoit perdu l'eſprit , & qu'elle alloit er-
rante par le monde.

Comme cette dernière opinion étoit la moins
terrible , & qu'elle ſoutenoit un peu l'eſpérance
du Prince , il s'y arrêta, & partit ſur Criquetin
dont j'ai déjà parlé , mais je n'ai pas dit que
c'étoit le fils aîné de Bucephale , & l'un des
meilleurs chevaux qu'on ait vus dans ce ſiècle-
là : il lui mit la bride ſur le cou , & le laiſſa
aller à l'aventure ; il appeloit l'infante , les échos
ſeuls lui répondoient.

Enfin il arriva au bord d'une groſſe rivière.
Criquetin avoit ſoif, il y entra pour boire , & le
prince, ſelon la coutume , ſe mit à crier de toute
ſa force, Babiole, belle Babiole où êtes-vous ?

Il entendit une voix , dont la douceur ſembloit réjouir l'onde : cette voix lui dit : avances ,
& tu ſauras où elle eſt. A ces mots, le prince

F iij

aufli téméraire qu'amoureux , donne deux coups
d'éperons à Criquetin , il nage & trouve un
gouffre où l'eau plus rapide fe précipitoit , il
tomba jufqu'au fond , bien perfuadé qu'il s'alloit
noyer.

Il arriva heureufement chez le bonhomme
Biroquoi , qui célébroit les noces de fa fille avec
un fleuve des plus riches & des plus graves de la
contrée; toutes les déités poiffonneufes étoient
dans fa grotte ; les tritons & les firennes y faifoient une mufique agréable , & la rivière Biroquie , légèrement vêtue , danfoit les olivettes
avec la Seine , la Tamife , l'Euphrate & le Gange,
qui étoient affurément venues de fort loin pour
fe divertir enfemble. Criquetin qui favoit vivre ,
s'arrêta fort refpectueufement à l'entrée de la
grotte , & le prince qui favoit encore mieux
vivre que fon cheval , faifant une profonde révérence , demanda s'il étoit permis à un mortel
comme lui de paroître au milieu d'une fi belle
troupe.

Biroquoi prit la parole , & repliqua d'un air
affable qu'il leur faifoit honneur & plaifir. Il y a
quelques jours que je vous attends, feigneur, continua-t-il , je fuis dans vos intérêts , & ceux de
l'infante me font chers : il faut que vous la reti-
riez du lieu fatal où la vindicative Fanfreluche
l'a mife en prifon , c'eft dans une bouteille. Ah!

que me dites-vous , s'écria le prince , l'infante
eft dans une bouteille ? Oui , dit le fage vieillard , elle y fouffre beaucoup : mais je vous avertis , feigneur , qu'il n'eft pas aifé de vaincre les
géans & les dragons qui la gardent, à moins que
vous ne fuiviez mes confeils. Il faut lailler ici
votre bon cheval , & que vous montiez fur un
dauphin aîlé que je vous élève depuis longtemps:
il fit venir le dauphin fellé & bridé , qui faifoit
fi bien des voltes & courbettes , que Criquetin
en fut jaloux.

Biroquoi & fes compagnes s'emprefsèrent auffi-
tôt d'armer le prince. Elles lui mirent une brillante cuiraffe d'écailles de carpes dorées, on le
coîffa de la coquille d'un gros limaçon, qui étoit
ombragée d'une large queue de morue , élevée
en forme d'aigrette.; une nayade le ceignit d'une
anguille , de laquelle pendoit une redoutable
épée faite d'une longue arête de poiffon ; on lui
donna enfuite une large écaille de tortue dont il
fe fit un bouclier; & dans cet équipage , il n'y
eut fi petit goujon qui ne le prît pour le dieu des
Soles , car il faut dire la vérité , ce jeune prince
avoit un certain air , qui fe rencontre rarement
parmi les mortels.

L'efpérance de retrouver bientôt la charmante
princeffe qu'il aimoit , lui infpira une joie dont
il n'avoit pas été capable depuis fa perte ; & la

chronique de ce fidelle conte, marque qu'il mangea de bon appétit chez Biroquoi, & qu'il remercia toute la compagnie en des termes peu communs ; il dit adieu à son Criquetin , puis monta sur le poisson volant qui partit aussi-tôt.

Le prince se trouva, à la fin du jour, si haut, que
pour se reposer un peu , il entra dans le royaume
de la lune. Les raretés qu'il y découvrit auroient
été 'capables de l'arrêter , s'il avoit eu un désir
moins pressant de tirer son infante de la bouteille
où elle vivoit depuis plusieurs mois.

L'aurore paroissoit à peine lorsqu'il la découvrit environnée des géans & des dragons que la
fée , par la vertu de sa petite baguette , avoit re-
tenus auprès d'elle ; elle croyoit si peu que quelqu'un eût assez de pouvoir pour la délivrer ,
qu'elle se reposoit sur la vigilance de ses terribles
gardes pour la faire souffrir.

Cette belle princesse regardoit pitoyablement
le ciel , & lui adressoit ses tristes plaintes , quand
elle vit le dauphin volant & le chevalier qui venoit la délivrer. Elle n'auroit pas cru cette aventure possible , quoiqu'elle sût , par sa propre
expérience , que les choses les plus extraordinaires se rendent familières pour certaines personnes. Seroit-ce bien par la malice de quelques
fées , disoit-elle que ce chevalier est transporté
dans les airs ? Hélas , que je le plains , s'il faut

qn'une bouteille ou une carafe lui ferve de prifon comme à moi ?

Pendant qu'elle raifonnoit ainfi, les géans qui
apperçurent le prince au-deffus de leurs têtes,
crurent que c'étoit un cerf-volant, & s'écrièrent
l'un à l'autre : Attrapes, attrapes la corde, cela
nous divertira ; mais lorfqu'ils fe baiffèrent,
pour la ramaffer, il fondit fur eux, & d'eftoc &
de taille, il les mit en pièces comme un jeu de
cartes que l'on coupe par la moitié, & que l'on
jette au vent. Au bruit de ce grand combat, l'infante tourna la tête, elle reconnut fon jeune
ptince. Quelle joie d'être certaine de fa vie !
mais quelles allarmes de la voir dans un peril fi
évident, au milieu de ces terribles coloffes, &
des dragons qui s'élançoient fur lui ! Elle pouffa
des cris afreux, & le danger où il étoit penfa la
faire mourir.

Cependant l'arête enchantée, dont Biroquoi
avoit armé la main du prince, ne portoit aucuns
coups inutiles ; & le léger dauphin qui s'élevoit
& qui fe baiffoit fort à propos, lui étoit auffi d'un
fecours merveilleux ; de forte qu'en très-peu de
tems, la terre fut couverte de ces monftres.

L'impatient prince, qui voyoit fon infante
au travers du verre, l'auroit mis en pièces, s'il
n'avoit pas appréhendé de l'en bleffer : il prit le
parti de defcendre par le gouleau de la bouteille,

Quand il fut au fond, il se jeta aux pieds de Babiole & lui baisa respectueusement la main. Seigneur, lui dit-elle, il est juste que pour ménager votre estime, je vous apprenne les raisons que j'ai eues de m'intéresser si tendrement à votre conservation. Sachez que nous sommes proches parens, que je suis fille de la reine votre tante, & la même Babiole que vous trouvâtes sous la figure d'une guenuche au bord de la mer, & qui eut depuis la foiblesse de vous témoigner un attachement que vous méprisâtes. Ah! Madame, s'écria le prince, dois-je croire un événement si prodigieux? Vous avez été guenuche; vous m'avez aimé, je l'ai su, & mon cœur a été capable de refuser le plus grand de tous les biens! J'aurois à l'heure qu'il est très-mauvaise opinion de votre goût, repliqua l'infante en souriant, si vous aviez pu prendre alors quelqu'attachement pour moi: mais, seigneur, partons, je suis lasse d'être prisonnière, & je crains mon ennemie; allons chez la reine ma mère, lui rendre compte de tant de choses extraordinaires qui doivent l'intéresser. Allons, madame, allons, dit l'amoureux prince, en montant sur le dauphin ailé, & la prenant entre ses bras, allons lui rendre en vous la plus aimable princesse qui soit au monde.

Le dauphin s'éleva doucement, & prit son vol

vers la capitale où la reine paſſoit ſa triſte vie ;
la fuite de Babiole ne lui laiſſoit pas un moment
de repos, elle ne pouvoit s'empêcher de ſonger à
elle, de ſe ſouvenir des jolies choſes qu'elle lui
avoit dites, & elle auroit voulu la revoir, toute
guenuche qu'elle étoit, pour la moitié de ſon
royaume.

Lorſque le prince fut arrivé, il ſe déguiſa en
vieillard, & lui fit demander une audience particulière. Madame, lui dit-il, j'étudie dès ma
plus tendre jeuneſſe l'art de négromancien ; vous
devez juger par-là que je n'ignore point la haine
que Fanfreluche a pour vous, & les terribles
effets qui l'ont ſuivie : mais eſſuyez vos pleurs ,
madame, cette Babiole que vous avez vue ſi
laide, eſt à préſent la plus belle princeſſe de l'u-
nivers ; vous l'aurez bientôt auprès de vous, ſi
vous voulez pardonner à la reine votre ſœur,
la cruelle guerre qu'elle vous a faite, & conclure
la paix par le mariage de votre infante avec le
prince votre neveu. Je ne puis me flatter de ce
que vous me dites, répliqua la reine en pleurant ;
ſage vieillard, vous ſouhaitez d'adoucir mes ennuis, j'ai perdu ma chère fille, je n'ai plus d'é-
poux, ma ſœur prétend que mon royaume lui appartient, ſon fils eſt auſſi injuſte qu'elle ; ils
me perſécutent, je ne prendrai jamais d'alliance
avec eux. Le deſtin en ordonne autrement, con-

tinua-t-il, je fuis choifi pour vous l'apprendre.
Hé! de quoi me ferviroit, ajouta la reine, de
confentir à ce mariage? La méchante Fanfreluche a trop de pouvoir & de malice, elle s'y oppofera toujours. Ne vous inquiétez pas, madame, repliqua le bon homme, promettez-moi
feulement que vous ne vous oppoferez point au
mariage que l'on défire. Je promets tout, s'écria
la reine, pourvu que je revoye ma chère fille.

Le prince fortit, & courut où l'infante l'attendoit. Elle demeura furprife de le voir déguifé,
& cela l'obligea de lui raconter que depuis quelque tems, les deux reines avoient eu de grands
intérêts à démêler, & qu'il y avoit beaucoup
d'aigreur entr'elles, mais qu'enfin il venoit de
faire confentir fa tante à ce qu'il fouhaitoit. La
princeffe fut ravie, elle fe rendit au palais; tous
ceux qui la virent paffer lui trouvèrent une fi parfaite reffemblance avec fa mère, qu'on s'empreffa
de les fuivre, pour favoir qui elle étoit.

Dès que la reine l'apperçut, fon cœur s'agita
fi fort, qu'il ne fallut point d'autre témoignage
de la vérité de cette aventure. La princeffe fe
jeta à fes pieds, la reine la reçut entre fes bras;
& après avoir demeuré longtemps fans parler,
effuyant leurs larmes par mille tendres baifers,
elles fe rendirent tout ce qu'on peut imaginer
dans une telle occafion: enfuite la reine jetant

les yeux fur fon neveu, elle lui fit un accueil
très-favorable, & lui réitéra ce qu'elle avoit promis au négromancien. Elle auroit parlé plus long-
tems, mais le bruit qu'on faifoit dans la cour
du palais, l'ayant obligé de mettre la tête à la fenêtre, elle eut l'agréable furprife de voir arriver
la reine fa fœur. Le prince & l'infante qui regardoient aufli, reconnurent auprès d'elle le véritable
Biroquoi, & jufqu'au bon Criquetin qui étoit de la
partie; les uns pour les autres poufsèrent de grands
cris de joie; l'on courut fe revoir avec des tranfports qui ne fe peuvent exprimer ; le célèbre mariage du prince & de l'infante fe conclut fur le
champ en dépit de la fée Fanfreluche, dont le
favoir & la malice furent également confondus.

On doit d'un ennemi craindre les préfens même.
Tel paroît à vos yeux vouloir vous engager,
   Et vous protefte qu'il vous aime,
Lorfque dans le fecret il cherche à fe venger.
L'infante dont ici je trace l'aventure,
   Eût fous une aimable figure,
   Vu couler fes jours fortunés,
   Si de l'injufte Fanfreluche
Elle n'avoit reçu les dons empoifonnés
   Qui la changèrent en guenuche.
   Un fi funefte changement
   Ne fait point garantir fon ame
   Des traits de l'amoureufe flamme.
Elle ofa choifir même un Prince pour amant.

J'en connois bien encore dans le siècle où nous sommes,
En qui d'une guenuche on trouve la laideur,
  Et qui pourtant des plus grands hommes
  Prétendent captiver le cœur ;
  Mais il faudroit en leur faveur,
  Que quelque enchanteur charitable
Voulût bien leur donner, pour hâter leur bonheur,
Ainsi qu'à Babiole, une forme agréable.

DON FERNAND

DE

TOLEDE.

LE comte de Fuentes avoit paffé prefque toute
fa vie à Madrid. Sa femme étoit la perfonne du
monde la plus ennuyeufe & la plus infupportable : tant que fon mari fut jeune, elle le perfécuta par une jaloufie affreufe ; quand il fut vieux,
elle perfécuta fes enfans. Elle avoit deux filles &
un neveu : l'aînée s'appeloit Léonore ; elle étoit
blanche, blonde & piquante ; fa taille avoit quelque chofe d'aifé & de noble ; tous fes traits
étoient réguliers, & le caractère de fon efprit
paroiffoit fi doux & fi judicieux, qu'elle s'attiroit également l'eftime & l'amitié de ceux qui
la connoiffoient. Dona Matilde étoit fa cadette ;
elle avoit les cheveux noirs & luftrés, le teint
vif & uni, les yeux brillans, les dents admirables, un air de gaieté, & toutes les manières

ſi charmantes , qu'elle ne plaiſoit pas moins que
ſon aînée. Don Franciſque , leur couſin , s'étoit
ſi fort attiré l'eſtime & la diſtinction de toutes
les perſonnes de mérite, qu'on le voyoit par-tout
avec plaiſir.

Ils avoient pour voiſins deux jeunes ſeigneurs
qui étoient parens & amis : l'un s'appeloit don
Jaime de Caſareal , & l'autre don Fernand de
Tolede ; ils demeuroient enſemble , & ſi proche
de la maiſon du comte de Fuentes , qu'ils lièrent
une étroite amitié avec don Franciſque. Comme
ils alloient ſouvent chez lui , ils virent ſes couſines ; les voir & les aimer ne fut qu'une même
choſe. Elles n'auroient pas été inſenſibles à leurs
mérites , ſi la vigilance de leur mère n'étoit venu
troubler ces diſpoſitions, par des menaces fu-
rieuſes , que ſi elles parloient jamais à don Jaime
& à don Fernand, elle les mettroit en religion
pour le reſte de leur vie ; elle ajouta à ces menaces deux ſurveillantes , plus terribles que des
argus , & ces nouveaux obſtacles ne ſervirent
qu'à augmenter la paſſion des cavaliers que la
comteſſe vouloit éloigner.

Elle découvrit qu'ils faiſoient tous les jours de
nouvelles galanteries pour ſes filles : elle s'en mettoit dans une colère effroyable, & ſachant que
ſon neveu, moins ſévère qu'elle , fourniſſoit à
ſes amis mille occaſions innocentes de voir ſes
couſines

coufines, foit fur leurs balcons, au travers des ja-
loufies, ou dans le jardin, où elles alloient quelquefois prendre l'air, elle fe fatigua de gronder
fans ceffe & de ne gagner rien fur la perféve-
rance de ces jeunes amans ; & pour déconcerter
abfolument leurs mefures, un jour que fon mari
étoit allé à l'Efcurial faire fa cour, elle partit avec
fes filles dans un carroffe auffi fermé qu'un cer-
cueil, & plus trifte pour elles, que fi en effet c'en
eût été un. Elle s'en alla proche de Cadix, où le
comte de Fuentes avoit des terres confidérables.

Elle laiffa une lettre pour lui, par laquelle
elle le prioit de la venir trouver, & d'emmener
fon neveu : mais le comte de Fuentes qui étoit
fatigué depuis long-temps des bifarreries de fa
femme, ne fe preffa pas de l'aller rejoindre. Il
bénit le ciel d'une féparation qu'il fouhaitoit depuis long-tems, & plaignit fes deux filles d'être
fans ceffe expofées aux méchantes humeurs de
leur mère.

Lorfque don Jaime & don Fernand apprirent
par don Francifque le départ de leurs maîtreffes,
ils en pensèrent mourir de chagrin, & cher-
chèrent tous les moyens imaginables dans leurs
efprits de les rappeler à Madrid : mais don Francifque leur dit que fi l'on en mettoit quelqu'un
en ufage, c'étoit le moyen de les empêcher d'y
revenir. Lorfqu'ils virent donc que la chofe

Tome III. G

étoit de ce côté-là fans remède, ils réfolurent d'aller à Cadix, & de trouver quelques momens favorables pour les entretenir.

Ils prièrent fi inftamment don Francifque d'être de la partie, qu'il ne put les refufer. Outre que le comte de Fuentes qui ne voulóit pas quitter la cour, fut très aife que fon neveu allât tenir compagnie à la comteffe, elle eut beaucoup de joie de le voir : il fe paffa quelque temps fans qu'elle découvrît que don Fernand & don Jaime étoient arrivés ; ils voyoient fes filles le foir par une fenêtre grillée, qui donnoit fur une petite rue où l'on ne paffoit point. En ce lieu ils fe plaignirent de leur deftinée ; ils fe jurèrent une fidélité éternelle, & fe confolèrent par des efpérances qui flattoient leurs fentimens. Bien qu'ils euffent mille chofes à fouhaiter plus agréables que celles qui les amufoient, ils ne laiffoient pas de fe trouver heureux de pouvoir tromper la comteffe ; mais les Duègnes qu'elle avoit mifes auprès de fes filles, entendoient trop bien leur devoir pour être la dupe de ces jeunes amans. Ils furent furpris à la grille ; quelques promeffes & quelques prières qu'ils puffent faire, cela n'empêcha point les vieilles d'aller avertir la comteffe de ce qu'elles favoient.

A ces nouvelles, la mère furieufe fe leva, & quoiqu'il ne fût pas encore jour, elle monta

en carroffe avec fes filles, qu'elle querela beaucoup, & elle s'alla renfermer avec elles dans un
château prefque inacceffible, à une journée de
Cadix : il eft aifé de s'imaginer le nouveau défordre qu'un départ fi brufque apporta parmi
nos amans; l'on foupira, l'on fe plaignit de part
& d'autre, & lorfque don Francifque alloit à las
Penas, (c'eft ainfi que fe nommoit le château
de la comteffe) il étoit chargé de lettres & de
mille petits préfens pour fes coufines : il les obli-
geoit à les recevoir, parce qu'il connoiffoit les
véritables fentimens de fes amis, & qu'il étoit
fort affuré qu'ils vouloient les époufer. A peine
étoit-il de retour de las Penas, que don Fernand
& don Jaime le perfécutoient pour y retourner,
& le conjuroient de trouver quelque moyen de
les mener avec lui, afin qu'ils puffent revoir leurs
chères maîtreffes ; mais la chofe étoit fi délicate,
que don Francifque héfitoit à l'entreprendre, &
fe contentoit de leur procurer le moyen de s'é-
crire.

Don Francifque ayant paffé plufieurs jours avec
fa tante & fes coufines, comme il étoit fur le
point de les quitter, la comteffe lui dit qu'elle
favoit qu'il étoit arrivé depuis peu à Cadix un
ambaffadeur du roi de Maroc, & que fi quelque
chofe la preffoit de s'y rendre, c'étoit l'envie
de le voir avant qu'il en partît. Il penfa auffi-tôt

G ij

que cette occasion, bien menagée, pouvoit devenir utile à ses amis pour leur procurer le plaisir
d'entretenir ses cousines. Dans cette vue, il répondit à la comtesse qu'il connoissoit déjà particulièrement les deux fils de l'ambassadeur, qu'ils
avoient de l'esprit & de la politesse, & que si
elle vouloit lui promettre de les recevoir avec
toutes les cérémonies que les personnes de leur
nation exigent, il se faisoit fort de les amener
chez elle ; parce qu'ils considéroient très-parti-
culièrement les personnes de qualité, & qu'il
ne leur parleroit pas plutôt de la sienne, qu'ils
bruleroient d'impatience de lui faire leur cour.
C'étoit une des plus grandes foiblesses de cette
bonne dame ; son cabinet étoit tout rempli de
ses vieux titres, & ses armes étoient mises jus-
que sur la cage de son perroquet. Don Francisque, qui la connoissoit parfaitement sur cet
article, ajouta aussi-tôt : vous avouerez, madame, que si les enfans de l'ambassadeur de
Maroc viennent vous chercher si loin, l'on saura
jusqu'en leur pays la noblesse de votre naissance,
& dans la suite, cette visite se pourra joindre
aux ornemens que vous mettez à votre arbre gé-
néalogique. La comtesse, qui ne manquoit ni
de curiosité ni de vanité, pensa qu'en effet cela
feroit grand bruit dans sa province, de manière
qu'elle parut ravie de la proposition de son ne-

veu. Vous penfez à tout, lui dit-elle, & je vous
tiens un véritable compte de cette attention. Ne
négligez donc rien pour me procurer le plaifir
de recevoir dans ma maifon ces excellences Ma-
hométanes.

Don Jaime & fon coufin furent au-devant de
don Francifque pour avancer de quelques momens la fatisfaction qu'ils fe promettoient d'apprendre des nouvelles de leurs maîtreffes ; après
avoir lu leurs lettres, & l'avoir remercié des bons
offices qu'il leur rendoit auprès d'elles, don Francifque leur dit que fa tante avoit une paffion
extrême de voir les enfans de l'ambaffadeur de
Maroc ; que le bon de la chofe c'eft que fes coufines ne favoient rien du déguifement qu'il avoit
prémédité pour eux, & qu'elles auroient lieu d'en
être furprifes d'une manière qui plaît toujours.
Il leur raconta alors ce qui s'étoit paffé entre la
comteffe & lui : je vous confeille, continua-t-il,
de vous traveftir & d'étudier les nouveaux perfonnages qu'il faut mettre fur la fcène ; à mon
égard je vous promets d'y jouer fort bien le
mien.

Les deux amans demeurèrent charmés de l'i-
magination de don Francifque, ils ne pouvoient
affez louer fon efprit & fon adreffe ; ils ne perdirent pas un moment à fe faire habiller ; ils
prirent de riches veftes de drap d'or, garnies

G iij

de pierreries ; des cimeterres, dont la garde
étoit garnie de diamans ; des turbans, & tout
l'équipage néceffaire pour cette efpèce de mafcarade. Ils trouvèrent par bonheur un peintre
qui leur fit une huile compofée pour leur rendre
l e teint auffi brun qu'il falloit l'avoir ; & lorfque
tout fut prêt pour ce petit voyage, don Francifque envoya un de fes gens à la comteffe, pour
l'avertir du jour qu'il lui mèneroit les fils de l'ambaffadeur. Elle fe donna beaucoup de mouvement, & prit des foins extrêmes pour bien recevoir ces illuftres maures. Elle ordonna à fes filles
de ne rien négliger pour paroître aimables à leurs
yeux ; & fa févérité, qui s'étendoit fur toutes les
nations du monde, l'abandonna à l'égard de celle
de Maroc, parce qu'étant fort dévote, elle les
regardoit comme des barbares & les ennemis de
la foi ; fur ce pied, elle s'étoit mis dans l'efprit
qu'il étoit impoffible qu'une Efpagnole aimât
jamais un homme qui n'auroit point été baptifé ;
& par l'effet de cette prévention, elle jugea
qu'elle ne rifquoit rien en laiffant voir fes filles
aux galans Africains.

Comme c'étoit le foir qu'ils arrivèrent, tout le
Château fe trouva éclairé d'un nombre infini de
lumières ; elle fut les recevoir jufques fur l'efca-
lier, & ils firent en la faluant des révérences fi
extraordinaires, ils haufsèrent & baifsèrent tant

de fois les mains, ils faisoient des hi, des ha, & des ho, si subits & si fréquens, que don Francisque, qui se contraignoit pour ne pas rire, étoit sur le point d'en étouffer. La comtesse de son côté, leur faisoit mille complimens, mais elle ne pouvoit s'empêcher, toutes les fois qu'ils prononçoient hala, de faire un petit signe de croix. Ce ne fut pas sans une reconnoissance extrême, qu'elle reçut de leurs mains des pièces d'étoffes de brocard, des éventails, des coffres de la Chine, des pierres gravées d'un merveilleux travail, & d'autres raretés considérables, qu'ils avoient apportés pour elle & pour ses filles; ils leur dirent que c'étoient des choses communes en leur pays, & s'étudièrent à parler assez mal la langue Espagnole, pour qu'on eût quelque peine à les entendre.

La bonne comtesse étoit transportée de tous ces honneurs; mais pendant qu'ils l'entretenoient avec toutes les distractions que l'amour cause, lorsque l'on voit ce que l'on aime, & quelque violence qu'ils se fissent pour ne pas regarder leurs maîtresses, ils attachèrent toujours les yeux sur elles. Dona Leonore sentoit une secrette inquiétude qui ne laissoit pas de flatter son cœur, elle n'en pouvoit démêler la cause; & bien qu'elle connût les yeux de don Fernand, & qu'elle remarquât quelques-uns des traits de don

G iv

Jaime dans le vifage d'un de ces maures, quel moyen de les retrouver fous cette teinture fi brune, & fous des habits fi extraordinaires?

La comteffe les mena dans une grande galerie ornée de tableaux; elle leur en fit remarquer un qu'elle avoit acheté depuis peu, c'étoit des amours qui jouoient à divers jeux, le plus petit fe couvroit le vifage d'un mafque, pour faire peur aux autres. Don Fernand loua l'imagination du peintre & l'excellence de fon travail, dans des termes qui faifoient affez connoître fon efprit, & la juftefe de fon goût; il s'y arrêta, fans faire paroître aucune affectation. Pendant que la comteffe parloit à fon neveu, car il l'amu-foit à chaque pas, l'amoureux Maure prit un crayon, & il écrivit ces mots aux pieds du petit amour mafqué:

Efcondido à todos,
Por fer viflo de tus lindos ojos.
Cela veut dire;

Je me cache à tout le monde, pour voir vos beaux yeux.

A peine la jeune Leonore eut-elle regardé ces caractères, elle fentit un grand trouble mêlé de joie. Dom Fernand connut bien qu'elle avoit dé-mêlé le myftère, & qu'elle n'étoit point fâchée de le voir; il en parut encore plus gai & plus fpirituel: il dit dans la converfation mille

jolies chofes, où Leonore eut lieu de s'intéreffer:
mais tel plaifir qu'elle prît à l'entendre , elle ne
put s'empêcher de fe féparer de la compagnie ,
& tirant fa fœur à part , ah ! ma chère Matilde,
lui dit elle, n'appréhendez-vous point comme
moi, que don Fernand & don Jaime ne foient
reconnus ? Je ne vous entends pas , répondit
Matilde . de quoi donc parlez-vous ? Hélas !
pauvre fille , continua Leonore en fouriant, que
vos yeux fervent mal votre cœur ! Quoi ! vous
n'avez pas encore remarqué que ce Maure , qui
ne vous a point quitté , eft don Jaime , & que
l'autre qui m'a parlé, eft don Fernand ? Cela
eft-il poffible , s'écria Matilde ? Me dites-vous
vrai , ma fœur ? mais continua-t-elle , l'attention qu'il a eue à me regarder, & mes preffentimens ne me permettent pas d'en douter.

Dans le moment qu'elles fe rapprochoient
d'eux , elles entendirent que la comteffe leur pro-
pofoit d'entrer dans le jardin , où elle avoit fait
faire une illumination que l'on appercevoit au
fond d'un bois affez éloigné, & qui produifoit
un effet charmant ; toute la compagnie paffa
dans une longue allée, qui étoit renfermée d'un
double rang de canaux : les jafmins entrelacés
avec les orangers & les chevrefeuilles, formoient
au bout un grand cabinet ouvert de plufieurs
côtés; une fontaine s'élevoit au milieu, & re-

tomboit fur elle-même avec un doux murmure ;
elle animoit les roffignols à faire plus de bruit
qu'elle. Chacun fe récria que ce cabinet étoit le
vrai féjour des plaifirs : on s'y plaça fur des fiéges
de gazon , l'on fervit des eaux glacées , du cho-
colat , & des confitures , en attendant l'heure
du fouper ; & comme la comteffe cherchoit à
divertir les maures , & que les romances étoient
fort à la mode , elle dit à Dona Leonore de raconter celle qu'on lui avoit apprife depuis peu.
Cette belle fille n'ofa s'en défendre ; fa mère
ne l'avoit pas élevée fur le pied d'éluder le
moindre de fes ordres , elle commença auffi-
tôt en ces termes.

LE NAIN JAUNE,

CONTE.

IL étoit une fois une reine, à laquelle il ne resta, de plusieurs enfans qu'elle avoit eus, qu'une fille qui en valoit plus de mille : mais sa mère se voyant veuve, & n'ayant rien au monde de si cher que cette jeune princesse, elle avoit une si terrible appréhension de la perdre, qu'elle ne la corrigeoit point de ses défauts ; de sorte que cette merveilleuse personne, qui se voyoit d'une beauté plus céleste que mortelle, & destinée à porter une couronne, devint si fière & si entêtée de ses charmes naissans, qu'elle méprisoit tout le monde.

La Reine sa mère aidoit, par ses caresses & par ses complaisances, à lui persuader qu'il n'y avoit rien qui pût être digne d'elle : on la voyoit presque toujours vêtue en Pallas ou en Diane, suivie des premières de la cour, habillées en nymphes ; enfin, pour donner le dernier coup à sa vanité, la reine la nomma Toute-Belle, &

l'ayant fait peindre par les plus habiles peintres, elle envoya son portrait chez plusieurs rois, avec lesquels elle entretenoit une étroite amitié. Lorsqu'ils virent ce portrait, il n'y en eut aucun qui se défendît du pouvoir inévitable de ses charmes : les uns en tombèrent malades, les autres en perdirent l'esprit, & les plus heureux arrivèrent en bonne santé auprès d'elle ; mais si-tôt qu'elle parut, ces pauvres Princes devinrent ses esclaves.

Il n'a jamais été une cour plus galante & plus polie. Vingt rois, à l'envi, essayoient de lui plaire ; & après avoir dépensé trois ou quatre cens millions à lui donner seulement une fête, lorsqu'ils en avoient tiré un *cela est joli*, ils se trouvoient trop récompensés. Les adorations qu'on avoit pour elle ravissoient la reine ; il n'y avoit point de jour qu'on ne reçût à sa cour sept ou huit mille sonnets, autant d'élégies, de madrigaux & des chansons, qui étoient envoyés par tous les Poëtes de l'univers. Toute-Belle étoit l'unique objet de la prose & de la poésie des Auteurs de son tems : l'on ne faisoit jamais de feux de joie qu'avec ces vers, qui pétilloient & brûloient mieux qu'aucune sorte de bois.

La princesse avoit déjà quinze ans, personne n'osoit prétendre à l'honneur d'être son époux, & il n'y avoit personne qui ne désirât de le devenir. Mais comment toucher un cœur de ce caractère ? On se seroit pendu cinq ou six fois par jour pour lui plaire, qu'elle auroit traité cela de bagatelle. Ses amans murmuroient fort contre sa cruauté ; & la reine qui vouloit la marier, ne savoit comment s'y prendre pour l'y résoudre. Ne voulez-vous pas, lui disoit-elle quelquefois, rabattre un peu de cet orgueil insupportable qui vous fait regarder avec mépris tous les rois qui viennent à notre cour : je veux vous en donner un, vous n'avez aucune complaisance pour moi? Je suis si heureuse, lui répondoit Toute-Belle, permettez, Madame, que je demeure dans une tranquille indifférence ; si je l'avois une fois perdue, vous pourriez en être fâchée. Oui, répliquoit la reine, j'en serois fâchée si vous aimiez quelque chose au-dessous de vous; mais voyez ceux qui vous demandent, & sachez qu'il n'y en a point ailleurs qui les valent.

Cela étoit vrai ; mais la princesse prévenue de son mérite, croyoit valoir encore mieux ; & peu à peu, par un entêtement de rester fille, elle commença de chagriner si fort sa mère, qu'elle se repentit, mais trop tard, d'avoir eu tant de complaisance pour elle.

Incertaine de ce qu'elle devoit faire, elle fut toute seule chercher une célèbre fée, qu'on appeloit la fée du désert ; mais il n'étoit pas aisé

de la voir, car elle étoit gardée par des lions.
La reine y auroit été bien empêchée, si elle
n'avoit pas su, depuis long-tems, qu'il falloit
leur jeter du gâteau fait de farine de millet,
avec du sucre candi & des œufs de crocodiles :
elle pétrit elle-même ce gâteau & le mit dans
un petit panier à son bras. Comme elle étoit
lasse d'avoir marché si long-tems, n'y étant point
accoutumée, elle se coucha au pié d'un arbre,
pour prendre quelque repos ; insensiblement elle
s'assoupit, mais en se réveillant, elle trouva seulement son panier, le gâteau n'y étoit plus ; &
pour comble de malheur, elle entendit les grands
lions venir, qui faisoient beaucoup de bruit,
car ils l'avoient sentie.

Hélas ! que deviendrai-je, s'écria-t-elle douloureusement ; je serai dévorée. Elle pleuroit,
& n'ayant pas la force de faire un pas pour se
sauver, elle se tenoit contre l'arbre où elle avoit
dormi : en même tems elle entendit : chet : chet,
hem, hem. Elle regarde de tous côtés, en levant les yeux, elle apperçoit sur l'arbre un petit
homme qui n'avoit qu'une coudée de haut, il
mangeoit des oranges & lui dit : oh ! Reine, je
vous connois bien, & je sais la crainte où vous
êtes que les lions ne vous dévorent ; ce n'est pas
sans raison que vous avez peur, car ils en ont
dévoré bien d'autres ; & pour comble de dif-

grâce, vous n'avez point de gâteau. Il faut me
réſoudre à la mort, dit la Reine en ſoupirant,
helas ! j'y aurois moins de peine ſi ma chère fille
étoit mariée ! Quoi, vous avez une fille ? s'écria
le nain Jaune, (on le nommoit ainſi, à cauſe
de la couleur de ſon teint & de l'oranger où il demeuroit), vraiment je m'en réjouis, car je cherche une femme par terre & par mer ; voyez
ſi vous me la voulez promettre, je vous garantirai des lions, des tigres & des ours. La reine
le regarda, & elle ne fut guères moins effrayée
de ſon horrible petite figure, qu'elle l'étoit déjà
des lions ; elle rêvoit & ne lui répondoit rien.
Quoi, vous héſitez, madame, lui cria-t-il, il
faut que vous n'aimiez guère la vie ? En même
tems la reine apperçut les lions ſur le haut d'une
colline, qui accouroient à elle ; ils avoient chacun
deux têtes, huit pieds, quatre rangs de dents,
& leur peau étoit auſſi dure que l'écaille & auſſi
rouge que du maroquin. A cette vue la pauvre
reine, plus tremblante que la Colombe quand
elle apperçoit un Milan, cria de toute ſa force :
monſeigneur le Nain, Toute-Belle eſt à vous.
Oh ! dit-il d'un air dédaigneux, Toute-Belle
eſt trop belle, je n'en veux point, gardez-la.
Hé, monſeigneur, continua la reine affligée,
ne la refuſez pas, c'eſt la plus charmante princeſſe de l'univers. Hé bien, répliqua-t-il, je l'ac-

cepte par charité ; mais fouvenez - vous du don
que vous m'en faites. Auffi - tôt l'oranger fur
lequel il étoit, s'ouvrit, la reine fe jeta dedans
à corps perdu ; il fe referma , & les lions n'at-
trapèrent rien.

La reine étoit fi troublée , qu'elle ne voyoit pas
une porte ménagée dans cet arbre ; enfin , elle
l'apperçut & l'ouvrit ; elle donnoit dans un
champ d'orties & de chardons. Il étoit entouré
d'un foffé bourbeux , & un peu plus loin étoit
une maifonnette fort baffe , couverte de paille :
le Nain Jaune en fortit d'un air enjoué, il avoit
des fabots , une jacquette de bure jaune , point
de cheveux , de grandes oreilles , & tout l'air
d'un petit fcélérat.

Je fuis ravi , dit-il à la reine , madame ma
belle-mère, que vous voyez le petit château où
votre Toute'- Belle vivra avec moi ; elle pourra
nourrir de fes orties & de fes chardons un âne
qui la portera à la promenade , elle fe garantira
fous ce ruftique toît de l'injure des faifons , elle
boira de cette eau , & mangera quelques grenouilles qui s'y nourriffent graffement ; enfin
elle m'aura jour & nuit auprès d'elle , beau ,
difpos & gaillard comme vous me voyez ; car
je ferois bien fâché que fon ombre l'accompagnât
mieux que moi.

L'infortunée reine, confidérant tout d'un coup

la déplorable vie que ce Nain promettroit à sa
chère fille, & ne pouvant soutenir une idée si
terrible, tomba de sa hauteur sans connoissance
& sans avoir eu la force de lui répondre un mot:
mais pendant qu'elle étoit ainsi, elle fut rap-
portée dans son lit bien proprement avec les plus
belles cornettes de nuit & la fontange du meilleur air qu'elle eût mises de ses jours. La reine
s'éveilla & se souvint de ce qui lui étoit arrivé;
elle n'en crut rien du tout, car se trouvant dans
son palais au milieu de ses dames, sa fille à ses
côtés, il n'y avoit guères d'apparence qu'elle
eût été au désert, qu'elle y eût couru de si grands
périls, & que le Nain l'en eût tirée à des conditions si dures, que de lui donner Toute-Belle.
Cependant ces cornettes d'une dentelle rare, &
le ruban l'étonnoient autant que le rêve qu'elle
croyoit avoir fait, & dans l'excès de son inquiétude, elle tomba dans une mélancolie si extraordinaire, qu'elle ne pouvoit presque plus ni
parler, ni manger, ni dormir.

La Princesse, qui l'aimoit de tout son cœur,
s'en inquiéta beaucoup; elle la supplia plusieurs
fois de lui dire ce qu'elle avoit : mais la reine
cherchant des prétextes, lui répondoit, tantôt
que c'étoit l'effet de sa mauvaise santé, & tantôt
que quelqu'un de ses voisins la menaçoit d'une
grande guerre. Toute-Belle voyoit bien que ses

réponfes étoient plaufibles , mais que dans le
fond il y avoit autre chofe , & que la reine s'étudioit à le lui cacher. N'étant plus maîtreffe de
fon inquiétude , elle prit la réfolution d'aller
trouver la fameufe fée du Défert, dont le favoir
faifoit grand bruit partout ; elle avoit auffi envie
de lui demander fon confeil pour demeurer fille
ou pour fe marier , car tout le monde la preffoit
fortement de choifir un époux : elle prit foin
de pétrir elle-même le gâteau qui pouvoit appaifer la fureur des lions ; & faifant femblant
de fe coucher le foir de bonne heure , elle fortit
par un petit degré dérobé , le vifage couvert
d'un grand voile blanc qui tomboit jufqu'à fes
piés ; & ainfi feule elle s'achemina vers la grotte
où demeuroit cette habile fée.

Mais en arrivant à l'oranger fatal dont j'ai
déjà parlé , elle le vit fi couvert de fruits &
de fleurs , qu'il lui prit envie d'en cueillir ; elle
pofa fa corbeille par terre , & prit des oranges
qu'elle mangea. Quand il fut queftion de retrouver
fa corbeille & fon gâteau , il n'y avoit plus rien ;
elle s'inquiète , elle s'afflige , & voit tout d'un
coup auprès d'elle l'affreux petit Nain dont j'ai
déjà parlé. Qu'avez-vous la belle fille , qu'avez-
vous à pleurer , lui dit-il ? Hélas! qui ne pleu-
reroit , répondit-elle , j'ai perdu mon panier &
mon gâteau , qui m'étoient fi néceffaires pour

arriver à bon port chez la fée du Défert. Hé !
que lui voulez-vous, la belle fille, dit ce petit
magot, je fuis fon parent, fon ami, & pour
le moins aufli habile qu'elle ? La reine ma mère,
répliqua la princeffe, eft tombée depuis quelque
tems dans une affreufe trifteffe, qui me fait
tout craindre pour fa vie; j'ai dans l'efprit que
j'en fuis peut-être la caufe, car elle fouhaite de
me marier ; je vous avoue que je n'ai encore
rien trouvé digne de moi ; toutes ces raifons
m'engagent à vouloir parler à la fée. N'en prenez
point la peine, princeffe, lui dit le Nain, je
fuis plus propre qu'elle à vous éclairer fur ces
chofes.

La reine votre mère a du chagrin de vous
avoir promife en mariage. La reine m'a promife, dit-elle en l'interrompant ! Ah ! fans doute
vous vous trompez, elle me l'auroit dit, & j'y
ai trop d'intérêt, pour qu'elle m'engage fans
mon confentement. Belle princeffe, lui dit le
Nain en fe jetant tout d'un coup à fes genoux,
je me flatte que ce choix ne vous déplaira point,
quand je vous aurai dit que c'eft moi qui fuis
deftiné à ce bonheur. Ma mère vous veut pour
fon-gendre, s'écria Toute-Belle en reculant
quelques pas ! eft-il une folie femblable à la
vôtre ? je me foucie fort peu, dit le Nain en
colère, de cet honneur : voici les lions qui s'ap-

prochent, en trois coups de dents ils m'auront
vengé de votre injuste mépris.

En même tems la pauvre princesse les entendit qui venoient avec de longs hurlemens. Que
vais-je devenir, s'écria-t-elle? Quoi, je finirai
donc ainsi mes beaux jours? Le méchant Nain la
regardoit, & riant dédaigneusement : vous aurez
au moins la gloire de mourir fille, lui dit-il, &
de ne pas mésallier votre éclatant mérite avec
un misérable Nain tel que moi. De grâce, ne
vous fâchez pas, lui dit la princesse en joignant
ses belles mains, j'aimerois mieux épouser tous
les Nains de l'univers, que de périr d'une manière si affreuse. Regardez-moi bien, princesse,
avant que de me donner votre parole, repliqua-t-il, car je ne prétends pas vous surprendre.
Je vous ai regardé de reste, lui dit-elle, les lions
approchent, ma frayeur augmente; sauvez-moi,
sauvez-moi, ou la peur me fera mourir.

Effectivement elle n'avoit pas achevé ces mots
qu'elle tomba évanouie; & sans savoir comment,
elle se trouva dans son lit avec le plus beau linge
du monde, les plus beaux rubans, & une petite
bague faite d'un seul cheveu roux, qui tenoit si
fort, qu'elle se seroit plutôt arrachée la peau,
qu'elle ne l'auroit ôtée de son doigt.

Quand la princesse vit toutes ces choses, &
qu'elle se souvint de ce qui s'étoit passé la nuit,

elle tomba dans une mélancolie qui surprit &
qui inquiéta toute la cour; la reine en fut plus
alarmée que personne, elle lui demanda cent &
cent fois ce qu'elle avoit : elle s'opiniâtra à lui
cacher son aventure. Enfin, les états du royaume,
impatiens de voir leur princesse mariée, s'assem-
blèrent & vinrent ensuite trouver la reine pour
la prier de lui choisir au plutôt un époux. Elle
répliqua qu'elle ne demandoit pas mieux, mais
que sa fille y témoignoit tant de répugnance,
qu'elle leur conseilloit de l'aller trouver & de la
haranguer : ils y furent sur le champ. Toute-
Belle avoit bien rabattu de sa fierté depuis son
aventure avec le Nain Jaune ; elle ne comprenoit
pas de meilleur moyen pour se tirer d'affaire, que
de se marier à quelque grand roi, contre lequel ce
petit magot ne seroit pas en état de disputer une
conquête si glorieuse. Elle répondit donc plus
favorablement que l'on ne l'avoit espéré, qu'encore qu'elle se fût estimée heureuse de rester fille
toute sa vie, elle consentoit à épouser le roi des
mines d'or : c'étoit un prince très-puissant &
très-bien fait, qui l'aimoit avec la dernière passion depuis quelques années, & qui, jusqu'alors
n'avoit pas eu lieu de se flatter d'aucun retour.

Il est aisé de juger de l'excès de sa joie, lorsqu'il apprit de si charmantes nouvelles, & de la
fureur de tous ses rivaux, de perdre pour tou-

jours une espérance qui nourrissoit leur passion : mais Toute-Belle ne pouvoit pas épouser vingt rois ; elle avoit eu même bien de la peine d'en choisir un , car sa vanité ne se démentoit point , & elle étoit fort persuadée que personne au monde ne pouvoit lui être comparable.

L'on prépara toutes les choses nécessaires pour la plus grande fête de l'univers : le roi des mines d'or fit venir des sommes si prodigieuses , que toute la mer étoit couverte des navires qui les apportoient : l'on envoya dans les cours les plus polies & les plus galantes , & particulièrement à celle de France , pour avoir ce qu'il y avoit de plus rare , afin de parer la princesse ; elle avoit moins besoin qu'une autre des ajustemens qui relèvent la beauté : la sienne étoit si parfaite , qu'il ne s'y pouvoit rien ajouter , & le roi des mines d'or se voyant sur le point d'être heureux , ne quittoit plus cette charmante princesse.

L'intérêt qu'elle avoit à le connoître , l'obligea de l'étudier avec soin ; elle lui découvrit tant de mérite , tant d'esprit , des sentimens si vifs & si délicats , enfin une si belle ame dans un corps si parfait , qu'elle commença de ressentir pour lui une partie de ce qu'il ressentoit pour elle. Quels heureux momens pour l'un & pour l'autre , lorsque dans les plus beaux jardins du monde , ils se trouvoient en liberté de se décou-

vrir toute leur tendreffe : ces plaifirs étoient fouvent fecondés par ceux de la mufique. Le roi ,
toujours galant & amoureux , faifoit des vers &
des chanfons pour la princeffe : en voici une
qu'elle trouva fort agréable.

> Ces bois , en vous voyant , font parés de feuillages ,
> Et ces prés font briller leurs charmantes couleurs.
> Le zéphir fous vos pas fait éclorre les fleurs ;
> Les oifeaux amoureux redoublent leurs ramages ;
>   Dans ce charmant féjour
> Tout rit , tout reconnoît la fille de l'amour.

L'on étoit au comble de la joie. Les rivaux du
roi , défefpérés de fa bonne fortune , avoient
quitté la cour ; ils étoient retournés chez eux
accablés de la plus vive douleur , ne pouvant
être témoins du mariage de Toute-Belle ; ils lui
dirent adieu d'une manière fi touchante , qu'elle
ne put s'empêcher de les plaindre. Ah ! madame ,
lui dit le roi des mines d'or , quel larcin me faites-vous aujourd'hui ? vous accordez votre pitié
à des amans qui font trop payés de leurs peines
par un feul de vos regards. Je ferois fâchée ,
repliqua Toute-Belle , que vous fuffiez infenfible
à la compaffion que j'ai témoignée aux princes
qui me perdent pour toujours ; c'eft une preuve
de votre délicateffe dont je vous tiens compte ;
mais , feigneur , leur état eft fi différent du vôtre ;

vous devez être si content de moi, ils ont si peu
de sujet de s'en louer, que vous ne devez pas
pousser plus loin votre jalousie. Le roi des mines
d'or, tout confus de la manière obligeante dont
la princesse prenoit une chose qui pouvoit la
chagriner, se jeta à ses pieds, & lui baisant les
mains, il lui demanda mille fois pardon.

Enfin, ce jour tant attendu & tant souhaité
arriva : tout étant prêt pour les noces de Toute-
Belle, les instrumens & les trompettes annon-
cèrent par toute la ville cette grande fête ; l'on
tapissa les rues, elles furent jonchées de fleurs, le
peuple en foule accourut dans la grande place du
palais ; la reine ravie, s'étoit à peine couchée, &
elle se leva plus matin que l'aurore pour donner
les ordres nécessaires, & pour choisir les pierreries dont la princesse devoit être parée ; ce n'étoit
que diamans jusqu'à ses souliers, ils en étoient
faits, sa robe de brocard d'argent étoit chamarée
d'une douzaine de rayons du soleil que l'on avoit
achetés bien cher ; mais aussi rien n'étoit plus
brillant, & il n'y avoit que la beauté de cette
princesse qui pût être plus éclatante : une riche
couronne ornoit sa tête, ses cheveux flottoient
jusques à ses pieds, & la majesté de sa taille se
faisoit distinguer au milieu de toutes les dames
qui l'accompagnoient. Le roi des mines d'or n'é-
toit pas moins accompli ni moins magnifique;

sa joie paroissoit sur son visage & dans toutes
ses actions ; personne ne l'abordoit qui ne s'en
retournât chargé de ses libéralités , car il avoit
fait arranger au tour de la salle des festins , mille
tonneaux remplis d'or , & de grands sacs de
velours en broderie de perles , que l'on remplissoit de pistoles ; chacun en pouvoit tenir cent
mille : on les donnoit indifféremment à ceux qui
tendoient la main ; de sorte que cette petite cérémonie , qui n'étoit pas une des moins utiles &
des moins agréables de la noce , y attira beaucoup de personnes qui étoient peu sensibles à tous
les autres plaisirs.

La reine & la princesse s'avançoient pour sortir avec le roi, lorsqu'elles virent entrer dans une
longue galerie où elles étoient , deux gros coqs
d'inde qui traînoient une boîte fort mal faite ;
il venoit derrière eux une grande vieille , dont
l'âge avancé & la décrépitude ne surprirent pas
moins que son extrême laideur ; elle s'appuyoit
sur une béquille , elle avoit une fraise de taffetas noir , un chaperon de velours rouge , un ver-
tugadin en guenille ; elle fit trois tours avec les
coqs d'inde sans dire une parole , puis s'arrêtant
au milieu de la galerie , & branlant sa béquille
d'une manière menaçante : Ho , ho , reine , ho ,
ho , Princesse , s'écria-t-elle , vous prétendez
donc fausser impunément la parole que vous

avez donnée à mon ami le Nain Jaune ; je suis la
fée du Désert; sans lui, sans son oranger, ne savez
vous pas que mes grands lions vous auroient dé-
vorées? L'on ne souffre pas dans le royaume de
féerie de telles insultes ; songez promptement à
ce que vous voulez faire ; car je jure par mon
escoëtion que vous l'épouserez , ou que je brû-
lerai ma béquille.

Ah! princesse, dit la reine en pleurant, qu'est-
ce que j'apprends ; qu'avez-vous promis ? Ah! ma
mère , repliqua douloureusement Toute-Belle ,
qu'avez-vous promis vous-même ? Le roi des
mines d'or , indigné de ce qui se passoit , & que
cette méchante vieille vînt s'opposer à sa félicité,
s'approcha d'elle l'épée à la main , & la portant à
sa gorge : malheureuse , lui dit-il , éloigne-toi
de ces lieux pour jamais , où la perte de ta vie
me vengera de ta malice.

Il eut à peine prononcé ces mots, que le dessus
de la boîte sauta jusques au plancher avec un bruit
affreux, & l'on en vit sortir le Nain Jaune, monté
sur un gros chat d'Espagne , qui vint se mettre
entre la fée du Désert & le roi des mines d'or.
Jeune téméraire , lui dit-il, ne pense pas outrager
cette illustre fée ; c'est à moi seul que tu as affaire, je suis ton rival, je suis ton ennemi ; l'infidelle princesse qui veut se donner à toi m'a donné sa parole , & reçu la mienne ; regarde si elle

n'a pas une bague d'un de mes cheveux ; tâche
de la lui ôter, & tu verras par-ce petit effai que
ton pouvoir eft moindre que le mien. Miférable
monftre, lui dit le roi, as-tu bien la témérité de
te dire l'adorateur de cette divine princeffe, &
de prétendre à une poffeffion fi glorieufe ? Songes-
tu que tu es un magot, dont l'hideufe figure
fait mal aux yeux, & que je t'aürois déjà ôté la
vie, fi tu étois digne d'une mort fi glorieufe. Le
Nain Jaune offenfé jufqu'au fond de l'ame, appuya l'éperon dans le ventre de fon chat, qui
commença un miaulis épouvantable, & fautant
de-çà & de-là, il faifoit peur à tout le monde,
hors au brave roi, qui ferroit le Nain de près ;
quand il tira un large coutelas dont il étoit armé ;
& défiant le roi au combat, il defcendit dans la
place du palais avec un bruit étrange.

Le roi courroucé le fuivit à grands pas. A peine
furent-ils vis-à-vis l'un de l'autre & de toute la
cour fur des balcons, que le foleil devenant tout
d'un coup auffi rouge que s'il eût été enfan-
glanté, il s'obfcurcit à tel point, qu'à peine fe
voyoit-on : le tonnerre & les éclairs fembloient
vouloir abîmer le monde ; & les deux Coqs
d'inde parurent aux côtés du mauvais Nain,
comme deux géans plus hauts que des montagnes, qui jetoient le feu par la bouche & par
les yeux, avec une telle abondance, que l'on

eût cru que c'étoit une fournaife ardente. Toutes
ces chofes n'auroient point été capables d'effrayer le cœur magnanime du jeune monarque ;
il marquoit une intrépidité dans fes regards &
dans fes actions , qui raffuroit tous ceux qui
s'intéreffoient à fa confervation , & qui embar-
raffoit peut-êt...bien le Nain Jaune : mais fon
courage ne fut pas à l'épreuve de l'état où il
apperçut fa chère princeffe , lorfqu'il vit la fée
du Défert, coîffée en Tifiphone, fa tête couverte
de longs ferpens , montée fur un griffon aîlé ,
armée d'une lance dont elle la frappa fi rudement, qu'elle la fit tomber entre les bras de la
reine , toute baignée de fon fang. Cette tendre
mère , plus bleffée du coup que fa fille ne l'a-
voit été , pouffa des cris , & fit des plaintes que
l'on ne peut repréfenter. Le roi perdit alors fon
courage & fa raifon ; il abandonna le combat ,
& courut vers la princeffe pour la fecourir , ou
pour expirer avec elle : mais le Nain Jaune ne
lui laiffa pas le tems de s'en approcher, il s'é-
lança avec fon chat Efpagnol dans le balcon où
elle étoit ; il l'arracha des mains de la reine &
de celles de toutes les dames , puis fautant fur
le toit du palais , il difparut avec fa proie.

Le roi , confus & immobile , regardoit avec
le dernier défefpoir une aventure fi extraordinaire , & à laquelle il étoit affez malheureux de

ne pouvoir apporter aucun remède ; quand pour comble de difgrâce , il fentit que fes yeux fe couvroient , qu'ils perdoient la lumière , & que quelqu'un d'une force extraordinaire l'emportoit dans le vafte efpace de l'air. Que de difgrâces ! Amour, cruel amour, eft-ce ainfi que tu traites ceux qui te reconnoiffent pour leur vainqueur ?

Cette mauvaife fée du Défert, qui étoit venue avec le Nain Jaune pour le feconder dans l'en- lèvement de la princeffe , eut à peine vu le roi des mines d'or, que fon cœur barbare devenant fenfible au mérite de ce jeune prince , elle en voulut faire fa proie, & l'emporta au fond d'une affreufe caverne, où elle le chargea de chaînes qu'elle avoit attachées à un rocher ; elle efpéroit que la crainte d'une mort prochaine lui feroit oublier Toute-Belle , & l'engageroit de faire ce qu'elle voudroit. Dès qu'elle fut arrivée , elle lui rendit la vue , fans lui rendre la liberté , & em- pruntant de l'art de férie les grâces & les charmes que la nature lui avoit refufées , elle parut devant lui comme une aimable nymphe que le hafard conduifoit dans ces lieux.

Que vois-je , s'écria-t-elle ? Quoi , c'eft vous, prince charmant ; quelle infortune vous accable & vous retient dans un fi trifte féjour ? Le Roi déçu par des apparences fi trompeufes , lui ré- pliqua : Hélas ! belle nymphe , j'ignore ce que

me veut la furie infernale qui m'a conduit ici ;
bien qu'elle m'ait ôté l'usage de mes yeux ,
lorsqu'elle m'a enlevé , & qu'elle n'ait point paru
depuis , je n'ai pas laissé de reconnoître au son
de sa voix que c'est la fée du Désert. Ah , seigneur ! s'écria la fausse nymphe , si vous êtes
entre les mains de cette femme , vous n'en sortirez point qu'après l'avoir épousée ; elle a fait
ce tour à plus d'un héros , & c'est la personne
du monde la moins traitable sur ses entêtemens.
Pendant qu'elle feignoit de prendre beaucoup
de part à l'affliction du roi , il apperçut les piés
de la nymphe , qui étoient semblables à ceux
d'un griffon : c'étoit toujours à cela qu'on reconnoissoit la fée dans ses différentes métamor-
phoses ; car à l'égard de ce griffonage , elle ne
pouvoit le changer.

Le roi n'en témoigna rien , & lui parlant sur
un ton de confidence : je ne sens aucune aversion ,
lui dit-il , pour la fée du Désert ; mais il ne
m'est pas supportable qu'elle protège le Nain
Jaune contre moi , & qu'elle me tienne enchaîné
comme un criminel. Que lui ai-je fait ? J'ai aimé
une princesse charmante : mais si elle me rend
ma liberté , je sens bien que la reconnoissance
m'engagera à n'aimer qu'elle. Parlez-vous since-
rement , lui dit la nymphe déçue ? N'en dou-
sez pas , répliqua le roi , je ne sais point l'art

de feindre, & je vous avoue qu'une fée peut flatter davantage ma vanité, qu'une simple princesse; mais quand je devrois mourir d'amour pour elle, je lui témoignerai toujours de la haîne, jusqu'à ce que je sois maître de ma liberté.

La fée du Désert, trompée par ces paroles, prit la résolution de transporter le Roi dans un lieu aussi agréable que cette solitude étoit affreuse, de manière que l'obligeant à monter dans son chariot où elle avoit attaché des cygnes, au lieu de chauves-souris qui le conduisoient ordinairement, elle vola d'un pôle à l'autre.

Mais que devint ce prince, lorsqu'en traversant ainsi le vaste espace de l'air, il apperçut sa chère princesse dans un château tout d'acier, dont les murs frappés par les rayons du soleil, faisoient des miroirs ardens qui brûloient tous ceux qui vouloient en approcher; elle étoit dans un boccage, couchée sur le bord d'un ruisseau, une de ses mains sous sa tête, & de l'autre elle sembloit essuyer ses larmes : comme elle levoit les yeux vers le ciel, pour lui demander quelque secours, elle vit passer le roi avec la fée du Désert, qui ayant employé l'art de féerie où elle étoit experte, pour paroître belle aux yeux du jeune monarque, parut en effet à ceux de la princesse, la plus merveilleuse personne du monde. Quoi ! s'écria-t-elle, ne fuis-je donc pas affez malheureufe dans cet inacceffible château, où l'affreux Nain Jaune m'a tranfportée ? Faut-il que pour comble de difgrâce le démon de la jaloufie vienne me perfécuter ? Faut-il que par une aventure fi extraordinaire, j'apprenne l'infidélité du Roi des mines d'or ? Il a cru, en me perdant de vue, être affranchi de tous les fermens qu'il m'a faits. Mais qui eft cette redoutable rivale, dont la fatale beauté furpaffe la mienne ?

Pendant qu'elle parloit ainfi, l'amoureux roi reffentoit une peine mortelle de s'éloigner avec tant de vîteffe du cher objet de fes vœux. S'il avoit moins connu le pouvoir de la fée, il auroit tout tenté pour fe féparer d'elle, foit en lui donnant la mort, ou par quelque autre moyen que fon amour & fon courage lui auroient fourni: mais que faire contre une perfonne fi puiffante ? Il n'y avoit que le tems & l'adreffe qui puffent le retirer de fes mains.

La fée avoit apperçu Toute-Belle, & cherchoit dans les yeux du roi à pénétrer l'effet que cette vue auroit produit fur fon cœur. Perfonne ne peut mieux que moi vous apprendre, lui dit-il, ce que vous voulez favoir : la rencontre imprévue d'une princeffe malheureufe, & pour laquelle j'avois de l'attachement, avant d'en

prendre

prendre pour vous, m'a un peu ému; mais vous êtes fi fort au deffus d'elle dans mon efprit, que j'aimerois mieux mourir que de vous faire une infidélité. Ah! prince, lui dit-elle, puis-je me flatter de vous avoir infpiré des fentimens fi avantageux en ma faveur? Le tems vous en convaincra, madame, lui dit-il; mais fi vous vouliez me convaincre que j'ai quelque part dans vos bonnes grâces, ne me refufez point votre fecours pour Toute-Belle. Penfez-vous à ce que vous me demandez, lui dit la Fée, en fronçant le fourcil, & le regardant de travers? Vous voulez que j'emploie ma fcience contre le Nain Jaune, qui eft mon meilleur ami; que je retire de fes mains une orgueilleufe princeffe, que je ne puis regarder que comme ma rivale. Le roi foupira fans rien répondre; qu'auroit-il répondu à cette pénétrante perfonne?

Ils arrivèrent dans une vafte prairie, émaillée de mille fleurs différentes; une profonde rivière l'entouroit, & plufieurs ruiffeaux de fontaine, couloient doucement fous des arbres touffus, où l'on trouvoit une fraîcheur éternelle; l'on voyoit dans l'éloignement, s'élever un fuperbe palais, dont les murs étoient de tranfparentes émeraudes. Auffi-tôt que les cygnes qui conduifoient la Fée fe furent abaiffés fous un portique, dont le pavé étoit de diamans & les voûtes de rubis, il parut de tous côtés mille belles personnes, qui vinrent la recevoir avec de grandes acclamations de joie; elles chantoient ces paroles.

Quand l'amour veut d'un cœur remporter la victoire,
On fait pour résister des efforts superflus,
    On ne fait qu'augmenter sa gloire,
Les plus puissans vainqueurs sont les premiers vaincus.

La fée du Désert étoit ravie d'entendre chanter ses amours; elle conduisit le roi dans le plus superbe appartement qui se soit jamais vu de mémoire de fée, & elle l'y laissa quelques momens pour qu'il ne se crût pas absolument captif; il se douta bien qu'elle ne s'éloignoit guère, & qu'en quelque lieu caché, elle observoit ce qu'il faisoit; cela l'obligea de s'approcher d'un grand miroir, & s'adressant à lui : Fidèle conseiller, lui dit-il, permets que je voie ce que je peux faire pour me rendre agréable à la charmante fée du Désert, car l'envie que j'ai de lui plaire, m'occupe sans cesse : aussi-tôt il se peigna, se poudra, se mit une mouche, & voyant sur une table un habit plus magnifique que le sien, il le mit en diligence.

La fée entra si transportée de joie, qu'elle ne pouvoit la modérer. Je vous tiens compte, lui dit-elle, des soins que vous prenez pour me plaire, vous en avez trouvé le secret, même sans le chercher; jugez donc, seigneur, s'il vous sera difficile, lorsque vous le voudrez.

Le roi qui avoit des raisons pour dire des douceurs à la vieille fée, ne les épargna pas, & il en obtint insensiblement la liberté de s'aller promener le long du rivage de la mer. Elle l'avoit rendue par son art si terrible & si orageuse, qu'il n'y avoit point de pilotes assez hardis pour naviger dessus; ainsi elle ne devoit rien craindre de la complaisance qu'elle avoit pour son prisonnier; il sentit quelque soulagement à ses peines, de pouvoir rêver seul, sans être interrompu par sa méchante geolière.

Après avoir marché assez long-tems sur le sable, il se baissa & écrivit ces vers avec une canne qu'il tenoit dans sa main :

Enfin je puis en liberté
Adoucir mes douleurs par un torrent de larmes :
Hélas ! je ne vois plus les charmes
De l'adorable objet qui m'avoit enchanté.
Toi qui rends aux mortels ce bord inaccessible,
Mer orageuse, mer terrible,
Que poussent les vents furieux,
Tantôt jusqu'aux enfers, & tantôt jusqu'aux cieux,
Mon cœur est encore moins paisible
Que tu ne parois à mes yeux.

Toute-Belle ! oh ! deſtin barbare ,
Je perds l'objet de mon amour ;
Oh ! Ciel , dont l'arrêt m'en ſépare ,
Pourquoi différes-tu de me ravir le jour ?
Divinité des ondes ,
Vous avez de l'amour reſſenti le pouvoir ;
Sortez de vos grottes profondes ,
Secourez un amant réduit au déſeſpoir.

Comme il écrivoit , il entendit une voix qui
attira malgré lui toute ſon attention , & voyant
que les flots groſſiſſoient , il regardoit de tous
côtés , lorſqu'il apperçut une femme d'une beauté
extraordinaire , ſon corps n'étoit couvert que
par ſes longs cheveux qui, doucement agités des
zéphirs, flottoient ſur l'onde. Elle tenoit un miroir
dans l'une de ſes mains , & un peigne dans l'autre,
une longue queue de poiſſon avec des nageoires
terminoit ſon corps. Le roi demeura bien ſurpris
d'une rencontre ſi extraordinaire ; dès qu'elle fut
à portée de lui parler, elle lui dit : je ſais le triſte
état où vous êtes réduit par l'éloignement de
votre princeſſe , & par la biſarre paſſion que la
fée du Déſert a priſe pour vous ; ſi vous voulez
je vous tirerai de ce lieu fatal où vous languirez
peut-être encore plus de trente ans. Le roi ne
ſavoit que répondre à cette propoſition ; ce n'étoit
pas manque d'envie de ſortir de captivité, mais
il craignoit que la fée du Déſert n'eût emprunté

cette figure pour le décevoir. Comme il héſitoit, la ſyrène qui devina ſes penſées, lui dit : Ne croyez pas que ce ſoit un piége que je vous tends, je ſuis de trop bonne foi pour vouloir ſervir vos ennemis : le procédé de la fée du Déſert, & celui du Nain Jaune, m'ont aigrie contr'eux; je vois tous les jours votre infortunée princeſſe, ſa beauté & ſon mérite me font une égale pitié, & je vous le répète encore, ſi vous avez de la confiance en moi, je vous ſauverai. J'y en ai une ſi parfaite, s'écria le roi, que je ferai tout ce que vous m'ordonnerez; mais puiſque vous avez vu ma princeſſe, apprenez-moi de ſes nouvelles. Nous perdrions trop de tems à nous entretenir, lui dit elle ; venez avec moi, je vais vous porter au château d'Acier, & laiſſer ſur ce rivage une figure qui vous reſſemblera ſi fort, que la fée en ſera la dupe.

Elle coupa auſſi-tôt des joncs marins, elle en fit un gros paquet, & ſoufflant trois fois deſſus, elle leur dit : Joncs marins, mes amis, je vous ordonne de reſter étendus ſur le ſable, ſans en partir juſqu'à ce que la fée du Déſert vous vienne enlever. Les joncs parurent couverts de peau, & ſi ſemblables au roi des mines d'or, qu'il n'avoit jamais vu une choſe ſi ſurprenante ; ils étoient vêtus d'un habit comme le ſien, ils étoient pâles & défaits, comme s'il ſe fût noyé ;

en même tems la bonne fyrène fit affeoir le roi
fur fa grande queue de poiffon, & tous les deux
voguèrent en pleine mer, avec une égale fatif-
faction.

Je veux bien à préfent, lui dit-elle, vous
apprendre que lorfque le méchant Nain Jaune
eut enlevé Toute-Belle, il la mit, malgré la
bleffure que la fée du Défert lui avoit faite, en
trouffe derrière lui fur fon terrible chat d'Efpagne; elle perdoit tant de fang, & elle étoit
fi troublée de cette aventure, que fes forces
l'abandonnèrent; elle refta évanouie pendant
tout le chemin; mais le Nain Jaune ne voulut
point s'arrêter pour la fecourir, qu'il ne fe vît
en sûreté dans fon terrible palais d'Acier : il y
fut reçu par les plus belles perfonnes du monde
qu'il y avoit tranfportées. Chacune à l'envi lui
marqua fon empreffement pour fervir la princeffe; elle fut mife dans un lit de drap d'or,
chamaté de perles plus groffes que des noix.
Ah! s'écria le roi des mines d'or, en interrompant la fyrène, il l'a époufée, je pâme, je me
meurs. Non, lui dit-elle, feigneur, raffurez-
vous, la fermeté de Toute-Belle l'a garantie des
violences de cet affreux Nain. Achevez donc,
dit le roi. Qu'ai-je à vous dire davantage, continua la fyrène? elle étoit dans le bois, lorfque
vous avez paffé, elle vous a vu avec la fée du

Désert, elle étoit si fardée, qu'elle lui a paru
d'une beauté supérieure à la sienne, son désespoir ne se peut comprendre, elle croit que vous
l'aimez. Elle croit que je l'aime ! justes dieux,
s'écria le roi, dans quelle fatale erreur est-elle
tombée, & que dois-je faire pour l'en détrom-
per ? Consultez votre cœur, répliqua la syrène
avec un gracieux sourire, lorsque l'on est fortement engagé, l'on n'a pas besoin de conseils.
En achevant ces mots ils arrivèrent au château
d'Acier, le côté de la mer étoit le seul endroit
que le Nain Jaune n'avoit pas revêtu de ces for-
midables murs qui brûloient tout le monde.

Je sais fort bien, dit la syrène au roi, que
Toute-Belle est au bord de la même fontaine où
vous la vîtes en passant ; mais comme vous aurez
des ennemis à combattre avant que d'y arriver,
voici une épée avec laquelle vous pouvez tout
entreprendre, & affronter les plus grands périls,
pourvu que vous ne la laissiez pas tomber. Adieu,
je vais me retirer sous le rocher que vous voyez ;
si vous avez besoin de moi pour vous conduire
plus loin avec votre chère princesse, je ne vous
manquerai pas, car la reine sa mère est ma meilleure amie, & c'est pour la servir que je suis
venue vous chercher. En achevant ces mots, elle
donna au roi une épée faite d'un seul diamant ;
les rayons du soleil brillent moins ; il en compri-

toute l'utilité, & ne pouvant trouver des termes
affez forts pour lui marquer fa reconnoiffance,
il la pria d'y vouloir fuppléer, en imaginant ce
qu'un cœur bien fait eſt capable de reffentir pour
de fi grandes obligations.

Il faut dire quelque choſe de la fée du Défert.
Comme elle ne vit point revenir ſon aimable
amant, elle ſe hâta de l'aller chercher; elle fut
fur le rivage avec cent filles de fa fuite, toutes
chargées de préſens magnifiques pour le roi. Les
unes portoient de grandes corbeilles remplies de
diamans, les autres des vaſes d'or d'un travail
merveilleux, pluſieurs de l'ambre gris, du corail
& des perles; d'autres avoient fur leurs têtes des
ballots d'étoffes d'une richeffe inconcevable,
quelques autres encore des fruits, des fleurs &
juſqu'à des oiſeaux. Mais que devint la fée, qui
marchoit après cette galante & nombreuſe troupe,
lorſqu'elle apperçut les joncs marins ſi ſemblables au roi des mines d'or, que l'on n'y reconnoiffoit aucune différence? A cette vue, frappée
d'étonnement, & de la plus vive douleur, elle
jeta un cri fi épouvantable, qu'il pénétra les
cieux, fit trembler les monts & retentit juſqu'aux enfers. Mégère furieuſe, Alecto, Tifiphone, ne ſauroient prendre des figures plus
redoutables que celle qu'elle prit. Elle ſe jeta fur
le corps du roi, elle pleura, elle hurla, elle mit

en pièces cinquante des plus belles perfonnes qui l'avoient accompagnée, les immolant aux manes de ce cher défunt. Enfuite elle appela onze de fes fœurs qui étoient fées comme elle, les priant de lui aider à faire un fuperbe maufolée à ce jeune héros. Il n'y en eut pas une qui ne fût la dupe des joncs marins. Cet événement eft affez propre à furprendre, car les fées favoient tout ; mais l'habile fyrène en favoit encore plus qu'elles.

Pendant qu'elles fournifloient le porphyre, le jafpe, l'agate & le marbre, les ftatues, les devifes, l'or & le bronze, pour immortalifer la mémoire du roi qu'elles croyoient mort, il remercioit l'aimable fyrène, la conjurant de lui accorder fa protection ; elle s'y engagea de la meilleure grâce du monde, & difparut à fes yeux. Il n'eut plus rien à faire qu'à s'avancer vers le château d'Acier.

Ainfi guidé par fon amour, il marcha à grands pas, regardant d'un œil curieux s'il appercevroit fon adorable princeffe : mais il ne fut pas longtems fans occupation : quatre fphinxs terribles l'environnèrent, & jetant fur lui leurs griffes aigues, ils l'auroient mis en pièces, fi l'épée de diamans n'avoit commencé à lui être auffi utile que la fyrène l'avoit prédit. Il la fit à peine briller

aux yeux de ces monftres, qu'ils tombèrent fans
force à fes pieds : il donna à chacun un coup
mortel, puis s'avançant encore, il trouva fix
dragons couverts d'écailles plus difficiles à pénétrer que le fer. Quelque effrayante que fût cette
rencontre, il demeura intrépide, & fe fervant
de fa redoutable épée, il n'y en eut pas un qu'il
ne coupât par la moitié : il efpéroit d'avoir fur-
monté les plus grandes difficultés, quand il lui
en furvint une bien embarraffante. Vingt-quatre
nymphes, belles & gracieufes, vinrent à fa rencontre, tenant de longues guirlandes de fleurs
dont elles lui fermoient le paffage. Où voulez-
vous aller, feigneur, lui dirent-elles ? nous fommes commifes à la garde de ces lieux ; fi nous
vous laiffons paffer, il en arriveroit à vous & à
nous des malheurs infinis ; de grâce, ne vous
opiniâtrez point ; voudriez-vous tremper votre
main victorieufe dans le fang de vingt-quatre
filles innocentes qui ne vous ont jamais caufé
de déplaifir? Le roi à cette vue demeura interdit
& en fufpens ; il ne favoit à quoi fe réfoudre : lui
qui faifoit profeffion de refpecter le beau fexe,
& d'en être le chevalier à toute outrance, il
falloit que dans cette occafion il fe portât à le
détruire : mais une voix qu'il entendit le fortifia
tout d'un coup. Frappes, frappes : n'épargne

rien, lui dit cette voix, ou tu perds ta princesse pour jamais.

En même tems sans rien répondre à ces Nymphes, il se jette au milieu d'elles, rompt leurs guirlandes, les attaque sans nul quartier, & les dissipe en un moment : c'étoit un des derniers obstacles qu'il devoit trouver ; il entra dans le petit bois où il avoit vu Toute-Belle : elle y étoit au bord de la fontaine, pâle & languissante. Il l'aborde en tremblant ; il veut se jeter à ses pieds ; mais elle s'éloigne de lui avec autant de vîtesse & d'indignation que s'il avoit été le Nain Jaune. Ne me condamnez pas sans m'entendre, Madame, lui dit-il ; je ne suis ni infidelle, ni coupable ; je suis un malheureux qui vous ai déjà déplu sans le vouloir. Ah ! barbare, s'écria-t-elle, je vous ai vu traverser les airs avec une personne d'une beauté extraordinaire ; est-ce malgré vous que vous faisiez ce voyage ? Oui, Princesse, lui dit-il, c'étoit malgré moi ; la méchante fée du Désert ne s'est pas contentée de m'enchaîner à un rocher, elle m'a enlevé dans un char jusqu'à un des bouts de la terre, où je serois encore à languir sans le secours inespéré d'une syrène bienfaisante, qui m'a conduit jusqu'ici. Je viens, ma Princesse, pour vous arracher des mains qui

vous retiennent captive ; ne refufez pas le fecours du plus fidelle de tous les amans : il fe
jeta à fes piés , & l'arrêtant par fa robe , il
laiffa malheureufement tomber fa redoutable
épée. Le Nain Jaune qui fe tenoit caché fous
une laitue , ne la vit pas plutôt hors de la main
du roi , qu'en connoiffant tout le pouvoir , il
fe jeta deffus & s'en faifit.

La Princeffe pouffa un cri terrible en apper-
cevant le Nain ; mais fes plaintes ne fervirent
qu'à aigrir ce petit monftre : avec deux mots
de fon grimoire , il fit paroître deux Géans ,
qui chargerent le roi de chaînes & de fers.
C'eft à préfent , dit le Nain , que je fuis maître de la deftinée de mon rival ; mais je lui
veux bien accorder la vie & la liberté de partir de ces lieux , pourvu que fans différer vous
confentiez à m'époufer. Ah ! que je meure plutôt mille fois , s'écria l'amoureux roi. Que vous
mouriez , hélas ! dit la Princeffe , Seigneur , eft-il
rien de fi terrible ? Que vous deveniez la victime de ce monftre , répliqua le roi , eft-il rien
de fi affreux ? Mourons donc enfemble , continua-t elle. Laiffez-moi , ma Princeffe , la confolation de mourir pour vous. Je confens plutôt , dit-elle au Nain , à ce que vous fouhaitez.
A mes yeux , reprit le roi , à mes yeux , vous

en ferez votre époux, cruelle Princeffe, la vie
me feroit odieufe. Non, dit le Nain Jaune,
ce ne fera point à tes yeux que je deviendrai
fon époux ; un rival aimé m'eft trop redoutable.

En achevant ces mots, malgré les pleurs &
les cris de Toute-Belle, il frappa le roi droit
au cœur, & l'étendit à fes pieds. La Princeffe
ne pouvant furvivre à fon cher amant, fe laiffa
tomber fur fon corps, & ne fut pas long-tems
fans unir fon ame à la fienne. C'eft ainfi que
périrent ces illuftres infortunés, fans que la
fyrene y pût apporter aucun remède ; car la
force du charme étoit dans l'épée de diamant.

Le méchant Nain aima mieux voir la Princeffe privée de vie, que de la voir entre les
bras d'un autre; & la Fée du Défert ayant appris cette aventure, détruifit le maufolée qu'elle
avoit élevé, concevant autant de haine pour la
mémoire du roi des Mines d'or, qu'elle avoit
conçu de paffion pour fa perfonne. La fecourable fyrene, défolée d'un fi grand malheur, ne
put rien obtenir du deftin, que de les méta-
morphofer en palmiers. Ces deux corps fi parfaits devinrent deux beaux arbres, confervant
toujours un amour fidelle l'un pour l'autre, ils
fe carreffent de leurs branches entrelacées,

& immortalifent leurs feux par leur tendre union.

Tel qui promet dans le naufrage
Un hécatombe aux immortels,
Ne va pas feulement embraffer leurs autels
Quand il fe voit fur le rivage.
Chacun promet dans le danger ;
Mais le danger de Toute-Belle,
T'apprend à ne point t'engager,
Si ton cœur aux fermens ne peut être fidelle.

SUITE

DE

DON FERNAND

DE TOLEDE.

Lorsque Leonore eut fini fa romance, chacun la remercia avec empreffement du plaifir qu'elle venoit de leur donner. Je fuis trompé, dit don Francifque, fi elle n'eft de la compofition de l'aimable Leonore ou de la jeune Matilde; j'y remarque un tour délicat qui reffemble beaucoup à celui de leur efprit. Quand je l'aurois imaginée, répliqua-t-elle modeftement, j'en mériterois peu de louanges; ces fottes d'ouvrages me paroiffent très-aifés, & pour raconter fimplement quelque chofe, il ne faut pas un grand génie. Vous en dites affez, madame, ajouta don Jaime dans fon baragouin, pour nous perfuader que don Francifque a connu votre caractère : l'on doit juger, par le mépris que vous avez pour une romance fi fpirituelle, de votre modeftie.

Toute la compagnie fe leva, témoignant qu'il

falloit jouir de la liberté que la campagne donne ;
& comme l'on se sépara en plusieurs bandes, il
ne fut pas difficile à don Fernand de trouver le
moyen d'entretenir Leonore. Après s'être prome-
né avec la comtesse, il la quitta adroitement, &
vint chercher sa maîtresse : il l'apperçut qui traversoit le cabinet de jasmins ; il l'arrêta respectueusement, & s'y voyant seul avec elle, il ne put
s'empêcher de se jeter à ses piés. Est-il quelqu'un plus heureux que moi, lui dit-il ? je suis
à vos piés, Madame, & je puis vous faire
entendre que je vous adore. Je ne trouve pas,
répliqua cette belle fille, d'un air modeste &
embarrassé, que cette liberté soit aussi bien établie
que vous l'imaginez : car enfin, Seigneur, ne
dois-je pas vous l'ôter ? Non, Madame, répliqua-t-il, non, vous êtes trop aimable & trop
bonne pour me punir si cruellement d'une offense
que je ne suis pas le maître de ne vous point faire ;
vous m'avez forcé de vous donner mon cœur ;
ne m'est-il pas permis de vous entretenir de
votre conquête ? Hélas ! Madame, je ne vous
parle que de cela, continua-t-il ; si j'osois, ne
vous parlerois-je pas du retour que je mérite.
Je n'ai jamais vu faire tant de chemin en si peu
de tems, lui dit-elle ; j'ignore encore si je dois
vous accorder la permission de me parler. Mais,
hélas !

hélas! dit-elle, en s'interrompant, comment la
refuferois-je à votre mérite, à la fincérité de vos
intentions, à mon penchant, à vos inftances,
à ce que vous faites, Seigneur, pour me prou-
ver votre empreffement ; car fe peut - il rien
d'égal à votre perfévérance ? Je ne ferai jamais
capable d'en manquer, Madame, répliqua don
Fernand ; la mauvaife humeur de la comteffe de
Fuentes ne me rebutera point ; & je fuis déjà trop
bien payé de mon déguifement, & des complai-
fances que j'ai pour elle, puifque je me trouve
à vos piés, que vous fouffrez l'aveu de ma paffion, que je puis me flatter que mes foins, mes
refpects & ma conftance pourront vous toucher
quelque jour. Je ne vous défends point d'efpérer,
lui dit Leonore ; fongez à rendre vos fentimens
auffi agréables à mon père, qu'ils me le peuvent
être, &........ elle ne fut continuer une converfation qui commençoit d'être fi tendre ; fon
trouble acheva d'expliquer ce qu'elle penfoit ; &
don Fernand ravi, étoit fur le point de mourir
de joie à fes piés, quand il prit malgré elle
une de fes mains : mais la voulant baifer, il
fentit tout d'un coup quelqu'un qui le tira fi
rudement par le pié, qu'il tomba fur le nez ;
que devint il, lorfque fe relevant brufquement
dans le deffein de fe venger de l'infulte qu'on
venoit de lui faire aux yeux de Leonore, il vit

Tome III. K

la comteffe comme un fantôme ? Ni lui, ni fa maîtreffe ne s'étoient point apperçus qu'elle étoit derrière eux , & qu'elle les écoutoit.

Cette défiante vieille eut à peine remarqué que le prétendu maure l'avoit quittée adroitement , pour retourner dans le cabinet , qu'elle craignit que quelques-unes de fes filles ne s'y trouvaffent ; & venant le plus doucement qu'elle put après lui , elle vit à la lueur de plufieurs bougies qu'on avoit mifes dans les luftres de criftal , que l'Africain étoit aux pieds de Leonore. Quelque tranfportée de fureur qu'elle fût , elle eut la patience d'écouter toute la converfation de ces tendres amans ; mais lorfqu'il prit la main de fa fille , elle ne jugea pas à propos d'être plus long-tems fpectatrice bénévole. Ha! ha! don Fernand , s'écria-t-elle , c'eft donc vous qui prenez la peine de vous traveftir en maure , pour continuer vos foins à Leonore ; & cette imprudente eft affez dépourvue de raifon pour vous écouter & pour permettre que vous baifiez fa main? Leonore & don Fernand étoient fi confus , qu'il eft plus aifé d'imaginer leur état , que de le dépeindre : cependant comme il fe flattoit que la comteffe n'avoit pas entendu ce qu'ils s'étoient dit, il fe remit bientôt , & voulut payer de hardieffe. Quoi! c'eft un crime en Efpagne , répliqua-t-il de parler à une fille , & de lui baifer la main; en mon pays, c'eft une marque de refpect : & au mien, dit la comteffe en colère, c'eft une preuve qu'on l'a perdu; mais foyez Maure ou Caftillan, fachez que je ne fuis pas d'humeur d'être plus long-tems votre dupe ; & chargeant là-deffus fa fille des reproches les plus cruels, elle l'obligea de rentrer avec Matilde dans le Château, où elle les enferma fous vingt clés.

Don Fernand & don Jaime étoient fi défefpérés, que fans don Francifque, ils auroient oppofé la violence à la violence. L'illumination & le fouper qui étoient préparés, difparurent tout d'un coup comme par enchantement ; elle dit à fon neveu les chofes du monde les plus dures ; & que s'il ne partoit fur-le-champ avec ces deux démons (c'eft ainfi qu'elle nommoit ces Cavaliers) elle fe porteroit contr'eux à des extrêmités, dont les uns & les autres auroient lieu de fe repentir.

Jamais une fête ne s'eft terminée d'une manière plus fâcheufe : les deux amans & leur ami étoient au défefpoir de laiffer leurs maîtreffes en de fi terribles mains; mais ils craignoient bien davantage que la comteffe n'éclatât; & lorfqu'on aime véritablement, on s'intéreffe plus au repos de la perfonne aimée, qu'à fa propre fatisfaction.

Ils partirent fans avoir même foupé, demi-

morts de faim & de rage ; ils foutinrent avec la
refte de la compagnie, autant qu'il leur fut poffible, leur mafcarade, difant que l'ambaffadeur
venoit de les envoyer querir ; ils menacèrent la
comteffe de Mahomet & d'Aly, & de fe plaindre
à la cour d'Efpagne de fes emportemens, dont
ils efpéroient trouver les moyens de fe venger,
dès qu'ils feroient de retour à Maroc ; cela ne
fervit qu'à l'irriter encore davantage ; elle les
nomma perturbateurs du repos public, filoux de
cœurs, gens fans foi & fans loi, elle s'échauffoit
fi fort à leur faire des reproches, qu'ils aimèrent
mieux partir, que de voir plus longtems cette
femme furieufe. Ils avoient un déplaifir mortel
d'avoir fi peu parlé à leurs maîtreffes, & de les
laiffer expofées à la mauvaife humeur de cette mère
terrible ; elle doutoit quelquefois que ce fût don
Fernand & don Jaime, car ils étoient parfaitement bien traveftis. Mais enfin elle étoit bien
perfuadée que c'étoit deux efpagnols, qui, felon
toutes les apparences, n'étoient venus chez elle
que pour voir & pour parler à fes filles.

En s'en retournant à Cadix, ils reftèrent long-
tems fans avoir la force de s'entretenir ; les différentes réflexions auxquelles ils s'abandonnoient,
les menoient fi loin, qu'à peine en pouvoient-
ils revenir. Mais quelque chagrin que fût don
Francifque, comme il n'étoit pas fi piqué au jeu

que les autres, il leur parla le premier. Bien que
je ne veuille pas insulter à votre malheur, dit il,
par des reproches à contre-tems, je ne puis m'empêcher de vous demander, mon cher don Fernand, s'il y avoit bien de la prudence à vous jeter aux piés de Leonore, dans un jardin où sa
mère pouvoit vous surprendre ? Il est vrai, ajouta
don Jaime, que sans ce malheureux transport
qui m'a pris, tout alloit le mieux du monde, &
j'entretenois Matilde sans qu'on s'en apperçût.
Vous autres gens de sang froid, répliqua don
Fernand, vous parlez bien à votre aise de cette
aventure ; hélas ! si vous aimiez comme moi,
que vous auriez trouvé difficile d'être avec Leonore, sans lui témoigner par quelques transports
l'état de votre ame ! Don Jaime attendit impatiemment qu'il eût fini pour lui dire d'un air
assez dur : quoi donc ? Vous prétendez à la gloire
d'aimer Leonore plus que je n'aime Matilde ?
Oui, je le prétens, ajouta don Fernand, & je
vous le soutiendrai. Don Jaime, plein de vivacité, ouvrit la portière du carrosse ; & se jetant
à terre, venez donc me le soutenir, dit-il, en
mettant l'épée à la main ; don Fernand sauta
aussi-tôt sur le pré, & don Francisque se préci-
pitant pour se mettre entr'eux : quelle fureur
vous anime, s'écria-t-il, voulez-vous vous couper la gorge sur un tel sujet ? Vivez, vivez pour

les personnes que vous aimez ; c'eſt à elles ſeules qu'il faut perſuader la grandeur de votre paſſion , ſans entreprendre un combat dont elles reſte- roient offenſées , s'il venoit à leur connoiſſance. Quelque bonnes que fuſſent ces raiſons , les deux amans avoient fort envie de s'eſtocader , & de venger l'un ſur l'autre le dépit mortel qu'ils avoient contre la comteſſe de Fuentes. Mais en- fin , les prières de leur ami les appaisèrent ;ils re- montèrent en carroſſe , tout honteux d'une promp- titude qui offenſoit ſi fort la ſincère amitié qu'ils s'étoient toujours jurée. D'un autre côré , don Franciſque étoit fort inquiet de la querelle qu'il s'étoit faite avec ſa tante, en amenant chez elle des africains ſuppoſés : il n'imaginoit point de moyens pour l'appaiſer; & il craignoit même qu'elle n'obligeât ſon mari à entrer dans ſon reſ- ſentiment.

Don Fernand , ayant remarqué ſon inquié- tude , lui dit qu'il ſeroit au déſeſpoir de tous les contre-tems qui leur étoient arrivés , ſans qu'il ſe flattoit que le retour de ſon père feroit ſuccé- der le calme à la tempête. En entrant chez don Franciſque , on leur apprit que le marquis de Tolede étoit arrivé. Don Fernand & don Jaime en parurent ravis ; ils renouvelèrent à leur ami toutes les paroles qu'ils lui avoient déjà données d'épouſer ſes couſines , ſi le comte de Fuentes y confentoit. Don Fernand le pria de lui confier le portrait de Leonore , qu'il avoit depuis peu , pour convaincre fon père que rien n'étoit plus aimable qu'elle.

Don Francifque qui fouhaitoit ce mariage auffi ardemment que lui , ne fit aucune difficulté de le lui donner, comprenant que fa coufine feroit une des plus heureufes perfonnes du monde , d'époufer un homme d'une fi grande qualité , & d'un fi grand mérite. Don Fernand le remercia mille fois du plaifir qu'il lui faifoit , & fe retira avec don Jaime , rempli des plus douces efpérances. Ils réfolurent enfemble de faire demander dans le même tems dona Matilde.

Ils entretinrent auffi-tôt un de leurs amis, des agrémens qu'ils trouvoient dans ces mariages ; ils le prièrent d'en parler au marquis de Toledo, & de le porter à les fouhaiter ; don Fernand ajouta qu'il falloit faire entendre à fon père , qu'il ne pouvoit trouver une fille plus vertueufe, ni plus aimable ; qu'il avoit même jugé à propos de lui faire voir fon portrait, pour le convaincre par fes yeux, d'une partie de ce qu'on lui diroit. Il donna celui de fa maîtreffe à fon ami, pour qu'il ne perdît point de tems à le lui montrer. Ils ne manquèrent pas de leur côté de fe rendre auprès du marquis de Toledo ; & don Fernand qui

K iv

avoit ses raisons pour chercher à lui plaire, n'avoit jamais paru si aise de son retour, si complaisant, ni si assidu.

Cependant leur ami empressé, pour leur faire plaisir, alla trouver le marquis, auquel il fit si bien comprendre les avantages qui se rencontroient dans l'alliance du comte de Fuentes, qu'il lui promit de travailler à ce que son fils souhaitoit : Je vous ai porté le portrait de cette charmante personne, continua son ami, & je suis persuadé que sans compter sa beauté, qui est des plus parfaites, vous en aurez bonne opinion sur sa seule physionomie. Le marquis en parut charmé à tel point qu'il le pria de lui laisser ce charmant portrait pour le reste du jour.

Lorsqu'il fut seul, il le regarda avec un plaisir & une attention extraordinaire. Il commença de porter envie à la bonne fortune de son fils; quelle félicité, disoit-il, de plaire à une personne si aimable ! Mais, continuoit-il, à quoi pensé-je de la vouloir unir à mon fils, je ne suis pas encore dans un âge à renoncer au mariage ? Sachons quelques particularités de son humeur; cela me déterminera absolument.

Il envoya querir don Fernand, & après avoir applaudi à son choix, il s'informa de l'esprit & du caractère de sa maîtresse : l'amoureux espagnol

ne lui parla d'elle qu'avec les exagérations d'un
amant, il n'en eft point qui n'ayent là-deffus une
éloquence naturelle ; de forte que le marquis fe
laffoit auffi peu d'interroger fon fils , qu'il ne fe
laffoit de lui répondre ; & ne fachant pas les
peines qu'il fe préparoit, il remarquoit avec plaifir l'attention avec laquelle fon père l'écoutoit ;
il en tiroit même de fi heureux augures , qu'il
ne mettoit prefque pas fon bonheur en doute ;
car il favoit affez que le comte de Fuentes ne le
refuferoit point : ainfi il continuoit à lui dire des
merveilles de fa maîtreffe , afin de l'engager d'a-
vancer fon mariage ; fon père lui promit de favo-
rifer fon amour , & de lui en donner bientôt des
nouvelles. Don Fernand , tranfporté de joie, lui
fit des remercîmens proportionnés au bonheur
qu'il lui faifoit efpérer. Dès qu'il fut retiré , il
écrivit à Leonore l'état où il venoit de mettre fes
prétentions ; elle reçut cette lettre par les foins
de fon coufin , malgré la vigilance de la comteffe.

Pendant que don Fernand & fa belle maîtreffe
fe félicitoient fur des efpérances fi flatteufes, le
comte de Fuentes , perfécuté par les continuelles
lettres de fa femme , vint la trouver au château
de las Penas , pour la mettre en repos fur les
fentimens de jaloufie qu'elle fentoit fe rallumer
dans fon ame.

Dès que don Fernand le fut, il en avertit son père ; & celui-ci qui connoissoit particulièrement le comte, lui écrivit un billet, pour le prier qu'il pût l'entretenir ailleurs que chez lui ; ils se donnèrent rendez-vous chez un ami commun.

Après les premières civilités : Je viens, dit le marquis de Tolede au comte, vous demander un gage de votre amitié, & vous en donner un de la mienne qui pourroit vous surprendre, si le sujet dont il s'agit étoit moins propre à faire des miracles ; je viens, dis-je, vous demander l'aimable Leonore, dont la beauté & la jeunesse pourront me rajeunir, au point de ne lui être pas tout à fait désagréable ; accordez-la moi, seigneur ; & pour que nos maisons soient plus étroitement unies, donnez l'aimable Matilde à mon fils. Le comte de Fuentes répondit à cette demande, avec toutes la civilité & les témoignages de joie que le marquis pouvoit s'en promettre ; ils s'embrassèrent, & se donnèrent leur parole, & l'affaire ayant été arrêtée entr'eux, ils résolurent de la tenir secrète.

Le comte de Fuentes ne put se dispenser d'en parler à sa femme, pour avoir son consentement. Mais il la pria en même tems de n'en rien dire à ses filles, trouvant que c'étoit assez qu'il ap-

prouvât une chofe, pour qu'elles en duffent être
contentes; le marquis de Tolede étant de retour à Cadix, il dit à don Fernand que tout alloit
le mieux du monde, & qu'il feroit bientôt heureux, fans rien particularifer davantage, de-
forte qu'il ne put être éclairci du mauvais tour
que fon père lui jouoit; & comme ils avoient
chacun des motifs d'impatience, ils preffoient
également le jour de leur mariage. Don Jaime
qui n'avoit pas moins de paffion pour Matilde,
que don Fernand pour Leonore, ne manqua pas
de preffer le marquis de Tolede d'en faire la
demande, afin que les deux fœurs puffent être
mariées en même tems; le vieux marquis fe garda bien de l'inftruire de ce qui fe paffoit; au contraire, il lui promit de le fervir utilement : mais
dans la crainte que la fourberie qu'il faifoit à
fon fils & à fon ami, ne fe découvrît avant qu'elle
eût fon effet, il preffa le retour de Leonore &
de Matilde à Cadix. Le comte de Fuentes, qui
s'ennuyoit à la campagne, ne fut point fâché d'a-
voir un prétexte pour revenir avec fa famille dans
un lieu plus agréable.

Il étoit bien difficile que deux hommes auffi
clair-voyans que don Fernand & don Jaime,
ne découvriffent pas la perfidie qu'on leur vouloit faire : ils la découvrirent auffi, & qu'eft-ce

qu'ils devinrent à cette nouvelle? Tout ce que
le défespoir, l'amour & la colère peuvent infpirer de violent, fe raffembla dans leur cœur ; on
ne fauroit repréfenter en quel état étoit celui de
don Fernand, lorfqu'il faifoit réflexion que l'objet de fa fureur & de fa vengeance étoit fon
propre père. Hélas ! difoit-il à don Francifque,
ce n'eft pas lui que je dois punir, c'eft moi-
même, c'eft moi qui lui ai montré le portrait de
ma belle maîtreffe, je l'ai trop foigneufement
inftruit de fes bonnes qualités ; pouvois-je croire
qu'il feroit capable de la voir avec indifférence ;
l'amour n'a-t-il pas des flèches pour tous les âges
& pour tous les tems ? A quoi donc penfai-je,
malheureux que je fuis, quand je lui fis voir cette
charmante perfonne? Enfuite, paffant de cette
réflexion à d'autres plus violentes : fuis-je capable, difoit-il d'excufer celui qui vient me ravir ce que j'aime ? Non, non, confidérations,
refpects, je ne vous écoute plus, & ce ne fera
que par la fin de ma vie, qu'un autre pourra s'affurer de la poffeffion de ma maîtreffe.

Don Jaime qui n'étoit pas arrêté par de fi
grands égards, fe promettoit une vengeance proportionnée à l'injure qu'on lui faifoit, l'un &
l'autre fachant que Leonore & Matilde devoient
arriver le lendemain, ils prièrent don Francifque

d'aller au-devant d'elles , pour les avertir de ce qui se passoit ; il voulut bien faire cette démarche , malgré tout le chagrin de sa tante , à laquelle il avoit écrit inutilement pour essayer de se justifier sur l'aventure des maures : il ne laissa pas de rendre à Leonore la lettre de don Fernand , elle étoit en ces termes.

L'excès de ma douleur est beaucoup au-dessus des paroles dont je pourrois me servir pour vous l'exprimer. C'est mon Père , belle Leonore , qui veut éteindre mes espérances ; m'arracher votre cœur , & vous épouser ; je ne me possede plus depuis cette affreuse nouvelle ; je ne sais plus ce que je suis , ni ce que je fais ; vous seule pouvez empêcher tous les malheurs de ma vie : permettez que je vous conduise dans un lieu qui servira d'asile à notre amour. C'est l'unique remède à des maux si pressans ; mais , Madame , si vous refusez de l'accepter , je ne chercherai plus que la mort.

Don Francisque trouva la Comtesse de Fuentes sur le point de quitter las Penas ; il entretint ses cousines à la faveur du désordre de leur départ. O Dieu ! quelle fut leur douleur à des nouvelles si fatales & si peu attendues ; un coup de foudre les auroit moins surprises & moins défolées. Pourquoi vous affligez-vous tant, leur dit don Francifque ? Ne voyez-vous pas que fi vous y confentez, don Fernand & don Jaime vous garantiront de ce cruel hymen ? Mais il faut, pour y réuffir, que vous jouïez bien votre perfonnage, & que lorfque vous ferez à Cadix, vous paroiffiez gaies & contentes ; fous ces conditions je vous affure que tout ira au gré de vos défirs. Ah ! mon cher coufin, lui dit Leonore, vous nous flattez trop ; après ce malheur-ci nous avons tout à craindre, & fort peu à efpérer ; cependant je fuis réfolue à fuivre vos confeils, & je cacherai ma douleur autant qu'il dépendra de moi : retournez à Cadix, je vous en conjure ; affurez don Fernand que je fuis difpofée à tout ce que vous fouhaitez. Dites à don Jaime, la même chofe pour moi, ajouta Matilde, à laquelle il avoit écrit la lettre du monde la plus tendre ; affurez-le que ma main ni mon cœur ne feront jamais à d'autre qu'à lui. Cela ne fuffit pas, interrompit don Francifque, il faut écrire, & que je leur porte vos ordres.

Leonore le chargea auffi-tôt d'un billet, dont voici les paroles.

Don Francifque vous dira en quel état je

fuis ; & fincèrement je ne crois pas que j'euffe pu
réfifter à l'excès de mon déplaifir , fans que je
me flatte encore de voir réuffir le deffein que vous
avez formé ; je l'approuve , feigneur , & je vous
fuivrai avec plaifir , fous les conditions qui conviennent à la vertu & à la bienféance.

Le billet de Matilde pour don Jaime, contenoit ce peu de mots.

*Ne vous attendez pas de ma part à des plaintes
éloquentes ; le coup qui vous menace me tue , &
les grandes douleurs font ordinairement muettes.
Mais comme elles portent quelquefois aux dernières
extrémités, comptez que je feconderai vos deffeins ,
afin d'unir notre deftinée pour jamais.*

Don Francifque fe rendit à Cadix , les deux
amans de fes coufines l'attendoient impatiemm-
ment , ils furent ravis de leurs généreufes ré-
folutions : pendant qu'ils donnoient les ordres
néceffaires , elles arrivèrent , & furent diffi-
muler les juftes déplaifirs dont elles étoient acca-
blées.

Elles furent à peine à Cadix , que le marquis
de Tolede les vint voir fans don Fernand ; il
dit feulement d'un air fort embarraffé fes inten-

tions, l'assurant que s'il s'y conformoit de bonne grâce, il n'y avoit rien qu'il ne dût attendre de son amitié. Don Fernand se fit la dernière violence pour se contraindre, il répliqua en peu de mots qu'il obéiroit à ses ordres. Le marquis n'avoit rien négligé pour cacher quelques-unes de ses années aux yeux de la jeune Leonore; la poudre, les bonnes odeurs, les diamans, la broderie, tout y avoit été employé. Il lui dit ce qu'il put imaginer de plus obligeant; elle y répondit avec beaucoup de modestie : la visite fut courte, & aussi-tôt qu'il fut de retour chez lui, il envoya à Leonore & à Matilde les plus belles pierreries du monde. Elles les regardoient tristement, lorsque Leonore remarqua dans une boîte couverte d'émeraudes, un petit billet; elle l'ouvrit, & y trouva ces mots :

Nous entrerons cette nuit dans votre jardin; trouvez-vous-y, belle Leonore, dona Matilde; ayez des mantes pour n'être pas reconnues; tout est prêt, afin de vous mettre eu sûreté.

Elles se dérobèrent le soir, & se rendirent à l'heure marquée dans le jardin. Don Francisque qui étoit averti de tout, les y accompagna, & ce fut lui qui ouvrit aux deux amans une porte, dont

dont il avoit pris la clé ; ils s'étoient cachés le
visage de leurs manteaux ; & voyant leurs maîtresses couvertes de mantes, ils les emmenèrent
avec beaucoup de diligence & de secret. Elles
trouvèrent un carrosse au bout de la rue, auquel
ils firent prendre le chemin du port, une cha-
loupe les attendoit avec quelques gentilshommes;
ils entrèrent dedans, & firent promptement
ramer.

Ils joignirent le vaisseau qui les attendoit, &
qui mit aussi-tôt à la voile pour Venise. Leonore
& Matilde furent conduites par le capitaine dans
la chambre de poupe; un vent frais qui s'éleva, fut
très-favorable à la fuite de ces tendres amans ;
chacun d'eux placé vers sa maîtresse, lui témoigna sa joie & sa reconnoissance. Mais elles se
trouvoient un peu étonnées de la démarche
qu'elles venoient de faire : des filles qui avoient
passé toute leur vie auprès d'une mère plus rigide
qu'aucune autre, pouvoient bien réfléchir sur
une démarche de cette nature. Don Fernand n'eut
pas de peine à pénétrer dans quel état étoit leur
esprit; il en ressentit de l'inquiétude ; & comme
il étoit fort amusant, pour les distraire de la profonde rêverie où elles sembloient s'abandonner,
il leur proposa de leur dire un conte, puisqu'elles
ne vouloient pas encore se coucher; elles en

Tome III. L

furent ravies & voulurent monter fur le tillac,
parce que la nuit étoit belle, la lune brillante,
la mer fi douce & fi calme, qu'elle n'étoit agitée
que par les zéphirs; le capitaine leur demanda
permiffion d'y refter auprès d'elles. Don Fernand
commença ainfi.

SERPENTIN VERT,

C O N T E.

IL y avoit une fois une grande reine, qui étant accouchée de deux filles jumelles, convia douze fées du voifinage de les venir voir, & de les douer, comme c'étoit la coutume dans ce tems-là, coutume très-commode ! Car le pouvoir des fées raccommodoit prefque toujours ce que la nature avoit gâté; mais quelquefois auffi, il gâtoit bien ce que la nature avoit le mieux fait.

Quand les fées furent toutes dans la falle des feftins, on leur fervit un repas magnifique ; chacune alloit fe placer à table, lorfque Magotine entra ; c'étoit la fœur de Caraboffe, qui n'étoit pas moins méchante qu'elle. La reine à cette vue friffonna, craignant quelque défaftre, parce qu'elle ne l'avoit point priée de venir à la fête ; mais cachant fon inquiétude avec foin, elle fut elle-même querir un fauteuil de velours vert en broderie de faphirs. Comme elle étoit la doyenne des fées, toutes les autres fe rangèrent pour lui

faire place , & chacune se disoit à l'oreille : dé-
pêchons-nous, ma sœur, de douer les petites
princesses, afin de prévenir Magotine.

Lorsqu'on lui présenta un fauteuil, elle dit rudement qu'elle n'en vouloit point, & qu'elle
étoit assez grande pour manger debout ; mais
elle se trompa, car la table étant un peu haute,
elle ne la voyoit seulement pas, tant elle étoit
petite ; elle en eut un dépit qui augmenta encore
sa mauvaise humeur. Madame, lui dit la reine,
je vous supplie de vous mettre à table. Si vous
aviez eu envie de m'avoir, répliqua la fée, vous
m'auriez fait prier comme les autres ; il ne faut
à votre cour que de jolies personnes, bien-
faites, & bien magnifiques, comme sont mes
sœurs : pour moi, je suis trop laide & trop vieille ;
mais avec cela je n'ai pas moins de pouvoir
qu'elles ; & sans me vanter, j'en ai eu peut-
être davantage. Toutes les fées la pressèrent tant
de se mettre à table, qu'elle y consentit ; l'on
posa d'abord une corbeille d'or, & dedans douze
bouquets de pierreries : les premières venues
prirent chacune le leur, de sorte qu'il n'en resta point pour Magotine ; elle se mit à gromeler
entre ses dents. La reine courut à son cabinet, &
lui apporta une cassette de peau d'Espagne parfumée, couverte de rubis, toute remplie de diamans ; elle la supplia de les recevoir ; mais Ma-

gotine fecoua la tête, & lui dit : gardez vos bi-
joux, madame, j'en ai de refte ; je venois feulement pour voir fi vous aviez penfé à moi,
vous m'avez fort négligée ; là-deffus elle donna
un coup de baguette fur la table, & toutes les
viandes dont elle étoit chargée, fe changèrent
en ferpens fricaffés : les fées en eurent tant d'horreur, qu'elles jetèrent leurs ferviettes, & quittèrent le feftin.

Pendant qu'elles s'entretenoient du mauvais
tour que Magotine venoit de leur faire, cette barbare petite fée s'approcha du berceau où les
princeffes étoient enveloppées de langes de drap
d'or, & les plus jolies du monde. Je te doue, dit-
elle promptement à l'une, d'être parfaite en laideur : elle alloit donner quelque malédiction à
l'autre, quand les fées toutes émues accoururent
& l'en empêchèrent ; de forte que la mauvaife
Magotine caffa un paneau de vitres, & paffant
au travers comme un éclair, elle difparut aux
yeux.

De quelques dons que les fées bienfaifantes
puffent douer la princeffe, la reine reffentoit
moins leurs bontés, qu'elle ne reffentoit la douleur de fe voir mère de la plus laide créature du
monde ; elle la prit entre fes bras, & elle eut
le chagrin de la voir enlaidir d'un inftant à
l'autre ; elle effayoit inutilement de fe faire vio-

lence pour ne pas pleurer devant mefdames les
fées, elle ne pouvoit s'en empêcher, & l'on ne
fauroit comprendre la pitié qu'elle leur faifoit.
Que ferons-nous, ma fœur, s'entredifoient-
elles, que ferons-nous pour confoler la reine ?
Elles tinrent un grand confeil, & lui dirent enfuite d'écouter moins fa douleur, parce qu'il y
avoit un tems marqué où fa fille feroit fort heureufe : mais, interrompit la reine, deviendra-
t-elle belle ! Nous ne pouvons, repliquèrent-
elles, nous expliquer davantage : qu'il vous fuffife, madame, que votre fille fera contente. Elle
les remercia fort, & ne manqua pas de les charger de préfens; car encore que les fées fuffent
bien riches, elles vouloient toujours qu'on leur
donnât quelque chofe ; & cette coutume a paffé
depuis chez tous les peuples de la terre, fans que
le tems l'ait détruite.

La reine appela fa fille aînée Laidronette, &
la cadette Bellotte; ces noms leur convenoient
parfaitement bien; car, Laidronnette devenoit
fi affreufe, que quelqu'efprit qu'elle eût, il étoit
impoffible de la regarder ; fa fœur embelliffoit,
& paroiffoit toute charmante; de forte que Laidronnette ayant déjà douze ans, vint fe jeter
aux pieds du roi & de la reine, pour les prier
de lui permettre de s'aller renfermer dans le
château des folitaires, afin de cacher fa laideur,

& de ne les en point défoler plus longtems; ils ne laiffoient pas de l'aimer malgré fa difformité, de forte qu'ils eurent quelque peine d'y confentir, mais Bellotte leur reftoit, c'étoit affez de quoi les confoler.

Laidronnette pria la reine de n'envoyer avec elle que fa nourrice & quelques officiers pour la fervir. Vous ne devez pas craindre, madame, lui dit-elle, que l'on m'enlève, & je vous avoue qu'étant faite comme je fuis, je voudrois éviter jufqu'à la lumière du jour. Le roi & la reine lui accordèrent ce qu'elle demandoit: elle fut conduite dans le château qu'elle avoit choifi. Il étoit bâti depuis plufieurs fiècles; la mer venoit jufques fous les fenêtres, & lui fervoit de canal; une vafte forêt voifine fourniffoit des promenades; & plufieurs prairies en terminoient la vue. La princeffe jouoit des inftrumens, & chantoit divinement bien: elle demeura deux ans dans cette agréable folitude, où elle fit même quelques livres de réflexions; mais l'envie de revoir le roi & la reine, l'obligea de monter en carroffe, & d'aller à la cour. Elle arriva juftement comme on alloit marier la princeffe Bellotte; tout étoit dans la joie: lorfqu'on vit Laidronnette, chacun prit un air chagrin; elle ne fut embraffée, ni carreffée par aucun de fes parens; & pour tout régal, on lui dit qu'elle étoit fort enlaidie , & qu'on lui confeilloit de ne pas paroître au bal ; que cependant fi elle avoit envie de le voir , on pourroit lui ménager quelque petit trou pour le regarder. Elle répondit qu'elle n'étoit venue , ni pour danfer, ni pour entendre les violons ; qu'il y avoit fi long tems qu'elle étoit dans le château folitaire , qu'elle n'avoit pu s'empêcher de le quitter pour rendre fes refpects au roi & à la reine : qu'elle connoiffoit avec une vive douleur, qu'ils ne pouvoient la fouffrir ; qu'ainfi elle alloit retourner dans fon défert ,où les arbres, les fleurs & les fontaines ne lui reprochoient point fa laideur lorfqu'elle s'en approchoit. Quand le roi & la reine virent qu'elle étoit fi fâchée , ils lui dirent en fe faifant quelque violence qu'elle pouvoit refter deux ou trois jours auprès d'eux. Mais comme elle avoit du cœur, elle répliqua qu'elle auroit trop de peine à les quitter , fi elle paffoit ce tems en fi bonne compagnie. Ils fouhaitoient trop qu'elle s'en allât pour la retenir ; ils lui dirent donc froidement qu'elle avoit raifon.

La princeffe Bellotte lui donna pour préfent de nôces un vieux ruban qu'elle avoit porté tout l'hiver à fon manchon ; & le roi qu'elle époufoit lui donna du taffetas zinzolin pour lui faire une jupe. Si elle s'en étoit crue, elle auroit bien jeté le ruban & le zinzolinage aux nez des généreufes

perfonnes qui la régaloient fi mal ; mais elle avoit
tant d'efprit , de fageffe & de raifon, qu'elle ne
voulut témoigner aucune aigreur ; elle partit donc
avec fa fidelle nourrice pour retourner dans fon
château , le cœur fi rempli de trifteffe , qu'elle
fit tout le voyage fans dire une parole.

Comme elle étoit un jour dans une des plus
fombres allées de la forêt , elle vit fous un arbre
un gros Serpent vert , qui hauffant la tête , lui dit:
Laidronnette, tu n'es pas feule malheureufe ;
vois mon horrible figure , & faches que j'étois
né encore plus beau que toi. La princeffe effrayée,
n'entendit pas la moitié de ces paroles ; elle
s'enfuit, & demeura plufieurs jours fans ofer
fortir , tant elle avoit peur d'une pareille rencontre. Enfin s'ennuyant d'être toujours feule
dans fa chambre, elle en defcendit fur le foir ,
& fut au bord de la mer : elle fe promenoit lentement, & rêvoit à fa trifte deftinée , lorfqu'elle
vit venir à elle une petite barque toute dorée ,
& peinte de mille devifes différentes ; la voile
en étoit de brocard d'or , le mât de cédre , les
rames de cananbour ; il fembloit que le hafard
feul la faifoit voguer ; & comme elle s'arrêta
fort proche du rivage, la princeffe curieufe d'en
voir toutes les beautés , entra dedans; elle la
trouva garnie de velours cramoifi à fond d'or ,
& ce qui fervoit de clous, étoit fait de diamans:

mais tout d'un coup cette barque s'éloigna du
rivage ; la princesse alarmée du péril qu'elle couroit, prit les rames pour essayer d'y revenir, ses
efforts furent inutiles ; le vent qui souffloit,
éleva les flots, elle perdit la terre de vue : n'ap-
percevant plus que le ciel & la mer, elle s'aban-
na à la fortune, persuadée qu'elle ne lui seroit
guère favorable, & que Magotine lui faisoit encore ce mauvais tour. Il faut que je meure, dit-
elle ; quels mouvemens secrets me font craindre
la mort ? Hélas ! jusqu'ici ai-je connu aucun des
plaisirs qui peuvent la faire haïr ? Ma laideur effraye jusqu'à mes proches parens ; ma sœur est
une grande reine, & moi je suis reléguée au fond
d'un désert, où pour toute compagnie, j'ai
trouvé un Serpent qui parloit. Ne vaut-il pas
mieux que je périsse, que de traîner une vie languissante, telle qu'est la mienne ?

Ces réflexions tarirent les larmes de la princesse. Elle regardoit avec intrépidité de quel côté
viendroit la mort ; elle sembloit la convier de ne
pas tarder, lorsqu'elle vit sur les flots un serpent
qui s'approcha de sa barque, & lui dit : Si vous
étiez d'humeur à recevoir quelque secours d'un
pauvre Serpentin Vert, tel que moi, je suis en
état de vous sauver la vie. La mort me fait moins
peur que toi, s'écria la princesse ; & si tu cherches
à me faire quelque plaisir, ne te montres jamais

à mes yeux. Serpentin Vert fit un long fifflement, (c'eft la manière dont les ferpens foupiroient) : & fans rien répliquer, il s'enfonça dans l'onde. Quel horrible monftre, difoit la princeffe en elle-même ; il a des aîles verdâtres, fon corps eft de mille couleurs, fes griffes d'ivoire, fes yeux de feu & fa tête hériffée de longs crins : ah j'aime mieux périr que de lui devoir la vie. Mais, re-prenoit-elle, quel attachement a-t-il à me fuivre, & par quelle aventure peut-il parler comme s'il étoit raifonnable ? Elle rêvoit ainfi quand une voix répondant à fa penfée, lui dit : apprens, Laidronnette, qu'il ne faut point méprifer Ser-pentin Vert ; & fi ce n'étoit pas te dire une dureté, je t'affurerois qu'il eft moins laid en fon efpèce, que tu ne l'es en la tienne ; mais bien loin de vouloir te fâcher, l'on voudroit foulager tes peines, fi tu voulois y confentir.

Cette voix furprit beaucoup la princeffe, & ce qu'elle lui avoit dit lui parut fi peu foutenable, qu'elle n'eut pas affez de force pour retenir fes lar-mes ; mais y faifant tout-à-coup réflexion : quoi ! s'écria-t-elle, je ne veux pas pleurer ma mort, parce qu'on me reproche ma laideur : de quoi me ferviroit, hélas ! d'être la plus belle per-fonne du monde, je n'en périrois pas moins ; ce me doit être même un motif de confola-tion pour m'empêcher de regretter la vie.

Pendant qu'elle moralifoit ainfi, la barque flottant toujours au gré des vents, vint fe brifer contre un rocher ; il n'en refta pas deux pièces de bois enfemble. La pauvre Princeffe fentit que toute fa philofophie ne pouvoit tenir contre un péril fi évident ; elle trouva quelques morceaux de bois, qu'elle crut prendre entre fes bras ; & fe fentant foulevée, elle arriva heureufement au pié de ce grand rocher. Hélas ! que devint-elle, quand elle vit qu'elle embraffoit étroitement Serpentin Vert ! Comme il s'apperçut de la frayeur épouvantable qu'elle avoit, il s'éloigna un peu, & lui cria : vous me craindriez moins, fi vous me connoiffiez davantage ; mais il eft de la rigueur de ma deftinée d'effrayer tout le monde ; il fe jeta auffi-tôt dans l'eau, & Laidronnette refta feule fur un rocher d'une grandeur prodigieufe.

De quelque côté qu'elle pût jeter les yeux, elle ne vit rien qui adoucît fon défefpoir ; la nuit s'approchoit : elle n'avoit aucunes provifions pour manger, & ne favoit où fe retirer. Je croyois, dit-elle triftement, finir mes jours dans la mer : fans doute c'eft ici leur dernier période ; quelque monftre marin viendra me dévorer, ou le manque de nourriture m'ôter la vie : elle s'affit au plus haut du rocher. Tant qu'il fit jour, elle regarda la mer ; & lorfque

a nuit fut tout-à-fait venue, elle ôta fa juppe
de taffetas zinzolin, elle fe couvrit la tête &
le vifage ; puis elle refta ainfi bien inquiette
de ce qui s'alloit paffer.

Enfin elle s'endormit, & il lui fembla qu'elle
entendoit divers inftrumens ; elle demeura perfuadée qu'elle rêvoit : mais au bout d'un moment, elle entendit chanter ces vers, qui fembloient faits pour elle.

Souffrez qu'ici l'amour vous bleffe ;
L'on y reffent fes tendres feux.
Ce Dieu bannit notre trifteffe :
Nous nous plaifons dans ce féjour heureux ;
Souffrez qu'ici l'amour vous bleffe,
L'on y reffent fes tendres feux.

L'attention qu'elle fit à ces paroles, la réveilla
tout-à-fait : de quel bonheur & de quelle infortune fuis-je menacée, dit elle ! en l'état où je
fuis, me refte-t-il encore de beaux jours ? Elle
ouvrit les yeux avec quelque forte de crainte,
appréhendant de fe trouver environnée de monftres : mais quelle fut fa furprife, lorfqu'au lieu
de ce rocher affreux & fauvage, elle fe trouva
dans une chambre toute lambriffée d'or : le lit
où elle étoit couchée, répondoit parfaitement
à la magnificence du plus beau palais de l'univers : elle fe faifoit là-deffus cent queftions,

ne pouvant croire qu'elle fût bien éveillée.
Enfin elle se leva, & courut ouvrir une porte
vitrée qui donnoit sur un spacieux balcon, d'où
elle découvrit toutes les beautés que la nature,
secondée de l'art, peuvent ménager sur la terre;
des jardins remplis de fleurs, de fontaines, de
statues, & d'arbres rares; des forêts en éloignement, des palais, dont les murs étoient
ornés de pierreries, les toîts de perles, si merveilleusement faits, que c'étoit autant de chefs-
d'œuvres; une mer douce & paisible, couverte
de mille sortes de bâtimens différens, dont les
voiles, les banderoles & les flâmmes agitées par
les vents, faisoient l'effet du monde le plus
agréable à la vue.

Dieux ! justes Dieux, s'écria-t-elle ! que
vois-je ? Où suis-je ? Quelle surprenante métamorphose ! Qu'est donc devenu cet épouvantable rocher, qui sembloit menacer les cieux de
ses pointes sourcilleuses ? Est-ce moi qui péris
hier dans une barque, & qui fus sauvée par le
secours d'un Serpent ? Elle parloit ainsi ; elle
se promenoit ; elle s'arrêtoit ; enfin elle entendit quelque bruit dans son appartement ; elle
y entra & vit venir à elle cent pagodes vêtus &
faits de cents manières différentes ; les plus
grands avoient une coudée de haut, & les plus
petits n'avoient pas plus de quatre doigts ; les

uns beaux, gracieux, agréables; les autres hideux & d'une laideur effrayante ; ils étoient de diamans, d'émeraudes, de rubis, de perles, de cryftal, d'ambre, de corail, de porcelaine, d'or, d'argent, d'airain, de bronze, de fer, de bois, de terre; les uns fans bras, les autres fans piés, des bouches à l'oreille, des yeux de travers, des nez écrafés ; en un mot, il n'y a pas plus de différence entre les créatures qui habitent le monde, qu'il y en avoit entre ces pagodes.

Ceux qui fe préfentèrent devant la Princeffe, étoient les députés du royaume ; après lui avoir fait une harangue mêlée de quelques réflexions très-judicieufes, ils lui dirent, pour la divertir, que depuis quelque tems ils voyageoient dans le monde, mais que pour en obtenir la permiffion de leur fouverain, ils lui faifoient ferment en partant de ne point parler ; qu'il y en avoit même de fi fcrupuleux, qu'ils ne vouloient remuer ni la tête, ni les piés, ni les mains : mais que cependant la plupart ne pouvoient s'en empêcher, qu'ils couroient ainfi l'univers ; & que lorfqu'ils étoient de retour, ils réjouiffoient leur roi par le récit de tout ce qui fe paffoit de plus fecret dans les différentes cours où ils étoient reçus. C'eft, madame, ajoutèrent ces députés, un plaifir que nous vous donnerons quelquefois, car nous avons ordre de ne rien oublier pour vous défennuyer ; au lieu de vous apporter des préfens , nous venons vous divertir par nos chanfons & par nos danfes. Ils fe mirent auffi-tôt à chanter ces paroles, en danfant en danfe ronde avec des tambours de bafque & des caftagnettes.

Les plaifirs font charmans,
Lorfqu'ils fuivent les peines ;
Les plaifirs font charmans ,
Après de longs tourmens.
Ne brifez point vos chaînes ;
Jeunes amans ,
Les plaifirs font charmans ,
Lorfqu'ils fuivent les peines ,
Les plaifirs font charmans ,
Après de longs tourmens.

A force de fouffrir des rigueurs inhumaines ;
Vous trouverez d'heureux momens ;
Les plaifirs font charmans ,
Lorfqu'ils fuivent les peines ,
Les plaifirs font charmans ,
Après de longs tourmens.

Lorfqu'ils eurent fini , le député qui avoit porté la parole , dit à la Princeffe : Voici , madame , cent pagodines , qui font deftinées à l'honneur de vous fervir : tout ce que vous voudrez au monde s'accomplira , pourvu que vous reftiez parmi nous. Les pagodines parurent à
leur

leur tour ; elles tenoient des corbeilles proportionnées à leur taille , remplies de cent chofes
différentes , fi jolies , fi utiles , fi bien faites
& fi riches , que Laidronnette ne fe laffoit point
d'admirer , de louer , & de fe récrier fur les
merveilles qu'elle voyoit. La plus apparente des
pagodines , qui étoit une petite figure de diamans , lui propofa d'entrer dans la grotte des
bains , parce que la chaleur augmentoit ; la
princeffe marcha du côté qu'elle lui montroit ,
entre deux rangs de gardes du corps , d'une
taille & d'une mine à faire mourir de rire ; elle
trouva deux cuves de criftal garnies d'or , pleines
d'eau d'une odeur fi bonne & fi rare , qu'elle en
demeura furprife ; un pavillon de drap d'or mêlé
de vert s'élevoit au-deffus ; elle demanda pourquoi il y avoit deux cuves ; on lui dit que l'une
étoit pour elle , & l'autre pour le fouverain des
pagodes : mais , s'écria-t-elle , en quel endroit
eft-il ? Madame , lui dit-on , il fait à préfent la
guerre ; vous le verrez à fon retour. La Princeffe demanda encore s'il étoit marié : on lui dit
que non , & qu'il étoit fi aimable , qu'il n'avoit
trouvé jufqu'alors perfonne digne de lui. Elle
ne pouffa pas plus loin fa curiofité ; elle fe dés-
habilla & fe mit dans le bain. Auffi-tôt pagodes
& pagodines fe mirent à chanter & à jouer des
inftrumens : tels avoient des thuorbes faits

d'une coquille de noix ; tels avoient des violes
faites d'une coquille d'amande ; car il falloit
bien proportionner les inftrumens à leur taille ;
mais tout cela étoit fi jufte & s'accordoit fi bien,
que rien ne réjouiffoit davantage que ces fortes
de concerts.

Lorfque la princeffe fut fortie du bain, on
lui préfenta une robe de chambre magnifique ;
plufieurs pagodes, qui jouoient de la flute &
du haut-bois, marchoient devant elle ; plufieurs
pagodines la fuivoient chantant des vers à fa
louange : elle entra ainfi dans une chambre où
fa toilette étoit mife. Auffi-tôt pagodines dames
d'atours, pagodines femmes de chambre alloient
& venoient, la coiffoient, l'habilloient, la
louoient, l'applaudiffoient, il n'étoit plus queftion de laideur, de jupe zinzolin, ni de ruban
gras.

La princeffe étoit véritablement étonnée.
Qu'eft-ce qui peut, difoit-elle, me procurer
un bonheur fi extraordinaire ? Je fuis fur le point
de périr, j'attends la mort, je ne puis efpérer
autre chofe, & cependant je me trouve tout
d'un coup dans le lieu du monde le plus agréable, le plus magnifique, & où l'on me témoi-
gne le plus de joie de me voir ! Comme elle
avoit infiniment d'efprit & de bonté, elle faifoit fi bien que toutes les petites créatures qui

l'approchoient , demeuroiént charmées de fes
manières.

Tous les jours à fon lever elle avoit de nouveaux habits, de nouvelles dentelles, de nouvelles
pierreries ; c'étoit trop de dommage qu'elle fût
fi laide ; mais cependant elle qui ne pouvoit
fe fouffrir , commença de fe trouver moins défagréable , par le grand foin que l'on prenoit de la
parer. Il n'y avoit point d'heure où quelques pagodes n'arrivaffent & ne lui rendiffent compte des
chofes les plus fecrètes & les plus curieufes qui fe
paffoient dans le monde , des traités de paix , des
ligues pour faire la guerre, trahifons & ruptures
d'amans, infidélités de maîtreffes , défefpoirs ,
raccommodemens , héritiers déçus , mariages
rompus, vieilles veuves qui fe remarioient fort
mal-à-propos , tréfors découverts , banquerou-
tes , fortunes faites en un moment ; favoris
tombés , fièges de places , maris jaloux , femmes
coquettes , mauvais enfans , villes abîmées ;
enfin que ne venoient-ils pas dire à la princeffe
pour la réjouir ou pour l'occuper. Il y avoit
quelquefois des pagodes qui avoient le ventre
fi enflé , & les joues fi bouffies , que c'étoit une
chofe furprenante. Quand elle leur demandoit
pourquoi elles étoient ainfi , elles lui difoient:
comme il ne nous eft pas permis de rire , ni
de parler dans monde , & que nous y voyons

faire fans ceffe des chofes toutes rifibles , & des fottifes prefqu'intolérables ; l'envie d'en railler eft fi forte , que nous en enflons , & c'eft proprement une hydropifie de rire , dont nous guériffons dès que nous fommes ici. La princeffe admiroit le bon efprit de la gente pagodine ; car effectivement l'on pourroit bien enfler de rire , s'il falloit rire de toutes les impertinences que l'on voit.

Il n'y avoit point de foir que l'on ne jouât une des plus belles pièces de Corneille ou de Molière. Le bal étoit très-fréquent , les plus petites figures , pour tirer avantage de tout , danfoient fur la corde , afin d'être mieux vues ; au refte , les repas qu'on fervoit à la princeffe , pouvoient paffer pour des feftins de fête folemnelle. On lui apportoit des livres férieux , de galans , d'hiftoriques ; enfin , les jours s'écouloient comme des momens , quoiqu'à la vérité toutes ces pagodes fi fpirituelles , lui paruffent d'une petiteffe infupportable ; car il arrivoit fouvent qu'allant à la promenade , elle en mettoit une trentaine dans fes poches , pour l'entretenir ; c'étoit la plus plaifante chofe du monde de les entendre caqueter avec leurs petites voix plus claires que celles des marionettes.

Il arriva une fois que la princeffe ne dormant point , difoit : que deviendrai-je ; ferai-je toujours ici ? Ma vie, fe paffe plus agréablement

que je n'aurois ofé l'efpérer; cependant il manque
quelque chofe à mon cœur, j'ignore ce que
c'eft, mais je commence à fentir que cette fuite
des mêmes plaifirs, qui n'eft variée par aucuns
événemens, me femble infipide. Ah! princeffe,
lui dit une voix, n'eft-ce pas votre faute? Si
vous vouliez aimer, vous fauriez bien vîte que
l'on peut refter long-tems avec ce qu'on aime,
dans un palais & même dans une folitude affreufe, fans fouhaiter d'en fortir. Quelle pagode
me parle, répondit-elle? Quels pernicieux confeils me donne-t-elle, contraires à tout le repos
de ma vie? Ce n'eft point une pagode, répondit-
on, qui vous avertit d'une chofe que vous ferez
tôt ou tard; c'eft le malheureux fouverain de ce
royaume qui vous adore, madame, & qui n'o-
feroit vous le dire qu'en tremblant. Un roi
m'adore! répliqua la princeffe, ce roi a-t-il des
yeux, ou s'il eft aveugle? A-t-il vu que je fuis
la plus laide perfonne du monde? Je vous ai vue,
madame, répliqua l'invifible, je ne vous ai
point trouvée telle que vous vous repréfentez,
& foit votre perfonne, votre mérite ou vos difgraces, je vous le répète, je vous adore, mais
mon amour refpectueux & craintif m'oblige à
me cacher. Je vous en ai de l'obligation, reprit la
princeffe, que ferois-je, hélas! fi j'aimois quelque
chofe? Vous feriez la félicité de celui qui ne peut

M iij

vivre fans vous, lui dit-il; mais fi vous ne lui
permettez pas de paroître, il n'oferoit le faire.
Non, dit la princeffe, non, je ne veux rien
voir qui m'engage trop fortement. On ceffa de
lui répondre, & elle fut le refte de la nuit très-
occupée de cette aventure.

Quelque réfolution qu'elle eût prife de ne rien
dire qui eût le moindre rapport à cette aventure,
elle ne put s'empêcher de demander aux pagodes
fi leur roi étoit de retour : ils lui dirent que non.
Cette réponfe qui s'accordoit mal avec ce qu'elle
avoit entendu, l'inquiéta; elle ne laiffa pas de
demander encore fi leur roi étoit jeune & bien
fait : on lui dit qu'il étoit jeune, qu'il étoit bien
fait & fort aimable : elle demanda fi l'on avoit
fouvent de fes nouvelles : on lui dit que l'on
en avoit tous les jours; mais fait-il, ajouta-t-elle,
que je fuis dans fon palais? Oui, madame, ré-
pliqua-t-on, il fait tout ce qui fe paffe à votre
égard, il s'y intéreffe, & l'on fait partir d'heure
en heure des courriers qui vont lui apprendre de
vos nouvelles. Elle fe tut & commença à rêver
beaucoup plus fouvent qu'elle n'avoit accoutumé
de le faire.

Quand elle étoit feule, la voix lui parloit :
elle en avoit quelquefois peur ; mais elle lui faifoit quelquefois plaifir ; car il n'y avoit rien de fi
galant que tout ce qu'elle lui difoit. Quelque réfo-

lution que j'aie faite de ne jamais aimer, répondoit la princesse, & quelque raison que j'aie de défendre mon cœur d'un engagement qui ne lui pourroit être que fatal, je vous avoue cependant que je serois bien aise de connoître un roi dont le goût est aussi bizarre que le vôtre; car s'il est vrai que vous m'aimiez, vous êtes peut-être le seul dans le monde qui puissiez avoir une semblable foiblesse pour une personne aussi laide que moi. Pensez tout ce qu'il vous plaira de mon caractère, mon adorable princesse, lui répondoit la voix, je trouve assez de quoi le justifier dans votre mérite; ce n'est pas cela aussi qui m'oblige à me cacher, j'en ai des sujets si tristes, que si vous les saviez, vous ne pourriez me refuser votre pitié. La princesse alors pressoit la voix de s'expliquer; mais la voix ne parloit plus; elle entendoit seulement pousser de longs soupirs; toutes ces choses l'inquiétoient, quoique ce fût un amant inconnu & caché, il lui rendoit mille soins; à joindre que le lieu où elle étoit lui faisoit souhaiter une compagnie plus convenable que celle des pagodes. Cela fut cause qu'elle commença de s'ennuyer partout, la voix seule de son invisible avoit le pouvoir de l'occuper agréablement.

Une des nuits la plus obscure de l'année, où elle étoit endormie, elle s'apperçut, en se réveil-

lant, que quelqu'un étoit affis proche de fon
lit ; elle crut que c'étoit la pagodine de Perles
qui ayant plus d'efprit que les autres, venoit
quelquefois l'entretenir. La princeffe avança les
bras pour la prendre, mais on lui prit la main,
on la ferra, on la baifa, quelques larmes tombèrent deffus, on étoit fi faifi qu'on ne pouvoit
parler ; elle ne douta point que ce ne fût le roi
invifible : que me voulez-vous donc, lui dit-elle
en foupirant, puis-je vous aimer fans vous connoître & fans vous voir ? Ah ! madame, répon-
dit-on, quelles conditions attachez-vous à la
douceur de vous plaire ? Il m'eft impoffible de
me laiffer voir. La méchante Magotine qui vous
a joué un fi mauvais tour, eft la même qui m'a
condamné à une pénitence de fept ans, il y en
a déjà cinq d'écoulés, il m'en refte encore deux,
dont vous adoucirez toute l'amertume, fi vous
voulez bien me recevoir pour époux ; vous allez
penfer que je fuis un téméraire, & que ce que
je vous demande eft abfolument impoffible; mais,
madame, fi vous faviez jufqu'où va ma paffion,
jufqu'où va l'excès de mes malheurs, vous ne
me refuferiez point la grâce que je vous demande.

Laidronnette s'ennuyoit, comme je l'ai déjà
dit; elle trouvoit que le roi invifible avoit tout
ce qui pouvoit plaire dans l'efprit, & l'amour

se saisit de son cœur, sous le nom spécieux d'une généreuse pitié ; elle répliqua qu'il falloit encore quelques jours pour se pouvoir résoudre : c'étoit beaucoup de l'avoir amenée jusqu'à ne différer que de quelques jours, une chose dont on n'osoit se flatter ; les fêtes & les concerts redoublèrent, on ne chantoit plus devant elle que les chants d'Hyménée : on lui apportoit sans cesse des présens d'une magnificence qui surpassoit tout ce que l'on avoit jamais vu ; l'amoureuse voix assidue auprès d'elle, lui faisoit sa cour dès qu'il étoit nuit, & la princesse se retiroit de meilleure heure, pour avoir plus de tems à l'entretenir.

Enfin elle consentit de prendre le roi invisible pour époux, & elle lui promit de ne le voir qu'après que sa pénitence seroit achevée. Il y va de tout pour vous & pour moi, lui dit-il ; si vous aviez cette imprudente curiosité, il faudroit que je recommençasse ma pénitence, & que vous en partageassiez la peine avec moi ; mais si vous pouvez vous empêcher de suivre les mauvais conseils qu'on vous donnera, vous aurez la satisfaction de me trouver selon votre cœur, & de retrouver en même tems la merveilleuse beauté que la méchante Magotine vous a ôtée. La princesse ravie de cette nouvelle espérance, fit mille sermens à son époux de n'avoir aucune curiosité contraire à ses désirs ; ainsi les noces

s'achevèrent fans bruit & fans éclat , le cœur &
l'efprit n'y trouvèrent pas moins leur compte.

Comme toutes les pagodes cherchoient avec
empreffement à divertir leur nouvelle reine , il
y en eut une qui lui apporta l'hiftoire de Pfyché ,
qu'un auteur des plus à la mode venoit de mettre
en beau langage ; elle y trouva beaucoup de
chofes qui avoient du rapport à fon aventure,
& il lui prit une fi violente envie de voir chez
elle fon père & fa mère , avec fa fœur & fon
beau-frère , que quelque chofe au monde que pût
lui dire le roi , rien ne fut capable de lui ôter
cette fantaifie. Le livre que vous lifez, ajouta-
t-il , vous peut faire favoir dans quels malheurs
Pfyché tomba : hé ! de grâce , profitez-en pour
les éviter. Elle promit plus qu'il ne lui demandoit;
enfin , un vaiffeau chargé de pagodes & de préfens fut dépêché avec des lettres de la reine Laidronnette à la reine fa mère. Elle la conjuroit
de la venir voir dans fon royaume, & les pagodes
eûrent pour cette fois feulement la permiffion
de parler ailleurs que chez eux.

La perte de la princeffe n'avoit pas laiffé que
de trouver de la fenfibilité dans fes proches ; on
la croyoit périe , de forte que fes lettres furent
infiniment agréables à la cour; & la reine qui
mouroit d'envie de la revoir , ne réfifta pas un
moment à partir avec fa fille & fon gendre. Les

pagodes qui favoient feules le chemin de leur royaume, y conduifirent toute la famille royale; & lorfque Laidronnette vit fes parens, elle en penfa mourir de joie; elle lut & relut Pfyché, pour être en garde fur tout ce qu'on lui diroit, & fur tout ce qu'elle devoit répondre: mais elle eut beau faire, elle s'égara en cent endroits; tantôt le roi étoit à l'armée, tantôt il étoit malade, & de fi mauvaife humeur, qu'il ne vouloit voir perfonne, tantôt il faifoit un pélerinage, puis il étoit à la chaffe ou à la pêche. Enfin il fembloit qu'elle étoit gagée pour ne rien dire qui vaille, & que la barbare Magotine lui avoit renverfé l'efprit. Sa mère & fa fœur en raifonnèrent enfemble; il fut conclu qu'elle les trompoit, & que peut-être elle fe trompoit elle-même, de forte que par un zèle affez mal réglé, elles réfolurent de lui parler: elles s'en acquittèrent avec tant d'adreffe, qu'elles jetèrent dans fon efprit mille craintes & mille doutes; après s'être long-tems défendues de convenir de ce qu'elles lui difoient, elle avoua que jufqu'alors, elle n'avoit point vu fon époux, mais qu'il avoit tant de charmes dans fa converfation, que c'étoit affez de l'entendre pour être contente, qu'il étoit en pénitence encore pour deux ans, & qu'après ce tems-là, non feulement elle devoit le voir, mais qu'elle deviendroit belle comme l'aftre

du jour. Ah! malheureufe, s'écria la reine,
que les panneaux qu'on te tend font groſſiers!
Eſt-il poſſible que tu croies avec une ſi grande
ſimplicité de tels contes? Ton mari eſt un
monſtre, & cela ne peut être autrement, car
tous les pagodes dont il eſt le roi, ſont de vrais
magots. Je croirois bien plutôt, répliqua Laidronnette, que c'eſt le dieu d'amour lui-même.
Quelle erreur, s'écria la reine Bellotte! l'on dit
à Pſyché qu'elle avoit un monſtre pour époux,
& elle trouva que c'étoit l'amour; vous êtes entêtée que l'amour eſt le vôtre, & aſſurément
c'eſt un monſtre; tout au moins mettez votre
eſprit en repos, éclairciſſez-vous ſur une choſe
ſi aiſée : la reine en dit autant, & ſon gendre
encore davantage.

La pauvre princeſſe demeura ſi confuſe & ſi
troublée, qu'après avoir renvoyé toute ſa famille,
avec des préſens qui payoient de reſte le taffetas
zinzolin & le ruban de manchon, elle réſolut,
quoi qu'il en pût arriver, de voir ſon mari. Ah!
curioſité fatale, dont mille affreux exemples ne
peuvent nous corriger, que tu vas coûter cher à
cette malheureuſe princeſſe! elle auroit eu bien
du regret de ne pas imiter ſa devancière Pſyché;
de ſorte qu'elle cacha une lampe comme elle,
& s'en ſervit pour regarder ce roi inviſible, ſi
cher à ſon cœur. Mais quels cris épouvantables

Barbare, est-ce là la récompense du tant d'Amour

ne fit-elle pas, lorfqu'au lieu du tendre amour, blond, blanc, jeune & tout aimable, elle vit l'affreux Serpentin Vert aux longs crins hériffés. Il s'éveilla tranfporté de rage & de défefpoir : barbare, s'écria-t-il, eft-ce là la récompenfe de tant d'amour? La princeffe ne l'entendoit plus, la peur l'avoit fait évanouir, & Serpentin étoit déjà bien loin.

Au bruit de toute cette tragédie, quelques pagodes étoient accourus ; ils couchèrent la princeffe, ils la fecoururent, & lorfqu'elle fut revenue, elle fe trouva dans un état où l'imagination ne peut atteindre : combien fe reprochoit-elle le mal qu'elle alloit procurer à fon mari ? Elle l'aimoit tendrement, mais elle abhorroit fa figure, & elle auroit voulu pour la moitié de fa vie ne l'avoir pas vu.

Cependant fes triftes rêveries furent interrompues par quelques pagodes qui entrèrent d'un air effrayé dans fa chambre, ils venoient l'avertir que plufieurs vaiffeaux remplis de marionnettes, ayant Magotine à leur tête, étoient entrés fans obftacle dans le port. Les marionnettes & les pagodes font ennemis de tout tems ; ils font en concurrence fur mille chofes, & les marionnettes ont même le privilége de parler par tout, ce que les pagodes n'ont point. Magotine étoit leur reine, l'averfion qu'elle avoit pour le pauvre

Serpentin Vert & pour l'infortunée Laidronnette,
l'obligea d'assembler des troupes dans la réfolution de les venir tourmenter au moment que
leurs douleurs seroient les plus vives.

Elle n'eut pas de peine à réussir dans ses pro-
jets, car la reine étoit si désolée, qu'encore qu'on
la prefsât de donner les ordres nécessaires, elle
s'en défendit, assurant qu'elle n'entendoit point la
guerre : l'on assembla par son ordre les pagodes
qui s'étoient trouvés dans des villes assiégées &
dans le cabinet des plus grands capitaines : elle
leur ordonna de pourvoir à toutes chofes, &
s'enferma ensuite dans son cabinet, regardant
d'un œil presqu'égal tous les événemens de la
vie.

Magotine avoit pour général le fameux Polichinelle, qui favoit bien son métier, & qui avoit
un gros corps de réserve, composé de mouches
guefpes, de hannetons & de papillons qui firent
merveilles contre quelques grenouilles & quelques lézards armés à la légère. Ils étoient depuis
longtems à la folde des pagodes, à la vérité plus
redoutables par leur nom que par leur valeur.

Magotine se divertit quelque tems à voir le
combat, pagodes & pagodines s'y furpassèrent ;
mais la fée d'un coup de baguette dissipa tous ces
superbes édifices, ces charmans jardins, ces bois,
ces prés, ces fontaines furent enfévelis sous leurs

propres ruines, & la reine Laidronnette ne put
éviter la dure condition d'être esclave de la plus
maligne fée qui sera jamais ; quatre ou cinq cens
Marionnettes l'obligèrent de venir jusqu'où étoit
Magotine. Madame, lui dit Polichinelle, voici
la reine des pagodes que j'ose vous présenter.
Je la connois il y a longtems, dit Magotine ;
elle est cause que je reçus un affront le jour de
sa naissance, je ne l'oublîrai jamais. Hélas, madame, lui dit la reine, je croyois que vous vous
en étiez suffisamment vengée ; le don de laideur
que vous me distribuâtes au suprême degré, pourroit avoir satisfait une personne moins vindicative que vous. Comme elle cause, dit la fée,
voici un docteur d'une nouvelle édition, votre
premier emploi sera d'enseigner la philosophie à
mes fourmis, préparez-vous à leur donner tous
les jours une leçon. Comment m'y prendrai-je,
Madame, répliqua la reine affligée, je ne sais
point la philosophie ; & quand je la saurois, vos
fourmis sont - elles capables de l'apprendre ?
Voyez, voyez cette raisonneuse, s'écria Magotine : hé bien, reine, vous ne leur apprendrez
pas la philosophie, mais vous donnerez à tout le
monde, malgré vous, des exemples de patience
qu'il sera difficile d'imiter.

Là-dessus elle lui fit apporter des souliers de
fer si étroits que la moitié de son pié n'y pou-

voit entrer ; mais cependant il fallut bien les chauffer : cette pauvre reine eut tout le tems de pleurer & de souffrir: Oh ça, dit Magotine, voici une quenouille chargée de toile d'araignée, je prétends que vous la filiez aussi fine que vos cheveux , & je ne vous donne que deux heures. Je n'ai jamais filé , Madame, lui dit la reine , mais encore que ce que vous voulez me paroisse impossible , je vais essayer de vous obéir. On la conduisit aussi-tôt dans le fond d'une grotte très-obscure , on la ferma avec une grosse pierre, après lui avoir donné un pain bis & une cruche d'eau.

Lorsqu'elle voulut filer cette crasseuse toile d'araignée , son fuseau trop pesant tomba cent & cent fois par terre , elle eut la patience de le ramasser autant , & de recommencer l'ouvrage à plusieurs reprises ; mais c'étoit toujours inutilement. Je connois bien à cette heure , dit-elle, l'excès de mon malheur, je suis livrée à l'implacable Magotine, elle n'est pas contente de m'avoir dérobé toute ma beauté , elle veut trouver des prétextes pour me faire mourir. Elle se prit à pleurer , repassant dans son esprit l'état heureux dont elle venoit de jouir dans le royaume de Pagodie, & jetant sa quenouille par terre : que Magotine vienne quand il lui plaira, dit-elle, je ne sais point faire l'impossible. Elle entendit une

une voix qui lui dit : ah ! reine , votre curiofité
trop indifcrète vous coûte les larmes que vous
répandez : cependant il n'y a pas moyen de voir
fouffrir ce qu'on aime , j'ai une amie dont je
ne vous ai point parlé , elle fe nomme fée protectrice , j'efpère qu'elle vous fera d'un grand
fecours. Auffi-tôt on frappa trois coups , & fans
qu'elle vît perfonne , fa quenouille fut filée & dé-
vidée. Au bout de deux heures , Magotine qui
cherchoit noife , fit ôter la pierre de la grotte , &
elle y entra , fuivie d'un nombreux cortége de
marionnettes. Voyons , voyons , dit-elle , l'ouvrage d'une pareffeufe qui ne fait ni coudre , ni
filer. Madame , dit la reine , je ne le favois pas
en effet , mais il a bien fallu l'apprendre. Quand
Magotine vit une chofe fi étrange , elle prit le
peloton de fil d'araignée , & lui dit : vraiment
vous êtes trop adroite , ce feroit grand dommage
de ne vous pas occuper : tenez , reine , faites des
filets avec ce fil, qui foient affez forts pour prendre
des faumons. Hé , de grâce , répliqua - t - elle ,
confidérez qu'à peine les mouches s'y peuvent
prendre : vous raifonnez beaucoup , ma belle
amie , dit Magotine , mais cela ne vous fervira
de rien. Elle fortit de fa grotte , fit remettre la
groffe pierre devant , & l'affura que fi dans deux
heures les filets n'étoient pas achevés , elle étoit
perdue.

Tome III.   N

Ha! fée protectrice, dit alors la reine, s'il est vrai que mes malheurs puissent vous toucher, ne me refusez pas votre secours : en même tems ses filets se trouvèrent achevés. Laidronnette demeura surprise au dernier point, elle remercia dans son cœur cette secourable fée qui lui faisoit tant de bien, & elle pensa avec plaisir que c'étoit sans doute son mari qui lui procuroit cette amie. Hélas, Serpentin Vert, dit-elle, vous êtes bien généreux de m'aimer encore après les maux que je vous ai faits. On ne lui répondit rien, car Magotine entra, & fut bien étonnée de trouver les filets si industrieusement travaillés, qu'une main ordinaire n'étoit pas capable de faire un tel ouvrage. Quoi, lui dit-elle, auriez-vous bien la hardiesse de me soutenir que c'est vous qui avez tissu ces filets ? Je n'ai aucun ami à votre cour, madame, lui dit la reine, & quand j'y en aurois, je suis si bien enfermée, qu'il seroit difficile qu'on me pût parler sans votre permission. Puisque vous êtes si habile & si adroite, dit Magotine, vous me serez fort utile dans mon royaume.

Elle ordonna aussi-tôt que l'on appareillât ses vaisseaux, & que toutes les marionnettes fussent prêtes à partir ; elle fit attacher la reine avec de grosses chaînes de fer, crainte que par quelque mouvement de désespoir, elle ne se jetât dans la

mer. Cette princeffe infortunée déploroit pendant une nuit fa trifte deftinée, lorfqu'elle apperçut, à la clarté des étoiles, Serpentin Vert qui
s'approchoit doucement du vaiffeau. Je crains
toujours de vous faire peur, lui dit-il, & malgré
les raifons que j'ai de ne vous point ménager,
vous m'êtes infiniment chère. Pouvez - vous me
pardonner mon indifcrète curiofité, répliqua-
t-elle? Et puis-je vous dire fans vous déplaire?

Eft-ce-vous, Serpentin, cher amant, eft-ce-vous?
Puis-je revoir l'objet pour qui mon cœur foupire!
Quoi! je puis vous revoir, mon cher & tendre époux!
O! ciel, que j'ai fouffert un rigoureux martyre!
    Que j'ai fouffert, hélas!
    En ne vous voyant pas.

Serpentin répliqua ces vers :

    Que les douleurs de l'abfence
    Troublent les cœurs amoureux!
    Dans le royaume affreux,
Où les dieux irrités exercent leur vengeance,
On ne fauroit fouffrir de maux plus rigoureux
    Que les douleurs de l'abfence.

Magotine n'étoit pas de ces fées qui dorment
quelquefois, l'envie de mal faire la tenoit toujours éveillée, elle ne manqua pas d'entendre
la converfation du roi Serpentin & de fon époufe;
elle vint l'interrompre comme une furie : ah! ah!

dit-elle, vous vous mêlez de rimer, & de vous
plaindre fur le ton de phébus! vraiment j'en fuis
bien aife : Proferpine qui eft ma meilleure amie,
m'a priée de lui donner quelque poëte à fes
gages ; ce n'eft pas qu'elle en manque, mais elle
en veut encore. Allons, Serpentin Vert, je vous
ordonne, pour achever votre pénitence, d'aller
au fombre manoir, & de faire mes complimens
à la gentille Proferpine. L'infortuné Serpentin
partit aufli-tôt avec de longs fifflemens, il laiffa
la reine dans la plus vive douleur; elle crut qu'elle
n'avoit plus rien à ménager : dans fon tranfport
elle s'écria : par quel crime t'avons-nous déplu,
barbare Magotine ? J'étois à peine au monde,
que ton infernale malédiction m'ôta ma beauté,
& me rendit affreufe. Peux-tu dire que j'étois
coupable de quelque chofe, puifque je n'avois
point encore l'ufage de la raifon, & que je ne
me connoiffois pas moi-même ? Je fuis certaine
que le malheureux roi que tu viens d'envoyer
aux enfers eft auffi innocent que je l'étois : mais
achèves, fais-moi promptement mourir : c'eft la
feule grâce que je te demande. Tu ferois trop
contente, lui dit Magotine, fi je t'accordois ta
prière, il faut auparavant que tu puifes de l'eau
dans la fource fans fond.

Dès que les vaiffeaux furent arrivés au royaume
des marionettes, la cruelle Magotine prit une

meule de moulin , elle l'attacha au cou de la
reine , & lui commanda de monter avec jufqu'au
fommet d'une montagne qui étoit fort au-deffus
des nués ; que lorfqu'elle y feroit , elle cueillît
du trefle à quatre feuilles , qu'elle en emplît fa corbeille , & qu'enfuite elle defcendît jufqu'au fond
de la vallée , pour y puifer dans une cruche percée
l'eau de difcrétion , & qu'elle lui en apportât
affez pour remplir fon grand verre. La reine lui
dit qu'il étoit impoffible qu'elle pût obéir ; que
la meule de moulin étoit dix fois plus pefante
qu'elle ; que la cruche percée ne pourroit jamais
retenir l'eau qu'elle vouloit boire , & qu'elle ne
pouvoit pas fe rendre à entreprendre une chofe
fi impoffible. Si tu y manques , lui dit Magotine , affures-toi que ton Serpentin Vert en fouf-
frira. Cette menace caufa tant de frayeur à la
reine , que fans examiner fa foibleffe , elle effaya
de marcher ; mais hélas ! ç'auroit été bien inutilement , fi la fée Protectrice qu'elle appela , ne
fût pas venue à fon fecours. Voilà , lui dit-elle ,
en l'abordant , le jufte paiement de votre fatale
curiofité , ne vous plaignez qu'à vous-même de
l'état où Magotine vous réduit ; auffi-tôt elle la
tranfporta fur la montagne , & lui mit du trefle
à quatre feuilles dans fa corbeille , malgré les
monftres affreux qui le gardoient , & qui firent
pour le défendre , des efforts furnaturels : mais

d'un coup de baguette, la fée Protectrice les rendit plus doux que des agneaux.

Elle n'attendit pas que la reine reconnoiſſante l'eût remerciée, pour achever de lui faire tout le plaiſir qui dépendoit d'elle. Elle lui donna un petit chariot traîné par deux ſerins blancs, qui parloient & qui ſiffloient à merveille ; ellè lui dit de deſcendre la montagne, de jeter ſes ſouliers de fer contre deux géans armés de maſſues, qui gardoient la fontaine, qu'ils tomberoient ſans aucun ſentiment ; qu'elle donnât ſa cruche aux petits ſerins, qu'ils trouveroient bien le moyen de l'emplir de l'eau de diſcrétion, qu'auſſi-tôt qu'elle en auroit, elle s'en frottât le viſage, & qu'elle deviendroit la plus belle perſonne du monde ; qu'elle lui conſeilloit encore de ne point reſter à la fontaine, de ne pas remonter ſur la montagne, mais de s'arrêter dans un petit bois très-agréable, qu'elle trouveroit ſur ſon chemin ; qu'elle pouvoit y paſſer trois ans ; que Magotine croiroit toujours qu'elle ſeroit occupée à puiſer de l'eau dans ſa cruche, ou que les autres périls du voyage l'auroient fait mourir.

La reine embraſſa les genoux de la fée protectrice, elle la remercia cent fois des faveurs particulières qu'elle en recevoit ; mais, ajouta-t-elle, madame, les heureux ſuccès que je devois avoir, ni la beauté que vous me promettez,

ne fauroient me toucher de joie , jufqu'à ce que
Serpentin foit déferpentiné. C'eft ce qui arrivera
après que vous aurez été trois ans au bois de
la montagne , lui dit la fée , & qu'à votre retour
vous aurez donné l'eau dans la cruche percée ,
& le trefle à Magotine.

La reine promit à la fée protectrice de ne manquer à rien de tout ce qu'elle lui prefcrivoit. Cependant, madame, ajouta-t-elle , ferai-je trois
ans fans entendre parler du roi Serpentin? Vous
mériteriez d'être tout le tems de votre vie privée
de fes nouvelles, répondit la fée ; car fe peut-il
rien de plus terrible , que de réduire comme
vous avez fait ce pauvre roi à recommencer fa
pénitence? La reine ne répondit rien , les larmes
qui couloient de fes yeux , & fon filence marquoient affez la douleur qu'elle reffentoit. Elle
monta dans le petit charriot, les ferins de Canarie firent leur devoir , & la conduifirent au fond
de la vallée, où les géans gardoient la fontaine
de difcrétion. Elle prit promptement fes fouliers
de fer qu'elle leur jeta à la tête ; dès qu'ils en
furent touchés, ils tombèrent comme des coloffes,
fans vie ; les ferins prirent la cruche percée, & la
raccommodèrent avec une adreffe fi furprenante,
qu'il ne paroiffoit pas qu'elle eût jamais été caf-
fée. Le nom que cette eau portoit, lui donna
envie d'en boire; elle me rendra, dit-elle, plus

prudente & plus difcrète que par le paffé. Hélas, fi j'avois eu ces qualités, je ferois encore
dans le royaume de Pagodie! Après qu'elle eut bu
un long trait, elle fe lava le vifage & devint fi
belle, fi belle, qu'on l'auroit plutôt prife pour
une déeffe, que pour une perfonne mortelle.

Auffi - tôt la fée protectrice parut, & lui
dit: vous venez de faire une chofe qui me plaît
infiniment; vous faviez que cette eau pouvoit
embellir votre ame & votre perfonne, je voulois
voir laquelle des deux auroit la préférence; enfin
c'eft votre ame qui l'a eue, je vous en loue, &
cette action abrégera quatre ans de votre pénitence. Ne diminuez rien à mes peines, répliqua
la reine, je les mérite toutes, mais foulagez Serpentin Vert qui n'en mérite aucune. J'y ferai
mon poffible, dit la fée en l'embraffant; mais au-
refte, puifque vous êtes fi belle, je fouhaite
que vous quittiez le nom de Laidronnette, qui
ne vous convient plus, il faut vous appeler la
reine Difcrète. Elle difparut à ces mots, lui laiffant une petite paire de fouliers, fi jolis & fi
bien brodés, qu'elle avoit prefque regret de les
mettre.

Quand elle fut remontée dans fon charriot,
tenant fa cruche pleine d'eau; les ferins la menèrent droit au bois de la montagne. Il n'a jamais été un lieu plus agréable, les myrtes & les

orangers joignoient leurs branches enfemble, pour former de longues allées couvertes, & des cabinets où le foleil ne pouvoit pénétrer ; mille ruiffeaux de fontaines qui couloient doucement, contribuoient à rafraîchir ce beau féjour : mais ce qui étoit de plus rare, c'eft que tous les animaux y parloient, & qu'ils firent le meilleur accueil du monde aux petits ferins. Nous croyons, leur dirent-ils, que vous nous aviez abandonnés. Le tems de notre pénitence n'eft pas encore fini, repartirent les ferins, mais voici une reine que la fée protectrice nous a chargés d'amener , prenez foin de la divertir autant que vous le pourrez. En même tems elle fe vit entourée d'animaux de toute efpèce, qui lui faifoient de grands complimens. Vous ferez notre reine, lui difoient-ils, il n'y a point de foins & de refpects que vous ne deviez attendre de nous. Où fuis-je, s'écria-t'elle ; par quel pouvoir furnaturel me parlez-vous? Un des petits ferins qui ne la quittoit point, lui dit à l'oreille : il faut que vous fachiez, madame, que plufieurs fées s'étant mifes à voyager, fe chagrinèrent de voir des perfonnes tombées dans des défauts effentiels, elles crurent d'abord qu'il fuffiroit de les avèrtir de fe corriger: mais leurs foins furent inutiles, & venant tout d'un coup à fe chagriner, elles les mirent en pénitence ; elles firent des perroquets , des pies &

des poules de celles qui parloient trop ; des pigeons, des ferins & des petits chiens, des amans
& des maîtreſſes ; des finges de ceux qui contre-
faiſoient leurs amis ; des cochons, de certaines
gens qui aimoient trop la bonne chère ; des lions,
des perſonnes colères; enfin, le nombre de ceux
qu'elles mirent en pénitence fut ſi grand, que
ce bois en eſt peuplé, de ſorte que l'on y trouve
des gens de toutes qualités & de toutes humeurs.

Par ce que vous venez de me raconter, mon
cher petit ſerin, lui dit la reine, j'ai lieu de
croire que vous n'êtes ici que pour avoir trop
aimé. Il eſt vrai, madame, répliqua le ſerin.
Je ſuis fils d'un grand d'Eſpagne ; l'amour dans
notre pays a des droits ſi abſolus ſur tous les
cœurs, que l'on ne peut s'y ſouſtraire, ſans tomber dans le crime de rebellion. Un ambaſſadeur
d'Angleterre arriva à la cour, il avoit une fille
d'une extrême beauté, mais dont l'humeur hau-
taine & piquante étoit inſupportable ; malgré
cela je m'attachai à elle, je l'aimois juſqu'à l'a-
doration ; elle paroiſſoit quelquefois ſenſible à
mes ſoins, & d'autres fois elle me rebutoit ſi fort,
qu'elle mettoit ma patience à bout. Un jour
qu'elle m'avoit déſeſpéré, une vénérable vieille
m'aborda, en me reprochant ma foibleſſe ; mais
tout ce qu'elle put dire ne ſervit qu'à m'opiniâ-

trer, elle s'en apperçut & s'en fâcha. Je te con-
damne, lui dit-elle, à devenir ferin de Canarie
pour trois ans, & ta maîtreſſe mouche-guefpe.
Sur le champ je fentis une métamorphoſe en
moi la plus extraordinaire du monde ; malgré
mon affliction, je ne pus m'empêcher de voler
dans le jardin de l'ambaſſadeur, pour ſavoir quel
feroit le ſort de ſa fille : mais j'y fus à peine, que
je la vis venir comme une groſſe mouche-guefpe,
bourdonnant quatre fois plus haut qu'une autre :
je voltigeois autour d'elle avec l'empreſſement
d'un amant que rien ne pouvoit détacher ; elle
eſſaya pluſieurs fois de me piquer ; voulez-vous
ma mort, belle guefpe, lui dis-je, il n'eſt pas
néceſſaire pour cela d'employer votre aiguillon,
il ſuffit que vous m'ordonniez de mourir, & je
mourrai. La guefpe ne me répondit rien, elle s'a-
batit ſur des fleurs qui eurent à ſouffrir de ſa
mauvaiſe humeur.

Accablé de ſon mépris & de mon état, je volai ſans tenir aucune route certaine. J'arrivai enfin dans une des plus belles villes de l'univers que
l'on nomme Paris ; j'étois las, je me jetai ſur
une touffe de grands arbres qui étoient enclos
de murs, & ſans que je ſuſſe qui m'avoit pris,
je me trouvai à la porte d'une cage peinte de
vert, & garnie d'or ; les meubles & l'appartement étoient d'une magnificence qui me ſurprit ;

aussi-tôt une jeune personne vint me carresser,
& me parla avec tant de douceur, que j'en fus
charmé; je ne demeurai guère dans sa chambre
sans être instruit du secret de son cœur: je vis
venir chez elle une espèce de matamore, toujours
furieux, qui ne pouvant être satisfait, ne la char-
geoit pas seulement de reproches injustes, mais
la battoit à la laisser pour morte entre les mains
de ses femmes; je n'étois pas médiocrement
affligé de lui voir souffrir un traitement si indigne: & ce qui m'en déplaisoit davantage, c'est
qu'il sembloit que les coups dont il l'assommoit,
avoient la vertu de réveiller toute la tendresse de
cette jolie dame.

Je souhaitois jour & nuit que les fées qui m'a-
voient rendu serin, vinssent mettre quelqu'ordre
à des amours si mal assortis; mes désirs s'accom-
plirent; les fées parurent brusquement dans la
chambre, comme l'amant furieux commençoit
son sabat ordinaire; elles le chargèrent de reproches; & le condamnèrent à devenir loup;
pour la patiente personne qui souffroit qu'on la
battît, ils en firent une brebis, & les envoyèrent
au bois de la montagne; à mon égard, je trouvai aisément moyen de m'envoler. Je voulois
voir les différentes cours de l'Europe. Je passai
en Italie, & le hasard me fit tomber entre les
mains d'un homme, qui ayant souvent affaire à

la ville, & ne voulant pas que fa femme, dont il étoit très jaloux, vît perfonne; prenoit foin de l'enfermer depuis le matin jufqu'au foir, de forte qu'il me deftina à l'honneur de divertir cette belle captive; mais elle étoit occupée d'autres foins que ceux de m'entretenir. Certain voifin qui l'aimoit depuis long-tems, venoit fur le foir par le haut de la cheminée, & fe laiffoit gliffer jufqu'au bas, plus noir qu'un démon; les clés dont le jaloux s'étoit faifi, ne fervoient qu'à mettre fon efprit en repos; je craignois toujours quelque fâcheufe cataftrophe, lorfque les fées entrèrent par le trou de la ferrure, & ne furprirent pas médiocrement ces deux tendres perfonnes. Allez en pénitence, leur dirent-elles, en les touchant de leurs baguettes; que le ramoneur devienne écureuil, que la dame foit une guenuche, car elle eft adroite, & que le mari qui aime tant à garder les clés de fa maifon, devienne dogue pour dix ans.

J'aurois trop de chofes à vous raconter, madame, ajouta le ferin, fi je vous difois les différentes aventures qui me font arrivées; je fuis obligé de me rendre de tems en tems au bois de la montagne, & je n'y viens guère fans y trouver de nouveaux animaux, parce que les fées continuent de voyager, & que l'on continue de les irriter par des fautes infinies: mais pendant le séjour que vous ferez ici , vous aurez lieu de vous divertir au récit de toutes les aventures des personnes qui y sont. Plusieurs aussi - tôt lui offrirent de lui raconter les leurs quand elle voudroit; elle les en remercia très-civilement : & comme elle avoit plus envie de rêver que de parler, elle chercha un endroit solitaire, où elle pût rester seule. Dès qu'elle l'eut marqué , il s'y éleva un petit palais , & on lui servit le plus grand repas du monde ; il n'étoit que de fruits , mais de fruits très-rares , les oiseaux les apportoient , & tant qu'elle fut dans ce bois , elle ne manqua de rien.

Il y avoit quelquefois des fêtes plus agréables par la singularité que par tout le reste : on y voyoit des lions danser avec des agneaux , les ours conter des douceurs aux colombes , & les serpens se radoucir pour des linotes. On voyoit un papillon en intrigue avec une panthère. Enfin rien n'étoit assorti selon son espèce , car il ne s'agissoit pas d'être tigre ou mouton , mais seulement des personnes que les fées vouloient punir de leurs défauts.

Ils aimoient la reine Discrète jusqu'à l'adoration ; chacun la rendoit arbitre de ses différens, elle avoit un pouvoir absolu dans cette petite république , & si elle ne s'étoit pas reproché sans cesse les malheurs de Serpentin Vert , elle auroit pu supporter les siens avec quelque sorte de patience ; mais lorsqu'elle pensoit à l'état où il se trouvoit réduit , elle ne pouvoit se pardonner son indiscrète curiosité. Le tems étant venu de partir du bois de la montagne , elle en avertit ses petits conducteurs , les fidelles serins , qui l'assurèrent d'un heureux retour : elle se déroba pendant une nuit , pour éviter des adieux & des regrets qui lui auroient coûté quelques larmes ; car elle étoit touchée de l'amitié & de la déférence que tous ces animaux raisonnables lui avoient témoignée.

Elle n'oublia ni la cruche pleine d'eau de discrétion , ni la corbeille de treffles , ni les souliers de fer ; & dans le tems où Magotine la croyoit morte , elle se présenta tout d'un coup devant elle , la meule de moulin au cou , les souliers de fer aux piés , & la cruche à la main. Cette fée en la voyant , poussa un grand cri, elle lui demanda ensuite d'où elle venoit ? Madame, lui dit-elle , j'ai passé trois ans à puiser de l'eau dans la cruche percée , au bout desquels j'ai trouvé le moyen d'y en faire tenir. Magotine s'éclata de rire, songeant à la fatigue que cette pauvre reine avoit eue: mais la regardant plus attentivement: qu'est-ce que ceci , s'écria-t-elle , Laidronnette est devenue toute charmante ! où donc avez-vous pris cette beauté ? La reine lui raconta qu'elle s'étoit lavée de l'eau de discrétion, & que ce prodige s'étoit fait. A ces nouvelles, Magotine jeta de désespoir sa cruche par terre! ô puissance qui me brave, s'écria-t-elle, je saurai me venger. Préparez vos souliers de fer, dit-elle à la reine, il faut de ma part que vous alliez aux enfers, demander à Proserpine de l'essence de longue vie, je crains toujours de tomber malade, & même de mourir ; quand j'aurai cet antidote, je n'aurai plus sujet de rien appréhender ; gardez-vous donc d'aller déboucher la bouteille, ni de goûter à la liqueur qu'elle vous donnera, car vous diminueriez ma part.

La pauvre reine n'a jamais été plus surprise qu'elle fut de cet ordre. Par où va-t-on aux enfers, dit-elle ? Ceux qui y vont peuvent-ils revenir ? Hélas, madame, ne serez-vous point lasse quelque jour de me persécuter ? Sous quel astre suis-je née ? Ma sœur est bien plus heureuse que moi ; il ne faut plus croire que les constellations soient égales pour tout le monde. Elle se prit à pleurer, & Magotine triomphant de lui voir répandre des larmes, s'éclata de rire : allons, allons, dit-elle, ne différez pas d'un moment un voyage qui me doit rapporter tant de satisfaction: elle lui emplit une besace de vieilles noix & de pain bis ; avec cette belle provision,

elle

elle partit, résolue de se casser la tête contre le premier rocher pour ses peines.

Elle marcha quelque tems sans tenir aucune route, prenant d'un côté, tournant de l'autre, & pensant que c'étoit un commandement bien extraordinaire de l'envoyer ainsi aux enfers. Quand elle fut lasse, elle se coucha au pié d'un arbre, & se mit à rêver au pauvre Serpentin, ne pensant plus à son voyage; mais elle vit tout d'un coup la fée protectrice, qui lui dit : savez-vous, belle reine, que pour retirer votre époux de la sombre demeure où les ordres de Magotine le retiennent, il faut que vous alliez chez Proserpine ? J'irois encore plus loin, s'il m'étoit possible, répliqua-t-elle, mais, madame, j'ignore par où descendre dans ce ténébreux séjour. Tenez, dit la fée protectrice, voici une branche de verdure, frappez-en la terre, & prononcez des vers distinctement. La reine embrassa les genoux de cette généreuse amie, puis elle dit :

> Toi, qui fais désarmer le maître du tonnerre,
> Amour, donne-moi du secours,
>   Viens arrêter le cours
> Des ennuis rigoureux qui déchirent mon ame,
> Ouvre-moi, tu le peux, le chemin des enfers ;
> Dans ces lieux souterreins tu fais sentir ta flâmme,
> Pluton pour Proserpine a gémi dans tes fers ;
> Ouvre-moi, tendre amour, le chemin des enfers.

Tome III. O

On m'arrache un époux fidelle ;
Je reſſens les rigueurs du plus terrible ſort.
Ma douleur eſt plus que mortelle ,
Et je ne puis trouver la mort.

Elle eut à peine fini ſa prière, qu'un jeune
enfant , plus beau que tout ce que nous voyons ,
partit du fond d'une nuée mêlée d'or & d'azur ,
il voloit , & vint fondre à ſes piés ; une couronne de fleurs ceignoit ſa tête, la reine connut
à ſon arc & à ſes flèches que c'étoit l'amour , il
lui dit en l'abordant :

Vos ſoupirs ſe font entendre ,
J'abandonne les cieux ,
Et viens ſécher les pleurs qui coulent de vos yeux ,
Pour vous je puis tout entreprendre :
Vous reverrez l'objet que vous aimez le mieux ;
Rappelons Serpentin aux douceurs de la vie,
Et puniſſons ainſi ſa cruelle ennemie.

La reine étonnée de l'éclat qui environnoit
l'amour , & ravie de ſes promeſſes , s'écria :

Juſqu'aux enfers je ſuis prête à vous ſuivre ;
Cet horrible ſéjour me paroîtra charmant ,
Si je revois l'amant
Sans qui je ne ſaurois plus vivre.

L'amour qui parle rarement en proſe , frappa

trois coups, en chantant merveilleusement bien ces paroles:

Terre, obéissez à ma voix,
Reconnoissez l'amour, ouvrez-nous un passage.
      Jusqu'au triste rivage
      Où Pluton impose des loix.

La terre obéit, elle ouvrit son large sein, & par une descente obscure, où la reine avoit besoin d'un guide aussi brillant que celui qui l'avoit prise sous sa protection, elle arriva aux enfers; elle craignoit d'y rencontrer son mari sous la figure d'un serpent, mais l'amour qui se mêle de rendre quelquefois de bons offices aux malheureux, ayant prévu là-dessus tout ce qui étoit à prévoir, avoit déja ordonné que Serpentin Vert deviendroit ce qu'il étoit avant sa pénitence. Quelque puissante que fût Magotine, hélas! que pouvoit elle contre l'amour? De sorte que la première chose que la reine trouva, ce fut son aimable époux; elle ne l'avoit jamais vu sous une figure si charmante; il ne l'avoit point vue non plus aussi belle qu'elle étoit devenue: cependant un pressentiment, & peut-être l'amour qui se trouvoit en tiers avec eux, leur fit deviner qui ils étoient. La reine lui dit aussi-tôt avec une extrême tendresse:

Du destin en ces lieux je viens fléchir la loi,

S'il vous arrête ici par un ordre barbare
Uniſſons-y nos cœurs, que rien ne nous ſépare;
L'enfer, qu'on trouve plein d'effroi,
N'aura rien de triſte pour moi.

Le roi tranſporté de la plus vive paſſion, répondit à ſon épouſe tout ce qui pouvoit lui
marquer ſon empreſſement & ſa joie ; mais l'a-
mour qui n'aime pas à perdre du tems, les convia de s'approcher de Proſerpine. La reine lui fit
un compliment de la part de la fée, & la pria de
la charger de l'eſſence de longue vie. C'étoit proprement le mot du guet entre ces bonnes perſonnes ; elle lui en donna auſſi-tôt une fiole aſſez
mal bouchée, pour lui faciliter l'envie de l'ouvrir ; l'amour qui n'eſt pas novice avertit la reine
de ſe bien garder d'une curioſité qui lui ſeroit
encore fatale ; & ſortant promptement de ces
triſtes lieux, le roi & la reine revirent la lumière.
L'amour ne voulut plus les abandonner, il les
conduiſit chez Magotine, & pour qu'elle ne le
vît pas, il ſe cacha dans leur cœur : cependant ſa
préſence inſpira des ſentimens ſi humains à la
fée, qu'encore qu'elle en ignorât la raiſon, elle
reçut très-bien ces illuſtres infortunés; faiſant un
effort de généroſité ſurnaturelle, elle leur rendit le royaume de Pagodie ; ils y retournèrent
ſur le champ, & vécurent avec autant de bonne

fortune, qu'ils avoient éprouvé jufqu'alors de difgraces & d'ennuis.

    Souvent un défir curieux
Eft la fource des maux les plus épouvantables :
Sur un fecret qui doit nous rendre miférables,
    Pourquoi vouloir ouvrir les yeux ?
Le beau fexe a fur-tout cette audace cruelle.
Prenons-en à témoin la première mortelle ;
Sur elle on nous a peint & Pandore & Pfiché,
    Qui voulant percer un myftère,
Que les dieux aux mortels vouloient tenir caché,
Deviennent les auteurs de leur propre misère.
Laidronette, qui veut connoître Serpentin,
    Eprouve un femblable deftin ;
L'exemple de Pfiché ne peut la rendre fage ;
    Hélas ! de leurs malheurs paffés,
La plupart des mortels curieux, infenfés,
    N'en fait pas un meilleur ufage.

Don Fernand s'étoit fi fort attiré l'attention de fes auditeurs, que le jour commençoit à paroître, fans que Léonore & Matilde euffent aucune envie de dormir. Il les pria inftammenz d'entrer dans une chambre, & de chercher quelque repos au milieu de toutes les inquiétudes dont elles étoient agitées.

Ils étoient fur le point d'entrer dans le golfe de Venife, lorfque le tems changea tout d'un coup, & les mit en état de craindre pour leur

vie ; après avoir effayé inutilement de réfifter aux
vents, il fallut enfin leur céder : ils les éloignèrent à tel point , qu'ils fe trouvèrent à plus
de cent lieues à l'entrée du golfe. La mer commençoit de fe calmer , lorfque deux brigantins les at-
taquèrent : ils étoient commandés par Zoromy ,
ce fameux corfaire qui s'eft acquis tant de réputation , & que l'on appréhende prefque fur
toutes les mers ; les ayant apperçus & abordés ,
il les furprit avec une fi grande diligence , qu'é-
tant encore dans le défordre où les avoit mis la
tempête qu'ils venoient d'effuyer , ils n'eurent
pas même le loifir de penfer à fe défendre. Après
avoir réfifté à une bordée de coups de canon , le
capitaine efpagnol fe rendit, & nos jeunes amans
fe virent dans la dure néceffité de reconnoître un
corfaire pour maître: je ne prétens point repréfenter l'excès de leur douleur, il eft aifé de la comprendre , & difficile d'en bien parler. Le vaiffeau
fut auffi-tôt rempli de turcs , qui leur ôtèrent la
difpofition de toutes chofes , & particulièrement
de leur liberté. Cependant comme ils purent juger au refpect que l'on avoit pour ces dames ,
& à la magnificence de leurs habits , qu'elles
étoient d'une qualité diftinguée , ils les trai-
tèrent avec plus d'honnêteté qu'elles n'avoient
lieu d'en attendre de ces barbares.

Zoromy les fit paffer fur fon bord , avec don

Fernand & don Jaime. Il dit à Leonore & à Matilde en langue franque, qu'elles s'affligeassent moins, & qu'il tâcheroit d'adoucir l'amertume de leur captivité. Elles ne purent lui répondre que par des larmes qui marquèrent l'excès de leur affliction; les deux cavaliers espagnols étoient pénétrés de la leur, bien qu'ils la soutinssent avec beaucoup de courage.

Lorsque Leonore fut en liberté de parler à don Fernand, elle lui dit que puisqu'ils ne pouvoient prévoir quelle seroit leur destinée, elle jugeoit à propos de le faire passer pour son frère, & que si on les séparoit, il se consolât dans la certitude qu'elle cesseroit plutôt de vivre, que de changer. Ah! madame, s'écria l'amoureux don Fernand, de quoi me parlez-vous? Seroit-il possible que j'eusse le malheur d'être éloigné de vous? Il faut tout prévoir, reprit-elle, dans le déplorable état où nous sommes, & nous y préparer sans foiblesse. Vous avez trop de fermeté, lui dit-il, que je crains qu'il n'y entre de l'indifférence! pouvez-vous former de tels soupçons, répliqua-t-elle en le regardant tristement, & ce que j'ai fait pour vous, lorsque j'ai quitté la maison de mon père, ne vous prouve-t-il pas suffisamment mon amitié! je ne suis pas un ingrat, répondit don Fernand, mais, madame, je suis un malheureux accablé des plus funestes coups,

O iv

dont la fortune puiffe perfécuter un homme, ainfi pardonnez-moi mes alarmes ; fi vous m'étiez moins chère, je ferois peut-être moins injufte. Des fentimens fi tendres, donnèrent beaucoup de confolation à l'aimable Leonore ; elle marqua les fiens à don Fernand, dans des termes bien propres à foulager fes ennuis. Ils convinrent qu'ils iroient parler à Zoromy, afin de favoir fes intentions, & quelle fomme ils voudroient pour leur rançon : mais il en ouvrit à peine la propofition, que ce fier corfaire lui impofa filence. Ces dames ne doivent penfer, leur dit il, qu'à plaire au grand vifir Achmet, auquel j'ai réfolu de les préfenter, pour m'acquitter d'un nombre infini d'obligations dont je lui fuis redevable. Quelle nouvelle, hélas ! pour des perfonnes qui s'aiment, & qui fe flattent de fortir dans peu d'efclavage.

Lorfque don Fernand vint les apprendre à Leonore, elle en demeura pénétrée de la plus vive douleur : mais enfin, trouvant trop de foibleffe à s'abandonner toute entière à fes déplaifirs, & voyant là-deffus la peine de fon généreux amant, elle réfolut d'avoir recours à fon courage, pour en étouffer une partie, & pour cacher l'autre autant qu'il feroit en fon pouvoir. Don Jaime & Matilde de leur côté ne fe parloient pas moins tendrement & moins généreu-

fement, ils fe jurèrent cent fois un amour éternel ; c'étoit leur unique confolation.

Le vent étoit fi favorable, qu'ils arrivèrent en
peu de tems à Conftantinople. Lorfqu'on débar-
qua les dames, Zoromy les fit foigneufement
cacher ; on les conduifit chez lui, il leur donna
le tems de s'y repofer, afin qu'il ne parût pas que
la fatigue du voyage eût rien dérobé à la vivacité
de leurs yeux, ni à la fraîcheur de leur teint ; il
les fit habiller à la turque, d'un drap d'or magnifique, leur ayant fait faire des chaînes de
toutes les pierreries qu'il leur avoit prifes, il les
attacha à leurs mains & à leurs piés.

Don Fernand & don Jaime eurent auffi des
habits d'efclaves de la même étoffe ; leur bonne
mine les paroit encore plus que les pierreries
dont Zoromy fit couvrir leurs veftes. Il les mena tous quatre dans ce nouvel équipage à une maifon de campagne proche de Conftantinople, qui
étoit au grand vifir. Il s'y étoit allé divertir, &
n'avoit voulu être fuivi que d'une petite cour.

Zoromy lui fit demander permiffion de le faluer. Achmet le reçut obligeamment : il admira
la bonne mine de fes efclaves, & dit qu'il n'avoit
jamais rien vu de plus beau que Leonore. Il parloit très-bien la langue efpagnole, & la regardant d'un air plein de tendreffe & de pitié : quittes
ces chaînes, lui dit-il, le ciel t'a fait naître pour

en donner à tous ceux qui te voient. Leonore
ne répondit rien à cette galanterie ; elle baiſſa les
yeux , & ne put retenir ſes larmes. Hé quoi, continua le viſir ! as-tu une ſi grande douleur de te
voir parmi nous ? Je t'aſſure que tu n'y auras pas
moins de pouvoir que tu en avois dans ton propre
pays. Seigneur , lui dit-elle , quelque bonté que
vous me promettiez ſi généreuſement dans le
vôtre, il me ſemble que je dois toujours me défier de ma fortune après le malheur qui m'eſt arrivé : ainſi je vous ſupplie de ne me point croire
ingrate à ces mêmes bontés, quoique je n'y té-
moigne pas toute la ſenſibilité que je devrois.
Mais, ſeigneur, ajouta-t-elle, en ſe jetant à ſes
piés avec une grâce toute charmante, ſi vous
voulez tarir la ſource de mes larmes, daignez
preſcrire un prix à notre liberté , afin que nous
puiſſions nous mettre en état de revoir bientôt
nos parens & notre patrie. Puiſque cette belle
fille eſt ta ſœur, & que ces eſclaves ſont tes
frères, reprit-il, je veux dès à préſent t'accorder
ce que tu ſouhaites pour eux; à ton égard , je te
demande du tems pour y penſer.

Ils reconnurent bien par cette réponſe qu'Achmet ne leur rendoit la liberté, que pour les éloigner de Leonore. Mais s'étant engagés de ne ſe
point abandonner, au moins tant qu'ils le pourroient , ils répondirent au viſir avec beaucoup

de refpect: nous ne mériterions pas, feigneur, la grâce que vous daignez nous accorder, fi avant que d'en profiter, nous n'avions effayé de nous en rendre dignes ; ainfi nous ofons vous fupplier de permettre que nous reftions affez de tems au nombre de vos efclaves, pour vous faire connoître une partie de notre reconnoiffance. Achmet y confentit, & après avoir dit au corfaire qu'il lui avoit fait un préfent dont il n'oublieroit jamais le prix, il fit conduire Leonore & Matilde au quartier des femmes.

C'étoit dans cette maifon, deftinée pour fes plaifirs, qu'il faifoit garder les plus belles perfonnes du monde. Il n'y avoit point d'hommes dont la vie fût plus délicieufe que la fienne. Il étoit grand vifir dans un âge où les autres font à peine en faveur. Le poids des affaires ne déroboit rien à fes plaifirs, & fes plaifirs ne déroboient rien à fon devoir; il étoit bien fait de fa perfonne, généreux, & auffi galant qu'on le peut être dans un lieu où la délicateffe eft fi peu connue : mais auffi ce n'étoit point à Conftantinople qu'il s'étoit poli, il avoit vu d'autres cours ; & s'il avoit pu y faire un plus long féjour, il n'y auroit point eu dans le monde un plus honnête homme que lui.

Il fit loger les deux efpagnols dans un appartement, dont la beauté & la magnificence les surprirent. Il venoit tous les jours voir Leonore avec afliduité ; il lui envoyoit des préfens confidé-rables, & le foin qu'il prenoit delui plaire, faifoit affez comprendre à cette belle fille, qu'elle alloit avoir de terribles combats à foutenir, & qu'il n'étoit pas difpofé d'attendre longtems des grâces qu'il pouvoit demander en maître. Elle lui difoit quel-quefois que les biens qu'on ne pofsède que de cette manière, font toujours mêlés de chagrin ; que le cœur veut fe rendre par l'inclination, & jamais par la violence : & lorfqu'il la preffoit da-vantage, elle le conjuroit de lui laiffer affez de liberté pour fe pouvoir dire à elle-même que c'étoit à fa tendreffe, & point à fon autorité, qu'elle accordoit fon eftime. Il trouva quelque chofe de délicat dans cette propofition, & lui pro-mit qu'il ne négligeroit jamais rien pour lui plaire.

Il traitoit Matilde avec mille honnêtetés, il lui faifoit des préfens pour la mettre dans fes intérêts ; & à l'égard de don Fernand & don Jaime, il adouciffoit la rigueur de leur captivité par des manières fi généreufes & fi aifées, qu'ils paroiffoient être auprès de lui fous le titre d'amis plutôt que fous celui d'efclaves : mais, hélas ! quel trifte féjour pour don Fernand, il ne voyoit plus fa maîtreffe, & il la favoit au pouvoir d'un rival abfolu & amoureux ; dans quelles alarmes

continuelles flottoit son ame ! il craignoit les foiblesses du sexe, il craignoit l'autorité du visir ;
enfin il étoit dans un état déplorable. Don Jaime
qui avoit moins d'inquiétudes pour sa chère
Matilde , le consoloit , & tâchoit d'adoucir les
peines affreuses dont il étoit dévoré. Leonore
de son côté prolongeoit adroitement le terme
qu'Achmet prescrivoit pour lui donner sa foi &
recevoir la sienne ; & quoiqu'elle eût de grands
sujets de se louer de son procédé , elle n'en étoit
pas moins affligée ; cette affliction étoit cause
que , malgré toute la politesse qu'il falloit avoir ,
& les égards particuliers qu'elle lui devoit, il
avoit souvent lieu d'en souffrir , & quelquefois
aussi il prenoit avec elle des airs brusques & pleins
d'impatience, qui lui annonçoient un terrible
avenir. Enfin il la pressa de se déterminer ; je ne
vous traiterai point , lui dit il comme les autres,
je veux vous épouser & vous rendre heureuse ;
pensez donc à ce que vous me répondrez la première fois que je viendrai vous voir. Leonore
demeura triste & rêveuse. Matilde vint la trouver quand il l'eut quittée ; voyant les larmes qui
couloient avec abondance de ses yeux, elle la
conjura de lui apprendre si elle avoit quelques
nouveaux sujets de déplaisir. Leonore lui dit
ce qui se passoit ; elle parla ensuite de don Fernand avec une tendresse extrème : mais elle ap-

perçut le vifir qui l'écoutoit derrière la porte
d'un cabinet où l'on pouvoit entrer par une autre
chambre ; il avoit voulu entendre les converfa-
tions qu'elle avoit avec fa fœur, & depuis plufieurs jours il demeuroit ainfi caché dans plufieurs endroits de fon appartement.

Leonore feignit de ne l'avoir pas vu, elle continua fon difcours, & dit à Matilde : je fens bien
que fi don Fernand avoit été fidelle, je ferois incapable de négliger aucuns des fermens que nous
nous fommes faits; je lui conferverois mon cœur
aux dépens de ma vie, & notre éloignement ne
changeroit point mes difpofitions, mais l'ingrat
m'a facrifiée; vous favez, ma fœur, l'indigne procédé qu'il a eu pour moi, je fuis réfolue de l'oublier pour mon repos; je fens bien même que c'eft
ici la dernière fois que je vous parlerai de lui.

Le vifir fe retira avec une agitation difficile à
exprimer; il ne put s'empêcher d'en parler à
Matilde ; elle fut répondre à fes queftions en
perfonne d'efprit. Leonore apprit par elle ce qui
s'étoit paffé; & comme mille raifons l'obli-
geoient de ménager l'efprit d'un amant qui étoit
fon maître, elle l'envoya prier de venir dans fa
chambre ; il auroit bien voulu ne la plus voir,
quel moyen de fuir ce que l'on aime? Les héros
comme le refte des hommes, ont là-deffus leurs
momens de foibleffe.

Il fe rendit dans l'appartement de Leonore ;
elle connut à fes regards le chagrin dont il étoit
accablé. Ne vous plaignez point de mon cœur,
lui dit-elle, il étoit engagé avant de vous connoître : je n'ai pu me réfoudre à vous en faire
l'aveu ; vous l'avez appris , & vous favez en
même tems que l'infidelle qui m'aimoit, ceffe de
m'aimer ; vous aviez un rival , feigneur , vous
n'en avez plus, & fi vous m'accordez quelque
tems pour calmer mes peines , je peux vous promettre toutes les marques de reconnoiffance
que je dois à vos bontés. Je t'avoue, lui dit-il,
que mon amour & ma délicateffe ont été également offenfés de me favoir un concurrent dans
ton cœur ; je n'étois point furpris de ton indifférence , j'en accufois ta jeuneffe, & je me promet-
tois tout de mes foins; j'étois même piqué d'une
agréable émulation qui me faifoit défirer d'être
le premier qui l'eût touché d'eftime & de tendreffe; mais, cruelle! je connois mon malheur, tu
me flattes en vain de ta tendreffe ; hélas! je n'ofe
l'efpérer. En finiffant ces mots, il jeta les yeux
fur Leonore, pour chercher dans les fiens quelque foulagement à fon inquiétude ; elle le regarda alors d'une manière favorable; il n'en demeura pas moins fatisfait, que de toutes les chofes
obligeantes qu'elle lui dit. Elle en ufa ainfi, parce
qu'elle méditoit fa fuite ; & pour y parvenir ,

elle ne négligeoit rien, afin de gagner du tems,
& de profiter de la première occasion qu'elle
pourroit trouver; la fortune lui en présenta une
qu'elle saisit avec le dernier empressement.

Le grand seigneur revint à Constantinople, le
visir fut obligé de l'accompagner; & comme la
santé de Leonore. étoit languissante il ne voulut
pas la commettre à la fatigue d'un voyage. Lorsqu'il fut prêt de partir, il entra dans sa chambre : je vais te quitter, charmante Leonore, lui
dit-il, bien que ce ne soit que pour peu de
jours, il me semble que je m'arrache moi-
même, & j'ai encore besoin pour m'y résoudre
de me souvenir de toutes tes promesses. Hélas?
que ferois-je, si tu ne m'en tenois aucune, & si
je te perdois, que ferois-je? O dieux... Il s'arrêta en cet endroit, & demeura dans une profonde rêverie. Leonore frémit, appréhendant
qu'il n'eût découvert quelque chose de son
dessein; mais le visir reprenant son discours :
non, terreurs, non, vaines alarmes, s'écria-
t-il, je ne vous écoute plus, Leonore m'a donné
sa tendresse. Oui, seigneur, dit-elle, en l'interrompant, vous la possédez toute entière, & je
serois indigne de vivre, si je pouvois répondre
par des sentimens plus indifférens à ceux que
vous avez pour moi ; allez où votre devoir vous
appelle, mais ne l'écoutez pas tant, seigneur,

que

que vous ne foyez bientôt de retour. Achmet pénétré de ce qu'elle lui difoit, répondit à cette
prière par mille affurances d'une paffion éternelle.
Lorfqu'il lui dit adieu, ce fut d'une manière fi
touchante, qu'on auroit cru fans peine que quelque preffentiment agiffoit fur lui.

Don Fernand & don Jaime ayant été avertis
du deffein de leurs maîtreffes, ils le fecondèrent
avec un fuccès fi heureux, qu'ils trouvèrent le
moyen de s'affurer d'un vaiffeau ; ils les en avertirent. Leonore avoit des efclaves chrétiennes
qui lui étoient entièrement dévouées : le fignal
fe donna ; l'on mit le feu en plufieurs quartiers
du férail, la confufion & le défordre que ces
fortes d'accidens portent avec eux, facilitèrent
aux cavaliers efpagnols l'entrée du quartier des
femmes, & leur donnèrent lieu de fauver Leonore & Matilde. Elles emmenèrent celles de leurs
efclaves, à qui elles s'étoient confiées. Le palais où elles étoient, eft bâti fur le bord de la
mer ; les chaloupes les attendoient, & ils allèrent jufqu'au navire fans rencontrer aucun obftacle : on leva auffi-tôt l'ancre, on tendit les
voiles ; ces tendres amans goûtèrent le plaifir
d'être enfemble, & de fe voir libres avec mille
tranfports de joie.

Un vent favorable qui s'étoit élevé, les pouffa
bien vîte dans le golfe de Venife, & jamais

Tome III. P

navigation n'a été plus agréable, ni plus heureufe que la leur. Leonore & fa fœur étoient dans
le deffein en arrivant de fe mettre dans un couvent, jufqu'à ce que don Fernand & don Jaime
euffent obtenu du comte de Fuentes & du
marquis de Tolede, la permiffion de les époufer.
Mais après de longues réflexions, les unes & les
autres convinrent que s'ils différoient, leurs
proches irrités pourroient empêcher leur mariage, au lieu que la chofe étant faite, après
quelque tems de colère, tout s'appaiferoit. Les
amans furent ravis de la réfolution que leurs
maîtreffes prenoient en leur faveur. Ils avoient
emporté les plus belles pierreries du monde que
le vifir avoit données à Leonore, de forte qu'ils
fe trouvèrent en état de prendre un équipage, &
de faire une figure proportionnée à leur naiffance.

Cependant le vieux marquis de Tolede n'eut
pas plutôt appris l'enlèvement de Leonore, qu'il
fe mit en campagne pour la fuivre. Le comte de
Fuentes qui s'y trouvoit fort intéreffé, partit avec
lui ; ils n'oublièrent rien de tout ce qu'ils crurent
néceffaire pour joindre ces jeunes fugitifs : mais
pendant qu'ils les cherchoient d'un côté, ils leur
étoient échappés de l'autre.

Quelque fenfible que fût le comte de Fuentes,
cela n'égaloit en rien la vivacité & la douleur du

marquis de Tolede ; il étoit véritablement touché
pour Leonore , & il menaçoit son fils d'une ex-
hérédation , lorsqu'il se sentit accablé par ses inquiétudes , à tel point qu'il n'eut plus la force de
se tourmenter davantage. Les médecins trouvèrent ses maux si pressans , qu'ils l'en avertirent ;
tous les amis de son fils travaillèrent à l'appaiser ,
il en reçut des lettres respectueuses & soumises.
Enfin les approches de la mort ralentirent sa
passion, il pardonna à don Fernand. Le comte
de Fuentes eut la même bonté pour ses filles ;
qu'auroit-il fait ? Elles étoient mariées, & leur
choix n'auroit pu être meilleur, quand toute leur
famille s'en seroit mêlée. Le marquis de Tolede
languit peu : don Fernand rendit à sa mémoire
tous les honneurs qu'il lui devoit. Don Jaime &
lui revinrent à Cadix avec leurs épouses ; tout le
monde les trouva embellies , tant la satisfaction
de l'esprit est un excellent fard. Don Francisque
continuoit de les servir comme le plus généreux
parent du monde ; & don Jaime, pénétré de reconnoissance , lui demanda un jour s'il ne vouloit
pas lui donner quelque moyen de s'acquitter de
tout ce qu'il lui devoit ? Vous le pouvez aisément,
lui dit don Francisque, accordez-moi votre charmante sœur, je l'adore depuis longtems , elle le
souffre sans colère ; mais enfin sans vous , nous ne
pouvons être heureux. Don Jaime l'embrassa avec

tous les témoignages d'amitié qu'il avoit lieu de s'en promettre. Je me plains, lui dit-il obligeamment, du secret que vous m'avez fait d'une paffion dans laquelle je suis en état de vous servir ; ma sœur ne sera jamais à d'autre qu'à vous, & j'en uferai si bien pour elle, que vous aurez lieu d'être content. Don Francisque ressentit une joie difficile à comprendre ; il dit à son ami ce qu'il put imaginer de plus engageant, & du même pas, ils furent ensemble chez la sœur de don Jaime, qui avoit toujours été élevée dans un couvent ; son esprit n'en étoit pas moins cultivé, & quelques soins qu'elle prît pour cacher ses fentimens, elle ne put empêcher que son frère ne les pénétrât : il la retira de la maison religieuse ; ce fut chez lui que les noces se firent avec beaucoup de magnificence. Ainsi nos trois amans & leurs maîtresses se trouvèrent contens de leur fort : il en est peu qui puissent se vanter d'un semblable bonheur.

LA PRINCESSE CARPILLON,

CONTE.

IL étoit une vieux roi, qui, pour se consoler d'un long veuvage, épousa une belle princesse qu'il aimoit fort. Il avoit un fils de sa première femme, bossu & louche, qui ressentit beaucoup de chagrin des secondes noces de son père. La qualité de fils unique, disoit-il, me faisoit craindre & aimer ; mais si la jeune reine a des enfans, mon père qui peut disposer de son royaume, ne considérera pas que je suis l'aîné, il me déshéritera en leur faveur. Il étoit ambitieux, plein de malice & de dissimulation ; de sorte que sans témoigner son inquiétude, il fut sécrètement consulter une fée qui passoit pour la plus habile qu'il y eût au monde.

Dès qu'il parut, elle devina son nom, sa qualité, & ce qu'il lui vouloit. Prince Bossu, lui dit-elle, (c'est ainsi qu'on le nommoit), vous

êtes venu trop tard : la reine eſt groſſe d'un fils ,
je ne veux point lui faire de mal ; mais s'il
meurt ou qu'il lui arrive quelque choſe , je
vous promets que je ■■mpêcherai d'en avoir
d'autres. Cette promeſſe conſola un peu le Boſſu :
il conjura la Fée de s'en ſouvenir , & prit la
réſolution de jouer un mauvais tour à ſon petit
frère dès qu'il ſeroit né.

Au bout de neuf mois la reine eut un fils ,
le plus beau du monde ; & l'on remarqua ,
comme une choſe extraordinaire , qu'il avoit la
figure d'une flèche empreinte ſur le bras. La
reine aimoit à tel point ſon enfant , qu'elle voulut le nourrir , dont le prince Boſſu étoit très-
fâché ; car la vigilance d'une mère eſt plus grande
que celle d'une nourrice , & il eſt bien plus aiſé
de tromper l'une que l'autre.

Cependant le Boſſu , qui ne ſongeoit qu'à faire
ſon coup , témoignoit un attachement pour la
reine , & une tendreſſe pour le petit prince ,
dont le roi étoit charmé. Je n'aurois jamais cru ,
diſoit-il , que mon fils eût été capable d'un ſi
bon naturel , & s'il continue , je lui laiſſerai une
partie de mon royaume. Ces promeſſes ne ſuffi-
ſoient pas au Boſſu , il vouloit tout ou rien : de
ſorte qu'un ſoir il préſenta quelques confitures
à la reine , qui étoient confites à l'opium : elle
s'endormit ; auſſi-tôt le prince qui s'étoit caché

derrière la tapisserie, prit tout doucement le petit prince, & mit à la place un gros chat bien emmaillotté, afin que les berceuses ne s'apperçussent pas de son vol : le chat crioit, les berceuses berçoient, enfin il faisoit un si étrange sabat, qu'elle crurent qu'il vouloit téter ; elles réveillèrent la Reine, qui étoit encore toute endormie, & pensant tenir son cher poupart, lui donna son sein ; mais le méchant chat la mordit : elle poussa un grand cri ; & le regardant, que devint-elle, lorsqu'elle apperçut une tête de chat au lieu de celle de son fils ? Sa douleur fut si vive, qu'elle pensa expirer sur-le-champ ; le bruit des femmes de la reine éveilla tout le palais. Le roi prit sa robe de chambre, il accourut dans son appartement. La première chose qu'il vit, ce fut le chat emmailloté de langes de drap d'or qu'avoit ordinairement son fils ; on l'avoit jeté par terre où il faisoit des cris étonnans. Le roi demeura bien alarmé, il demanda ce que cela signifie, on lui dit que l'on n'y comprenoit rien, mais que le petit prince ne paroissoit point, qu'on le cherchoit inutilement, & que la reine étoit fort blessée. Le roi entra dans sa chambre ; il la trouva dans une affliction sans pareille ; & ne voulant pas l'augmenter par la sienne, il se fit violence pour consoler cette pauvre princesse.

Cependant le Boſſu avoit donné ſon petit frère à un homme qui étoit tout à lui : Portez-le dans une forêt éloignée, lui dit-il, & le mettez tout nu au lieu le plus expoſé aux bêtes féroces, afin qu'elles le dévorent, & que l'on n'entende plus parler de lui ; je l'y porterois moi-même, tant j'ai peur que vous ne faſſiez pas bien ma commiſſion ; mais il faut que je paroiſſe devant le roi : allez donc, & ſoyez ſûr que ſi je règne, je ne ſerai pas un ingrat. Il mit lui-même le pauvre enfant dans une corbeille couverte, & comme il avoit accoutumé à le careſſer, il le connoiſſoit déjà, & lui ſourioit ; mais le Boſſu impitoyable en fut moins ému qu'une roche : il alla promptement dans la chambre de la reine, preſque déshabillé, à force, diſoit-il, de s'être preſſé ; il ſe frottoit les yeux comme un homme encore endormi, & lorſqu'il apprit les méchantes nouvelles de la bleſſure de ſa belle-mère, du vol qu'on avoit fait du prince, & qu'il vit le chat emmailloté, il jeta des cris ſi douloureux, que l'on étoit auſſi occupé à le conſoler, que ſi en effet il eût été fort affligé. Il prit le chat & lui tordit le col avec une férocité qui lui étoit très-naturelle ; il faiſoit pourtant entendre que ce n'étoit qu'à cauſe de la morſure qu'il avoit faite à la reine.

Qui que ce ſoit ne le ſoupçonna, quoiqu'il

fût affez méchant pour devoir l'être ; ainfi fon
crime fe cachoit fous fes larmes feintes. Le roi
& la reine en furent gré à cet ingrat , & le
chargèrent d'envoyer chez toutes les fées s'informer de ce que leur enfant pouvoir être devenu. Dans l'impatience de faire ceffer la per-
quifition , il vint leur dire plufieurs réponfes
différentes & très-énigmatiques , qui fe rappor-
toient toutes fur ce point , que le prince n'étoit
pas mort, qu'on l'avoit enlevé pour quelque
tems, par des raifons impénétrables , qu'on le
raméneroit parfait en toutes chofes ; qu'il ne
falloit plus le chercher , parce que c'étoit prendre des peines inutiles. Il jugea par-là que l'on
fe tranquilliferoit ; & ce qu'il avoit jugé arriva.
Le roi & la reine fe flattèrent de recevoir un
jour leur fils ; cependant la morfure que le chat
avoit faite au fein de la reine , s'envenima fi
fort qu'elle en mourut ; & le roi accablé de
douleur , demeura un an entier dans fon palais :
il attendoit toujours des nouvelles de fon fils ,
& les attendoit inutilement.

Celui qui l'emportoit marcha toute la nuit fans
s'arrêter ; lorfque l'aurore commença de paroître,
il ouvrit la corbeille , & cet aimable enfant lui
fourit, comme il avoit accoutumé de faire à la
reine quand elle le prenoit entre fes bras. O pauvre petit prince , dit-il , que ta deftinée eft mal-

heureuſe! hélas! tu ſerviras de pâture, comme un tendre agneau, à quelque lion affamé ; pourquoi le Boſſu m'a-t-il choiſi pour aider à te perdre ? Il referma la corbeille, afin de ne plus voir cet objet digne de pitié ; mais l'enfant qui avoit paſſé la nuit ſans téter, ſe prit à crier de toute ſa force : celui qui le tenoit cueillit des figues & lui en mit dans la bouche : la douceur de ce fruit l'appaiſa un peu, ainſi il le porta tout le jour juſqu'à la nuit ſuivante, qu'il entra dans une vaſte & ſombre forêt ; il ne voulut pas s'y engager, crainte d'être dévoré lui-même, & le lendemain il s'avança avec la corbeille qu'il tenoit toujours.

La forêt étoit ſi grande, que de quelque côté qu'il regardât, il n'en pouvoit voir le bout ; mais il apperçut dans un lieu tout couvert d'arbres, un rocher qui s'élevoit en pluſieurs pointes différentes : voici ſans doute, diſoit-il, la retraite des bêtes les plus cruelles, il y faut laiſſer l'enfant, puiſque je ne ſuis pas en état de le ſauver : il s'approche du rocher ; auſſi-tôt un aigle d'une grandeur prodigieuſe, ſortit voltigeant autour, comme ſi elle y avoit laiſſé quelque choſe de cher : en effet, c'étoit ſes petits qu'elle nourriſſoit au fond d'une eſpèce de grotte : tu ſerviras de proie à ces oiſeaux, qui ſont les rois des autres, pauvre enfant, dit cet homme. Auſſi-tôt il le démaillotta, & le coucha au milieu de trois

aiglons ; leur nid étoit grand , à l'abri des injures de l'air ; il eut beaucoup de peine à y
mettre le prince , parce que le côté par où on
pouvoit l'aborder étoit fort escarpé , & penchant
vers un précipice affreux : il s'éloigna en sou-
pirant , & vit l'aigle qui revenoit à tire-d'aîle
dans son nid : Ah ! ç'en est fait , dit-il , l'enfant
va perdre la vie ; il s'éloigna en diligence comme
pour ne pas entendre ses derniers cris ; il revint auprès du Bossu , & l'assura qu'il n'avoit
plus de frère.

A ces nouvelles , le barbare prince embrassa
son fidelle ministre,' & lui donna une bague de
diamans , en l'assurant que lorsqu'il seroit roi ,
il le feroit capitaine de ses gardes. L'aigle étant
revenue dans son nid , demeura peut-être surprise d'y trouver ce nouvel hôte ; soit qu'elle
fût surprise ou qu'elle ne le fût pas , elle exerça
mieux le droit d'hospitalité que bien des gens
ne le savent faire. Elle se mit proche de son
nourrisson , elle étendit ses aîles & le réchauffa ,
il sembloit que tous ses soins n'étoient plus que
pour lui ; un instinct particulier l'engagea d'aller
chercher des fruits , de les becqueter , & d'en
verser le jus dans la bouche vermeille du petit
prince : enfin elle le nourrit si bien que la reine
sa mère n'auroit su le nourrir mieux.

Lorsque les aiglons furent un peu forts, l'aigle

les prit tour-à-tour, tantôt sur ses aîles, tantôt
dans ses serres, & les accoutuma ainsi à regarder le soleil sans fermer la paupière. Les aiglons
quittoient quelquefois leur mère, & voltigeoient
un peu autour d'elle ; mais pour le petit prince
il ne faisoit rien de tout cela, & lorsqu'elle l'élevoit en l'air, il couroit grand risque de tomber
& de se tuer. La fortune s'en mêloit, c'étoit
elle qui lui avoit fourni une nourrice si extraordinaire, c'étoit elle qui le garantissoit qu'elle
ne le laissât tomber.

Quatre années se passèrent ainsi, l'aigle perdoit tous ses aiglons, ils s'enlevoient lorsqu'ils
étoient assez grands, ils ne revenoient plus revoir leur mère ni leur nid ; pour le prince qui
n'avoit pas la force d'aller loin, il restoit sur
le rocher ; car l'aigle, prévoyante & craintive,
appréhendant qu'il ne tombât dans le précipice,
le porta de l'autre côté, dans un lieu si droit,
que les bêtes sauvages n'y pouvoient aller.

L'Amour que l'on dépeint tout parfait, l'étoit
moins que le jeune prince ; les ardeurs du soleil
ne pouvoient ternir les lis & les roses de son
teint ; tous ses traits avoient quelque chose de
si régulier, que les plus excellens peintres n'auroient pu en imaginer de pareils ; ses cheveux
étoient déjà assez longs pour couvrir ses épaules,
& sa mine si relevée, que l'on n'a jamais vu

dans un enfant rien de plus noble & de plus
grand ; l'aigle l'aimoit avec une paſſion ſurprenante, elle ne lui apportoit que des fruits pour
ſa nourriture, faiſant cette eſpèce de différence
entre lui & ſes aiglons, à qui elle ne donnoit
que de la chair crue ; elle déſoloit tous les bergers des environs, enlevant leurs agneaux ſans
miſéricorde ; il n'étoit bruit que des rapines de
l'aigle : enfin fatigués de la nourrir aux dépens de leurs troupeaux, ils réſolurent entr'eux
de chercher ſa retraite ; ils ſe partagent en pluſieurs bandes, la ſuivent des yeux, parcourent
les monts & les vallées, demeurent long-tems
ſans la trouver; mais enfin, un jour ils apper-
çoivent qu'elle s'abat ſur la grande roche ; les
plus délibérés d'entr'eux hazardèrent d'y monter, quoique ce fût avec mille périls. Elle avoit
pour lors deux petits aiglons qu'elle nourriſſoit
ſoigneuſement ; mais quelque chers qu'ils lui
fuſſent, ſa tendreſſe étoit encore plus grande
pour le jeune prince, parce qu'elle le voyoit
depuis plus long-tems. Lorſque les bergers eurent
trouvé ſon nid, comme elle n'y étoit pas, il leur
fut aiſé de le mettre en pièces, & de prendre
tout ce qui étoit dedans ; que devinrent-ils,
quand ils trouvèrent le prince ? Il y avoit à cela
quelque choſe de ſi extraordinaire, que leurs
eſprits bornés n'y pouvoient rien comprendre.

Ils emportèrent l'enfant & les aiglons ; les uns & les autres crièrent, l'aigle les entendit, & vint fondre sur les ravisseurs de son bien ; ils auroient ressenti les effets de sa colère, s'ils ne l'avoient pas tuée d'un coup de flèche, qu'un des bergers lui tira. Le jeune prince, plein de naturel, voyant tomber sa nourrice, jeta des cris pitoyables, & pleura amèrement. Après cette expédition, les bergers marchent vers leur hameau. On y faisoit le lendemain une cérémonie cruelle, dont voici le sujet.

Cette contrée avoit long-tems servi de retraite aux ogres : chacun désespéré par un voisinage si dangereux, avoit cherché les moyens de les éloigner sans y pouvoir réussir ; ces ogres terribles, courroucés de la haine qu'on leur témoignoit, redoublèrent leurs cruautés, & mangeoient, sans exception, tous ceux qui tomboient entre leurs mains.

Enfin un jour que les bergers s'étoient assemblés pour délibérer sur ce qu'ils pouvoient faire contre les ogres, il parut tout-à-coup au milieu d'eux un homme d'une grandeur épouvantable ; la moitié de son corps avoit une figure d'un cerf couvert d'un poil bleu, les piés de chèvre, une massue sur l'épaule avec un bouclier à la main ; il leur dit : Bergers, je suis le Centaure Bleu, si vous me voulez donner un enfant tous les trois ans, je vous promets d'amener ici cent de mes frères, qui feront fi rude guerre aux ogres, que nous les chafferons malgré qu'ils en aient.

Les bergers avoient de la peine à s'engager de faire une chofe fi cruelle; mais le plus vénérable d'entr'eux leur dit : hé quoi! mes compagnons, nous eft-il plus utile que les ogres mangent tous les jours nos pères, nos enfans & nos femmes? Nous en perdrons un pour en fauver plufieurs, ne refufons donc point l'offre que le Centaure nous fait. Auffi-tôt chacun y confentit; l'on s'engagea, par de grands fermens, de tenir parole au Centaure, & qu'il auroit un enfant.

Il partit & revint comme il avoit dit avec fes frères, qui étoient auffi monftrueux que lui. Les ogres n'étoient pas moins braves que cruels, ils fe livrèrent plufieurs combats, où les centaures furent toujours victorieux; enfin ils les forcèrent de fuir. Le Centaure Bleu vint demander la récompenfe de fes peines, chacun dit que rien n'étoit plus jufte; mais lorfqu'il fallut livrer l'enfant promis, il n'y eut aucune famille qui pût fe réfoudre à donner le fien; les mères cachoient leurs enfans jufques dans le fein de la terre. Le Centaure qui n'entendoit pas raillerie, après avoir attendu deux fois vingt-quatre heures, dit aux bergers qu'il prétendoit qu'on lui donnât autant d'enfans, comme il refteroit de jours parmi eux,

de forte que le retardement fut caufe qu'il en
coûta fix petits garçons & fix petites filles : depuis ce tems on régla cette grande affaire, tous
les trois ans l'on faifoit une fête folemnelle pour
livrer le pauvre innocent au Centaure.

C'étoit donc le lendemain que le prince avoit
été pris dans le nid de l'aigle, qu'on devoit
payer ce tribut, & quoique l'enfant fût déjà
trouvé, il eft aifé de croire que les bergers
mirent volontiers le prince à fa place ; l'incertitude de fa naiffance, car ils étoient fi fim-
ples, qu'ils croyoient quelquefois que l'aigle
étoit fa mère, & fa beauté merveilleufe les
déterminèrent abfolument de le préfenter au
Centaure, parce qu'il étoit fi délicat qu'il ne
vouloit point manger d'enfans qui ne fuffent
très-jolis. La mère de celui qu'on y avoit deftiné paffa tout d'un coup des horreurs de la
mort aux douceurs de la vie ; on la chargea de
parer le petit prince, comme l'auroit été fon
fils, elle peigna bien fes longs cheveux, elle
lui fit une couronne de petites rofes incarnates
& blanches, qui viennent ordinairement fur les
buiffons ; elle l'habilla d'une robe traînante, de
toile blanche & fine, fa ceinture étoit de fleurs :
ainfi ajufté on le fit marcher à la tête de plufieurs
enfans qui devoient l'accompagner ; mais que
dirai-je de l'air de grandeur & de nobleffe qui
brilloit

brilloit déjà dans fes yeux ? lui qui n'avoit jamais
vu que des aigles , & qui étoit encore dans un
âge fi tendre , ne paroiffoit ni craintif ni fauvage ; il fembloit que tous ces bergers n'étoient
là que pour lui plaire : Ah ! quelle pitié , s'en-
tredifoient-ils ! Quoi ! cet enfant va être dévoré ;
que ne pouvons-nous le fauver ! Plufieurs pleu-
roient , mais enfin il étoit impoffible de faire
autrement.

Le Centaure avoit accoutumé de paroître fur
le haut d'une roche , fa maffue dans une main ,
fon bouclier dans l'autre ; & là , d'une voix
épouvantable , il crioit aux bergers : Laiffez-moi
ma proie , & vous retirez. Auffi-tôt qu'il apperçut l'enfant qu'on lui amenoit , il en fit une
grande fête , & criant fi haut que les monts en
trembloient , il dit d'une voix épouvantable :
Voici le meilleur déjeûné que j'aie fait de mes
jours , il ne me faut ni fel ni poivre pour croquer ce petit garçon. Les bergers & les bergères jetant les yeux fur le pauvre enfant s'entre-
difoient : l'aigle l'a épargné , mais voici le monftre qui va terminer fes jours. Le plus vieux des
bergers le prit entre fes bras , le baifa plufieurs
fois : ô mon enfant, mon cher enfant, difoit-il ,
je ne te connois point , & je fens que je ne t'ai
que trop vu ! Faut-il que j'affifte à tes funérailles ?
Qu'a donc fait la fortune en te garantiffant des

Tome III.   Q

ferres aiguës & du bec crochu de l'aigle terrible, puisqu'elle te livre aujourd'hui à la dent
carnacière de cet horrible monftre ?

Pendant que ce berger mouilloit les joues
vermeilles du prince, des larmes qui couloient
de fes yeux, ce tendre innocent paffoit fes me-
notes dans fes cheveux gris, lui fourioit d'un
air enfantin, & plus il lui infpiroit de pitié,
& moins il paroiffoit diligent pour s'avancer :
dépêchez-vous, crioit le Centaure affamé, fi
vous me faites defcendre, fi je vais au-devant
de vous, j'en mangerai plus de cent. En effet
l'impatience le prit, il fe leva & faifoit le mou-
linet avec fa maffue, lorfqu'il parut en l'air un
gros globe de feu, environnée d'une nuée d'azur :
comme chacun demeuroit attentif à un fpecta-
cle fi extraordinaire, la nuée & le globe fe baifsèrent peu à peu & s'ouvrirent ; il en fortit
auffi-tôt un charriot de diamans traîné par des
cygnes, dans lequel étoit une des plus belles
dames du monde ; elle avoit, fur la tête, un
cafque d'or pur, couvert de plumes blanches,
la visière en étoit levée, & fes yeux brilloient
comme le foleil ; fon corps couvert d'une riche
cuiraffe, & fa main armée d'une lance toute
de feu, marquoient affez que c'étoit une amazone.

Quoi ! bergers, s'écria-t-elle, avez-vous l'in-

humanité de donner au cruel Centaure un tel enfant? Il eſt tems de vous affranchir de votre parole ,
la juſtice & la raiſon s'oppoſent à des coutumes ſi
barbares ; ne craignez point le retour des ogres , je
vous en garantirai, moi qui ſuis la fée Amazone ;
& dès ce moment , je vous prends ſous ma protection. Ah ! madame , s'écrièrent les bergers
& les bergères , en lui tendant les mains : c'eſt
le plus grand bonheur qui nous puiſſe arriver.
Ils n'en purent pas dire davantage , car le Centaure furieux la défia au combat ; il fut rude &
opiniâtre , la lance de feu le brûloit dans tous
les endroits où elle le touchoit , & il faiſoit
des cris horribles , qui ne finirent qu'avec ſa
vie ; il tomba tout grillé , l'on eût dit qu'une
montagne ſe renverſoit , tant ſa chûte fit de
bruit ; les bergers effrayés s'étoient cachés , les
uns dans la forêt voiſine , & les autres au fond
des rochers qui avoient des concavités , d'où
l'on pouvoit tout voir ſans être vu.

C'étoit là que le ſage berger qui tenoit le petit
prince entre ſes bras , s'étoit réfugié ; bien plus
inquiet de ce qui pouvoit arriver à cet aimable
enfant , que de tout ce qui le regardoit , lui
& ſa famille , quoiqu'elle méritât d'être conſi-
dérée. Après la mort du Centaure , la fée Amazone prit une trompette , dont elle ſonna ſi
mélodieuſement , que les perſonnes malades

qui l'entendirent, fe levèrent pleines de fanté ; & les autres fentirent une fecrète joie, dont elles ne pouvoient exprimer le fujet.

Enfin les bergers & les bergères, au fon de l'harmonieufe trompette, fe raffemblèrent. Quand la fée Amazone les vit, pour les raffurer tout-à-fait, elle s'avança vers eux dans fon char de diamans, & le faifant baiffer peu-à-peu, il ne s'en falloit pas trois piés qu'il ne touchât la terre ; il rouloit fur une nuée fi tranfparente, qu'elle fembloit être de cryftal. Le vieux berger, que l'on nommoit le Sublime, parut tenant à fon cou le petit prince : Approchez, Sublime, lui cria la fée, ne craignez plus rien ; je veux que la paix règne à l'avenir dans ces lieux, & que vous jouiffiez du repos que vous y êtes venu chercher ; mais donnez-moi ce pauvre enfant, dont les aventures font déjà fi extraordinaires. Le vieillard, après lui avoir fait une profonde révérence, hauffa les bras & mit le prince entre les fiens. Lorfqu'elle l'eut, elle lui fit mille careffes ; elle l'embraffa, elle l'affit fur fes genoux, & lui parloit ; elle favoit bien néanmoins qu'il n'entendoit aucune langue, & qu'il ne parloit point : il faifoit des cris de joie ou de douleur, il pouffoit des foupirs & des accens qui n'étoient point articulés, car il n'avoit jamais entendu parler perfonne.

Cependant il étoit tout ébloui des brillantes armes de la fée Amazone ; il montoit fur fes genoux pour atteindre jufqu'à fon cafque & le toucher. La fée lui fourioit, & lui difoit, comme s'il eût pu l'entendre : Quand tu feras en état de porter des armes, mon fils, je ne t'en laifferai point manquer. Après qu'elle lui eût encore fait de grandes careffes, elle le rendit à Sublime : Sage vieillard, lui dit-elle, vous ne m'êtes point inconnu, mais ne dédaignez pas de donner vos foins à cet enfant ; apprenez-lui à méprifer les grandeurs du monde, & à fe mettre au-deffus des coups de la fortune ; il peut être né pour en avoir une affez éclatante, mais je tiens qu'il fera plus heureux d'être fage, que puiffant ; la félicité des hommes ne doit pas confifter dans la feule grandeur extérieure ; pour être heureux, il faut être fage, & pour être fage il faut fe connoître foi-même, favoir borner fes défirs, fe contenter dans la médiocrité comme dans l'opulence, rechercher l'eftime des gens de mérite, ne méprifer perfonne, & fe trouver toujours prêt à quitter fans chagrin les biens de cette malheureufe vie. Mais à quoi penfé-je, vénérable berger ? Je vous dis des chofes que vous favez mieux que moi, & il eft vrai auffi que je les dis moins pour vous que pour les autres bergers qui m'écoutent : adieu

pasteurs, adieu bergers, appelez-moi dans vos
besoins ; cette même lance & cette même main,
qui viennent d'exterminer le Centaure Bleu,
seront toujours prêtes à vous protéger.

Le Sublime & tous ceux qui étoient avec
lui, aussi confus que ravis, ne purent rien répondre aux paroles obligeantes de la fée Amazone : dans le trouble & dans la joie où ils
étoient, ils se prosternèrent humblement devant
elle, & pendant qu'ils étoient ainsi, le globe
de feu s'élevant doucement jusqu'à la moyenne
région de l'air, disparut avec l'Amazone & le
charriot.

Les bergers craintifs n'osoient d'abord s'approcher du Centaure ; tout mort qu'il étoit, ils
ne laissoient pas de le craindre ; mais enfin peu
à peu ils s'aguérirent, & résolurent entr'eux
qu'il falloit dresser un grand bûcher & le réduire en cendre, de peur que ses frères, avertis de ce qui étoit arrivé, ne vinssent venger
sa mort sur eux. Cet avis ayant été trouvé bon,
ils n'y perdirent pas un moment, & se déli-
vrèrent ainsi de cet odieux cadavre.

Le Sublime emporta le petit prince dans sa
cabane ; sa femme y étoit malade, & ses deux
filles n'avoient pu la quitter pour venir à la cérémonie. Tenez, bergère, dit-il, voici un enfant chéri des dieux, & protégé d'une fée Ama-

zone ; il faut le regarder à l'avenir comme notre
fils , & lui donner une éducation qui puiſſe le
rendre heureux. La bergère fut ravie du préſent qu'il lui faiſoit : elle prit le prince ſur ſon
lit : tout au moins , dit-elle , ſi je ne puis lui
donner les grandes leçons qu'il recevra de vous ,
je l'éléverai dans ſon enfance , & le chérirai
comme mon propre fils. C'eſt ce que je vous
demande , dit le vieillard , & là-deſſus il le lui
donna : ſes deux filles accoururent pour le voir ,
elles reſtèrent charmées de ſon incomparable
beauté , & des grâces qui paroiſſoient dans le
reſte de ſa petite perſonne. Dès ce moment-là
elles commencèrent à lui apprendre leur langue ,
& jamais il ne s'eſt trouvé un eſprit ſi joli &
ſi vif ; il comprenoit les choſes les plus difficiles avec une facilité qui étonnoit les bergers ;
de ſorte qu'il ſe trouva bientôt aſſez avancé
pour ne plus recevoir de leçons que de lui. Ce
ſage vieillard étoit en état de lui en donner de
bonnes , car il avoit été roi d'un beau & floriſ-
ſant royaume ; mais un uſurpateur , ſon voiſin
& ſon ennemi , conduiſit heureuſement ſes intrigues ſecrètes , & gagna certains eſprits re-
muans , qui ſe ſoulevèrent , & lui fournirent les
moyens de ſurprendre le roi & toute ſa famille :
en même tems il les fit enfermer dans une forte-
reſſe , où il vouloit les laiſſer périr de miſère.

Q iv

Un changement si étrange n'en apporta point à la vertu du roi & de la reine, ils souffrirent constamment tous les outrages que le tyran leur faisoit ; & la reine, qui étoit grosse quand ces disgrâces lui arrivèrent, accoucha d'une fille, qu'elle voulut nourrir elle-même ; elle en avoit encore deux autres très-aimables, qui partageoient ses peines autant que leur âge pouvoit le permettre : enfin, au bout de trois ans, le roi gagna un de ses gardes, qui convint avec lui d'amener un petit bateau, pour lui servir à traverser le lac au milieu de laquelle la forteresse étoit bâtie. Il leur fournit des limes pour limer les barreaux de fer de leurs chambres, & des cordes pour en descendre ; ils choisirent une nuit très-obscure ; tout se passoit heureusement & sans bruit, le garde leur aidoit à se glisser le long des murs, qui étoient d'une hauteur épouvantable : le roi descendit le premier, ensuite ses deux filles, après la reine, puis la petite princesse, dans une grande corbeille ; mais hélas ! on l'avoit mal attachée, & ils l'entendirent tout d'un coup tomber au fond du lac ; si la reine ne s'étoit pas évanouie de douleur, elle auroit réveillé toute la garnison par ses cris & par ses plaintes. Le roi, pénétré de cet accident, chercha autant qu'il lui fut possible dans l'obscurité de la nuit ; il trouva même

la corbeille , & il efpéroit que la princeffe y feroit , cependant elle n'y étoit plus , de forte
qu'il fe mit à ramer pour fe fauver avec le refte
de fa famille ; ils trouvèrent au bord du lac
des chevaux tout prêts que le garde y avoit
fait conduire , pour porter le roi où il voudroit
aller.

Pendant fa prifon , lui & la reine avoient eu
tout le tems de moralifer , & de trouver que
les plus grands biens de la vie font fort petits ,
quand on les eftime leur jufte valeur : cela joint
à la nouvelle difgrâce qui venoit de leur arriver en perdant leur petite fille , les fit réfoudre
de ne fe point retirer chez les rois leurs voifins
& leurs alliés , où ils auroient été peut être à
charge ; & prenant leur parti , ils s'établirent
dans une plaine fertile , la plus agréable de toutes celles qu'ils auroient pu choifir. En ce lieu ,
le roi changeant fon fceptre en une houlette ,
acheta un grand troupeau , & fe fit berger ;
ils bâtirent une petite maifon champêtre , à l'abri
d'un côté par les montagnes , & fituée de l'autre
fur le bord d'un ruiffeau affez poiffonneux. En
ce lieu ils fe trouvoient plus tranquilles qu'ils
ne l'avoient été fur le trône ; perfonne n'envioit
leur pauvreté ; ils ne craignoient ni les traîtres ,
ni les flatteurs ; leurs jours s'écouloient fans
chagrin , & le roi difoit fouvent : Ah ! fi les

hommes pouvoient se guérir de l'ambition, qu'ils seroient heureux ! J'ai été roi, me voilà berger ; je préfère ma cabane au palais où j'ai régné.

C'étoit sous ce grand philosophe que le jeune prince étudioit ; il ne connoissoit pas le rang de son maître, & le maître ne connoissoit point la naissance de son disciple ; mais il lui voyoit des inclinations si nobles, qu'il ne pouvoit le croire un enfant ordinaire. Il remarquoit avec plaisir qu'il se mettoit presque toujours à la tête de ses camarades, avec un air de supériorité qui lui attiroit leurs respects ; il formoit sans cesse de petites armées ; il bâtissoit des forts, & les attaquoit : enfin il alloit à la chasse, & affrontoit les plus grands périls, quelque représentation que le roi berger pût lui en faire ; toutes ces choses lui persuadoient qu'il étoit né pour commander. Mais pendant qu'il s'élève & qu'il atteint l'âge de quinze ans, retournons à la cour du roi son père.

Le prince Bossu, le voyant déjà fort vieux, n'avoit presque plus d'égards pour lui : il s'impatientoit d'attendre si long-tems la succession ; pour s'en consoler, il lui demanda une armée afin de conquérir un royaume assez proche du sien, dont les peuples inconstans lui tendoient les mains. Le roi le voulut bien, à condition

qu'avant fon départ il feroit témoin d'un acte
qu'il vouloit faire figner à tous les feigneurs de
fon royaume, portant : que fi jamais le prince
fon cadet revenoit, & qu'on pût être bien affuré
que c'étoit lui, fur-tout qu'on trouvât la flèche
qu'il avoit marquée fur fon bras, il feroit feul
héritier de la couronne. Le Boffu ne voulut
pas feulement affifter à cette cérémonie, il voulut foufcrire l'acte, quoique fon père trouvât
la chofe trop dure pour l'exiger de lui ; mais
comme il fe croyoit bien certain de la mort
de fon frère, il ne hafardoit rien, & prétendoit faire beaucoup valoir cette preuve de fa
complaifance ; de forte que le roi affembla les
états, les harangua, répandit bien des larmes
en parlant de la perte de fon fils, attendrit tous
ceux qui l'entendirent ; & après avoir figné &
fait figner les plus notables, il ordonna qu'on
mettroit l'acte dans le tréfor royal, & qu'on
en feroit plufieurs copies authentiques pour s'en
fouvenir.

Enfuite le prince Boffu prit congé de lui,
pour aller à la tête d'une belle armée, tenter
la conquête du royaume où il étoit appelé, &
après plufieurs batailles, il tua de fa main fon
ennemi, prit la ville capitale, laiffa par-tout
des garnifons & des gouverneurs, & revint auprès de fon père, auquel il préfenta une jeune

princesse appellée Carpillon , qu'il ramenoit
captive.

Elle étoit si extraordinairement belle , que
tout ce que la nature avoit formé jusqu'alors ,
& tout ce que l'imagination s'étoit pu figurer ,
n'en approchoit point. Le roi en voyant Carpillon demeura charmé ; & le Bossu , qui la
voyoit depuis plus de tems , en étoit devenu
si amoureux , qu'il n'avoit pas un moment de
repos ; mais autant qu'il l'aimoit , autant elle
le haïssoit ; comme il ne lui parloit qu'en maître , & qu'il lui reprochoit toujours qu'elle étoit
son esclave , elle sentoit son cœur si opposé à
ses manières dures , qu'elle n'oublioit rien pour
l'éviter.

Le roi lui avoit fait donner un appartement
dans son palais , & des femmes pour la servir ;
il étoit touché des malheurs d'une si belle &
si jeune princesse , lorsque le Bossu lui dit qu'il
vouloit l'épouser. J'y consens , répliqua-t-il , à
condition qu'elle n'y aura point de répugnance ;
car il me semble que lorsque vous êtes auprès
d'elle , son air en est plus mélancolique. C'est
qu'elle m'aime , dit le Bossu , & qu'elle n'ose
le faire connoître , la contrainte où elle est l'em-
barrasse ; aussi-tôt qu'elle sera ma femme , vous
la verrez contente. Je veux le croire , dit le
roi , mais ne vous flattez-vous point un peu

trop ? Le Boſſu ſe trouva fort offenſé des doutes
de ſon père ; vous êtes cauſe , madame, dit il
à la princeſſe , que le roi me marque une dureté dans ſa conduite qui ne lui eſt point ordinaire : il vous aime peut-être , apprenez-le
moi ſincèrement , & choiſiſſez entre nous celui
qui vous plaira davantage , pourvu que je vous
voie régner , je ſerai ſatisfait. Il parloit ainſi
pour connoître ſes ſentimens ; car ce n'étoit pas
qu'il eût aucun deſſein de changer les ſiens. La
jeune Carpillon , qui ne ſavoit pas encore que
la plupart des amans ſont des animaux fins &
diſſimulés , donna dans le panneau. Je vous
avoue , Seigneur , lui dit-elle , que ſi j'en étois
la maîtreſſe , je ne choiſirois ni le roi , ni vous;
mais ſi ma mauvaiſe fortune m'aſſervit à cette
dure néceſſité , j'aime mieux le roi. Et pourquoi , répliqua le Boſſu en ſe faiſant violence?
C'eſt , ajouta-t-elle , qu'il eſt plus doux que vous;
qu'il règne à préſent , & qu'il vivra peut-être
moins. Ha , ha , petite ſcélérate , s'écria le Boſſu !
vous voulez mon père pour être reine douairière
dans peu de tems ; vous ne l'aurez aſſurément
pas ; il ne penſe point à vous , c'eſt moi qui
ai cette bonté ; bonté, pour dire le vrai , bien
mal employée , car vous avez un fond d'ingratitude inſupportable ; mais fuſſiez-vous cent fois
plus ingrate , vous ſerez ma femme.

La princeffe Carpillon connut , mais un peu trop tard , qu'il eft quelquefois dangereux de dire tout ce qu'on penfe ; & pour raccommoder ce qu'elle venoit de gâter : je voulois connoître vos fentimens , lui dit-elle , je fuis très-aife que vous m'aimiez affez pour réfifter aux duretés que j'ai affectées. Je vous eftime déjà , feigneur , travaillez à vous faire aimer. Le prince donna tête baiffée dans le panneau , quelque groffier qu'il fût ; mais ordinairement l'on eft fort fot quand on eft fort amoureux , & l'on a un penchant à fe flatter , qui fe corrige difficilement : les paroles de Carpillon le rendirent plus doux qu'un agneau ; il fourit , & lui ferra les mains jufqu'à les meurtrir.

Dès qu'il l'eut quittée , elle courut dans l'appartement du roi , fe jetant à fes pieds : garantiffez moi , Seigneur , lui dit-elle , du plus grand des malheurs ; le prince Boffu veut m'époufer , je vous avoue qu'il m'eft odieux , ne foyez pas auffi injufte que lui ; mon rang , ma jeuneffe , & les difgrâces de ma maifon , méritent la pitié d'un auffi grand roi que vous. Belle princeffe , lui dit-il , je ne fuis pas furpris que mon fils vous aime , c'eft une loi commune à tous ceux qui vous verront ; mais je ne lui pardonnerai jamais de manquer au refpect qu'il vous doit. Ha ! Seigneur , reprit-elle , il me regarde comme

la prifonnière, & me traite en efclave. C'eft
avec mon armée, répondit le roi, qu'il a vaincu
le vainqueur du roi, votre père ; fi vous êtes
captive, vous êtes la mienne, & je vous rends
votre liberté ; heureux que mon âge avancé,
& mes cheveux blancs me garantiffent de devenir votre efclave ! La princeffe, reconnoiffante,
fit mille remercîmens au roi, & fe retira avec
fes femmes.

Cependant le Boffu ayant appris ce qui venoit
de fe paffer, le reffentit vivement ; & fa fureur s'augmenta, lorfque le roi lui défendit de
ne fonger à la princeffe, qu'après lui avoir rendu
des fervices fi effentiels, qu'elle ne pût fe défendre de lui vouloir du bien. J'aurai donc à
travailler toute ma vie, & peut-être inutilement, dit-il ; je n'aime pas à perdre mon tems.
J'en fuis fâché pour l'amour de vous, répliqua
le roi ; mais cela ne fera pas d'une autre manière. Nous verrons, dit infolemment le Boffu,
en fortant de la chambre ; vous prétendez m'enlever ma prifonnière, j'y perdrois plutôt la vie.
Celle que vous nommez votre prifonnière étoit
la mienne, ajouta le roi irrité ; elle eft libre
à préfent ; je veux la rendre maîtreffe de fa
deftinée, fans la faire dépendre de votre caprice.

Une converfation fi vive auroit été loin, fi
le Boffu n'avoit pas pris le parti de fe retirer ;

il conçut en même tems le défir de fe rendre
maître du royaume & de la princeffe : il s'étoit
fait aimer des troupes pendant qu'il les avoit
commandées, & les efprits féditieux fecondèrent volontiers fes mauvais deffeins, de forte
que le roi fut averti que fon fils travailloit à
le détrôner ; & comme il étoit le plus fort, le
roi n'eut point d'autre parti à prendre que celui
de la douceur : il l'envoya querir, & lui dit :
Eft il poffible que vous foyez affez ingrat pour
me vouloir arracher du trône & vous y placer ?
Vous me voyez au bord du tombeau, n'avan-
cez pas la fin de ma vie ; n'ai-je pas d'affez
grands déplaifirs par la mort de ma femme &
la perte de mon fils ? Il eft vrai que je me fuis
oppofé à vos deffeins pour la princeffe Carpillon ;
je vous regardois en cela autant qu'elle ; car
peut-on être heureux avec une perfonne qui ne
nous aime point ? Mais puifque vous en voulez courir le rifque, je confens à tout, laiffez-
moi le tems de lui parler, pour la réfoudre à
fon mariage.

Le Boffu fonhaitoit plus la princeffe que le
royaume ; car il jouiffoit déjà de celui qu'il venoit de conquérir, de manière qu'il dit au roi
qu'il n'étoit pas fi avide de régner qu'il le croyoit,
puifqu'il avoit figné lui-même l'acte qui le deshé-
ritoit en cas que fon frère revînt, & qu'il fe
contiendroit

contiendroit dans le respect, pourvu qu'il épou-
sât Carpillon. Le roi l'embrassa, & fut trouver
la pauvre princesse, qui étoit dans d'étranges
alarmes de ce qui s'alloit résoudre ; elle avoit
toujours auprès d'elle sa gouvernante ; elle la
fit entrer dans son cabinet, & pleurant amèrement : Seroit-il possible, lui dit-elle, qu'après
toutes les paroles que le roi m'a données, il
eût la cruauté de me sacrifier à ce Bossu ? Certainement, ma chère amie, s'il faut que je
l'épouse, le jour de mes nôces sera le dernier
de ma vie, car ce n'est point tant la difformité
de sa personne qui me déplaît en lui, que les
mauvaises qualités de son cœur. Hélas ! ma princesse, répliqua la gouvernante, vous ignorez
sans doute que les filles des plus grands rois
sont des victimes, dont on ne consulte presque
jamais l'inclination ; si elles épousent un prince
aimable & bien fait, elles peuvent en remercier le hasard ; mais entre un magot ou un
autre, on ne songe qu'aux intérêts de l'état.
Carpillon alloit répliquer, lorsqu'on l'avertit
que le roi l'attendoit dans sa chambre ; elle
leva les yeux au ciel pour lui demander quelque secours.

Dès qu'elle vit le roi, il ne fut pas nécessaire
qu'il lui expliquât ce qu'il venoit de résoudre,
elle le connut assez, car elle avoit une péné-

Tome III. R

tration admirable , & la beauté de fon efprit
furpaffoit encore celle de fa perfonne. Ah ! fire,
s'écria-t elle , qu'allez-vous m'annoncer ? Belle
princeffe , lui dit-il , ne regardez point votre
mariage avec mon fils comme un malheur , je
vous conjure d'y confentir de bonne grâce ; la
violence qu'il fait à vos fentimens , marque
affez l'ardeur des fiens ; s'il ne vous aimoit pas ,
il auroit trouvé plus d'une princeffe qui auroit
été ravie de partager avec lui le royaume qu'il
a déjà , & celui qu'il efpère après ma mort ;
mais il ne veut que vous ; vos dédains , vos
mépris n'ont pu le rebuter , & vous devez croire
qu'il n'oubliera jamais rien pour vous plaire. Je
me flattois d'avoir trouvé un protecteur en vous,
répliqua-t-elle , mon efpérance eft déçue, vous
m'abandonnez ; mais les dieux , les juftes dieux
ne m'abandonneront pas. Si vous faviez tout ce
que j'ai fait pour vous garantir de ce mariage,
ajouta-t-il , vous feriez convaincue de mon
amitié. Hélas ! le ciel m'avoit donné un fils
que j'aimois chèrement , fa mère le nourriffoit,
on le déroba une nuit dans fon berceau , &
l'on mit un chat en fa place , qui la mordit
fi cruellement qu'elle en mourut ; fi cet aimable enfant ne m'avoit été ravi , il feroit à
préfent la confolation de ma vieilleffe ; mes
fujets le craindroient , & je vous aurois offert

mon royaume avec lui : le Boſſu qui fait à
préſent le maître , ſe ſeroit trouvé heureux qu'on
'eût ſouffert à la cour; j'ai perdu cet aimable
fils , princeſſe , ce malheur s'étend juſques ſur
vous. C'eſt moi ſeul, répliqua-t-elle , qui ſuis
cauſe qu'il eſt arrivé , puiſque ſa vie m'auroit
été utile, je lui ai donné la mort , ſire , regardez-moi comme une coupable ; ſongez à me
punir plutôt qu'à me marier. Vous n'étiez pas
en état , belle princeſſe , dit le roi , de faire
en ce rems-là du bien ni du mal à perſonne ;
je ne vous accuſe point auſſi de mes diſgrâces;
mais ſi vous ne voulez pas les augmenter, préparez-vous à bien recevoir mon fils ; car il s'eſt
rendu le plus fort ici , & il pourroit vous faire
quelque pièce ſanglante. Elle ne répondit que
par ſes larmes : le roi la quitta ; & comme le
Boſſu avoit de l'impatience de ſavoir ce qui
s'étoit paſſé , le roi le trouva dans ſa chambre,
& lui dit que la princeſſe Carpillon conſentoit
à ſon mariage ; qu'il donnât les ordres néceſſai-
res pour rendre cette cérémonie ſolemnelle. Le
prince fut tranſporté de joie , il remercia le roi;
& ſur le champ , il envoya querir tout ce qu'il y
avoit de lapidaires , de marchands & de brodeurs : il acheta les plus belles choſes du monde
pour ſa maîtreſſe , & lui envoya de grandes
corbeilles d'or , remplies de mille raretés : elle

les reçut avec quelqu'apparence de joie ; ensuite il vint la voir, & lui dit, n'êtiez-vous pas
bien malheureuse, madame Carpillon, de refufer l'honneur que je voulois vous faire ? car
fans compter que je fuis affez aimable, l'on me
trouve beaucoup d'efprit ; & je vous donnerai
tant d'habits, tant de diamans & tant de belles
chofes, qu'il n'y aura point de reine au monde
qui foit comme vous.

La princeffe répondit froidement, que les malheurs de fa maifon lui permettoient moins de fe parer qu'à une autre, & qu'ainfi elle le prioit de ne
lui point faire de fi grands préfens. Vous auriez
raifon, lui dit-il, de ne vous point parer, fi
je ne vous en donnois la permiffion ; mais vous
devez fonger à me plaire ; tout fera prêt pour
notre mariage, dans quatre jours ; divertiffez-
vous, princeffe, & ordonnez ici, puifque vous
y êtes déjà maîtreffe abfolue.

Après qu'il l'eut quittée, elle s'enferma avec
fa gouvernante, & lui dit qu'elle pouvoit choifir
de lui fournir les moyens de fe fauver, ou ceux
de fe tuer le jour de fes noces. Après que la
gouvernante lui eut repréfenté l'impoffibilité de
s'enfuir, & la foibleffe qu'il y a de fe donner la
mort pour éviter les mai eurs de la vie, elle tâ-
cha de lui perfuader que fa vertu pouvoit con-
tribuer à fa tranquillité, & que fans aimer éper-

dument le Boſſu, elle l'eſtimeroit aſſez pour être contente avec lui.

Carpillon ne ſe rendit à aucune de ſes remontrances, elle lui dit que juſqu'à préſent elle avoit compté ſur elle; mais qu'elle ſavoit à quoi s'en tenir; que ſi tout le monde lui manquoit, elle ne ſe manqueroit pas à elle-même; & qu'aux grands maux, il falloit appliquer de grands remèdes. Après cela, elle ouvrit la fenêtre, & de tems en tems elle y regardoit ſans rien dire; ſa gouvernante qui eut peur qu'il ne lui prît envie de ſe précipiter, ſe jeta à ſes genoux; & la regardant tendrement: hé bien, madame, lui dit-elle, que voulez-vous de moi? Je vous obéirai, fût-ce aux dépens de ma vie. La princeſſe l'embraſſa, & lui dit qu'elle la prioit de lui acheter un habit de bergère & une vache, qu'elle ſe ſauveroit où elle pourroit; qu'il ne falloit point qu'elle s'amuſât à la détourner de ſon deſſein, parce que c'étoit perdre du tems, & qu'elle n'en avoit guère: qu'il faudroit encore, pour qu'elle pût s'éloigner, coîffer une poupée, la coucher dans ſon lit, & dire qu'elle ſe trouvoit mal.

Vous voyez bien, madame, lui dit la pauvre gouvernante, à quoi je vais m'expoſer, le prince Boſſu n'aura pas lieu de douter que j'ai ſecondé votre deſſein, il me fera mille maux pour ap-

R iij

prendre où vous êtes, & puis il me fera brûler ou écorcher toute vive : dites après cela que
je ne vous aime point.

La princesse demeura fort embarrassée. Je
veux, répliqua-t-elle, que vous vous sauviez
deux jours après moi, il sera aisé de tromper
tout le monde jusques-là. Enfin elles complo-
tèrent si bien, que la même nuit, Carpillon eut
un habit & une vache.

Toutes les déesses descendues du plus haut de
l'Olympe, celles qui furent trouver le berger
Pâris, & cent douzaines d'autres, auroient paru
moins belles sous ce rustique vêtement: elle partit seule, au clair de la lune, menant quelquefois sa vache avec une corde, quelquefois aussi
s'en faisant porter : elle alloit à l'aventure, mou-
rant de peur: si le plus petit vent agitoit les buis-
sons, si un oiseau sortoit de son nid, ou un
lièvre de son gîte, elle croyoit que les voleurs
ou les loups alloient terminer sa vie.

Elle marcha toute la nuit, & vouloit marcher
tout le jour, mais sa vache s'arrêta pour paître
dans une prairie, & la princesse, fatiguée de ses
gros sabots & de la pesanteur de son habit de
bure grise, se coucha sur l'herbe, le long d'un
ruisseau, où elle ôta ses cornettes de toile jaune,
pour attacher ses cheveux blonds qui s'échappant
de tous côtés, tomboient par boucles jusques à

fes piés ; elle regardoit fi perfonne ne pouvoit la voir, afin de les cacher bien vîte ; mais quelque précaution qu'elle prît, elle fut furprife par une dame armée de toutes pièces, excepté fa tête, dont elle avoit ôté un cafque d'or, couvert de diamans : bergère , lui dit - elle, je fuis laffe , voulez-vous me tirer du lait de votre vache pour me défaltérer ? Très-volontiers, madame, répondit Carpillon , fi j'avois un vaiffeau où le mettre. Voici une taffe , dit la guerrière ; elle lui préfenta une fort belle porcelaine ; mais la princeffe ne favoit comment s'y prendre pour traire fa vache : hé quoi ! difoit cette dame , votre vache n'a-t-elle point de lait, ou ne favez-vous pas comme il faut traire ? La princeffe fe prit à pleurer, étant toute honteufe de paroître maladroite devant une perfonne extraordinaire. Je vous avoue , madame , lui dit-elle, qu'il y a peu que je fuis bergère ; tout mon foin , c'eft de mener paître ma vache, ma mère fait le refte. Vous avez donc votre mère , continua la dame , & que fait-elle ? Elle eft fermière, dit Carpillon. Proche d'ici , ajouta la dame ? Oui, répliqua encore la princeffe. Vraiment je me fens de l'affection pour elle , & lui fais bon gré d'avoir donné le jour à une fi belle fille ; je veux la voir , menez-y moi. Carpillon ne favoit que répondre ; elle n'étoit pas accoutumée à mentir, & elle ignoroit

R iv

qu'elle parloit à une fée. Les fées en ce tems-
là n'étoient pas si communes qu'elles le font devenues depuis. Elle bailloit les yeux, son teint
s'étoit couvert d'une couleur vive : enfin elle dit:
quand une fois je sors aux champs, je n'ose rentrer que le soir, je vous supplie, madame, de
ne me pas obliger à fâcher ma mère, qui me
maltraiteroit peut-être, si je faisois autrement
qu'elle ne veut.

Ha! princesse, princesse, dit la fée en souriant,
vous ne pouvez soutenir un mensonge, ni jouer
le personnage que vous avez entrepris, si je ne
vous aide; tenez, voilà un bouquet de giroflée,
soyez certaine que tant que vous le tiendrez, le
Boffu que vous fuyez ne vous reconnoîtra point;
souvenez-vous, quand vous serez dans la grande
forêt, de vous informer des bergers qui mènent
là leurs troupeaux, où demeure le Sublime; allez-
y, dites lui que vous venez de la part de la fée
Amazone, qui le prie de vous mettre avec sa
femme & ses filles : adieu, belle Carpillon, je
suis de vos amies depuis long-tems. Hélas ! madame, s'écria la princesse, m'abandonnez-vous,
puisque vous me connoissez, que vous m'aimez, & que j'ai tant besoin d'être secourue ? Le
bouquet de giroflée ne vous manquera pas, répliqua-t-elle, mes momens sont précieux, il faut
vous laisser remplir votre destinée.

En finissant ces mots, elle disparut aux yeux de Carpillon, qui eut tant de peur, qu'elle en pensa mourir. Après s'être un peu rassurée, elle continua son chemin, ne sachant point du tout où étoit la grande forêt ; mais elle disoit en elle-même : cette habile fée, qui paroît & disparoît, qui me connoît sous l'habit d'une paysanne sans m'avoir jamais vue, me conduira où elle veut que j'aille. Elle tenoit toujours son bouquet, soit qu'elle marchât ou qu'elle s'arrêtât ; cependant elle n'avançoit guère, sa délicatesse secondoit mal son courage : dès qu'elle trouvoit des pierres, elle tomboit, ses piés se mettoient en sang ; il falloit qu'elle couchât sur la terre à l'abri de quelques arbres ; elle craignoit tout, & pensoit souvent, avec beaucoup d'inquiétude, à sa gouvernante.

Ce n'étoit pas sans raison qu'elle songeoit à cette pauvre femme ; son zèle & sa fidélité ont peu d'exemples. Elle avoit coîffé une grande poupée des cornettes de la princesse ; elle lui avoit mis des fontanges & du beau linge ; elle alloit fort doucement dans sa chambre, crainte, disoit-elle, de l'incommoder, & dès qu'on faisoit quelque bruit, elle grondoit tout le monde : on courut dire au roi que la princesse se trouvoit mal ; cela ne le surprit point, il en attribua la cause à son déplaisir & à la violence qu'elle se

faifoit ; mais quand le prince Boffu apprit ces
méchantes nouvelles , il reffentit un chagrin inconcevable , il vouloit la voir ; la gouvernante
eut bien de la peine à l'en empêcher : tout au
moins , dit il , que mon médecin la voye. Ah!
feigneur , s'écria-t-elle , il n'en faudroit pas davantage pour la faire mourir ; elle hait les médecins & les remèdes ; mais ne vous alarmez
point , il lui faut feulement quelques jours de
repos , c'eft une migraine qui fe paffera en dormant. Elle obtint donc qu'il n'importuneroit
point fa maîtreffe , & laiffoit toujours la poupée
dans fon lit. Mais un foir où elle fe préparoit
à prendre la fuite , parce qu'elle ne doutoit pas
que le prince impatient ne vînt faire de nouvelles tentatives pour entrer , elle l'entendit à
la porte comme un furieux qui la faifoit enfoncer
fans attendre qu'elle vînt l'ouvrir.

Ce qui le portoit à cette violence , c'eft que
des femmes de la princeffe s'étoient apperçues
de la tromperie , & craignant d'être maltraitées,
elles allèrent promptement avertir le Boffu. L'on
ne peut exprimer l'excès de fa colère , il courut
chez le roi , dans la penfée qu'il y avoit part ;
mais dans la furprife qu'il vit fur fon vifage , il
connut bien qu'il l'ignoroit. Dès que la pauvre
gouvernante parut , il fe jeta fur elle , & la
prenant par les cheveux : rends-moi Carpillon ,

lui dit-il, ou je vais t'arracher le cœur. Elle ne répondit que par fes larmes, & fe proſternant à fes genoux, elle le conjura inutilement de l'entendre. Il la traîna lui-même dans le fond d'un cachot, où il l'auroit poignardée mille fois fi le roi, qui étoit auffi bon que fon fils étoit méchant; ne l'eût obligé de la laiſſer vivre dans cette affreuſe priſon.

Ce prince, amoureux & violent ordonna que l'on pourſuivît la princeſſe par terre & par mer; il partit lui-même, & courut de tous côtés comme un infenſé. Un jour que Carpillon s'étoit miſe à couvert fous une grande roche avec fa vache, parce qu'il faiſoit un tems effroyable, & que le tonnerre, les éclairs & la grêle la faiſoient trembler, le prince Boſſu, qui étoit pénétré d'eau avec tous ceux qui l'accompagnoient, vint fe réfugier fous cette même roche. Quand elle le vit fi près d'elle, hélas! il l'effraya bien plus que le tonnerre; elle prit fon bouquet de giroflée avec les deux mains, tant elle craignoit qu'une ne fuffît pas, & fe fouvenant de la fée: ne m'abandonnez point, dit-elle, charmante Amazone. Le Boſſu jeta les yeux fur elle : que peux-tu appréhender, vieille décrépite, lui dit-il? quand le tonnerre te tueroit, quel tort te feroit-il? n'es-tu pas fur le bord de ta foſſe? La jeune princeſſe ne fut pas moins

ravie qu'étonnée de s'entendre appeler vieille :
fans doute, dit-elle, que mon petit bouquet
opère cette merveille ; & pour ne point entrer
en converfation, elle feignit d'être fourde. Le
Boffu voyant qu'elle ne le pouvoit entendre,
difoit à fon confident qui ne l'abandonnoit jamais : fi j'avois le cœur un peu plus gai, je ferois
monter cette vieille au fommet de la roche, &
je l'en précipiterois, pour avoir le plaifir de lui
voir rompre le cou, car je ne trouve rien de
plus agréable. Mais, feigneur, répondit ce fcélérat, pour peu que cela vous réjouiffe, je vais
l'y mener de gré ou de force, vous verrez bondir
fon corps comme un ballon fur toutes les pointes
du rocher, & le fang couler jufqu'à vous. Non,
dit le prince, je n'en ai pas le tems, il faut
que je continue de chercher l'ingrate qui fait tout
le malheur de ma vie.

En achevant ces mots, il piqua fon cheval,
& s'éloigna à toute bride. Il eft aifé de juger de
la joie qu'eut la princeffe : car affurément la converfation qu'il venoit d'avoir avec fon confident,
étoit affez propre à l'alarmer ; elle n'oublia pas
de remercier la fée Amazone, dont elle venoit
d'éprouver le pouvoir, & continuant fon voyage,
elle arriva dans la plaine où les pafteurs de cette
contrée avoient fait leurs petites maifons : elles
étoient très-jolies, chacun avoit chez lui fon

jardin & fa fontaine ; la vallée de Tempé &
les bords du Lignon n'ont rien eu de plus galant.
Les bergères avoient pour la plupart de la beauté,
& les bergers n'oublioient rien pour leur plaire ;
tous les arbres étoient gravés de mille chiffres
différens & de vers amoureux : quand elle parut,
ils quittèrent leurs troupeaux & la fuivirent refpectueufement , car ils fe trouvèrent prévenus
par fa beauté & par un air de majefté extraordinaire : mais ils étoient furpris de la pauvreté de
fes habits : encore qu'ils menaffent une vie fimple
& ruftique , ils ne laiffoient pas de fe piquer
d'être fort propres.

La princeffe les pria de lui enfeigner la maifon
du berger Sublime : ils l'y conduifirent avec empreffement. Elle le trouva affis dans un vallon
avec fa femme & fes filles ; une petite rivière
couloit à leurs piés, & faifoit un doux murmure ; il tenoit des joncs marins , dont il travailloit promptement une corbeille pour mettre
des fruits ; fon époufe filoit , & fes deux filles
pêchoient à la ligne.

Lorfque Carpillon les aborda, elle fentit des
mouvemens de refpect & de tendreffe , dont
elle demeura furprife ; & quand ils la virent ,
ils furent fi émus qu'ils changèrent plufieurs fois
de couleur : je fuis , lui dit-elle , en les faluant
humblement, une pauvre bergère , qui vient vous

offrir mes fervices de la part de la fée Amazone
que vous connoiffez : j'efpère qu'à fa confidération vous voudrez bien me recevoir chez vous.
Ma fille, lui dit le roi en fe levant, & la faluant
à fon tour, cette grande fée a raifon de croire
que nous l'honorons parfaitement ; vous êtes la
très-bien venue, & quand vous n'auriez point
d'autre recommandation que celle que vous portez
avec vous, certainement notre maifon vous feroit
ouverte. Approchez-vous, la belle fille, dit la
reine, en lui tendant la main, venez, que je
vous embraffe : je me fens toute pleine de bonne
volonté pour vous, je fouhaite que vous me re-
gardiez comme votre mère, & mes filles comme
vos fœurs. Hélas, ma bonne mère, dit la princeffe, je ne mérite pas cet honneur, il me fuffit
d'être votre bergère, & de garder vos troupeaux.
Ma fille, reprit le roi, nous fommes tous égaux
ici, vous venez de trop bonne part pour faire
quelque différence entre vous & nos enfans ;
venez vous affeoir auprès de nous, & laiffez
paître votre vache avec nos moutons. Elle fit
quelque difficulté, s'obftinant toujours à dire
qu'elle n'étoit venue que pour faire le ménage ;
elle auroit été affez embarraffée fi on l'eût prife
au mot, mais en vérité il fuffifoit de la voir,
pour juger qu'elle étoit plus faite pour commander que pour obéir, & l'on pouvoit croire

encore qu'une fée de l'importance de l'Amazone n'auroit pas protégé une perſonne ordinaire.

Le roi & la reine la regardoient avec un étonnement mêlé d'admiration difficile à comprendre; ils lui demandèrent ſi elle venoit de bien loin ? Elle dit qu'oui ; ſi elle avoit père & mère ? Elle dit que non , & à toutes leurs queſtions , elle ne répondoit que par monoſyllabes , autant que le reſpect le lui pouvoit permettre. Et comment vous appelez - vous , ma fille , dit la reine ? On me nomme Carpillon , dit-elle. Le nom eſt ſingulier , reprit le roi ; & à moins que quelque aventure n'y ait donné lieu , il eſt rare de s'appeler ainſi. Elle ne répliqua rien , & prit un des fuſeaux de la reine pour en dévider le fil. Quand elle montra ſes mains , ils crurent qu'elle tiroit du fond de ſes manches deux boules de neige façonnées , tant elles étoient éblouiſſantes. Le roi & la reine ſe donnèrent un coup d'œil d'intelligence , & lui dirent : votre habit eſt bien chaud , Carpillon, pour le tems où nous ſommes , & vos ſabots ſont bien durs pour un jeune enfant comme vous , il faut vous habiller à notre mode. Ma mère , répondit-elle , on eſt comme je ſuis en mon pays ; dès qu'il vous plaira me l'ordonner, je me mettrai autrement. Ils admirèrent ſon obéiſſance, & ſur-tout l'air de modeſtie qui paroiſſoit dans ſes beaux yeux & ſur tout ſon viſage.

L'heure du souper étoit venue, ils se levèrent & rentrèrent tous ensemble dans la maison; les deux princesses avoient pêché de bons petits poissons, il y avoit des œufs frais, du lait & des fruits. Je suis surpris, dit le roi, que mon fils ne soit pas de retour; la passion de la chasse le mène plus loin que je ne veux, & je crains toujours qu'il lui arrive quelque accident. Je le crains comme vous, dit la reine, mais si vous l'agréez, nous l'attendrons pour qu'il soupe avec nous. Non, dit le roi, il s'en faut bien garder; au contraire, je vous prie, lorsqu'il reviendra, qu'on ne lui parle point, & que chacun lui marque beaucoup de froideur. Vous connoissez son bon naturel, ajouta la reine, cela est capable de lui faire tant de peine qu'il en sera malade. Je n'y puis que faire, ajouta le roi, il faut bien le corriger.

On se mit à table, & quelque tems avant que d'en sortir, le jeune prince entra; il avoit un chevreuil sur son cou, ses cheveux étoient tout trempés de sueur, & son visage couvert de poussière. Il s'appuyoit sur une petite lance qu'il portoit ordinairement; son arc étoit attaché d'un côté, & son carquois plein de flèches de l'autre. En cet état, il avoit quelque chose de si noble & de si fier sur son visage & dans sa démarche, qu'on ne pouvoit le voir sans attention & sans respect refpect. Ma mère, dit-il, en s'adreffant à la reine, l'envie de vous apporter ce chevreuil m'a bien fait courir aujourd'hui des monts & des plaines. Mon fils, lui dit gravement le roi, vous cherchez plutôt à nous donner de l'inquiétude qu'à nous plaire : vous favez tout ce que je vous ai déjà dit fur votre paffion pour la chaffe ; mais vous n'êtes pas d'humeur à vous corriger. Le prince rougit ; & ce qui le chagrina davantage, c'étoit de remarquer une perfonne qui n'étoit pas de la maifon. Il répliqua qu'une autre fois il reviendroit de meilleure heure, ou qu'il n'iroit point du tout à la chaffe pour peu qu'il le voulût. Cela fuffit, dit la reine qui l'aimoit avec une extrême tendreffe : mon fils, je vous remercie du préfent que vous me faites ; venez vous affeoir auprès de moi, & foupez, car je fuis fûre que vous ne manquerez point d'appétit. Il étoit un peu déconcerté de l'air férieux dont le roi lui avoit parlé, & il ofoit à peine lever les yeux ; car s'il étoit intrépide dans les dangers, il étoit docile, & il avoit beaucoup de timidité avec ceux auquels il devoit du refpect.

Cependant il fe remit de fon trouble, il fe plaça contre la reine, & jeta les yeux fur Carpillon qui n'avoit pas attendu fi long-tems à le regarder. Dès que leurs yeux fe rencontrèrent, leurs cœurs furent tellement émus, qu'ils ne

savoient à quoi attribuer ce défordre. La princesse rougit & baissa les siens, le prince continua de la regarder ; elle leva encore doucement
les yeux sur lui, & les y tint plus long-tems ; ils
étoient l'un & l'autre dans une mutuelle surprise, & pensoient que rien dans le monde ne
pouvoit égaler ce qu'ils voyoient. Est-il possible,
disoit la princesse, que de tant de personnes
que j'ai vues à la cour, aucune n'approche de
ce jeune berger ? D'où vient, pensoit-il à son
tour, que cette merveilleuse fille est simple bergère ? Ah ! que ne suis-je roi pour la mettre sur
le trône, pour la rendre maîtresse de mes états,
comme elle le seroit de mon cœur !

En rêvant, il ne mangeoit point ; la reine,
qui croyoit que c'étoit de peine d'avoir été mal
reçu, se tuoit de le caresser ; elle lui apporta
elle-même des fruits exquis dont elle faisoit
cas. Il pria Carpillon d'en goûter ; elle le remercia ; & lui, sans penser à la main qui les lui
donnoit, dit d'un air triste : je n'en ai donc que
faire, & il les laissa froidement sur la table.
La reine n'y prit pas garde ; mais la princesse
aînée qui ne le haïssoit point, & qui l'auroit
fort aimé, sans la différence qu'elle croyoit
entre sa condition & la sienne, le remarqua
avec quelque sorte de dépit.

Après le souper, le roi & la reine se retirèrent; les princesses, à leur ordinaire, firent tout ce qu'il y avoit à faire dans le petit ménage; l'une fut traire les vaches, l'autre fut prendre du fromage. Carpillon s'empressoit aussi de travailler, à l'exemple des autres; mais elle n'y étoit pas si accoutumée. Elle ne faisoit rien qui vaille, de sorte que les deux princesses l'appeloient en riant, la belle mal-adroite; mais le prince déjà amoureux lui aidoit. Il fut à la fontaine avec elle; il lui porta ses cruches; il puisa son eau, & revint fort chargé, parce qu'il ne voulut point qu'elle portât rien. Mais que prétendez-vous, berger, lui disoit-elle, faut-il que je fasse ici la demoiselle? moi, qui ai travaillé toute ma vie, suis-je venue dans cette plaine pour me reposer? Vous ferez tout ce qu'il vous plaira, aimable bergère, lui dit-il; cependant ne me déniez point le plaisir d'accepter mon foible secours dans ces sortes d'occasions. Ils revinrent ensemble plus promptement qu'il n'auroit voulu; car encore qu'il n'osât presque lui parler, il étoit ravi de se trouver avec elle.

Ils passèrent l'un & l'autre une nuit inquiète, dont leur peu d'expérience les empêcha de deviner la cause; mais le prince attendoit impatiemment l'heure de revoir la bergère, & elle craignoit déjà celle de revoir le berger. Le nou-

veau trouble où fa vue l'avoit jetée , fit quelque diverfion avec les autres déplaifirs dont elle
étoit accablée ; elle penfoit fi fouvent à lui,
qu'elle en penfoit moins au prince Boffu. Pourquoi , difoit-elle , bizarre fortune , donnes-tu
tant de grâces , de bonne mine , & d'agrément
à un jeune berger , qui n'eft deftiné qu'à garder fon troupeau , & tant de malice , de laideur , & de difformité à un grand prince deftiné à gouverner un royaume ?

Carpillon n'avoit pas eu la curiofité de fe
voir depuis fa métamorphofe de princeffe en
bergère ; mais alors un certain défir de plaire
l'obligea de chercher un miroir. Elle trouva
celui des princeffes, & quand elle vit fa coîffure
& fon habit, elle demeura toute confufe. Quelle
figure, s'écria-t-elle ! à quoi reffemblé-je ? Il n'eft
pas poffible que je refte plus long-tems enfé-
velie dans cette groffe étoffe. Elle prit de l'eau
dont elle lava fon vifage & fes mains ; elles
devinrent plus blanches que les lys : enfuite
elle alla trouver la reine , & fe mettant à genoux auprès d'elle , elle lui préfenta une bague
d'un diamant admirable (car elle avoit apporté
des pierreries) : ma bonne mère , lui dit-elle,
il y a déjà du tems que j'ai trouvé cette bague,
je n'en fais point le prix ; mais je crois qu'elle
peut valoir quelque argent ; je vous prie de la

recevoir pour preuve de ma reconnoiſſance de la charité que vous avez pour moi ; je vous prie auſſi de m'acheter des habits & du linge , afin que je ſois comme les bergères de cette contrée.

La reine demeura ſurpriſe de voir une ſi belle bague à cette jeune fille : je veux vous la garder , lui dit-elle , & non pas l'accepter ; du reſte , vous aurez dès ce matin tout ce qu'il faut. En effet , elle envoya à une petite ville qui n'étoit pas éloignée , & l'on en fit apporter le plus joli habit de payſanne que l'on ait jamais vu. La coïffure , les ſouliers , tout étoit complet ; ainſi habillée , elle parut plus charmante que l'aurore. Le prince , de ſon côté , ne s'étoit point négligé ; il avoit mis à ſon chapeau un cordon de fleurs ; l'écharpe où ſa panetière étoit attachée , & ſa houlette , en étoient ornées ; il apporta un bouquet à Carpillon, & le lui préſenta avec la timidité d'un amant ; elle le reçut d'un air embarraſſé , quoiqu'elle eût infiniment d'eſprit. Dès qu'elle étoit avec lui , elle ne parloit preſque plus , & rêvoit toujours ; il n'en faiſoit pas moins de ſon côté. Lorſqu'il alloit à la chaſſe , au lieu de pourſuivre les biches & les daims qu'il rencontroit , s'il trouvoit un endroit propre à s'entretenir de la charmante Carpillon , il s'arrêtoit tout d'un coup &

demeuroit dans ce lieu folitaire, faifant quelques vers, chantant quelques couplets pour fa bergère, parlant aux rochers, aux bois, aux oifeaux; il avoit perdu cette belle humeur qui le faifoit chercher avec empreffement de tous les bergers.

Cependant comme il eft difficile d'aimer beaucoup, & de ne pas craindre ce que nous aimons, il appréhendoit à tel point d'irriter fa bergère en lui déclarant ce qu'il reffentoit pour elle, qu'il n'ofoit parler; & quoiqu'elle remarquât affez qu'il la préféroit à toutes les autres, & que cette préférence dût l'affurer de fes fentimens, elle ne laiffoit pas d'avoir quelquefois de la peine de fon filence; quelquefois auffi elle en avoit de la joie. S'il eft vrai, difoit-elle, qu'il m'aime, comment pourrai-je recevoir une telle déclaration? En me fâchant, je le ferois peut-être mourir; en ne me fâchant pas, j'aurois lieu de mourir moi-même de honte & de douleur: quoi! étant née princeffe, j'écouterois un berger! Ah, foibleffe trop indigne, je n'y confentirai jamais! mon cœur ne doit pas fe changer par le changement de mon habit, & je n'ai déjà que trop de chofes à me reprocher depuis que je fuis ici.

Comme le prince avoit mille agrémens naturels dans la voix, & que peut-être quand il auroit chanté moins bien, la princeffe, prévenue en

fa faveur, n'auroit pas laiffé d'aimer à l'entendre,
elle l'engageoit fouvent à lui dire des chanfonnettes ; & tout ce qu'il difoit avoit un caractère
fi tendre, fes accens étoient fi touchans, qu'elle
ne pouvoit gagner fur elle de ne le pas écouter.
Il avoit fait des paroles qu'il lui redifoit fans ceffe,
& dont elle connut bien qu'elle étoit le fujet ; les
voici :

Ah ! s'il étoit poffible
Que quelqu'autre divinité
Vous pût égaler en beauté,
Et m'offrît l'univers pour me rendre fenfible,
Je me croirois heureux
De méprifer ces dons pour vous offrir mes vœux !

Encore qu'elle feignît de n'avoir pas pour
celle-là plus d'attention que pour les autres, elle
ne laiffoit pas de lui accorder une préférence qui
fit plaifir au prince. Cela lui infpira un peu plus
de hardieffe : il fe rendit exprès au bord de la
rivière dans un lieu ombragé par les faules & les
alifiers ; il favoit que Carpillon y conduifoit tous
les jours fes agneaux : il prit un poinçon, & il
écrivit fur l'écorce d'un arbriffeau.

Envain dans cet afile
Je vois avec la paix régner tous les plaifirs ;
Où puis-je être un moment tranquille ?
L'amour même en ces lieux m'arrache des foupirs,

La princeſſe le ſurprit comme il achevoit de graver ces paroles : il affecta de paroître embarraſſé ; & après quelques momens de ſilence, vous voyez, lui dit-il, un malheureux berger qui ſe plaint aux choſes les plus inſenſibles, des maux dont il ne devroit ſe plaindre qu'à vous. Elle ne lui répondit rien ; & baiſſant les yeux, elle lui donna tout le tems dont il avoit beſoin pour lui déclarer ſes ſentimens.

Pendant qu'il parloit, elle rouloit dans ſon eſprit de quelle manière elle devoit prendre ce qu'elle entendoit d'une bouche qui ne lui étoit pas indifférente, & ſa prévention l'engageoit volontiers à l'excuſer. Il ignore ma naiſſance, diſoit-elle, ſa témérité eſt pardonnable, il m'aime, & croit que je ne ſuis point au-deſſus de lui ; quand il ſauroit mon rang, les dieux qui ſont ſi élevés, ne veulent-ils pas le cœur des hommes ? Se fâchent-ils parce qu'on les aime ? Berger, lui dit-elle, lorſqu'il eut ceſſé de parler, je vous plains, c'eſt tout ce que je peux pour vous, car je ne veux point aimer, j'ai déjà aſſez d'autres malheurs : hélas ! quel ſeroit mon ſort, ſi pour comble de diſgrace, mes triſtes jours venoient à être troublés par un engagement ? Ha ! Bergère, dites plutôt, s'écria-t-il, que ſi vous aviez quelques peines, rien ne ſeroit plus propre à les adoucir, je les partagerois toutes, mon unique ſoin

feroit de vous plaire ; vous pourriez vous reposer sur moi du soin de votre troupeau. Plût au
ciel , dit-elle , n'avoir que ce sujet d'inquiétude !
en pouvez-vous avoir d'autres , lui dit-il , d'une
manière empreslée , étant si belle , si jeune,
sans ambition , ne connoissant pas les vaines
grandeurs de la cour ? Mais sans doute , vous aimez ici ; un rival vous rend inexorable pour moi.
En prononçant ces mots , il changea de couleur ,
il devint triste, cette pensée le tourmentoit cruellement. Je veux bien , répliqua-t-elle , convenir
que vous avez un rival haï & abhorré : vous ne
m'auriez jamais vue, sans la nécessité où ses pressantes poursuites m'ont mise de le fuir. Peut-être,
bergère, lui dit-il, me fuirez-vous de même; car si
vous ne le haïssez que parce qu'il vous aime, je suis
à votre égard le plus haïssable de tous les hommes.
Soit que je ne la croie pas , répondit - elle , ou
que je vous regarde plus favorablement , je sens
bien que je ferois moins de chemin pour m'éloigner de vous , que pour m'éloigner de lui. Le
berger se sentit transporté de joie par des paroles
si obligeantes , & depuis ce jour , quels soins ne
prit-il pas pour plaire à la princesse !

Il s'occupoit tous les matins à chercher les plus
belles fleurs pour lui faire des guirlandes ; il gar-
nissoit sa houlette de rubans de mille couleurs
différentes, il ne la laissoit point exposée au soleil;

dès qu'elle venoit avec son troupeau le long du rivage ou dans le bois, il plioit des branches, il les attachoit proprement ensemble, & lui faisoit des cabinets couverts; où le gazon aussi-tôt formoit des sièges naturels : tous les arbres portoient ses chiffres, il y gravoit des vers qui ne parloient que de la beauté de Carpillon; il ne chantoit qu'elle, & la jeune princesse voyoit tous ces témoignages de la passion du berger, quelquefois avec plaisir, quelquefois avec inquiétude. Elle l'aimoit, sans le bien savoir; elle n'osoit même s'examiner là-dessus, dans la crainte de se trouver des sentimens trop tendres; mais quand on a cette crainte, n'est-on pas déjà certain de ce qu'on craint.

L'attachement du jeune berger pour la jeune bergère ne pouvoit être secret; chacun s'en apperçut; on y applaudit: qui l'auroit pu blâmer, dans un lieu où tout aimoit? L'on disoit qu'à les voir, ils sembloient nés l'un pour l'autre; qu'ils étoient tous deux parfaits; que c'étoit un chef-d'œuvre des dieux que la fortune avoit confié à leur petite contrée, & qu'il falloit faire toutes choses pour les y retenir. Carpillon sentoit une joie secrète d'entendre les applaudissemens de tout le monde en faveur d'un berger qu'elle trouvoit si aimable; & lorsqu'elle venoit à penser à la différence de leurs conditions, elle se chagriroit, & se proposoit de ne se point faire connoître, afin de laisser plus de liberté à son cœur.

Le roi & la reine qui l'aimoient extrêmement, n'étoient point fâchés de cette passion naissante ; ils regardoient le prince comme s'il avoit été leur fils, & toutes les perfections de la bergère ne les charmoient guère moins que lui. N'est-ce pas l'Amazone qui nous l'a envoyée, disoient-ils, & n'est-ce pas elle qui vint combattre le centaure en faveur de l'enfant ? Sans doute cette sage fée les a destinés l'un pour l'autre : il faut attendre ses ordres là-dessus pour les suivre.

Les choses étoient dans cet état ; le prince se plaignoit toujours de l'indifférence de Carpillon, parce qu'elle lui cachoit ses sentimens avec soin, lorsqu'étant allé à la chasse, il ne put éviter un ours furieux, qui, sortant tout d'un coup du fond d'un rocher, se jeta sur lui, & l'auroit dévoré, si son adresse n'avoit pas secondé sa valeur. Après avoir lutté longtems au sommet d'une montagne, ils roulèrent sans se quitter jusqu'au bas. Carpillon s'étoit arrêtée en ce lieu avec plusieurs de ses compagnes ; elles ne pouvoient voir ce qui se passoit au haut ; & que devinrent ces jeunes personnes quand elles apperçurent un homme qui sembloit se précipiter avec un ours ? La princesse reconnut aussi-tôt son berger ; elle fit des cris pleins d'effroi & de douleur ; toutes les ber-

gères s'enfuirent, elle resta seule spectatrice de
ce combat; elle osa même pousser hardiment le
fer de sa houlette dans la gueule de ce terrible
animal; & l'amour redoublant ses forces, lui en
donna assez pour être de quelque secours à son
amant. Lorsqu'il la vit, la crainte de lui faire partager le péril qu'il couroit, augmenta son courage
à tel point, qu'il ne songea plus à ménager sa vie,
pourvu qu'il garantît celle de sa bergère. En effet
il le tua presque à ses piés; mais il tomba lui-
même demi-mort de deux blessures qu'il avoit
reçues. Ah! que devint-elle; quand elle apperçut son sang couler, & teindre ses habits! elle
ne pouvoit parler; son visage fut en un moment
couvert de larmes; elle avoit appuyé sa tête sur
ses genoux, & rompant tout d'un coup le silence:
berger, lui dit-elle, si vous mourez, je vais
mourir avec vous: en vain je vous ai caché mes
secrets sentimens, connoissez-les, & sachez que
ma vie est attachée à la vôtre. Quel plus grand
bien puis-je souhaiter, belle bergère, s'écria-t-il?
quoi qu'il m'arrive, mon sort sera toujours heureux.

Les bergères qui avoient pris la fuite, revinrent
avec plusieurs bergers, à qui elles avoient dit ce
ce qu'elles venoient de voir: ils secoururent le
prince & la princesse, car elle n'étoit guère moins
malade que lui. Pendant qu'ils coupoient des

branches d'arbres pour faire un efpèce de bran-
cart, la fée Amazone parut tout d'un coup au
milieu d'eux: ne vous inquiétez point, leur dit-
elle, laiffez-moi toucher le jeune berger. Elle le
prit par la main, & mettant fon cafque d'or fur
fa tête: je te défends d'être malade, cher berger,
lui dit-elle. Auffi-tôt il fe leva, & le cafque dont
la vifière étoit levée, laiffoit voir fur fon vifage un
air tout martial, & des yeux vifs & brillans qui
répondoient bien aux efpérances que la fée en
avoit conçues. Il étoit étonné de la manière dont
elle venoit de le guérir, & de la majefté qui paroiffoit dans toute fa perfonne. Tranfporté d'admiration, de joie & de reconnoiffance, il fe jeta
à fes piés : grande reine, lui dit-il, j'étois dange-
reufement bleffé ; un feul de vos regards, un
mot de votre bouche m'a guéri: mais hélas! j'ai
une bleffure au fond du cœur, dont je ne veux
point guérir, daignez la foulager, & rendre ma
fortune meilleure, pour que je puiffe la partager
avec cette belle bergère. La princeffe rougit, l'entendant parler ainfi ; car elle favoit que la fée
Amazone la connoiffoit, & elle craignoit qu'elle
ne la blâmat de laiffer quelqu'efpérance à un
amant fi fort au deffous d'elle : elle n'ofoit la
regarder, fes foupirs échappés, faifoient pitié
à la fée. Carpillon, lui dit-elle, ce berger n'eft
point indigne de votre eftime ; & vous berger

qui défirez du changement dans votre état , af-
furez-vous qu'il en arrivera un très-grand dans
peu. Elle difparut à fon ordinaire , dès qu'elle eut
achevé ces mots. Les bergers & les bergères qui
étoient accourus pour les fecourir , les conduifirent comme en triomphe jufqu'au hameau : ils
avoient mis l'amant & l'amante au milieu d'eux ;
& les ayant couronnés de fleurs , pour marque
de la victoire qu'ils venoient de remporter fur le
terrible ours , qu'ils portoient après eux, ils chantoient ces paroles fur la tendreffe que Carpillon
avoit témoignée au prince :

Dans ces forêts tout nous enchante ,
Que nous allons voir d'heureux jours !
Un Berger , par fa beauté charmante ,
Arrête dans ces lieux la fille des amours.

Ils arrivèrent ainfi chez le Sublime , auquel ils
contèrent tout ce qui venoit d'arriver, avec quel
courage le berger s'étoit défendu contre l'ours ,
& avec quelle générofité la bergère l'avoit aidé
dans ce combat : enfin ce que la fée Amazone
avoit fait pour lui. Le roi, ravi à ce récit, courut
le faire à la reine. Sans doute , lui dit-il , ce garçon & cette fille n'ont rien de vulgaire ; leurs
éminentes perfections , leur beauté, & les foins
que la fée Amazone prend en leur faveur , nous
défignent quelque chofe d'extraordinaire. Là reine

e souvenant tout d'un coup de la bague de diamans que Carpillon lui avoit donnée : j'ai tou-
ours oublié, dit - elle, de vous montrer une
bague que cette jeune bergère a remise entre mes
mains avec un air de grandeur peu commun, me
priant de l'agréer, & de lui fournir pour cela des
habits comme on les porte dans cette contrée. La
pierre eft-elle belle, reprit le roi? Je ne l'ai
regardée qu'un moment, ajouta la reine: mais la
voici. Elle lui préfenta la bague ; & fi-tôt qu'il y
eut jeté les yeux : O dieu que vois-je, s'écria-t-il?
quoi ! n'avez-vous point reconnu un bien que j'ai
reçu de vos mains ? En même tems il pouffa un
petit reffort, dont il favoit le fecret, le diamant
fe leva, & la reine vit fon portrait qu'elle avoit
fait peindre pour le roi, & qu'elle avoit attaché
au cou de fa petite fille pour la faire jouer avec
lorfqu'elle la nourriffoit dans la tour. Ah! fire,
dit-elle, quelle étrange aventure eft celle-ci? Elle
renouvelle toutes mes douleurs: cependant parlons à la bergère, il faut effayer d'en favoir davantage.

Elle l'appela, & lui dit : ma fille, j'ai attendu
jufqu'à préfent un aveu de vous, qui nous auroit
donné beaucoup de plaifir, fi vous aviez voulu
nous le faire fans en être preffée ; mais puifque vous continuez à nous cacher qui vous êtes,
il eft bien jufte de vous apprendre que nous le

favons, & que la bague que vous m'avez donné ; nous a fait démêler cette énigme. Hélas , ma mère , répliqua la princesse , en se mettant à genoux proche d'elle, ce n'est point par un défaut de confiance que je me suis obstinée à vous cacher mon rang ; j'ai cru que vous auriez de la peine de voir un princesse dans l'état où je suis.

Mon père étoit roi des Isles Paisibles; son règne fut troublé par un usurpateur , qui le confina dans une tour avec la reine ma mère : après trois ans de captivité , ils trouvèrent le moyen de se sauver , un garde leur aidoit ; ils me descendirent à la faveur de la nuit dans une corbeille, la corde rompit , je tombai dans le lac ; & sans que l'on ait su comment je ne fus pas noyée, des pêcheurs qui avoient tendu leurs filets pour prendre des carpes , m'y trouvèrent enveloppée, la grosseur & la pesanteur dont j'étois , leur persuada que c'étoit une des plus monstreuses carpes qui fut dans le lac; leurs espérances étant déçues lorsqu'ils me virent , ils pensèrent me rejeter dans l'eau pour nourrir les poissons ; mais enfin ils me laissèrent dans les mêmes filets, & me portèrent au tyran qui sut aussi-tôt par la fuite de ma famille , que j'étois une malheureuse petite princesse , abandonnée de tout secours. Sa femme qui vivoit depuis plusieurs années sans enfans , eut pitié de moi ; elle me prit auprès d'elle

d'elle, & m'éleva fous le nom de Carpillon :
elle avoit peut-être le deffein de me faire oublier
ma naiffance ; mais mon cœur m'a toujours affez
dit qui je fuis, & c'eft quelquefois un malheur
d'avoir des fentimens fi peu conformes à fa fortune. Quoi qu'il en foit, un prince appelé le
Boffu, vint conquérir fur l'ufurpateur de mon
père, le royaume dont il jouiffoit tranquille-
ment.

Le changement de tyran rendit ma deftinée
encore plus mauvaife. Le Boffu m'emmena
comme un des plus beaux ornemens de fon
triomphe, & il réfolut de m'époufer malgré
moi. Dans une extrémité fi violente, je pris le
parti de fuir toute feule, vêtue en bergère,
& conduifant une vache : le prince Boffu qui
me cherchoit par-tout, & qui me rencontra
m'auroit fans doute reconnue, fi la fée Amazone
ne m'eût donné généreufement un bouquet de
giroflée, propre à me garantir de mes ennemis.
Elle ne me rendit pas un office moins charitable
en m'adreffant à vous, ma bonne mère, continua
la princeffe ; & fi je ne vous ai pas déclaré plutôt
mon rang, ce n'eft pas par un défaut de confiance,
mais feulement dans la vue de vous épargner du
chagrin. Ce n'eft point, continua-t-elle, que je
me plaigne ; je n'ai connu le repos que depuis le

jour où vous m'avez reçue auprès de vous ; &
j'avoue que la vie champêtre eft fi douce & fi innocente , que je n'aurois pas de peine à la préfé-
rer à celle qu'on mène à la cour.

Comme elle parloit avec véhémence , elle ne
prit pas garde que la reine fondoit en larmes , &
que les yeux du roi étoient auffi tout moites ;
mais auffi-tôt qu'elle eut fini , l'un & l'autre s'em-
preffant de la ferrer entre leurs bras , ils l'y re-
tinrent longtems fans pouvoir prononcer une parole. Elle s'attendrit auffi bien qu'eux ; elle fe mit
à pleurer à leur exemple , & l'on ne peut bien exprimer ce qui fe paffa d'agréable & de douloureux
entre ces trois illuftres infortunés ; enfin la reine
faifant un effort , lui dit : eft-il poffible , cher enfant de mon ame , qu'après avoir donné tant de
regrets à ta funefte perte , les dieux te rendent
à ta mère pour la confoler dans fes difgraces :
oui , ma fille , tu vois le fein qui t'a portée & qui
t'a nourrie dans ta plus tendre jeuneffe ; voici celui de qui tu tiens le jour : O lumière de nos yeux!
O princeffe que le ciel en courroux nous avoit ravie , avec quels tranfports folenniferons-nous
ton bienheureux retour! Et moi, mon illuftre
mère , & moi ma chère reine , s'écria la princeffe,
en fe profternant à fes piés , par quels termes ,
par quelles actions vous ferai-je connoître à l'un

& à l'autre tout ce que le refpect & l'amour que
je vous dois me font reffentir! quoi! je vous
trouve, cher afile de mes traverfes, lorfque je
n'ofois plus me flatter de vous voir jamais. Alors
les careffes redoublèrent entr'eux, & ils pafsèrent ainfi quelques heures. Carpillon fe retira
enfuite; fon père & fa mère lui défendirent de
parler de ce qui venoit de fe paffer, ils appré-
hendoient la curiofité des bergers de la contrée;
& bien qu'ils fuffent pour la plupart affez grof-
fiers, il étoit à craindre qu'ils ne vouluffent
pénétrer des myftères qui n'étoient point faits
pour eux.

La princeffe fe tut à l'égard de tous les indifférens, mais elle ne put garder le fecret à fon
jeune berger; quel moyen de fe taire quand on
aime? Elle s'étoit reproché mille fois de lui avoir
caché fa naiffance: de quelle obligation, difoit-
elle, ne me feroit-il pas redevable, s'il favoit
qu'étant née fur le trône, je m'abaiffe jufqu'à lui!
mais, hélas! que l'amour met peu de différence
entre le fceptre & la houlette! eft-ce cette chimérique grandeur, qu'on nous vante tant, qui
peut remplir notre ame, & la fatisfaire? Non,
la vertu feule a ce droit-là: elle nous met au-deffus du trône, & nous en fait détacher: le berger qui m'aime eft fage, fpirituel, aimable:

T ij

qu'eſt - ce qu'un prince peut avoir au - deſſus de lui?

Comme elle s'abandonnoit à ſes réflexions, elle le vit à ſes piés : il l'avoit ſuivie juſqu'au bord de la rivière ; & lui préſentant une guirlande de fleurs, dont la variété étoit charmante, d'où venez-vous, belle bergère, lui dit-il? Il y a déjà quelques heures que je vous cherche, & que je vous attends avec impatience. Berger, lui dit-elle, j'ai été occupée par une aventure ſurprenante, je me reprocherois de vous la taire ; mais ſouvenez-vous que cette marque de ma confiance exige un ſecret éternel. Je ſuis princeſſe, mon père étoit roi, je viens de le trouver dans la perſonne du Sublime.

Le prince demeura ſi confus & ſi troublé de ces nouvelles, qu'il n'eut pas la force de l'interrompre, bien qu'elle lui racontât ſon hiſtoire avec la dernière bonté ; quels ſujets n'avoit-il point de craindre, ſoit que ce ſage berger qui l'avoit élevé lui refuſât ſa fille, puiſqu'il étoit roi, ou qu'elle-même réfléchiſſant ſur la différence qui ſe trouvoit entre une grande princeſſe & lui, l'éloignât quelque jour des premières bontés qu'elle lui avoit témoignées : ah ! madame, lui diſoit-il triſtement, je ſuis un homme perdu, il faut que je renonce à la vie, vous êtes née ſur le trône,

vous avez retrouvé vos plus proches parens ; &
pour moi, je fuis un malheureux, qui ne connois
ni pays, ni patrie ; une aigle m'a fervi de mère,
& fon nid de berceau ; fi vous avez daigné
jeter quelques regards favorables fur moi, l'on
vous en détournera à l'avenir. La princeffe rêva
un moment fans répondre à ce qu'il venoit de
lui dire, elle prit une aiguille qui retenoit une
partie de fes beaux cheveux, & elle écrivit fur
l'écorce d'un arbre :

Aimez-vous un cœur qui vous aime ?

Le prince grava auffi-tôt ces vers :

De mille & mille feux je me fens enflâmmé.

La princeffe mit au-deffous ;

> **Jouiffez du bonheur extrême**
> **D'aimer & de vous voir aimé.**

Le prince, tranfporté de joie, fe jeta à fes piés,
& prenant une de fes mains : vous flattez mon
cœur affligé, adorable princeffe, lui dit-il, &
par ces nouvelles bontés, vous me confervez la
vie ; fouvenez-vous de ce que vous venez d'écrire
en ma faveur. Je ne fuis point capable de l'oublier, lui dit elle d'un air gracieux, repofez-vous
fur mon cœur, il eft plus dans vos intérêts que

dans les miens. Leur converſation auroit ſans
doute été plus ongue, s'ils avoient eu plus de
t ms ; mais il falloit ramener les troupeaux qu'ils
conduiſoient, ils ſe hâtèrent de revenir.

Cependant le roi & la reine conféroient enſemble
ſur la conduite qu'il falloit tenir avec Carpillon
& le jeune berger. Tant qu'elle leur avoit été inconnue, ils avoient approuvé les feux naiſſans qui
s'allumoient dans leur ame : la parfaite beauté
dont le ciel les avoit doués, leur eſprit, les
grâces dont toutes leurs actions étoient accom-
pagnées, faiſoient ſouhaiter que leur union fût
éternelle ; mais ils la regardèrent d'un œil bien
different, quand ils enviſagèrent qu'elle étoit
leur fille, & que le berger n'étoit ſans doute qu'un
malheureux qu'on avoit expoſé aux bêtes ſau-
vages pour s'épargner le ſoin de le nourrir ; enfin
ils réſolurent de dire à Carpillon qu'elle n'entre-
tînt plus les eſpérances dont il s'étoit flatté &
qu'elle pouvoit même lui déclarer ſérieuſement
qu'elle ne vouloit pas s'établir dans cette contrée.

La reine l'appela de fort bonne heure , & elle
lui parla avec beaucoup de bonté. Mais quelles paroles ſont capables de calmer un trouble ſi violent ? La jeune princeſſe eſſaya inutilement de ſe
contraindre : ſon viſage , tantôt couvert d'une

brillante rougeur, & tantôt plus pâle que s'il
avoit été sur le point de mourir; ses yeux, éteints
par la tristesse, ne signifioient que trop son état:
ah! combien se repentit-elle de l'aveu qu'elle
avoit fait! cependant elle assura sa mère, avec
beaucoup de soumission, qu'elle suivroit ses
ordres; & s'étant retirée, elle eut à peine la force
d'aller se jeter sur son lit, où fondant en larmes,
elle fit mille plaintes & mille regrets.

Enfin elle se leva pour conduire ses moutons
au pâturage; mais au lieu d'aller vers la rivière,
elle s'enfonça dans le bois, où se couchant sur la
mousse, elle appuya sa tête, & se mit à rêver profondément. Le prince qui ne pouvoit être en repos où elle n'étoit pas, courut la chercher; il se
présenta tout d'un coup devant elle. A sa vue, elle
poussa un grand cri, comme si elle eût été surprise, & se levant avec précipitation, elle s'éloigna de lui sans le regarder; il resta éperdu d'une
conduite si peu ordinaire, il la suivit, & l'arrêtant: quoi, bergère, lui dit-il, voulez-vous en
me donnant la mort, vous dérober le plaisir de
me voir expirer à vos yeux? Vous avez enfin changé pour votre berger; vous ne vous souvenez
plus de ce que vous lui promîtes hier. Hélas,
dit-elle en jetant tristement les yeux sur lui, hélas!
de quel crime m'accusez-vous! je suis malheu-

reufe, je fuis foumife à des ordres qu'il ne m'eft
pas permis d'éluder ; plaignez-moi , & vous
éloignez de tous les endroits où je ferai , il le
faut. Il le faut, s'écria-t-il , en joignant fes bras
d'un air plein de défefpoir , il faut que je vous
fuie , divine princeffe ! un ordre fi cruel & fi peu
mérité, peut-il m'être prononcé par vous-même?
Que voulez-vous que je devienne , & cet efpoir
flatteur auquel vous m'avez permis de m'abandonner , peut-il s'éteindre fans que je perde la
vie? Carpillon, auffi mourante que fon amant,
fe laiffa tomber fans pouls & fans voix : à cette
vue , il fut agité de mille différentes penfées ;
l'état où étoit fa maîtreffe , lui faifoit affez connoître qu'elle n'avoit aucune part aux ordres
qu'on lui avoit donnés, & cette certitude dimi-
nuoit en quelque façon fes déplaifirs.

Il ne perdit pas un moment à la fecourir : une
fontaine qui couloit lentement fous les herbes,
lui fournit de l'eau pour en jeter fur le vifage de
fa bergère, & les amours qui étoient cachés derrière un buiffon , ont dit à leurs petits camarades
qu'il ofa lui voler un baifer. Quoi qu'il en foit ,
elle ouvrit bientôt les yeux, puis repouffant fon
aimable berger : fuyez , éloignez-vous de moi,
lui dit-elle , fi ma mère venoit , n'auroit elle pas
lieu d'être fâchée ? Il faut donc que je vous laiffe

dévorer aux ours & aux fangliers, lui dit-il, ou
que pendant un long évanouiffement, feule dans
ces lieux folitaires, quelque afpic, ou quelque
ferpens viennent vous piquer. Il faut tout rif-
quer, lui dit-elle, plutôt que de déplaire à la
reine.

Pendant qu'il favoient cette converfation, où il
entroit tant de tendreffe & d'égards, la fée, leur protectrice, parut tout d'un coup dans la chambre du
roi; elle étoit armée à fon ordinaire; les pierreries
dont fa cuiraffe & fon cafque étoient couverts,
brilloient moins que fes yeux; & s'adreffant à la
reine, vous n'êtes guère reconnoiffante, madame,
lui dit-elle, du préfent que je vous ai fait en
vous rendant votre fille, qui fe feroit noyée dans
les filets fans moi, puifque vous êtes fur le point
de faire mourir le berger que je vous ai confié;
ne fongez plus à la différence qui peut être entre
lui & Carpillon: il eft tems de les unir, fongez,
illuftre Sublime, dit-elle au roi, à leur mariage;
je le fouhaite, & vous n'aurez jamais lieu de
vous en repentir.

A ces mots, fans attendre leur réponfe, elle les
quitta, ils la perdirent de vue, & remarquèrent
feulement après elle une longue trace de lumière
femblable aux rayons du foleil.

Le roi & la reine demeurèrent également furpris, ils reſſentirent même de la joie, que les ordres de la fée fuſſent ſi poſitifs ; il ne faut pas douter, dit le roi, que ce berger inconnu ne ſoit d'une naiſſance convenable à Carpillon, celle qui le protège a trop de nobleſſe pour vouloir unir deux perſonnes qui ne ſe conviendroient pas. C'eſt elle, comme vous voyez, qui ſauva notre fille du lac où elle ſeroit périe : par quel endroit avons-nous mérité ſa protection ? J'ai toujours entendu dire, répliqua la reine, qu'il eſt de bonnes & de mauvaiſes fées, qu'elles prennent des familles en amitié ou en averſion, ſelon leur génie ; & apparemment celui de la fée Amazone nous eſt favorable. Ils parloient encore lorſque la princeſſe revint ; ſon air étoit abattu & languiſſant. Le prince qui n'avoit oſé la ſuivre que de loin, arriva quelque tems après, ſi mélancolique, qu'il ſuffiſoit de le regarder pour deviner une partie de ce qui ſe paſſoit dans ſon ame. Pendant tout le repas, ces pauvres amans qui faiſoient la joie de ſa maiſon, ne prononcèrent pas une parole, n'oſèrent pas même lever les yeux.

Dès que l'on fut ſorti de la table, le roi entra dans ſon petit jardin, & dit au berger de venir avec lui. A cet ordre il pâlit, un friſſon extraordinaire ſe gliſſa dans ſes veines, & Carpillon crut

que fon père alloit le renvoyer , de forte qu'elle
n'eut pas moins d'appréhenfion que lui. Le Sublime paffa dans un cabinet de verdure , il s'affit
en regardant le prince : mon fils , lui dit-il , vous
favez avec quel amour je vous ai élevé , je vous
ai gardé comme un préfent des dieux pour foutenir & confoler ma vieilleffe ; mais ce qui prou-
vera davantage mon amitié , c'eft le choix que
j'ai fait de vous pour ma fille Carpillon , c'eft
d'elle dont vous m'avez entendu quelquefois dé-
plorer le nauffrage : le ciel qui me la rend, veut
qu'elle foit à vous , je le veux auffi de tout mon
cœur ; feriez-vous le feul qui ne le voulût pas ?
Ah ! mon père , s'écria le prince en fe mettant à
fes piés, oferois-je me flatter de ce que j'entends ?
Suis-je affez heureux pour que votre choix tombe
fur moi , ou voulez-vous feulement favoir les
fentimens que j'ai pour cette belle bergère ? Non,
mon cher fils , dit le roi , ne flottez point entre
l'efpérance & la crainte , je fuis réfolu à faire
dans peu de jours cet hymen. Vous me comblez
de bienfaits , répliqua le prince , en embraffant
fes genoux , & fi je vous explique mal ma reconnoiffance , l'excès de ma joie en eft la caufe.
Le roi l'obligea de fe relever , il lui fit mille
amitiés , & bien qu'il ne lui dît pas la grandeur
de fon rang , il lui laiffoit entrevoir que fa naif-

fance étoit fort au deffus de l'état où la fortune
l'avoit réduit.

Mais Carpillon inquiète n'avoit point eu de
repos, qu'elle ne fût entrée dans le jardin après
fon père & fon amant ; elle les regardoit de loin,
cachée derrière quelques arbres : lorfqu'elle le vit
aux piés du roi, elle crut qu'il le prioit de ne le
pas condamner à un éloignement fi rude, de manière qu'elle n'en voulut pas favoir davantage ;
elle s'enfuit au fond de la forêt, courant comme
un faon que les chiens & les veneurs pourfuivent;
elle ne craignoit rien, ni la férocité des bêtes fauvages, ni les épines qui l'accrochoient de tous
les côtés. Les échos répétoient fes triftes plaintes;
il fembloit qu'elle ne cherchoit que la mort, lorfque fon berger, impatient de lui annoncer de
bonnes nouvelles qu'il venoit d'apprendre, fe
hâtoit de la fuivre : où êtes - vous, ma bergère,
mon aimable Carpillon, crioit-il, fi vous m'entendez, ne fuyez pas, nous allons être heureux !

En prononçant ces mots, il l'apperçut dans le
fond d'un vallon, environnée de plufieurs chaffeurs
qui vouloient la mettre en trouffe derrière un petit homme boffu & mal fait. A cette vue, & aux
cris de fa maîtreffe qui demandoit du fecours,
il s'avança plus vîte qu'un trait puiffamment décoché; n'ayant point d'autres armes que fa fronde,

il en lança un coup si juste & si terrible à celui qui enlevoit sa bergère, qu'il tomba de cheval, ayant une blessure épouvantable à la tête.

Carpillon tomba comme lui, le prince étoit déjà auprès d'elle, essayant de la défendre contre ses ravisseurs; mais toute sa résistance ne lui servit de rien; ils le prirent, & l'auroient égorgé sur le champ, si le prince Bossu, car c'étoit lui, n'eût fait signe à ses gens de l'épargner, parce que, dit-il, je peux le faire mourir de plusieurs supplices différens. Ils se contentèrent donc de l'attacher avec de grosses cordes, & les mêmes cordes servirent aussi pour la princesse, de manière qu'ils se pouvoient parler.

L'on faisoit cependant un brancard pour emporter le méchant Bossu: dès qu'il fut achevé, ils partirent tous sans qu'aucuns des bergers eussent vu le malheur de nos jeunes amans, pour en rendre compte au Sublime. Il est aisé de juger de son inquiétude, lorsqu'avec la nuit il ne les vit point revenir. La reine n'étoit pas moins alarmée, ils passèrent plusieurs jours avec tous les bergers de la contrée à les chercher & à les pleurer inutilement.

Il faut savoir que le prince Bossu n'avoit point encore oublié la princesse Carpillon, mais le tems avoit seulement affoibli son idée; & quand il ne se divertissoit pas à faire quelques meurtres, & à égorger indifféremment tous ceux qui lui déplaisoient, il alloit à la chasse, & restoit quelquefois sept ou huit jours sans revenir. Il étoit donc à une de ses longues chasses, lorsque tout d'un coup il apperçut la princesse qui traversoit un sentier. Sa douleur avoit tant de vivacité, & elle faisoit si peu d'attention à ce qui pouvoit lui arriver, qu'elle n'avoit point pris le bouquet de giroflée, de sorte qu'il la reconnut aussi-tôt qu'il la vit.

O! de tous les malheurs, le malheur le plus grand, disoit le berger tout bas à sa bergère: hélas! nous touchions au moment fortuné d'être unis pour jamais; il lui raconta ce qui s'étoit passé entre le Sublime & lui. Il est aisé à présent de comprendre les regrets de Carpillon: je vais donc vous coûter la vie, disoit-elle en fondant en larmes, je vous conduis moi-même au supplice, vous pour qui je donnerois jusqu'à mon sang, je suis la cause du malheur qui vous accable, & me voilà retombée par mon imprudence entre les barbares mains de mon plus cruel persécuteur.

Ils parlèrent ainsi jusqu'à la ville où étoit le bon vieux roi, père de l'horrible Bossu; on lui fut dire qu'on rapportoit son fils sur un brancard,

arce qu'un jeune berger voulant défendre fa
bergère, lui avoit donné un coup de pierre avec
fa fronde, d'une telle force, qu'il fe trouvoit en
danger. A ces nouvelles, le roi ému de favoir fon
fils unique dans cet état, dit que l'on mît le berger dans un cachot. Le Boffu donna un ordre fecret pour que Carpillon ne fût pas mieux traitée:
il avoit réfolu, ou qu'elle l'épouferoit, ou qu'il
la feroit expirer dans les tourmens ; de forte
qu'on ne fépara ces deux amans que par une
porte, dont les fentes mal jointes leur ména-
geoient la trifte confolation de fe voir lorfque
le foleil étoit dans fon midi, & le refte du
jour & de la nuit, ils ne pouvoient que s'entretenir.

Que ne fe difoient-ils pas de tendre & de paf-
fionné! tout ce que le cœur peut reffentir, & tout
ce que l'efprit peut s'imaginer, ils fe l'expri-
moient dans des termes fi touchans, qu'ils fon-
doient en pleurs; & peut-être encore que l'on
feroit bien pleurer quelqu'un en le redifant.

Les confidens du Boffu venoient tous les jours
parler à la princeffe pour la menacer d'une mort
prochaine, fi elle ne rachetoit fa vie en confen-
tant de bonne grâce à fon mariage : elle recevoit ces propofitions avec une fermeté & un air
de mépris qui les faifoient défefpérer de leur

négociation, & si-tôt qu'elle pouvoit parler au
prince, ne craignez pas, mon berger, lui disoit-
elle, que la crainte des plus cruels tourmens
me porte à une infidélité ; nous mourrons au
moins ensemble, puisque nous n'avons pu y vivre.
Croyez-vous me consoler, belle princesse, lui
disoit-il? Hélas! ne me seroit-il pas plus doux de
vous voir entre les bras de ce monstre, qu'entre
les mains des bourreaux dont on vous menace !
Elle ne goûtoit point ses sentimens, elle l'accu-
soit de foiblesse, & elle l'assuroit toujours qu'elle
lui montreroit l'exemple pour mourir avec courage.

La blessure du Bossu étant un peu mieux, son
amour irrité des continuels refus de la princesse,
lui fit prendre la résolution de la sacrifier à sa
colère avec le jeune berger qui l'avoit si maltraité.
Il marqua le jour pour cette lugubre tragédie, &
pria le roi d'y vouloir venir avec tous les séna-
teurs & les grands du royaume. Il y étoit dans
une litière découverte pour repaître ses yeux de
toute l'horreur du spectacle. Le roi, comme je
l'ai déjà dit, ne savoit point que la princesse Carpillon étoit prisonnière ; de sorte que lorsqu'il
la vit traîner au supplice avec sa pauvre gouvernante que le Bossu condamna aussi, & le jeune
berger plus beau que le jour, il ordonna qu'on
les

les amenât fur la terraffe, où toute fa cour l'environnoit.

Il n'attendit pas que la princeffe eût ouvert la
bouche pour fe plaindre de l'indigne traitement
qu'on lui faifoit, il fe hâta de couper les cordes
dont elle étoit liée; & regardant enfuite le berger, il fentit fes entrailles émues de tendreffe &
de pitié : jeune téméraire, lui dit-il, fe faifant
violence pour lui parler rudement, qui t'a infpiré affez de hardieffe pour attaquer un grand
prince, & pour le réduire à la mort? Le berger voyant ce vénérable vieillard orné de la
pourpre royale, eut de fon côté des mouvemens
de refpect & de confiance qu'il n'avoit point encore connus : grand monarque, lui dit-il, avec
une fermeté admirable, le péril où j'ai vu cette
belle princeffe, eft caufe de ma témérité ; je ne
connoiffois point votre fils, & comment l'aurois-je connu dans une action fi violente & fi indigne de fon rang ?

En parlant de cette manière, il animoit fon
difcours du gefte & de la voix : fon bras étoit découvert; la flèche qu'il avoit marquée deffus,
étoit trop vifible pour que le roi ne l'apperçût
pas: O dieux! s'écria-t-il, fuis-je déçu, retrouve-
rai-je en toi ce cher fils que j'ai perdu ? Non,
grand roi, dit la Fée Amazone du plus haut des

Tome III. V.

airs, où elle parut montée sur un superbe cheval aîlé, non, tu ne te trompes point, voilà ton fils, je te l'ai confervé dans le nid d'une aigle, où fon barbare frère le fit porter; il faut que celui-ci te confole de la perte que tu vas faire dé l'autre. En achevant ces mots, elle fondit fur le coupable Boffu; & lui portant un coup de fa lance ardente dans le cœur, elle ne lui laiffa pas envifager long-tems les horreurs de la mort, il fut confumé comme s'il avoit été brûlé par le tonnerre.

Enfuite elle s'approche de la terraffe, & donne des armes au prince : je te les ai promifes, lui dit-elle, tu feras invulnérable avec elles, & le plus grand guerrier du monde. L'on entendit auffi-tôt des fanfares de mille trompettes & de tous les inftrumens de guerre qui fe peuvent imaginer; mais ce bruit céda peu après à une douce fymphonie, qui chantoit mélodieufement les louanges du prince & de la princeffe. La fée Amazone defcendit de cheval, fe plaça auprès du roi, & le pria d'ordonner promptement tout ce qu'il falloit pour la pompe des nôces du prince & de la princeffe; elle commanda à une petite fée qui parut dès qu'elle l'eut appelée, d'aller querir le roi berger; la reine & fes filles, & de revenir en diligence. Auffi-tôt la fée partit, & auffi-

tôt elle revint avec ces illuftres infortunés. Quelle
fatisfaction après de fi longues peines ! Le palais
retentiffoit de cris de joie ; & jamais rien n'a été
égal à celles de ces rois & de leurs enfans.

La fée Amazone donnoit des ordres par-tout,
une feule de fes paroles faifoit plus que cent
mille perfonnes. Les noces s'achevèrent avec une
fi grande magnificence, qu'on n'en a jamais vu
de telles. Le roi Sublime retourna dans fes états ;
Carpillon eut le plaifir de l'y mener avec fon cher
époux ; le vieux roi, ravi de voir un fils fi digne
de fon amitié, rajeunit ; tout au moins fa vieilleffe fut accompagnée de tant de fatisfaction,
qu'il en vécut bien davantage.

La jeuneffe eft un âge où le cœur des humains
Prend tous les mouvemens qu'on veut lui faire prendre;
    C'eft une cire tendre
    Qui fait obéir dans les mains;
Sans peine l'on y peut former le caractère
    Ou des vices, ou des vertus.
    Quelques efforts qu'on puiffe faire,
Si-tôt qu'il eft gravé, on ne l'efface plus.
    Sur une mer fi difficile,
Heureux qui peut avoir quelque pilote habile
    Qui lui trace un heureux chemin!
    Le prince que je viens de peindre,
    N'avoit aucun écueil à craindre,
Lorfque le roi Berger gouvernoit fon deftin.

Dans toutes les vertus ce maître sut l'instruire,
Il est vrai que l'amour le mit sous son empire;
    Mais fuyez, censeurs odieux,
Qui voulez qu'un héros résiste à la tendresse,
Pourvu que la raison en soit toujours maîtresse;
  L'amour donne l'éclat aux exploits glorieux.

LA GRENOUILLE
BIENFAISANTE,
CONTE.

IL étoit une fois un roi , qui soutenoit depuis longtems une guerre contre ses voisins. Après plusieurs batailles , on mit le siége devant sa ville capitale ; il craignit pour la reine , & la voyant grosse , il la pria de se retirer dans un château qu'il avoit fait fortifier, & où il n'étoit jamais allé qu'une fois. La reine employa les prières & les larmes pour lui persuader de la laisser auprès de lui ; elle vouloit partager sa fortune , & jeta les hauts cris lorsqu'il la mit dans son chariot pour la faire partir ; cependant il ordonna à ses gardes de l'accompagner , & lui promit de se dérober le plus secrétement qu'il pourroit pour l'aller voir : c'étoit une espérance dont il la flattoit ; car le château étoit fort éloigné, environné d'une épaisse forêt , & à moins d'en savoir bien les routes, l'on n'y pouvoit arriver.

La reine partit , très-attendrie de laisser son
mari dans les périls de la guerre ; on la conduisoit
à petites journées , de crainte qu'elle ne fût malade de la fatigue d'un si long voyage ; enfin elle
arriva dans son château, bien inquiète & bien
chagrine. Après qu'elle se fut assez reposée, elle
voulut se promener aux environs , & elle ne trouvoit rien qui pût la divertir; elle jetoit les yeux de
tous côtés; elle voyoit de grands déserts qui lui
donnoient plus de chagrins que de plaisirs ; elle
les regardoit tristement , & disoit quelquefois :
Quelle comparaison du séjour où je suis, à celui
où j'ai été toute ma vie ! si j'y reste encore long-
tems , il faut que je meure : à qui parler dans
ces lieux solitaires ? avec qui puis-je soulager
mes inquiétudes , & qu'ai-je fait au roi pour
m'avoir exilée ? Il semble qu'il veuille me faire
ressentir toute l'amertume de son absence , lorsqu'il me relègue dans un château si désagréable.

C'est ainsi qu'elle se plaignoit ; & quoiqu'il
lui écrivît tous les jours , & qu'il lui donnât de
fort bonnes nouvelles du siége , elle s'affligeoit
de plus en plus , & prit la résolution de s'en
retourner auprès du roi ; mais comme les officiers qu'il lui avoit donnés , avoient ordre de
ne la ramener que lorsqu'il lui enverroit un
courrier exprès , elle ne témoigna point ce qu'elle
méditoit , & se fit faire un petit char, où il n'y

avoit place que pour elle, difant qu'elle vouloit aller quelquefois à la chaffe. Elle conduifoit elle-même les chevaux, & fuivoit les chiens de fi près, que les veneurs alloient moins vîte qu'elle: par ce moyen elle fe rendoit maîtreffe de fon char, & de s'en aller quand elle voudroit. Il n'y avoit qu'une difficulté, c'eft qu'elle ne favoit point les routes de la forêt; mais elle fe flatta que les dieux la conduiroient à bon port; & après leur avoir fait quelques petits facrifices, elle dit qu'elle vouloit qu'on fît une grande chaffe, & que tout le monde y vînt, qu'elle monteroit dans fon char, que chacun iroit par différentes routes, pour ne laiffer aucune retraite aux bêtes fauvages. Ainfi l'on fe partagea: la jeune reine, qui croyoit revoir bientôt fon époux, avoit pris un habit très-avantageux; fa capeline étoit couverte de plumes de différentes couleurs, fa vefte toute garnie de pierreries & fa beauté, qui n'avoit rien de commun, la faifoit paroître une feconde Diane.

Dans le tems qu'on étoit le plus occupé du plaifir de la chaffe, elle lâcha la bride à fes chevaux, & les anima de la voix & de quelques coups de fouet. Après avoir marché affez vîte, ils prirent le galop, & enfuite le mords aux dents, le chariot fembloit traîné par les vents, les yeux auroient eu peine à le fuivre; la pauvre reine fe repentit,

V iv

mais trop tard, de sa témérité : qu'ai-je prétendu, disoit-elle ? me pouvoit-il convenir de conduire toute seule des chevaux si fiers & si peu dociles ? Hélas! que va-t-il m'arriver ? ah ! si le roi me croyoit exposée au péril où je suis, que deviendroit-il, lui qui m'aime si chèrement, & qui ne m'a éloignée de sa ville capitale, que pour me mettre en plus grande sûreté ; voilà comme j'ai répondu à ses tendres soins, & ce cher enfant que je porte dans mon sein, va être aussi-bien que moi la victime de mon imprudence. L'air retentissoit de ses douloureuses plaintes ; elle invoquoit les dieux, elle appeloit les fées à son secours, & les dieux & les fées l'avoient abandonnée : le chariot fut renversé, elle n'eut pas la force de se jeter assez promptement à terre, son pied demeura pris entre la roue & l'essieu; il est aisé de croire qu'il ne falloit pas moins qu'un miracle pour la sauver, après un si terrible accident.

Elle resta enfin étendue sur la terre, au pié d'un arbre ; elle n'avoit ni pouls ni voix, son visage étoit tout couvert de sang ; elle étoit demeurée long-tems en cet état ; lorsqu'elle ouvrit les yeux, elle vit auprès d'elle une femme d'une grandeur gigantesque, couverte seulement de la peau d'un lion; ses bras & ses jambes étoient nuds, ses cheveux noués ensemble avec une peau sèche de serpent, dont la tête pendoit fur fes épaules, une maffue de pierre à la main, qui lui fervoit de canne pour s'appuyer, & un carquois plein de flèches au côté. Une figure fi extraordinaire perfuada la reine qu'elle étoit morte; car elle ne croyoit pas qu'après de fi grands accidens elle dût vivre encore, & parlant tout bas : je ne fuis point furprife, dit-elle, qu'on ait tant de peine à fe réfoudre à la mort, ce qu'on voit dans l'autre monde eft bien affreux. La géante qui l'écoutoit, ne put s'empêcher de rire de l'opinion où elle étoit d'être morte : Reprends tes efprits, lui dit-elle, fache que tu es encore au nombre des vivans : mais ton fort n'en fera guère moins trifte. Je fuis la fée Lionne, qui demeure proche d'ici; il faut que tu viennes paffer ta vie avec moi. La reine la regarda triftement, & lui dit : fi vous vouliez, madame Lionne, me ramener dans mon château, & prefcrire au roi ce qu'il vous donnera pour ma rançon, il m'aime fi chèrement, qu'il ne refuferoit pas même la moitié de fon royaume ? Non, lui répondit-elle, je fuis fuffifamment riche, il m'ennuyoit depuis quelque tems d'être feule, tu as de l'efprit, peut-être que tu me divertiras. En achevant ces paroles, elle prit la figure d'une lionne, & chargeant la reine fur fon dos, elle l'emporta au fond de fa terrible grotte. Dès qu'elle y fut,

elle la guérit avec une liqueur dont elle la
frotta.

Quelle surprise & quelle douleur pour la reine,
de se voir dans cet affreux séjour ! l'on y descendoit par dix mille marches , qui conduisoient
jusqu'au centre de la terre ; il n'y avoit point
d'autre lumière que celle de plusieurs grosses
lampes qui réfléchissoient sur un lac de vif-argent. Il étoit couvert de monstres , dont les différentes figures auroient épouvanté une reine
moins timide ; les hibous & les chouettes ,
quelques corbeaux & d'autres oiseaux de sinistre
augure s'y faisoient entendre ; l'on appercevoit
dans un lointain une montagne d'où couloient
des eaux presque dormantes ; ce sont toutes les
larmes que les amans malheureux ont jamais
versées , dont les tristes amours ont fait des ré-
servoirs. Les arbres étoient toujours dépouillés
de feuilles & de fruits , la terre couverte de
soucis, de ronces & d'orties. La nourriture convenoit au climat d'un pays si maudit ; quelques
racines sèches, des marrons d'Inde & des pommes
d'églantier , ç'est tout ce qui s'offroit pour soulager la faim des infortunés qui tomboient entre
les mains de la fée Lionne.

Si-tôt que la reine se trouva en état de travailler , la fée lui dit qu'elle pouvoit se faire
une cabane , parce qu'elle resteroit toute sa vie

avec elle. A ces mots cette princesse n'eut pas
la force de retenir ses larmes : Hé ! que vous
ai-je fait, s'écria-t-elle, pour me garder ici ? Si
la fin de ma vie, que je sens approcher, vous
cause quelque plaisir, donnez-moi la mort,
c'est tout ce que j'ose espérer de votre pitié ;
mais ne me condamnez point à passer une longue
& déplorable vie sans mon époux. La Lionne
se moqua de sa douleur, & lui dit qu'elle lui
conseilloit d'essuyer ses pleurs, & d'essayer à
lui plaire; que si elle prenoit une autre conduite,
elle seroit la plus malheureuse personne du monde.
Que faut-il donc faire, répliqua la reine, pour
toucher votre cœur ? J'aime, lui dit-elle, les
pâtés de mouche : je veux que vous trouviez le
moyen d'en avoir assez pour m'en faire un très-
grand & très-excellent : mais lui dit la reine,
je n'en vois point ici ; quand il y en auroit, il
ne fait pas assez clair pour les attraper, & quand
je les attraperois, je n'ai jamais fait de pâtisserie :
de sorte que vous me donnez des ordres que je
ne puis exécuter. N'importe, dit l'impitoyable
Lionne, je veux ce que je veux.

La reine ne répliqua rien : elle pensa qu'en
dépit de la cruelle fée, elle n'avoit qu'une vie
à perdre, & en l'état où elle étoit, que pouvoit elle craindre ? Au lieu donc d'aller chercher
des mouches, elle s'assit sous un if, & commença

fes triftes plaintes : Quelle fera votre douleur ;
mon cher époux, difoit-elle, lorfque vous vien-
drez me chercher, & que vous ne me trouverez
plus ! vous me croirez morte ou infidelle, &
j'aime encore mieux que vous pleuriez la perte
de ma vie, que celle de ma tendreffe ; l'on retrou-
vera peut-être dans la forêt mon chariot en
pièces, & tous les ornemens que j'avois pris
pour vous plaire ; à cette vue, vous ne douterez
plus de ma mort ; & que fai-je fi vous n'accor-
derez point à une autre la part que vous m'aviez
donnée dans votre cœur ? Mais au moins je ne
le faurai pas, puifque je ne dois plus retourner
dans le monde.

Elle auroit continué long-tems à s'entretenir
de cette manière, fi elle n'avoit pas entendu au-
deffus de fa tête le trifte croaffement d'un corbeau. Elle leva les yeux, & à la faveur du peu
de lumière qui éclairoit le rivage, elle vit en
effet un gros corbeau qui tenoit une grenouille,
bien intentionné de la croquer. Encore que rien
ne fe préfente ici pour me foulager, dit-elle,
je ne veux pas négliger de fauver une pauvre
grenouille, qui eft auffi affligée en fon efpèce,
que je le fuis dans la mienne. Elle fe fervit du
premier bâton qu'elle trouva fous fa main, &
fit quitter prife au corbeau. La grenouille tomba,
refta quelque tems étourdie, & reprenant en-

suite ses esprits grenouilliques : belle reine , lui
dit-elle , vous êtes la seule personne bienfaisante
que j'aie vue en ces lieux , depuis que la curiosité m'y a conduite. Par quelle merveille parlez-
vous , petite Grenouille , répondit la reine , &
qui sont les personnes que vous voyez ici ? car
je n'en ai encore apperçu aucune. Tous les
monstres dont ce lac est couvert , reprit Grenouillette , ont été dans le monde ; les uns sur
le trône , les autres dans la confidence de leurs
souverains, il y a même des maîtresses de quelques rois , qui ont coûté bien du sang à l'état :
ce sont elles que vous voyez métamorphosées
en sang-sues : le destin les envoie ici pour quelque tems , sans qu'aucun de ceux qui y viennent retournent meilleurs & se corrigent. Je
comprends bien , dit la reine , que plusieurs méchans ensemble n'aident pas à s'amender ; mais
à votre égard , ma comère la Grenouille , que
faites-vous ici ? la curiosité m'a fait entreprendre d'y venir , répliqua-t-elle , je suis
demi-fée , mon pouvoir est borné en de certaines choses , & fort étendu en d'autres; si la
fée Lionne me reconnoissoit dans ses états , elle
me tueroit.

Comment est-il possible , lui dit la reine , que
fée ou demi-fée, un corbeau ait été prêt à vous
manger ? Deux mots vous le feront comprendre,

répondit la grenouille ; lorsque j'ai mon petit
chaperon de roses sur ma tête , dans lequel con-
-fiste ma plus grande vertu , je ne crains rien ;
mais malheureusement je l'avois laissé dans le
marécage , quand ce maudit corbeau est venu
fondre sur moi : j'avoue , madame , que sans
vous , je ne serois plus ; & puisque je vous
dois la vie , si je peux quelque chose pour le
soulagement de la vôtre , vous pouvez m'ordonner tout ce qu'il vous plaira. Hélas ! ma chère
Grenouille , dit la reine , la mauvaise fée qui
me retient captive , veut que je lui fasse un pâté
de mouches ; il n'y en a point ici ; quand il y
en auroit , on n'y voit pas assez clair pour les
attraper , & je cours grand risque de mourir
sous ses coups. Laissez-moi faire , dit la Grenouille , avant qu'il soit peu , je vous en four-
nirai. Elle se frotta aussi-tôt de sucre , & plus
de six mille Grenouilles de ses amies en firent
autant : elle fut ensuite dans un endroit rempli
de mouches ; la méchante fée en avoit là un
magasin , exprès pour tourmenter de certains
malheureux. Dès qu'elles sentirent le sucre , elles
s'y attachèrent , & les officieuses grenouilles revinrent au grand galop où la reine étoit. Il n'a
jamais été une telle capture de mouches , ni
un meilleur pâté que celui qu'elle fit à la fée
Lionne. Quand elle le lui présenta , elle en fut

ès-furprife , ne comprenant point par quelle
dreffe elle avoit pu les attraper,

La reine qui étoit expofée à toutes les intempéries
de l'air , qui étoit empoifonné , coupa quelques
cyprès pour commencer à bâtir fa maifonnette.
La Grenouille vint lui offrir généreufement
fes fervices , & fe mettant à la tête de toutes
celles qui avoient été querir les mouches , elles
aidèrent à la reine à élever un petit bâtiment ,
le plus joli du monde ; mais elle y fut à peine
couchée , que les monftres du lac , jaloux de
fon repos , vinrent la tourmenter par le plus horrible charivari que l'on eût entendu jufqu'alors.
Elle fe leva toute effrayée , & s'enfuit ; c'eft ce
que les monftres demandoient. Un dragon , jadis
tyran d'un des plus beaux royaumes de l'univers , en prit poffeffion.

La pauvre reine affligée voulut s'en plaindre ;
mais vraiment on fe moqua bien d'elle , les
monftres la huèrent , & la fée Lionne lui dit ,
que fi à l'avenir elle l'étourdiffoit de fes lamen-
tations , elle la roueroit de coups. Il fallut fe
taire & recourir à la Grenouille , qui étoit bien
la meilleure perfonne du monde. Elles pleurèrent
enfemble ; car auffi-tôt qu'elle avoit fon chaperon
de rofes , elle étoit capable de rire & de pleurer
tout comme un autre. J'ai , lui dit-elle , une fi
grande amitié pour vous , que je veux recom-

mencer votre bâtiment, quand tous les monſtres du lac devroient s'en déſeſpérer. Elle coupa ſur le champ du bois; & le petit palais ruſtique de la reine ſe trouva fait en ſi peu de tems, qu'elle s'y retira la même nuit.

La Grenouille, attentive à tout ce qui étoit néceſſaire à la reine, lui fit un lit de ſerpolet & de thim ſauvage. Lorſque la méchante fée ſut que la reine ne couchoit plus par terre, elle l'envoya querir: Quels ſont donc les hommes ou les dieux qui vous protègent, lui dit-elle? Cette terre, toujours arroſée d'une pluie de ſoufre & de feux, n'a jamais rien produit qui vaille une feuille de ſauge; j'apprends malgré cela que les herbes odoriférantes croiſſent ſous vos pas! J'en ignore la cauſe, madame, lui dit la reine, & ſi je l'attribue à quelque choſe, c'eſt à l'enfant dont je ſuis groſſe, qui ſera peut-être moins malheureux que moi.

L'envie me prend, dit la fée, d'avoir un bouquet des fleurs les plus rares; eſſayez ſi la fortune de votre marmot vous en fournira; ſi elle y manque, vous ne manquerez pas de coups; car j'en donne ſouvent, & les donne toujours à merveille. La reine ſe prit à pleurer; de telles menaces ne lui convenoient guère, & l'impoſſibilité de trouver des fleurs la mettoit au déſeſpoir.

Elle

Elle s'en retourna dans fa maifonnette ; fon amie la grenouille y vint : Que vous êtes trifte, dit-elle à la reine ! Hélas ! ma chère comère, qui ne le feroit ? La fée veut un bouquet des plus belles fleurs ; où les trouverai-je ? Vous voyez celles qui naiffent ici ; il y va cependant de ma vie, fi je ne la fatisfais. Aimable prin-ceffe, dit gracieufement la Grenouille, il faut tâcher de vous tirer de l'embarras où vous êtes : il y a ici une chauve-fouris, qui eft la feule avec qui j'ai lié commerce ; c'eft une bonne créature, elle va plus vîte que moi ; je lui donnerai mon chaperon de feuilles de rofes, avec ce fecours, elle vous trouvera des fleurs. La reine lui fit une profonde révérence ; car il n'y avoit pas moyen d'embraffer Grenouillette.

Celle-ci alla auffi-tôt parler à la chauve-fouris, & quelques heures après elle revint, cachant fous fes aîles des fleurs admirables. La reine les porta bien vîte à la mauvaife fée, qui demeura encore plus furprife qu'elle ne l'avoit été, ne pou-vant comprendre par quel miracle la reine étoit fi bien fervie.

Cette princeffe rêvoit inceffamment aux moyens de pouvoir s'échapper. Elle communiqua fon envie à la bonne Grenouille, qui lui dit : ma-dame, permettez-moi avant toutes chofes, que je confulte mon petit chaperon, & nous agirons

Tome III. X

ensuite selon ses conseils. Elle le prit, l'ayant mis sur un fétu, elle brûla devant quelques brins de genievre, des capres & deux petits pois verts; elle croassa cinq fois, puis la cérémonie finie, remettant le chaperon de roses, elle commença de parler comme un oracle.

Le destin, maître de tout, dit-elle, vous défend de sortir de ces lieux; vous y aurez une princesse plus belle que la mère des amours; ne vous mettez point en peine du reste, le tems seul peut vous soulager.

La reine baissa les yeux, quelques larmes en tombèrent; mais elle prit la résolution de croire son amie; tout au moins, lui dit-elle, ne m'abandonnez pas; soyez à mes couches, puisque je suis condamnée à les faire ici. L'honnête Grenouille s'engagea d'être sa Lucine, & la consola le mieux qu'elle put.

Mais il est tems de parler du roi. Pendant que ses ennemis le tenoient assiégé dans sa ville capitale, il ne pouvoit envoyer sans cesse des courriers à la reine : cependant ayant fait plusieurs sorties, il les obligea de se retirer, & il ressentit bien moins le bonheur de cet évenement, par rapport à lui, qu'à sa chère reine, qu'il pouvoit aller querir sans crainte. Il ignoroit son désastre, aucun de ses officiers n'avoit osé l'en aller avertir. Ils avoient trouvé dans la forêt le charriot en pièces, les chevaux échappés, & toute la parure d'Amazone qu'elle avoit mife pour l'aller trouver.

Comme ils ne doutèrent point de fa mort, & qu'ils crurent qu'elle avoit été dévorée, il ne fut queftion entr'eux que de perfuader au roi qu'elle étoit morte fubitement. A ces funeftes nouvelles, il penfa mourir lui-même de douleur ; cheveux arrachés, larmes répandues, cris pitoyables, fanglots, foupirs, & autres menus droits du veuvage, rien ne fut épargné en cette occafion.

Après avoir pafsé plufieurs jours fans voir perfonne, & fans vouloir être vu, il retourna dans fa grande ville, traînant après lui un long deuil, qu'il portoit mieux dans le cœur que dans fes habits. Tous les ambaffadeurs des rois fes voifins vinrent le complimenter ; & après les cérémonies qui font inféparables de ces fortes de cataftrophes, il s'attacha à donner du repos à fes fujets, en les exemptant de guerre, & leur procurant un grand commerce.

La reine ignoroit toutes ces chofes : le tems de fes couches arriva, elles furent très-heureufes : le ciel lui donna une petite princeffe, auffi belle que Grenouille l'avoit prédit ; elles la nommèrent Moufette, & la reine avec bien de la peine obtint permiffion de la fée Lionne de la nourrir ; car elle avoit grande envie de la manger, tant elle étoit féroce & barbare.

Moufette, la merveille de ses jours, avoit déjà six mois; & la reine, en la regardant avec une tendresse mêlée de pitié, disoit sans cesse: ah! si le roi ton père te voyoit, ma pauvre petite, qu'il auroit de joie, que tu lui serois chère! mais peut-être, dans ce même moment, qu'il commence à m'oublier; il nous croit ensévelies pour jamais dans les horreurs de la mort: peut-être dis-je qu'une autre occupe dans son cœur la place qu'il m'y avoit donnée.

Ces tristes réflexions lui coûtoient bien des larmes: la Grenouille qui l'aimoit de bonne foi, la voyant pleurer ainsi, lui dit un jour: si vous voulez, madame, j'irai trouver le roi votre époux; le voyage est long: je chemine lentement: mais enfin un peu plutôt, ou un peu plus tard, j'espère arriver. Cette proposition ne pouvoit être plus agréablement reçue qu'elle le fut; la reine joignit ses mains, & les fit même joindre à Moufette, pour marquer à madame la Grenouille l'obligation qu'elle lui auroit d'entreprendre un tel voyage. Elle l'assura que le roi n'en seroit point ingrat: mais, continua-t-elle, de quelle utilité lui pourra être de me savoir dans ce triste séjour? Il lui sera impossible de m'en retirer; madame, reprit la grenouille, il faut laisser ce soin aux dieux , & faire de notre côté ce qui dépend de nous.

Auffi-tôt elles fe dirent adieu : la reine écrivit au roi avec fon propre fang fur un petit morceau de linge , car elle n'avoit ni encre, ni papier. Elle le prioit de croire en toutes chofes la vertueufe Grenouille qui l'alloit informer de fes nouvelles.

Elle fut un an & quatre jours à monter les dix mille marches qu'il y avoit depuis la plaine noire, où elle laiffoit la reine jufqu'au monde , & elle demeura une autre année à faire faire fon équipage , car elle étoit trop fière pour voûloir paroître dans une grande cour comme une méchante Grenouillette de marécages. Elle fit faire une litière affez grande pour mettre commodément deux œufs ; elle étoit couverte toute d'écaille de tortue en dehors , doublée en peau de jeunes lézards; elle avoit cinquante filles d'honneur ; c'étoit de ces petites reines vertes qui fautillent dans les prés; chacune étoit montée fur un efcargot, avec une felle à l'angloife, la jambe fur l'arçon d'un air merveilleux ; plufieurs rats d'eau, vêtus en pages, précédoient les limaçons , auxquels elle avoit confié la garde de fa perfonne : enfin rien n'a jamais été fi joli, furtout fon chaperon de rofes vermeilles , toujours fraîches & épanouies , lui féyoit le mieux du monde. Elle étoit un peu coquette de fon métier, cela l'avoit obligée de mettre du rouge & des mouches ; l'on dit même qu'elle étoit fardée, comme font la plupart des dames de ce pays là ; mais la chofe approfondie, l'on a trouvé que c'étoient fes ennemis qui en parloient ainfi.

Elle demeura fept ans à faire fon voyage, pendant lefquels la pauvre reine fouffrit des maux & des peines inexprimables ; & fans la belle Moufette qui la confoloit, elle feroit morte cent & cent fois. Cette merveilleufe petite créature n'ouvroit pas la bouche, & ne difoit pas un mot qu'elle ne charmât fa mère ; il n'étoit pas jufqu'à la fée Lionne qu'elle n'eût apprivoifée ; & enfin au bout de fix ans que la reine avoit pafsés dans cet horrible féjour, elle voulut bien la mener à la chaffe, à condition que tout ce qu'elle tueroit feroit pour elle.

Quelle joie pour la pauvre reine de revoir le foleil ! elle en avoit fi fort perdu l'habitude, qu'elle en penfa devenir aveugle. Pour Moufette, elle étoit fi adroite, qu'à cinq ou fix ans, rien n'échappoit aux coups qu'elle tiroit ; par ce moyen, la mère & la fille adouciffoient un peu la férocité de la fée.

Grenouillette chemina par monts & par vaux, de jour & de nuit ; enfin elle arriva proche de la ville capitale où le roi faifoit fon féjour ; elle de-

meura furprife de ne voir par-tout que des danfes
& des feftins ; on rioit , on chantoit ; & plus elle
approchoit de la ville , & plus elle trouvoit de
joie & de jubilation. Son équipage marécageux
furprenoit tout le monde : chacun la fuivoit ; &
la foule devint fi grande lorfqu'elle entra dans la
ville , qu'elle eut beaucoup de peine à parvenir
jufqu'au palais ; c'eft en ce lieu que tout étoit
dans la magnificence. Le roi , veuf depuis neuf
ans , s'étoit enfin laiffé fléchir aux prières de fes
fujets ; il alloit fe marier à une princeffe moins
belle à la vérité que fa femme , mais qui ne laiffoit pas d'être fort agréable.

La bonne Grenouille étant defcendue de fa
litière , entra chez le roi , fuivie de tout fon cortège. Elle n'eut pas befoin de demander audience :
le monarque , fa fiancée & tous les princes
avoient trop d'envie de favoir le fujet de fa venue pour l'interrompre : Sire , dit-elle , je ne fais
fi la nouvelle que je vous apporte vous donnera
de la joie ou de la peine ; les noces que vous êtes
fur le point de faire , me perfuadent votre infidélité pour la reine. Son fouvenir m'eft toujours
cher , dit le roi (en verfant quelques larmes qu'il
ne put retenir) : mais il faut que vous fachiez ,
gentille Grenouille , que les rois ne font pas
toujours ce qu'ils veulent ; il y a neuf ans que
mes fujets me preffent de me remarier ; je leur

X iv

dois des héritiers : ainfi j'ai jeté les yeux fur cette jeune princeffe qui me paroît toute charmante. Je ne vous confeille pas de l'époufer, car la polygamie eft un cas pendable : la reine n'eft pas morte ; voici une lettre écrite de fon fang, dont elle m'a chargée : vous avez une petite princeffe, Moufette, qui eft plus belle que tous les cieux enfemble.

Le roi prit le chiffon où la reine avoit griffonné quelques mots, il le baifa, il l'arrofa de fes larmes, il le fit voir à toute l'affemblée, difant qu'il reconnoiffoit fort bien le caractère de fa femme, il fit mille queftions à la Grenouille, auxquelles elle répondit avec autant d'efprit que de vivacité. La princeffe fiancée, & les ambaffadeurs, chargés de voir célébrer fon mariage, faifoient laide grimace : comment, fire, dit le plus célèbre d'entr'eux, pouvez-vous fur les paroles d'une crapaudine comme celle-ci, rompre un hymen fi folemnel ? Cette écume de marécage a l'infolence de venir mentir à votre cour, & goûte le plaifir d'être écoutée ! monfieur l'ambaffadeur, répliqua la Grenouille, fachez que je ne fuis point écume de marécage, & puifqu'il faut ici étaler ma fcience, allons fées & féos, paroiffez. Toutes les grenouillettes, rats, efcargots, lézards, & elle à leur tête parurent en effet; mais ils n'avoient plus la figure de ces petits vilains animaux, leur taille étoit haute & majeftueufe, leur vifage agréable, leurs yeux plus brillans que les étoiles, chacun portoit une couronne de pierreries fur fa tête, & fur fes épaules un manteau royal, de velours doublé d'hermine, avec une longue queue, que des nains & des naines portoient. En même tems, voici des trompettes, tymbales, hautbois & tambours qui percent les nues par leurs fons agréables & guerriers, toutes les fées & féos commencèrent un ballet fi légérement danfé, que la moindre gambade les élevoit jufqu'à la voute du fallon. Le roi attentif & la future reine n'étoient pas moins furpris l'un que l'autre, quand ils virent tout d'un coup ces honorables baladins métamorphofés en fleurs, qui ne baladinoient pas moins, jafmins, jonquilles, violettes, œillets & tubéreufes, que lorfqu'ils étoient pourvus de jambes & de piés. C'étoit un parterre animé, dont tous les mouvemens réjouiffoient autant l'odorat que la vue.

Un inftant après, les fleurs difparurent ; plufieurs fontaines prirent leurs places ; elles s'élevoient rapidement, & retomboient dans un large canal qui fe forma au pié du château ; il étoit couvert de petites galères peintes & dorées, fi jolies & fi galantes, que la princeffe convia fes ambaffadeurs d'y entrer avec elle pour s'y promener. Ils le voulurent bien, comprenant que tout cela n'étoit qu'un jeu qui se termineroit enfin par d'heureuses noces.

Dès qu'ils furent embarqués, la galère, le fleuve & toutes les fontaines disparurent ; les grenouilles redevinrent grenouilles. Le roi demanda où étoit sa princesse : la Grenouille repartit, sire, vous n'en devez point avoir d'autre que la reine votre épouse : si j'étois moins de ses amies, je ne me mettrois pas en peine du mariage que vous étiez sur le point de faire ; mais elle a tant de mérite, & votre fille Moufette est si aimable, que vous ne devez pas perdre un moment à tâcher de les délivrer. Je vous avoue, madame la Grenouille, dit le roi, que si je ne croyois pas ma femme morte, il n'y a rien au monde que je ne fisse pour la r'avoir. Après les merveilles que j'ai faites devant vous, répliqua-t-elle, il me semble que vous devriez être persuadé de ce que je vous dis : laissez votre royaume avec de bons ordres, & ne différez pas à partir. Voici une bague qui vous fournira les moyens de voir la reine, & de parler à la fée Lionne, quoiqu'elle soit la plus terrible créature qui soit au monde.

Le roi ne voyant plus la princesse qui lui étoit destinée, sentit que sa passion pour elle s'affoiblissoit fort, & qu'au contraire, celle qu'il avoit eue pour la reine prenoit de nouvelles forces.

Il partit sans vouloir être accompagné de personne, & fit des présens très-considérables à la Grenouille : ne vous découragez point, lui dit-elle, vous aurez de terribles difficultés à surmonter ; mais j'espère que vous réussirez dans ce que vous souhaitez.

Le roi, consolé par ces promesses, ne prit point d'autres guides que sa bague pour aller trouver sa chère reine. A mesure que Moufette grandissoit, sa beauté se perfectionnoit si fort, que tous les monstres du lac de vif-argent en devinrent amoureux ; l'on voyoit des dragons d'une figure épouvantable, qui venoient ramper à ses piés. Bien qu'elle les eût toujours vus, ses beaux yeux ne pouvoient s'y accoutumer, elle fuyoit & se cachoit entre les bras de sa mère ; serons-nous long-tems ici, lui disoit-elle ? Nos malheurs ne finiront-ils point ? La reine lui donnoit de bonnes espérances pour la consoler ; mais dans le fond elle n'en avoit aucune ; l'éloignement de la Grenouille, son profond silence, tant de tems passé sans avoir aucunes nouvelles du roi ; tout cela, dis-je, l'affligeoit à l'excès.

La fée Lionne s'accoutuma peu-à-peu à les mener à la chasse ; elle étoit friande ; elle aimoit le gibier qu'elles lui tuoient, & pour toute récompense, elle leur en donnoit les piés ou la

tête ; mais c'étoit même beaucoup de leur permettre de revoir encore la lumière du jour.
Cette fée prenoit la figure d'une lionne ; la reine
& fa fille s'afféyoient fur elle, & couroient ainfi
les forêts.

Le roi, conduit par fa bague, s'étant arrêté
dans forêt une, les vit paffer comme un trait qu'on
décoche ; il n'en fut pas apperçu ; mais voulant
les fuivre, elles difparurent abfolument à fes yeux.

Malgré les continuelles peines de la reine, fa
beauté ne s'étoit point altérée ; elle lui parut plus
aimable que jamais. Tous fes feux fe rallumèrent
& ne doutant pas que la jeune princeffe qui étoit
avec elle, ne fût fa chère Moufette, il réfolut
de périr mille fois, plutôt que d'abandonner le
deffein de les ravoir.

L'officieufe bague le conduifit dans l'obfcur féjour où étoit la reine depuis tant d'années : il
n'étoit pas médiocrement furpris de defcendre
jufqu'au fond de la terre ; mais tout ce qu'il y vit
l'étonna bien davantage. La fée Lionne qui n'i-
gnoroit rien, favoit le jour & l'heure qu'il devoit
arriver : que n'auroit-elle pas fait pour que le
deftin d'intelligence avec elle en eût ordonné autrement ? Mais elle réfolut au moins de combattre
fon pouvoir de tout le fien.

Elle bâtit au milieu du lac de vif-argent un
palais de cryftal, qui voguoit comme l'onde ; elle

y renferma la pauvre reine & fa fille ; enfuite elle
harangua tous les monftres qui étoient amoureux
de Moufette : vous perdrez cette belle princeffe ,
leur dit-elle , fi vous ne vous intéreffez avec moi
à la défendre contre un chevalier qui vient pour
l'enlever. Les monftres promirent de ne rien négliger de ce qu'ils pouvoient faire ; ils entourè-
rent le palais de cryftal ; les plus légers fe placèrent fur le toit & fur les murs ; les autres aux
portes , & le refte dans le lac.

Le roi étant confeillé par fa fidelle bague,
fut d'abord à la caverne de la fée ; elle l'attendoit
fous la figure de Lionne. Dès qu'il parut , elle fe
jeta fur lui : il mit l'épée à la main avec une valeur
qu'elle n'avoit pas prévue ; & comme elle allon-
geoit fa patte pour le terraffer , il la lui coupa à
la jointure , c'étoit juftement au coude. Elle pouffa un grand cri , & tomba ; il s'approcha d'elle ,
il lui mit le pié fur la gorge , il lui jura par fa foi
qu'il l'alloit tuer; & malgré fon invulnérable furie,
elle ne laiffa pas d'avoir peur. Que me veux-tu ,
lui dit-elle, que me demandes-tu ? Je veux te
punir, répliqua-t-il fièrement, d'avoir enlevé ma
femme ; & je veux t'obliger à me la rendre , ou
je t'étranglerai tout-à-l'heure : jette les yeux fur
ce lac , dit-elle , vois fi elle eft en mon pouvoir.
Le roi regarda du côté qu'elle lui montroit , il
vit la reine & fa fille dans le château de cryftal ,

qui voguoit fans rames & fans gouvernail comme une galère fur le vif-argent.

Il penfa mourir de joie & de douleur : il les appela de toute fa force, & il en fut entendu ; mais où les joindre ? Pendant qu'il en cherchoit le moyen, la fée Lionne difparut.

Il couroit le long des bords du lac : quand il étoit d'un côté prêt à joindre le palais tranfparent, il s'éloignoit d'une vîteffe épouvantable ; & fes efpérances étoient toujours ainfi déçues. La reine qui craignoit qu'à la fin il fe lafsât, lui crioit de ne point perdre courage, que la fée Lionne vouloit le fatiguer ; mais qu'un véritable amour ne peut-être rebuté par aucunes difficultés. Là-deffus, elle & Moufette lui tendoient les mains, prenoient des manières fuppliantes. A cette vue, le roi fe fentoit pénétré de nouveaux traits ; il élevoit la voix ; il juroit par le Styx & l'Achéron, de paffer plutôt le refte de fa vie dans ces triftes lieux, que d'en partir fans elles.

Il falloit qu'il fût doué d'une grande perfévérance : il paffoit auffi mal fon tems que roi du monde ; la terre, pleine de ronces & couverte d'épines, lui fervoit de lit ; il ne mangeoit que des fruits fauvages, plus amers que du fiel, & il avoit fans ceffe des combats à foutenir contre les monftres du lac. Un mari qui tient cette conduite pour ravoir fa femme, eft affurément du

tems des fées , & son procédé marque assez l'é-
poque de mon conte.

Trois années s'écoulèrent sans que le roi eût
lieu de se promettre aucuns avantages ; il étoit
presque désespéré ; il prit cent fois la résolution
de se jeter dans le lac ; & il l'auroit fait, s'il
avoit pu envisager ce dernier coup comme un remède aux peines de la reine & de la princesse.
Il couroit à son ordinaire, tantôt d'un côté, tantôt d'un autre, lorsqu'un dragon affreux l'appela,
& lui dit : si vous voulez me jurer par votre couronne & par votre sceptre, par votre manteau
royal, par votre femme & votre fille, de me
donner un certain morceau à manger, dont je
suis friand, & que je vous demanderai lorsque
j'en aurai envie, je vais vous prendre sur mes
aîles, & malgré tous les monstres qui couvrent
ce lac, & qui gardent ce château de crystal, je
vous promets que nous retirerons la reine & la
princesse Moufette.

Ah! cher dragon de mon ame, s'écria le roi,
je vous jure, & à toute votre dragonienne espèce,
que je vous donnerai à manger tout votre saoul,
& que je resterai à jamais votre petit serviteur.
Ne vous engagez pas , répliqua le dragon, si
vous n'avez envie de me tenir parole ; car il arriveroit des malheurs si grands, que vous vous
en souviendriez le reste de votre vie. Le roi re-

doubla ses protestations ; il mouroit d'impatience
de délivrer sa chère reine ; il monta sur le dos du
dragon, comme il auroit fait sur le plus beau
cheval du monde : en même tems les monstres
vinrent au-devant de lui pour l'arrêter au passage,
ils se battent, l'on n'entend que le sifflement aigu
des serpens, l'on ne voit que du feu, le soufre
& le salpêtre tombent pêle-mêle : enfin le roi
arrive au château ; les efforts s'y renouvellent ;
chauves-souris, hibous, corbeaux, tout lui en
défend l'entrée ; mais le dragon avec ses griffes,
ses dents & sa queue, mettoit en pièces les plus
hardis. La reine de son côté qui voyoit cette
grande bataille, casse ses murs à coup de pié, &
des morceaux, elle en fait des armes pour aider
à son cher époux ; ils furent enfin victorieux, ils
se joignirent, & l'enchantement s'acheva par un
coup de tonnerre qui tomba dans le lac, & qui le
tarit.

L'officieux dragon étoit disparu comme tous
les autres ; & sans que le roi pût deviner par
quel moyen il avoit été transporté dans sa ville
capitale, il s'y trouva avec la reine & Mousette
assis dans un sallon magnifique, vis-à-vis d'une
table délicieusement servie. Il n'a jamais été un
étonnement pareil au leur, ni une plus grande
joie. Tous leurs sujets accoururent pour voir
leur souveraine & la jeune princesse, qui, par
une

une suite de prodiges, étoit si superbement vêtue, qu'on avoit peine à soutenir l'éclat de ses
pierreries.

Il est aisé d'imaginer que tous les plaisirs occu-
pèrent cette belle cour : l'on y faisoit des mascarades, des courses de bagues, des tournois ;
qui attiroient les plus grands princes du monde;
& les beaux yeux de Moufette les arrêtoient tous.
Entre ceux qui parurent les mieux faits & les plus
adroits, le prince Moufy emporta par-tout l'avantage; l'on n'entendoit que des applaudissemens ;
chacun l'admiroit, & la jeune Moufette, qui
avoit été jusqu'alors avec les serpens & les dragons du lac, ne put s'empêcher de rendre justice au mérite de Moufy; il ne se passoit aucun
jour, sans qu'il fît des galanteries nouvelles pour
lui plaire, car il l'aimoit passionnément; & s'é-
tant mis sur les rangs pour établir ses prétentions,
il fit connoître au roi & à la reine que sa princi-
pauté étoit d'une beauté & d'une étendue qui
méritoit bien une attention particulière.

Le roi lui dit que Moufette étoit maîtresse de
se choisir un mari, & qu'il ne la vouloit contraindre en rien, qu'il travaillât à lui plaire, que
c'étoit l'unique moyen d'être heureux. Le prince
fut ravi de cette réponse, il avoit connu en plusieurs rencontres qu'il ne lui étoit pas indifférent;
& s'en étant enfin expliqué avec elle, elle lui

dit que s'il n'étoit pas son époux, elle n'en auroit
jamais d'autre. Moufy, transporté de joie, se
jeta à ses piés, & la conjura dans les termes les
plus tendres, de se souvenir de la parole qu'elle
lui donnoit.

Il courut aussi-tôt dans l'appartement du roi
& de la reine ; il leur rendit compte des progrès
que son amour avoit fait sur Moufette, & les
supplia de ne plus différer son bonheur. Ils y con-
sentirent avec plaisir. Le prince Moufy avoit de
si grandes qualités, qu'il sembloit être seul digne
de posséder la merveilleuse Moufette. Le roi voulut bien les fiancer avant qu'il retournât à Moufy, où il étoit obligé d'aller donner des ordres
pour son mariage ; mais il ne seroit plutôt jamais
parti, que de s'en aller sans des assurances certaines d'être heureux à son retour. La princesse
Moufette ne put lui dire adieu sans répandre
beaucoup de larmes ; elle avoit je ne sais quels
pressentimens qui l'affligeoient ; & la reine voyant
le prince accablé de douleur, lui donna le portrait de sa fille, le priant, pour l'amour d'eux
tous, que l'entrée qu'il alloit ordonner ne fût
plutôt pas si magnifique, & qu'il tardât moins
à revenir. Il lui dit : Madame, je n'ai jamais tant
pris de plaisir à vous obéir, que j'en aurai dans
cette occasion ; mon cœur y est trop intéressé pour
que je néglige ce qui peut me rendre heureux.

Il partit en pofte; & la princeffe Moufette en
attendant fon retour, s'occupoit de la mufique
& des inftrumens qu'elle avoit appris à toucher
depuis quelque mois, & dont elle s'acquittoit
merveilleufement bien. Un jour qu'elle étoit dans
la chambre de la reine, le roi y entra, le vifage
tout couvert de larmes, & prenant fa fille entre
fes bras : O ! mon enfant, s'écria-t-il, O ! père
infortuné ! O ! malheureux roi ! Il n'en put dire
davantage : les foupirs coupèrent le fil de fa voix ;
la reine & la princeffe épouvantées, lui demandèrent ce qu'il avoit ; enfin il leur dit qu'il venoit
d'arriver un géant d'une grandeur démefurée,
qui fe difoit ambaffadeur du dragon du lac, lequel, fuivant la promeffe qu'il avoit exigée du
roi pour lui aider à combattre & à vaincre les
monftres, venoit demander la princeffe Moufette, afin de la manger en pâte ; qu'il s'étoit engagé par des fermens épouvantables de lui donner tout ce qu'il voudroit ; & en ce tems-là, on
ne favoit pas manquer à fa parole.

La reine, entendant ces triftes nouvelles,
pouffa des cris affreux, elle ferra la princeffe
entre fes bras : l'on m'arracheroit plutôt la vie,
dit-elle, que de me réfoudre à livrer ma fille à
ce monftre ; qu'il prenne notre royaume & tout
ce que nous poffédons. Père dénaturé, pourriez-
vous donner les mains à une fi grande barbarie ?

Quoi! mon enfant seroit mis en pâte! Ha! je n'en peux soutenir la pensée : envoyez-moi ce barbare ambassadeur ; peut-être que mon affliction le touchera.

Le roi ne répliqua rien : il fut parler au géant, & l'amena ensuite à la reine, qui se jeta à ses piés, elle & sa fille se conjurant d'avoir pitié d'elles, & de persuader au dragon de prendre tout ce qu'elles avoient, & de sauver la vie à Moufette ; mais il leur répondit que cela ne dépendoit point du tout de lui, & que le dragon étoit trop opiniâtre & trop friand ; que lorsqu'il avoit en tête de manger quelque bon morceau, tous les dieux ensemble ne lui en ôteroient pas l'envie ; qu'il leur conseilloit en ami, de faire la chose de bonne grâce, parce qu'il en pourroit encore arriver de plus grands malheurs. A ces mots la reine s'évanouit, & la princesse en auroit fait autant, s'il n'eût fallu qu'elle secourût sa mère.

Ces tristes nouvelles furent à peine répandues dans le palais, que toute la ville le sut, & l'on n'entendoit que des pleurs & des gémissemens, car Moufette étoit adorée. Le roi ne pouvoit se résoudre à la donner au géant ; & le géant, qui avoit déjà attendu plusieurs jours, commençoit à se lasser, & menaçoit d'une manière terrible. Cependant le roi & la reine disoient : que peut-il nous arriver de pis ? Quand le dragon du lac viendroit nous dévorer, nous ne ferions pas plus affligés; fi l'on met notre Moufette en pâte, nous fommes perdus. Là-deffus le géant leur dit qu'il avoit reçu des nouvelles de fon maître, & que fi la princeffe vouloit époufer un neveu qu'il avoit, il confentoit à la laiffer vivre; qu'au refte, ce neveu étoit beau & bienfait, qu'il étoit prince, & qu'elle pourroit vivre fort contente avec lui.

Cette propofition adoucit un peu la douleur de leurs majeftés; la reine parla à la princeffe, mais elle la trouva beaucoup plus éloignée de ce mariage que de la mort: je ne fuis point capable, lui dit-elle, madame, de conferver ma vie par une infidélité: vous m'avez promife au prince Moufy, je ne ferai jamais à d'autre: laiffez-moi mourir: la fin de ma vie affurera le repos de la vôtre. Le roi furvint: il dit à fa fille tout ce que la plus forte tendreffe peut faire imaginer: elle demeura ferme dans fes fentimens; & pour conclufion, il fut réfolu de la conduire fur le haut d'une montagne où le dragon du lac la devoit venir prendre.

L'on prépara tout pour ce trifte facrifice; jamais ceux d'Iphigénie & de Pfyché n'ont été fi lugubres: l'on ne voyoit que des habits noirs, des vifages pâles & confternés. Quatre cens jeunes filles de la première qualité s'habillèrent

Y iij

de longs habits blancs, & se couronnèrent de
cyprès pour l'accompagner : on la portoit dans
une litière de velours noir découverte, afin que
tout le monde vît ce chef-d'œuvre des dieux ; ses
cheveux étoient épars sur ses épaules, rattachés
de crêpes, & la couronne qu'elle avoit sur sa
tête étoit de jasmins, mêlés de quelques soucis.
Elle ne paroissoit touchée que de la douleur du
roi & de la reine qui la suivoient accablés de la
plus profonde tristesse : le géant, armé de toutes
pièces, marchoit à côté de la litière où étoit la
princesse ; & la regardant d'un œil avide, il sembloit qu'il étoit assuré d'en manger sa part ; l'air
retentissoit de soupirs & de sanglots ; le chemin
étoit inondé des larmes que l'on répandoit.

Ha ! Grenouille, Grenouille, s'écrioit la reine,
vous m'avez bien abandonnée ! hélas, pourquoi
me donniez-vous votre secours dans la sombre
plaine, puisque vous me le déniez à présent ?
Que je serois heureuse d'être morte alors ! je ne
verrois pas aujourd'hui toutes mes espérances
déçues ! je ne verrois pas, dis-je, ma chère Moufette sur le point d'être dévorée.

Pendant qu'elle faisoit ces plaintes, l'on avançoit toujours, quelque lentement qu'on marchât ;
& enfin l'on se trouva au haut de la fatale montagne. En ce lieu, les cris & les regrets redoublèrent d'une telle force, qu'il n'a jamais rien

été de si lamentable ; le géant convia tout le monde de faire ses adieux & de se retirer. Il falloit bien le faire, car en ce tems-là on étoit fort simple, & on ne cherchoit des remèdes à rien.

Le roi & la reine s'étant éloignés, montèrent sur une autre montagne avec toute leur cour, parce qu'ils pouvoient voir de-là ce qui alloit arriver à la princesse ; & en effet ils ne restèrent pas long-tems sans appercevoir en l'air un dragon qui avoit près d'une demi-lieue de long, bien qu'il eût six grandes aîles, il ne pouvoit presque voler, tant son corps étoit pesant, tout couvert de grosses écailles bleues, & de longs dards enflammés ; sa queue faisoit cinquante tours & demi ; chacune de ses griffes étoit de la grandeur d'un moulin à vent, & l'on voyoit dans sa gueule béante trois rangs de dents aussi longues que celle d'un éléphant.

Mais pendant qu'il s'avançoit peu à peu, la chère & fidelle Grenouille, montée sur un épervier, vola rapidement vers le prince Moufy. Elle avoit son chaperon de roses ; & quoiqu'il fût enfermé dans son cabinet, elle y entra sans clé : que faites-vous ici, amant infortuné, lui dit-elle ? Vous rêvez aux beautés de Moufette, qui est dans ce moment exposée à la plus rigoureuse catastrophe, voici donc une feuille de rose : en soufflant dessus, j'en fais un cheval rare, comme vous allez voir. Il parut aussi-tôt un cheval tout vert ; il avoit douze piés & trois têtes ; l'une jetoit du feu, l'autre des bombes, & l'autre des boulets de canon. Elle lui donna une épée qui avoit dix-huit aunes de long, & qui étoit plus légère qu'une plume ; elle le revêtit d'un seul diamant, dans lequel il entra comme dans un habit, & bien qu'il fût plus dur qu'un rocher, il étoit si maniable, qu'il ne le gênoit en rien : partez, lui dit-elle, courez, volez à la défense de ce que vous aimez ; le cheval vert que je vous donne, vous mènera où elle est, quand vous l'aurez délivrée, faites-lui entendre la part que j'y ai.

Généreuse fée, s'écria le prince, je ne puis à présent vous témoigner toute ma reconnoissance ; mais je me déclare pour jamais votre esclave très-fidelle. Il monta sur le cheval aux trois têtes, aussi-tôt il se mit à galopper avec ses douze piés, & faisoit plus de diligence que trois des meilleurs chevaux, de sorte qu'il arriva en peu de tems au haut de la montagne, où il vit sa chère princesse toute seule, & l'affreux dragon qui s'en approchoit lentement. Le cheval vert se mit à jeter du feu, des bombes & des boulets de canon, qui ne surprirent pas médiocrement le monstre ; il reçut vingt coups de ces boulets dans la gorge, qui entamèrent un peu les écailles ; & les bombes lui crevèrent un œil. Il devint furieux, & voulut se jeter sur le prince ; mais l'épée de dix-huit aunes étoit d'une si bonne trempe, qu'il la manioit comme il vouloit, la lui enfonçant quelquefois jusqu'à la garde, ou s'en servant comme d'un fouet. Le prince n'auroit pas laissé de sentir l'effort de ses griffes, sans l'habit de diamant qui étoit impénétrable.

Moufette l'avoit reconnu de fort loin, car le diamant qui le couvroit étoit fort brillant & clair, de sorte qu'elle fut saisie de la plus mortelle appréhension dont une maîtresse puisse être capable; mais le roi & la reine commencèrent à sentir dans leur cœur quelques rayons d'espérance, car il étoit fort extraordinaire de voir un cheval à trois têtes, à douze piés, qui jetoit feu & flammes, & un prince dans un étui de diamans, armé d'une épée formidable, venir dans un moment si nécessaire, & combattre avec tant de valeur. Le roi mit son chapeau sur sa canne, & la reine attacha son mouchoir au bout d'un bâton, pour faire des signes au prince, & l'encourager. Toute leur suite en fit autant. En verité, il n'en avoit pas besoin, son cœur tout seul & le péril où il voyoit sa maîtresse, suffisoient pour l'animer.

Quels efforts ne fit-il point! la terre étoit couverte de dards, des griffes, des cornes, des aîles & des écailles du dragon ; son sang couloit par mille endroits; il étoit tout bleu, & celui du

dragon tout vert ; ce qui faifoit une nuance fin-
gulière fur la terre. Le prince tomba cinq fois ,
il fe releva toujours , il prenoit fon tems pour remonter fur fon cheval , & puis c'étoit des cano-
nades & des feux grégeois qui n'ont jamais rien
eu de femblable : enfin le dragon perdit fes
forces , il tomba , & le prince lui donna un coup
dans le ventre qui lui fit une épouvantable bleffure ; mais , ce qu'on aura peine à croire , & qui
eft pourtant auffi vrai que le refte du conte , c'eft
qu'il fortit par cette large bleffure , un prince le
plus beau & le plus charmant que l'on ait jamais vu ; fon habit étoit de velours bleu à fond
d'or , tout brodé de perles ; il avoit fur la tête un
petit morion à la grecque , ombragé de plumes
blanches. Il accourut les bras ouverts , embraffant le prince Moufy : que ne vous dois-je pas ,
mon généreux libérateur , lui dit-il ! vous venez
de me délivrer de la plus affreufe prifon où jamais un fouverain puiffe être renfermé : j'y avois
été condamné par la fée Lionne : il y a feize ans ,
que j'y languis ; & fon pouvoir étoit tel , que
malgré ma propre volonté , elle me forçoit à
dévorer cette belle princeffe : menez - moi à fes
piés , pour que je lui explique mon malheur.

Le prince Moufy , furpris & charmé d'une
aventure fi étonnante , ne voulut céder en rien
aux civilités de ce prince ; ils fe hâtèrent de

joindre la belle Moufette, qui rendoit de son côté mille grâces aux dieux pour un bonheur si inespéré. Le roi, la reine & toute la cour étoient déjà auprès d'elle; chacun parloit à la fois, personne ne s'entendoit, l'on pleuroit presque autant de joie, que l'on avoit pleuré de douleur. Enfin pour que rien ne manquât à la fête, la bonne Grenouille parut en l'air, montée sur un épervier qui avoit des sonnettes d'or aux piés. Lorsqu'on entendit drelin dindin, chacun leva les yeux; l'on vit briller le chaperon de roses comme un soleil, & la Grenouille étoit aussi belle que l'aurore. La reine s'avança vers elle, & la prit par une de ses petites pattes; aussi-tôt la sage Grenouille se métamorphosa, & parut comme une grande reine; son visage étoit le plus agréable du monde : je viens, s'écria-t elle, pour couronner la fidélité de la princesse Moufette, elle a mieux aimé exposer sa vie, que de changer; cet exemple est rare dans le siècle où nous sommes, mais il le sera bien davantage dans les siècles à venir. Elle prit aussi-tôt deux couronnes de myrthes qu'elle mit sur la tête des deux amans qui s'aimoient, & frappant trois coups de sa baguette, l'on vit que tous les os du dragon s'élevèrent pour former un arc de triomphe, en mémoire de la grande aventure qui venoit de se passer.

Enfuite cette belle & nombreufe troupe s'a-
chemina vers la ville, chantant hymen & hyménée, avec autant de gaîté, qu'ils avoient célébré triftement le facrifice de la princeffe. Ses
nôces ne furent différées que jufqu'au lendemain ; il eft aifé de juger de la joie qui les accompagna.

La reine que je viens de peindre,
Au milieu des horreurs d'un infernal féjour,
Pour fes jours n'avoit rien à craindre ;
Pour elle l'amitié fe joignit à l'amour.
Grenouillette & le roi lui marquèrent leur zèle.
Par de communs efforts.
Malgré la Lionne cruelle,
Ils furent l'arracher de ces funeftes bords.
Des époux fi conftans, des amis fi fincères,
Etoient du vieux tems de nos pères,
Ils ne font plus de ce tems-ci :
Le fiecle de féerie en a toute la gloire.
Par le trait que je cite ici,
De l'époque de mon hiftoire
On peut être affez éclairci.

LA BICHE AU BOIS,

CONTE.

IL étoit une fois un roi & une reine dont l'union étoit parfaite : il s'aimoient tendrement, & leurs fujets les adoroient ; mais il manquoit à la fatisfaction des uns & des autres de leur voir un héritier. La reine qui étoit perfuadée que le roi l'aimeroit encore davantage fi elle en avoit un, ne manquoit pas au printems d'aller boire des eaux qui étoient excellentes. L'on y venoit en foule, & le nombre d'étrangers étoit fi grand, qu'il s'en trouvoit là de toutes les parties du monde.

Il y avoit plufieurs fontaines dans un grand bois où l'on alloit boire ; elles étoient entourées de marbres & de porphire, car chacun fe piquoit de les embellir. Un jour que la reine étoit affife au bord de la fontaine, elle dit à toutes fes dames de s'éloigner, & de la laiffer feule ; puis elle commença fes plaintes ordinaires : ne fuis-je pas bien malheureufe, dit-elle de n'avoir pas d'enfant? Les plus pauvres femmes en ont ; il y a cinq ans que j'en demande au ciel, je n'ai pu encore le toucher ; mourrai-je fans avoir cette fatisfaction.

Comme elle parloit ainfi, elle remarqua que l'eau de la fontaine s'agitoit, puis une groffe écrevisse parut, & lui dit : grande reine, vous aurez enfin ce que vous défirez : je vous avertis qu'il y a ici proche un palais fuperbe que les fées ont bâti ; mais il eft impoffible de le trouver, parce qu'il eft environné de nuées fort épaiffes, que l'œil d'une perfonne mortelle ne peut pénétrer ; cependant, comme je fuis votre très-humble fervante, fi vous voulez vous fier à la conduite d'une pauvre écreviffe, je m'offre de vous y mener.

La reine l'écoutoit fans l'interrompre, la nouveauté de voir parler une écreviffe, l'ayant fort furprife, elle lui dit qu'elle accepteroit avec plaifir fes offres, mais qu'elle ne favoit pas marcher en reculant comme elle. L'écreviffe fourit, & fur le champ elle prit la figure d'une belle petite vieille: hé bien, madame, lui dit-elle ! n'allons pas à reculons, j'y confens ; mais fur-tout regardez-moi comme une de vos amies, car je ne fouhaite que ce qui peut vous être avantageux.

Elle fortit de la fontaine fans être mouillée ; fes habits étoient blancs, doublés de cramoifi,

& fes cheveux gris tout renoués de rubans verts.
Il ne s'eft guère vu de vieilles dont l'air fût plus
galant : elle falua la reine , & elle en fut embraffée ; & fans tarder davantage , elle la conduifit dans une route du bois qui furprit cette princeffe ; car , encore qu'elle y fût venue mille &
mille fois , elle n'étoit jamais entrée dans celle-là.
Comment y feroit-elle entrée ? C'étoit le chemin
des fées pour aller à la fontaine : il étoit ordinairement fermé de ronces & d'épine ; mais
quand la reine & fa conductrice parurent, auffi-tôt
les ronces poufsèrent des rofes, les jafmins & les
orangers entrelacèrent leurs branches pour faire
un berceau couvert de feuilles & de fleurs ; la
terre fut couverte de violettes ; mille oifeaux différens chantoient à l'envi fur les arbres.

La reine n'étoit pas encore revenue de fa furprife, lorfque fes yeux furent frappés par l'éclat
fans pareil d'un palais tout de diamans, les murs
& les toîts, les plafonds, les planchers, les degrés, les balcons, jufqu'aux terraffes, tout étoit
de diamans. Dans l'excès de fon admiration, elle
ne put s'empêcher de pouffer un grand cri, & de
demander à la galante vieille qui l'accompagnoit,
fi ce qu'elle voyoit étoit un fonge ou une réalité.
Rien n'eft plus réel, madame, répliqua-t-elle.
Auffi - tôt les portes du palais s'ouvrirent, il en
fortit fix fées ; mais quelles fées ? Les plus belles

& les plus magnifiques qui aient jamais paru
dans leur empire. Elles vinrent toutes faire une
profonde révérence à la reine, & chacune lui
préfenta une fleur de pierreries pour lui faire un
bouquet; il y avoit une rofe, une tulipe, une
anémone, une encolie, un œillet & une gre-
nade. Madame, lui dirent-elles, nous ne pouvons vous donner une plus grande marque de
notre confidération, qu'en vous permettant de
nous tenir voir ici; mais nous fommes bien-
aifes de vous annoncer que vous aurez une belle
princeffe que vous nommerez Défirée; car l'on
doit avouer qu'il y a long-tems que vous la
défirez; ne manquez pas auffi-tôt qu'elle fera
au monde, de nous appeler, parce que nous voulons la douer de toutes fortes de bonnes qualités;
vous n'aurez qu'à prendre le bouquet que nous
vous donnons, & nommer chaque fleur en pen-
fant à nous; foyez certaine qu'auffi-tôt nous ferons dans votre chambre.

La reine tranfportée de joie, fe jeta à leur cou,
& les embraffades durèrent plus d'une groffe
demi-heure. Après cela elles prièrent la reine
d'entrer dans leur palais, dont on ne peut faire
une affez belle defcription; elles avoient pris
pour le bâtir l'architecte du foleil: il avoit fait
en petit ce que celui du foleil eft en grand. La
reine, qui n'en pouvoit foutenir l'éclat qu'avec

peine

peine, fermoit à tous les momens les yeux. Elles
la conduisirent dans leur jardin; il n'a jamais été de
si beaux fruits ; les abricots étoient plus gros que
la tête, & l'on ne pouvoit, sans la couper en
quatre, manger une cerise, d'un goût si exquis,
qu'après que la reine en eut mangé, elle ne
voulut de sa vie en manger d'autres. Il y avoit un
verger tout d'arbres factices, qui ne laissoient pas
d'avoir vie, & de croître comme les autres.

De dire tous les transports de la reine, combien elle parla de la petite princesse Désirée,
combien elle remercia les aimables personnes
qui lui annonçoient une si agréable nouvelle, c'est
ce que je n'entreprendrai point ; mais enfin il
n'y eut aucuns termes de tendresse & de reconnoissance oubliés. La fée de la fontaine y trouva
toute la part qu'elle méritoit, la reine demeura
jusqu'au soir dans le palais ; elle aimoit la musique, on lui fit entendre des voix qui lui parurent des voix célestes, on la chargea de présens ; & après avoir remercié ces grandes dames,
elle revint avec la fée de la fontaine.

Toute sa maison étoit fort en peine d'elle : on
la cherchoit avec beaucoup d'inquiétude, on ne
pouvoit imaginer en quel lieu elle étoit ; on craignoit même que quelqu'étranger audacieux ne
l'eût enlevée, car elle avoit de la beauté & de
la jeunesse ; de sorte que chacun témoigna

une joie extrême de fon retour ; & comme elle
reffentoit de fon côté une fatisfaction infinie
des bonnes efpérances qu'on venoit de lui donner, elle avoit une converfation agréable & brillante qui charmoit tout le monde.

La fée de la fontaine la quitta proche de chez
elle ; les complimens & les careffes redoublèrent
à leur féparation, & la reine étant reftée encore
huit jours aux eaux, ne manqua pas de retóurner
aux palais des fées avec fa coquette vieille, qui
paroiffoit d'abord en écreviffe, & puis qui prenoit fa forme naturelle

La reine partit, elle devint groffe, & mit au
monde une princeffe qu'elle appela Défirée : auffi-
tôt elle prit le bouquet qu'elle avoit reçu ; elle
nomma toutes les fleurs l'une après l'autre, & fur
le champ on vit arriver les fées. Chacune avoit
fon charriot de différente manière ; l'un étoit
d'ébène, tiré par des pigeons blancs, d'autres
d'ivoire, que de petits corbeaux traînoient,
d'autres encore de cèdre & de canambour. C'étoit
là leur équipage d'alliance & de paix ; car lorfqu'elles étoient fâchées, ce n'étoit que des dragons volans, que des couleuvres qui jetoient le
feu par la gueule & par les yeux ; que lions, que
léopards, que panthères, fur lefquelles elles fe
tranfportoient d'un bout du monde à l'autre,
en moins de tems qu'il n'en faut pour dire bon

jour ou bon soir ; mais cette fois-ci, elles étoient de la meilleure humeur possible.

La reine les vit entrer dans sa chambre avec un air gai & majestueux : leurs nains & leurs naines les suivoient, tous chargés de présens. Après qu'elles eurent embrassé la reine, & baisé la petite princesse, elles déployèrent sa layette, dont la toile étoit si fine & si bonne, qu'on pouvoit s'en servir cent ans sans l'user; les fées la filoient à leurs heures de loisir. Pour les dentelles, elles surpassoient encore ce que j'ai dit de la toile ; toute l'histoire du monde y étoit représentée, soit à l'aiguille ou au fuseau. Après cela elles montrèrent les langes & les couvertures qu'elles avoient brodées exprès ; l'on y voyoit représentés mille jeux différens auxquels les enfans s'amusent. Depuis qu'il y a des brodeurs & des brodeuses, il ne s'est rien vu de si merveilleux : mais quand le berceau parut, la reine s'écria d'admiration ; car il surpassoit encore tout ce qu'elle avoit vu jusqu'alors. Il étoit d'un bois si rare, qu'il coûtoit cent mille écus la livre. Quatre petits amours le soutenoient; c'étoient quatre chef-d'œuvres, où l'art avoit tellement surpassé la matière, quoiqu'elle fût de diamans & de rubis, que l'on n'en peut assez parler. Ces petits amours avoient été animés par les fées, de sorte que lorsque l'enfant crioit, ils le berçoient, & l'endormoient ; cela étoit

Z ij

d'une commodité merveilleuse pour les nour-
rices.

Les fées prirent elles-mêmes la petite princesse
sur leurs genoux, elles l'emmaillottèrent, & lui
donnèrent plus de cent baisers ; car elle étoit déjà
si belle, qu'on ne pouvoit la voir sans l'aimer.
Elles remarquèrent qu'elle avoit besoin de téter ;
aussi-tôt elles frappèrent la terre avec leurs baguettes, il parut une nourrice, telle qu'il la falloit pour cet aimable poupart. Il ne fut plus question que de douer l'enfant : les fées s'empressèrent de le faire ; l'une le doua de vertu, & l'autre
d'esprit, la troisième d'une beauté miraculeuse,
celle d'après d'une heureuse fortune, la cin-
quième lui désira une longue santé, & la dernière, qu'elle fît bien toutes les choses qu'elle
entreprendroit.

La reine, ravie, les remercioit mille & mille
fois des faveurs qu'elles venoient de faire à la
petite princesse, lorsque l'on vit entrer dans la
chambre une si grosse écrevisse, que la porte fut
à peine assez large pour qu'elle pût passer : ha !
trop ingrate reine, dit l'écrevisse, vous n'avez
donc pas daigné vous souvenir de moi ? Est-il
possible que vous ayez si-tôt oublié la fée de
la fontaine, & les bons offices que je vous ai
rendus en vous menant chez mes sœurs ? Quoi !
vous les avez toutes appelées, je suis la seule

que vous négligez : il eſt certain que j'en avois
un preſſentiment, & c'eſt ce qui m'obligea de
prendre la figure d'une écreviſſe, lorſque je
vous parlai la premiere fois, voulant marquer
par-là, que votre amitié au lieu d'avancer re-
culeroit.

La reine, inconſolable de la faute qu'elle
avoit faite, l'interrompit, & lui demanda pardon : elle lui dit qu'elle avoit cru nommer ſa
fleur comme celle des autres ; que c'étoit le bouquet de pierreries qui l'avoit trompée ; qu'elle
n'étoit pas capable d'oublier les obligations
qu'elle lui avoit ; qu'elle la ſupplioit de ne lui
point ôter ſon amitié, & particuliérement d'être
favorable à la princeſſe. Toutes les fées qui craignoient qu'elle ne la douât de miſère & d'infortune, ſecondèrent la reine pour l'adoucir : ma
chère ſœur, lui diſoient-elles, que votre alteſſe
ne ſoit point fâchée contre une reine qui n'a
jamais eu deſſein de vous déplaire : quittez de
grâce cette figure d'écreviſſe, faites que nous
vous voyons avec tous vos charmes,

J'ai déjà dit que la fée de la fontaine étoit aſſez coquette ; les louanges que ſes ſœurs lui donnèrent l'adoucirent un peu : hé bien, dit-elle, je
ne ferai pas à Déſirée tout le mal que j'avois ré-
ſolu, car aſſurément j'avois envie de la perdre,
& rien n'auroit pu m'en empêcher ; cependant

Z iij

je veux bien vous avertir que si elle voit le
jour avant l'âge de quinze ans, elle aura lieu
de s'en repentir, il lui en coûtera peut-être la
vie. Les pleurs de la reine & les prières des
illustres fées, ne changèrent point l'arrêt qu'elle
venoit de prononcer ; elle se retira à reculons,
car elle n'avoit pas voulu quitter sa robe d'écrevisse.

Dès qu'elle fut éloignée de la chambre, la
triste reine demanda aux fées un moyen pour
préserver sa fille des maux qui la menaçoient.
Elles tinrent aussi-tôt conseil; & enfin après avoir
agité plusieurs avis différens, elles s'arrêtèrent à
celui-ci, qu'il falloit bâtir un palais sans portes
ni fenêtres, y faire une entrée souterraine, &
nourrir la princesse dans ce lieu jusqu'à l'âge fatal où elle étoit menacée.

Trois coups de baguette commencèrent &
finirent ce grand édifice. Il étoit de marbre blanc,
& vert par dehors ; les plafonds & les planchers
de diamans & d'émeraudes qui formoient des
fleurs, des oiseaux & mille choses agréables.
Tout étoit tapissé de velours de différentes couleurs, brodé de la main des fées ; & comme
elles étoient savantes dans l'histoire, elles s'é-
toient fait un plaisir d'y tracer les plus belles &
les plus remarquables ; l'avenir n'y étoit pas
moins présent que le passé ; les actions héroïques

du plus grand roi du monde, rempliffoient plufieurs tentures.

> Ici du démon de la Thrace
> Il a le port victorieux,
> Les éclairs redoublés qui partent de fes yeux,
> Marquent fa belliqueufe audace.
> Là plus tranquille & plus ferein,
> Et gouvernant la France en une paix profonde,
> Il fait voir par fes loix que le refte du monde
> Lui doit envier fon deftin.
> Par les peintres les plus habiles,
> Il y paroiffoit peint avec fes divers traits ;
> Redoutable en prenant des villes,
> Généreux en faifant la paix.

Ces fages fées avoient imaginé ce moyen pour
apprendre plus aifément à la jeune princeffe les
divers événemens de la vie des héros & des
autres hommes.

L'on ne voyoit chez elle que par la lumière
des bougies; mais il y en avoit une fi grande quantité qu'elles faifoient un jour perpétuel. Tous les
maîtres dont elle avoit befoin pour fe rendre parfaite, furent conduits en ce lieu : fon efprit, fa
vivacité & fon adreffe prévenoient prefque toujours ce qu'ils vouloient lui enfeigner ; & chacun
d'eux demeuroit dans une admiration con-
tinuelle des chofes furprenantes qu'elle difoit,
dans un âge où les autres favent à peine nommer

leur nourrice ; auffi n'eft-on pas doué par les fées pour demeurer ignorante & ftupide.

Si fon efprit charmoit tous ceux qui l'approchoient, fa beauté n'avoit pas des effets moins puiffans ; elle raviffoit les plus infenfibles, & la reine, fa mère, ne l'auroit jamais quittée de vue, fi fon devoir ne l'avoit pas attachée auprès du roi. Les bonnes fées venoient voir la princeffe de tems en tems ; elles lui apportoient des raretés fans pareilles, des habits fi bien entendus, fi riches & fi galans, qu'ils fembloient avoir été faits pour la nôce d'une jeune princeffe, qui n'eft pas moins aimable que celle dont je parle ; mais entre toutes les fées qui la chériffoient, Tulipe l'aimoit davantage, & recommandoit plus foigneufement à la reine de ne pas lui laiffer voir le jour avant qu'elle eût quinze ans : notre fœur de la fontaine eft vindicative, lui difoit-elle ; quelqu'intérêt que nous prenions à cet enfant, elle lui fera du mal fi elle le peut ; ainfi, madame, vous ne fauriez être trop vigilante là-deffus. La reine lui promettoit de veiller fans ceffe à une affaire fi importante ; mais comme fa chère fille approchoit du tems où elle devoit fortir de ce château, elle la fit peindre, fon portrait fut porté dans les plus grandes cours de l'univers, A fa vue, il n'y eut aucun prince qui fe défendît de l'admirer ; mais il y en eut un qui en

fut fi touché, qu'il ne pouvoit plus s'en féparer.
Il le mit dans fon cabinet, il s'enferma avec lui,
& lui parlant comme s'il eût été fenfible, & qu'il
eût pu l'entendre ; il lui difoit les chofes du
monde les plus paffionnées.

Le roi qui ne voyoit prefque plus fon fils,
s'informa de fes occupations, & de ce qui pouvoit l'empêcher de paroître auffi gai qu'à fon ordinaire. Quelques courtifans, trop empreflés de
parler, car il y en a plufieurs de ce caractère,
lui dirent qu'il étoit à craindre que le prince ne
perdît l'efprit, parce qu'il demeuroit des jours
entiers enfermé dans fon cabinet, où l'on entendoit qu'il parloit feul comme s'il eût été avec
quelqu'un.

Le roi reçut cet avis avec inquiétude : eft-il
poffible, difoit-il à fes confidens, que mon fils
perde la raifon ? Il en a toujours tant marqué :
vous favez l'admiration qu'on a eue pour lui jufqu'à préfent, & je ne trouve encore rien d'égaré
dans fes yeux, il me paroît feulement plus trifte ;
il faut que je l'entretienne, je démêlerai peut-
être de quelle forte de folie il eft attaqué.

En effet il l'envoya querir, il commanda qu'on
fe retirât, & après plufieurs chofes auxquelles
il n'avoit pas une grande attention, & auxquelles
il répondit affez mal, le roi lui demanda ce qu'il
pouvoit avoir pour que fon humeur & fa per-

fonne fuffent fi changées. Le prince, croyant ce
moment favorable , fe jeta à fes piés : vous avez
réfolu', lui dit-il , de me faire époufer la princeffe Noire , vous trouverez des avantages dans
fon alliance que je ne puis vous promettre dans
celle de la princeffe Défirée; mais, feigneur, je
trouve des charmes dans celle-ci , que je ne ren-
contrerai point dans l'autre. Et où les avez-vous
vus , dit le roi? Les portraits de l'une & de l'autre
m'ont été apportés, répliqua le prince Guerrier (car
c'eft ainfi qu'on le nommoit , depuis qu'il avoit
gagné trois grandes batailles); je vous avoue
que j'ai pris une fi forte paffion pour la princeffe
Défirée, que fi vous ne retirez les paroles que
vous avez données à la Noire, il faut que je meure;
heureux de ceffer de vivre en perdant l'efpérance
d'être à ce que j'aime.

C'eft donc avec fon portrait , reprit gravement
le roi , que vous prenez en gré de faire des con-
verfations qui vous rendent ridicule à tous les
courtifans; ils vous croient infenfé, & fi vous faviez ce qui m'eft revenu là-deffus , vous auriez
honte de marquer tant de foibleffe. Je ne puis
me reprocher une fi belle flamme, répondit-il ;
lorfque vous aurez vu le portrait de cette charmante princeffe , vous approuverez ce que je
fens pour elle. Allez donc le querir tout à l'heure,
dit le roi , avec un air d'impatience qui faifoit

aſſez connoître ſon chagrin ; le prince en auroit
eu de la peine, s'il n'avoit pas été certain que
rien au monde ne pouvoit égaler la beauté de
Déſirée. Il courut dans ſon cabinet, & revint
chez le roi ; il demeura preſque auſſi enchanté
que ſon fils ; ha, dit-il, mon cher Guerrier, je
conſens à ce que vous ſouhaitez , je rajeunirai
lorſque j'aurai une ſi aimable princeſſe à ma cour;
je vais dépêcher ſur le champ des ambaſſadeurs à
celle de la Noire pour retirer ma parole : quand
je devrois avoir une rude guerre contr'elle, j'aime
mieux m'y réſoudre.

Le prince baiſa reſpectueuſement les mains de
ſon père, & lui embraſſa plus d'une fois les genoux. Il avoit tant de joie, qu'on le reconnoiſſoit
à peine; il preſſa le roi de dépêcher des ambaſſadeurs, non-ſeulement à la Noire, mais auſſi à
la Déſirée, & il ſouhaita qu'il choiſît pour cette
dernière, l'homme le plus capable, & le plus
riche, parce qu'il falloit paroître dans une occa-
ſion ſi célèbre , & perſuader ce qu'il déſiroit.
Le roi jeta les yeux ſur Becafigue ; c'étoit un
jeune ſeigneur très-éloquent, qui avoit cent millions de rente. Il aimoit paſſionnément le prince
Guerrier; il fit pour lui plaire le plus grand équipage & la plus belle livrée qu'il pût imaginer. Sa
diligence fut extrême, car l'amour du prince augmentoit chaque jour , & ſans ceſſe il le conjuroit

de partir: Songez, lui difoit-il confidemment ;
qu'il y va de ma vie, que je perds l'efprit lorfque je penfe que le père de cette princeffe peut
prendre des engagemens avec quelqu'autre, fans
vouloir les rompre en ma faveur, & que je la perdrois pour jamais. Becafigue le raffuroit afin de
gagner du tems, car il étoit bien-aife que fa dépenfe lui fît honneur. Il mena quatre-vingt carroffes tout brillans d'or & de diamans ; la minia-
ture la mieux finie, n'approche pas de celle qui
les ornoit ; il y avoit cinquante autres carroffes,
vingt-quatre mille pages à cheval, plus magnifiques que des princes, & le refte de ce grand
cortège ne fe démentoit en rien.

Lorfque l'ambaffadeur prit fon audience de
congé du prince, il l'embraffa étroitement : fouvenez - vous, mon cher Becafigue, lui dit-
il, que ma vie dépend du mariage que vous
allez négocier ; n'oubliez rien pour perfuader & amener l'aimable princeffe que j'adore.
Il le chargea auffi-tôt de mille préfens, où la galanterie égaloit la magnificence ; ce n'étoit que
devifes amoureufes, gravées fur des cachets de
diamans, des montres dans des efcarboucles,
chargées des chiffres de Défirée ; des bracelets
de rubis taillés en cœur : enfin que n'avoit-il pas
imaginé pour lui plaire !

L'ambaffadeur portoit le portrait de ce jeune

prince, qui avoit été peint par un peintre si savant, qu'il parloit & faisoit de petits complimens pleins d'esprit. A la vérité il ne répondoit pas à tout ce qu'on lui disoit ; mais il ne s'en falloit guère. Becafigue promit au prince de ne rien négliger pour sa satisfaction, & il ajouta qu'il portoit tant d'argent, que si on lui refusoit la princesse, il trouveroit le moyen de gagner quelqu'une de ses femmes, & de l'enlever. Ha, s'écria le prince, je ne puis m'y résoudre, elle seroit offensée d'un procédé si peu respectueux. Becafigue ne répondit rien là-dessus, & partit.

Le bruit de son voyage prévint son arrivée, le roi & la reine en furent ravis. Ils estimoient beaucoup son maître, & savoient les grandes actions du prince Guerrier : mais ce qu'ils connoissoient encore mieux, c'étoit son mérite personnel, de sorte que quand on auroit cherché dans tout l'univers un mari pour leur fille, ils n'auroient su en trouver un plus digne d'elle. On prépara un palais pour loger Becafigue, & l'on donna tous les ordres nécessaires pour que la cour parût dans la dernière magnificence.

Le roi & la reine avoient résolu que l'ambassadeur verroit Désirée ; mais la fée Tulipe vint trouver la reine, & lui dit : gardez-vous bien, madame, de mener Becafigue chez notre enfant, c'est ainsi qu'elle nommoit la princesse ; il ne faut pas qu'il la voie fi-tôt, & ne confentez point à l'envoyer chez le roi qui la demande, qu'elle n'ait paffé quinze ans; car je fuis affurée que fi elle part plutôt, il lui arrivera quelque malheur. La reine embraffant la bonne Tulipe, lui promit de fuivre fes confeils, & fur le champ elles allèrent voir la princeffe.

L'ambaffadeur arriva, fon équipage demeura vingt-trois heures à paffer, car il avoit fix cens mille mulets, dont les clochettes & les fers étoient d'or; leurs couvertures de velours & de brocard en broderie de perles; c'étoit un embarras fans pareil dans les rues, tout le monde étoit accouru pour le voir. Le roi & la reine allèrent au-devant de lui, tant ils étoient aifes de fa venue. Il eft inutile de parler de la harangue qu'il fit, & des cérémonies qui fe pafsèrent de part & d'autre, on peut affez les imaginer; mais lorfqu'il demanda à faluer la princeffe, il demeura bien furpris que cette grâce lui fût déniée: fi nous vous refufons, lui dit le roi, feigneur Becafigue, une chofe qui paroît fi jufte, ce n'eft point par un caprice qui nous foit particulier, il faut vous raconter l'étrange aventure de notre fille, afin que vous y preniez part.

Une fée, au moment de fa naiffance la prit en averfion, & la menaça d'une très-grande infortune, fi elle voyoit le jour avant l'âge de quinze

ans ; nous la tenons dans un palais où les plus
beaux appartemens font fous terre. Comme
nous étions dans la résolution de vous y mener,
la fée Tulipe nous a prefcrit de n'en rien faire.
Eh ! quoi, fire, répliqua l'ambaffadeur, aurai-je
le chagrin de m'en retourner fans elle ? Vous l'accordez au roi mon maître pour fon fils, elle eft
attendue avec mille impatiences : eft-il poffible
que vous vous arrêtiez à des bagatelles comme
font les prédictions des fées ? Voilà le portrait du
prince Guerrier que j'ai ordre de lui préfenter ;
il eft fi reffemblant que je crois le voir lui-même
lorfque je le regarde. Il le déploya auffi-tôt ; le
portrait qui n'étoit inftruit que pour parler à la
princeffe, dit : belle Défirée, vous ne pouvez
imaginer avec quelle ardeur je vous attends, venez bientôt dans notre cour l'orner des grâces
qui vous rendent incomparable. Le portrait ne
dit plus rien ; le roi & la reine demeurèrent fi
furpris, qu'ils prièrent Becafigue de le leur donner, pour le porter à la princeffe ; il en fut ravi,
& le remit entre leurs mains.

La reine n'avoit point parlé jufqu'alors à fa fille
de ce qui fe paffoit, elle avoit même défendu aux
dames qui étoient auprès d'elle de lui rien dire de
l'arrivée de l'ambaffadeur : elles ne lui avoient pas
obéi, & la princeffe favoit qu'il s'agiffoit d'un grand
mariage ; mais elle étoit fi prudente, qu'elle n'en

avoit rien témoigné à fa mère. Quand elle lui montra le portrait du prince, qui parloit, & qui lui fit un compliment auffi tendre que galant, elle en fut fort furprife, car elle n'avoit rien vu d'égal à cela, & la bonne mine du prince, l'air d'efprit, la régularité de fes traits, ne l'étonnoient pas moins que ce que difoit le portrait : feriez-vous fâchée, lui dit la reine en riant, d'avoir un époux qui reffemblât à ce prince ? Madame, ré-pliqua-t-elle, ce n'eft point à moi à faire un choix; ainfi , je ferai toujours contente de celui que vous me deftinerez. Mais enfin , ajouta la reine, fi le fort tomboit fur lui, ne vous eftimeriez-vous pas heureufe? Elle rougit, baiffa les yeux, & ne répondit rien. La reine la prit entre fes bras , & la baifa plufieurs fois: elle ne put s'empêcher de verfer des larmes , lorfqu'elle penfa qu'elle étoit fur le point de la perdre, car il ne s'en fal-loit que trois mois qu'elle n'eût quinze ans ; & cachant fon déplaifir , elle lui déclara tout ce qui la regardoit dans l'ambaffade du célèbre Beca-figue, elle lui donna même les raretés qu'il avoit apportées pour lui préfenter. Elle les ad-mira , elle loua avec beaucoup de goût ce qu'il y avoit de plus curieux ; mais de tems en tems, fes regards s'échappoient pour s'attacher fur le portrait du prince, avec un plaifir qui lui avoit été inconnu jufqu'alors.

L'ambaffadeur

L'ambassadeur voyant qu'il faisoit des instances inutiles pour qu'on lui donnât la princesse, & qu'on se contentoit de la lui promettre, mais si solennellement, qu'il n'y avoit pas lieu d'en douter, demeura peu auprès du roi, & retourna en poste rendre compte à ses maîtres de sa négociation.

Quand le prince sut qu'il ne pouvoit espérer sa chère Désirée de plus de trois mois, il fit des plaintes qui affligèrent toute la cour; il ne dormoit plus, il ne mangeoit point: il devint triste & rêveur, la vivacité de son teint se changea en couleur de soucis; il demeuroit des jours entiers couché sur un canapé dans son cabinet à regarder le portrait de sa princesse: il lui écrivoit à tous momens, & présentoit les lettres à ce portrait, comme s'il eût été capable de les lire; enfin ses forces diminuèrent peu à peu, il tomba dangereusement malade, & pour en deviner la cause, il ne falloit ni médecins ni docteurs.

Le roi se désespéroit, il aimoit son fils plus tendrement que jamais père n'a aimé le sien. Il se trouvoit sur le point de le perdre: quelle douleur pour un père! il ne voyoit aucuns remèdes qui pussent guérir le prince; il souhaitoit Désirée, sans elle il falloit mourir. Il prit donc la résolution, dans une si grande extrémité, d'aller trouver le roi & la reine qui l'avoient promise, pour

les conjurer d'avoir pitié de l'état où le prince
étoit réduit, & de ne plus différer un mariage
qui ne fe feroit jamais, s'ils vouloient obftiné-
ment attendre que la princeffe eût quinze ans.

Cette démarche étoit extraordinaire; mais elle
l'auroit été bien davantage, s'il eût laiffé périr
un fils fi aimable & fi cher. Cependant il fe trouva
une difficulté qui étoit infurmontable ; c'eft que
fon grand âge ne lui permettoit que d'aller en
litière, & cette voiture s'accordoit mal avec l'impatience de fon fils ; de forte qu'il envoya en
pofte le fidelle Becafigue, & il écrivit les lettres
du monde les plus touchantes, pour engager le
roi & la reine à ce qu'il fouhaitoit.

Pendant ce tems, Défirée n'avoit guère moins
de plaifir à voir le portrait du prince, qu'il en
avoit à regarder le fien. Elle alloit à tous momens
dans le lieu où il étoit ; & quelque foin qu'elle
prît de cacher fes fentimens, on ne laiffoit pas
de les pénétrer : entr'autres Giroflée & Longue-
épine, qui étoient fes filles d'honneur, s'apperçurent des petites inquiétudes qui commençoient
à la tourmenter. Giroflée l'aimoit paffionnément,
& lui étoit fidelle : Longue-épine de tout tems
fentoit une jaloufie fecrète de fon mérite & de
fon rang ; fa mère avoit élevé la princeffe ; après
avoit été fa gouvernante, elle devint fa dame
d'honneur: elle auroit dû l'aimer comme la chofe

du monde la plus aimable , mais elle chériffoit
fa fille jufqu'à la folie; & voyant la haine qu'elle
avoit pour la belle princeffe , elle ne pouvoit lui
vouloir du bien.

L'ambaffadeur que l'on avoit dépêché à la cour
de la princeffe Noire ne fut pas bien reçu , lorfqu'on apprit le compliment dont il étoit chargé; cette Ethiopienne étoit la plus vindicative
créature du monde ; elle trouva que c'étoit la
traiter cavalièrement , après avoir pris des enga-
mens avec elle , de lui envóyer dire ainfi qu'on
la remercioit. Elle avoit vu un portrait du prince
dont elle s'étoit entêtée , & les Ethiopiennes,
quand elles fe mêlent d'aimer , aiment avec plus
d'extravagance que les autres : comment , monfieur l'ambaffadeur , dit-elle , eft-ce que votre
maître ne me croit pas affez riche & affez belle ?
Promenez - vous dans mes états , vous trouverez
qu'il n'en eft guère de plus vaftes ; venez dans
mon tréfor royal , voir plus d'or que toutes les
mines du Pérou n'en ont jamais fourni : enfin
regardez la noirceur de mon teint , ce nez
écrafé, ces groffes lèvres , n'eft-ce pas ainfi qu'il
faut être pour être belle? Madame, répondit l'ambaffadeur, qui craignoit les baftonnades (plus que
tous ceux qu'on envoie à la Porte) , je blâme
mon maître, autant qu'il eft permis à un fujet ;
& fi le ciel m'avoit mis fur le premier Trône de

A a ij

l'univers, je fais vraiment bien à qui je l'offrirois.
Cette parole vous fauvera la vie, lui dit-elle,
j'avois réfolu de commencer ma vengeance fur
vous, mais il y auroit de l'injuftice, puifque vous
n'êtes pas caufe du mauvais procédé de votre
prince : allez lui dire qu'il me fait plaifir de
rompre avec moi, parce que je n'aime pas les
malhonnêtes gens. L'ambaffadeur qui ne demandoit pas mieux que fon congé l'eut à peine
obtenu, qu'il en profita.

Mais l'Ethiopienne étoit trop piquée contre le
prince Guerrier, pour lui pardonner ; elle monta
dans un char d'ivoire, traîné par fix autruches qui
faifoient dix lieues par heure. Elle fe rendit au
palais de la fée de la fontaine ; c'étoit fa marraine & fa meilleure amie : elle lui raconta fon
aventure, & la pria, avec les dernières inftances, de fervir fon reffentiment. La fée fut
fenfible à la douleur de fa filleule : elle regarda
dans le livre qui dit tout, & elle connut auffi-tôt
que le prince Guerrier ne quittoit la princeffe
Noire, que pour la princeffe Défirée ; qu'il l'aimoit éperduement, & qu'il étoit même malade
de la feule impatience de la voir. Cette connoif-
fance ralluma fa colère qui étoit prefqu'éteinte ;
& comme elle ne l'avoit pas vue depuis le moment de fa naiffance, il eft à croire qu'elle auroit négligé de lui faire du mal, fi la vindica-

tive Noiron ne l'en avoit pas conjurée. Quoi ! s'é-
cria-t-elle , cette malheureuse Défirée veut donc
toujours me déplaire ? Non, charmante princeffe,
non , ma mignonne, je ne fouffrirai pas qu'on te
faffe un affront ; les cieux & tous les élémens
s'intéreffent dans cette affaire , retourne chez
toi , & te repofe fur ta chère marraine. La princeffe noire la remercia , elle lui fit des préfens
de fleurs & de fruits qu'elle reçut fort agréablement.

L'ambaffadeur Becafigue s'avançoit en toute diligence vers la capitale où le père de Défirée faifoit fon féjour ; il fe jeta aux piés du roi & de la
reine : il verfa beaucoup de larmes , & leur dit
dans les termes les plus touchans , que le prince
Guerrier mourroit, s'ils lui refufoient plus long-
tems le plaifir de voir la princeffe leur fille ; qu'il
ne s'en falloit plus que trois mois qu'elle n'eût
quinze ans, qu'il ne lui pouvoit rien arriver de fâcheux dans un efpace fi court ; qu'il prenoit la liberté de les avertir qu'une fi grande crédulité pour
de petites fées , faifoit tort à la majefté royale ;
enfin il harangua fi bien , qu'il eut le don de perfuader. L'on pleura avec lui , fe repréfentant le
trifte état où le jeune prince étoit réduit, & puis
on lui dit qu'il falloit quelques jours pour fe déterminer & lui répondre. Il repartit qu'il ne pouvoit donner que quelques heures ; que fon maître

étoit à l'extrémité ; qu'il s'imaginoit que la princesse le haïssoit, & que c'étoit elle qui retardoit son voyage : on l'assura donc que le soir il sauroit ce qu'on pouvoit faire.

La reine courut au palais de sa chère fille : elle lui conta tout ce qui se passoit. Désirée sentit alors une douleur sans pareille, son cœur se serra, elle s'évanouit ; & la reine connut les sentimens qu'elle avoit pour le prince. Ne vous affligez point, ma chère enfant, lui dit-elle, vous pouvez tout pour sa guérison, je ne suis inquiète que pour les menaces que la fée de la fontaine fit à votre naissance : je me flatte, madame, répliqua-t-elle, qu'en prenant quelques mesures, nous tromperions la méchante fée : par exemple, ne pourrois-je pas aller dans un carrosse tout fermé, où je ne verrois point le jour ? On l'ouvriroit la nuit pour nous donner à manger ; ainsi j'arriverois heureusement chez le prince Guerrier.

La reine goûta beaucoup cet expédient, elle en fit part au roi qui l'approuva aussi ; de sorte qu'on envoya dire à Becafigue de venir promptement, & il reçut des assurances certaines que la princesse partiroit au plutôt ; qu'ainsi il n'avoit qu'à s'en retourner pour donner cette bonne nouvelle à son maître, & que pour se hâter davantage, on négligeroit de lui faire l'équipage & les

riches habits qui convboient à fon rang. L'ambaffadeur, tranfporté de joie, fe jeta encore aux
piés de leurs majeftés , pour les remercier ; il
partit enfuite fans avoir vu la princeffe.

La féparation du roi & de la reine lui auroit
femblé infupportable, fi elle avoit été moins prévenue en faveur du prince ; mais il eft de certains fentimens qui étouffent prefque tous les
autres. On lui fit un carroffe de velours vert par
dehors, orné de grandes plaques d'or , & par dedans de brocard argent, & couleur de rofe re-
brodé ; il n'y avoit aucunes glaces , il étoit fort
grand, il fermoit mieux qu'une boîte, & un feigneur des premiers du royaume fut chargé des
clés qui ouvroient les ferrures qu'on avoit mifes
aux portières.

> Autour d'elle on voyoit les grâces,
> Les ris , les plaifirs & les jeux.
> Et les amours refpoctueux
> Empreffés à fuivre fes traces ;
> Elle avoit l'air majeftueux ,
> Avec une douceur célefte.
> Elle s'attiroit tous les vœux ,
> Sans compter ici tout le refte ,
> Elle avoit les mêmes attraits
> Que fit briller Adélaïde,
> Quand l'hymen lui fervant de guide ,
> Elle vint dans ces lieux pour cimenter la paix.

L'on nomma peu d'officiers pour l'acccompa-

gner, afin qu'une nom░░░se fuite n'embarrafsât
point ; & après lui avoir donné les plus belles
pierreries du monde, & quelques habits très-
riches, après, dis-je, des adieux qui pensèrent
faire étouffer le roi, la reine & toute la cour, à
force de pleurer, on l'enferma dans le carroſſe
ſombre avec ſa dame d'honneur, Longue-épine &
Giroflée.

On a peut-être oublié que Longue-épine n'aimoit point la princeſſe Déſirée ; mais elle aimoit
fort le prince Guerrier, car elle avoit vu ſon portrait parlant. Le trait qui l'avoit bleſſée étoit ſi
vif, qu'étant ſur le point de partir, elle dit à
ſa mère qu'elle mourroit ſi le mariage de la
princeſſe s'accompliſſoit, & que ſi elle vouloit
la conſerver, il falloit abſolument qu'elle trouvât un moyen de rompre cette affaire. La dame
d'honneur lui dit de ne ſe point affliger, qu'elle
tâcheroit de remédier à ſa peine en la rendant
heureuſe.

Lorſque la reine envoya ſa chère enfant, elle
la recommanda au-delà de tout ce qu'on peut
dire à cette mauvaiſe femme: quel dépôt ne vous
confié-je pas, lui dit elle ! c'eſt plus que ma vie:
prenez ſoin de la ſanté de ma fille, mais ſur-tout
ſoyez ſoigneuſe d'empêcher qu'elle ne voie le
jour, tout ſeroit perdu : vous ſavez de quels
maux elle eſt menacée, & je ſuis convenue avec

l'ambaffadeur du prince Guerrier, que jufqu'à
ce qu'elle ait quinze ans, on la mettroit dans un
château, où elle ne verra aucune lumière que
celles des bougies. La reine combla cette dame de
préfens, pour l'engager à une plus grande exac-
titude. Elle lui promit de veiller à la confervation de la princeffe, & de lui en rendre bon
compte auffi-tôt qu'elles feroient arrivées.

Ainfi le roi & la reine fe repofant fur fes foins,
n'eurent point d'inquiétude pour leur chère fille,
cela fervit en quelque façon à modérer la douleur que fon éloignement leur caufoit; mais
Longue-épine, qui apprenoit tous les foirs par
les officiers de la princeffe qui ouvroient le carroffe pour lui fervir à fouper, que l'on approchoit de la ville où elles étoient attendues, preffoit fa mère d'exécuter fon deffein, craignant
que le roi ou le prince ne vinffent au-devant
d'elle, & qu'il ne fût plus tems; de forte qu'en-
viron l'heure de midi, où le foleil darde fes
rayons avec force, elle coupa tout d'un coup
l'impériale du carroffe où elles étoient renfermées, avec un grand couteau fait exprès, qu'elle
avoit apporté. Alors, pour la première fois, la
princeffe Défirée vit le jour. A peine l'eut-elle
regardé, & pouffé un profond foupir, qu'elle fe
précipita du carroffe fous la forme d'une Biche
blanche, & fe mit à courir jufqu'à la forêt pro-

chaine, où elle s'enfonça dans un lieu fombre ;
pour y regretter fans témoins, la charmante figure
qu'elle venoit de perdre.

La fée de la Fontaine, qui conduifoit cette
étrange aventure, voyant que tous ceux qui accompagnoient la princeffe, fe mettoient en devoir, les uns de la fuivre, & les autres d'aller
à la ville, pour avertir le prince Guerrier du
malheur qui venoit d'arriver, fembla auffi-tôt
bouleverfer la nature ; les éclairs & le tonnerre
effrayèrent les plus affurés, & par fon merveilleux favoir, elle tranfporta tous ces gens fort
loin, afin de les éloigner du lieu où leur préfence lui déplaifoit.

Il ne refta que la dame d'honneur, Longue-
Epine & Giroflée. Celle-ci courut après fa maîtreffe, faifant retentir les bois & les rochers de
fon nom & de fes plaintes. Les deux autres,
ravies d'être en liberté, ne perdirent pas un moment à faire ce qu'elles avoient projeté. Longue-
Epine mit les plus riches habits de Défirée. Le
manteau royal qui avoit été fait pour fes nôces,
étoit d'une richeffe fans pareille, & la couronne
avoit des diamans deux ou trois fois gros comme
le poing ; fon fceptre étoit d'un feul rubis ; le
globe qu'elle tenoit dans l'autre main, d'une
perle plus groffe que la tête ; cela étoit rare &
très-lourd à porter : mais il falloit perfuader

qu'elle étoit la princeffe , & ne rien négliger de
tous les ornemens royaux.

En cet équipage , Longue - Epine votre de
fa mère , qui portoit la queue de fon manteau ,
s'achemine vers la ville. Cette faulſe princeſſe
marchoit gravement , elle ne doutoit pas que
l'on ne vînt les recevoir ; & en effet elles n'étoient
guère avancées quand elles apperçurent un gros
de cavalerie , & au milieu deux litières bri'lantes
d'or & de pierreries , portées par des mulets
ornés de longs panaches de plumes vertes (c'étoit
la couleur favorite de la princeffe). Le roi qui
étoit dans l'une , & le prince malade dans l'autre,
ne favoient que juger de ces dames qui venoient
à eux. Les plus empreſſés galoppèrent vers elles ,
& jugèrent par la magnificence de leurs habits,
qu'elles devoient être des perſonnes de diſtinction. Ils mirent pié à terre , & les abordèrent
reſpectueuſement ; obligez-moi de m'apprendre ,
leur dit Longue-Epine , qui eſt dans ces litières:
Meſdames , répliquèrent - ils , c'eſt le roi & le
prince fon fils qui viennent au - devant de la
princeſſe Déſirée. Allez , je vous prie , leur dire ,
continua-t-elle , que la voici ; une fée jalouſe de
mon bonheur , a diſperſé tous ceux qui m'accompagnoient , par une centaine de coups de
tonnerre , d'éclairs & de prodiges ſurprenans :
mais voici ma dame d'honneur , qui eſt chargée

des lettres du roi mon père , & de mes pierreries.

Aussi-tôt ses cavaliers lui baisèrent le bas de
la robe , & furent en diligence annoncer au roi
que la princesse approchoit : comment, s'écria-t-
il, elle vient à pié en plein jour ! ils lui racon-
tèrent ce qu'elle leur avoit dit. Le prince , brûlant d'impatience , les appela , & sans leur faire
aucunes questions : avouez, leur dit-il , que c'est
un prodige de beauté , un miracle , une princesse toute accomplie. Ils ne répondirent rien ,
& surprirent le prince : pour avoir trop à louer ,
continua-t-il , vous aimez mieux vous taire ?
seigneur , vous l'allez voir , lui dit le plus hardi
d'entr'eux ; apparemment que la fatigue du voyage
l'a changée. Le prince demeura surpris ; s'il avoit
été moins foible il se seroit précipité de la litière, pour satisfaire son impatience & sa curiosité. Le roi descendit de la sienne , & s'avançant
avec toute la cour , il joignit la fausse princesse :
mais aussi-tôt qu'il eût jeté les yeux sur elle , il
poussa un grand cri , & reculant quelques pas ;
que vois-je , dit-il ? Quelle perfidie ! Sire , dit
la dame d'honneur , en s'avançant hardiment :
voici la princesse Désirée , avec les lettres du
roi & de la reine ; je remets aussi entre vos mains
la cassette de pierreries dont ils me chargèrent en
partant.

Le roi regardoit à tout cela un morne filence ;
& le prince s'appuyant fur Becafigue , s'approcha
de Longue-Epine. O dieux ! que devint il , après
avoir confidéré cette fille , dont la taille extraordinaire faifoit peur ! Elle étoit fi grande , que
les habits de la princeffe lui couvroient à peine
les genoux , fa maigreur affreufe , fon nez plus
crochu que celui d'un perroquet , brilloit d'un
rouge luifant , il n'a jamais été de dents plus
noires & plus mal rangées ; enfin elle étoit auffi
laide que Défirée étoit belle.

Le prince , qui n'étoit occupé que de la charmante idée de fa princeffe , demeura tranfi &
comme immobile à la vue de celle-ci ; il n'avoit
pas la force de proférer une parole , il la regardoit avec étonnement , & s'adreffant enfuite au
roi : je fuis trahi , lui dit-il , ce merveilleux portrait fur lequel j'engageai ma liberté , n'a rien
de la perfonne qu'on nous envoie , l'on a cherché à nous tromper , l'on y a réuffi , il m'en
coûtera la vie. Comment l'entendez-vous , feigneur, dit Longue-épine , l'on a cherché à vous
tromper ? Sachez que vous ne le ferez jamais en
m'époufant. Son effronterie & fa fierté n'avoient
pas d'exemples. La dame d'honneur renchériffoit
encore par-deffus : ha ! ma belle princeffe ,
s'écrioit-elle , où fommes-nous venues ? Eft-
ce ainfi que l'on reçoit une perfonne de votre

rang ? quelle inconstance ! quel procédé ! le roi
votre père en saura bien tirer raison : c'est nous
qui nous la ferons faire, répliqua le roi ; il
nous avoit promis une belle princesse, il nous
envoie un squelette, une momie qui fait peur :
je ne m'étonne plus qu'il ait gardé ce beau trésor caché pendant quinze ans, il vouloit attraper quelque dupe ; c'est sur nous que le sort est
tombé, mais il n'est pas impossible de s'en venger.

Quels outrages ! s'écria la fausse princesse :
ne suis-je pas bien malheureuse, d'être venue
sur la parole de telles gens ? Voyez que l'on a
grand tort de s'être fait peindre un peu plus
belle que l'on est : cela n'arrive-t-il pas tous les
jours ? si pour tels inconvéniens les princes ren-
voyoient leurs fiancées, peu se marieroient.

Le roi & le prince, transportés de colère,
ne daignèrent pas lui répondre : ils remontèrent
chacun dans leur litière ; & sans autre cérémonie, un garde du corps mit la princesse en trousse
derrière lui, & la dame d'honneur fut traitée
de même : on les mena dans la ville, par ordre du roi ; elles furent enfermées dans le château des trois pointes.

Le prince Guerrier avoit été si accablé du
coup qui venoit de le frapper, que son affliction s'étoit toute renfermée dans son cœur.
Lorsqu'il eut assez de force pour se plaindre,

que ne dit-il pas fur fa cruelle deftinée ! Il
étoit toujours amoureux, & n'avoit pour tout
objet de fa paffion qu'un portrait. Ses efpérances ne fubfiftoient plus, toutes les idées fi charmantes qu'il s'étoit faites fur la princeffe Défirée, fe trouvoient échouées ; il auroit mieux
aimé mourir que d'époufer celle qu'il prenoit
pour elle ; enfin jamais défefpoir n'a été égal au
fien, il ne pouvoit plus fouffrir la cour, & il
réfolut de s'en aller fecrètement dès que fa fanté
pourroit le lui permettre, & de fe rendre dans
quelque lieu folitaire pour y paffer le refte de
fa trifte vie.

Il ne communiqua fon deffein qu'au fidelle
Becafigue, il étoit bien perfuadé qu'il le fui-
vroit partout, & il le choifit pour parler avec lui
plus fouvent qu'avec un autre, du mauvais tour
qu'on lui avoit joué. A peine commença-t-il à
fe porter mieux, qu'il partit, & laiffa fur la table
de fon cabinet une grande lettre pour le roi ;
l'affurant qu'auffi-tôt que fon efprit feroit un peu
tranquillifé, il reviendroit auprès de lui ; mais
qu'il le fupplioit en attendant de penfer à leur
commune vengeance, & de retenir toujours la
laide princeffe prifonnière.

Il eft aifé de juger de la douleur qu'eut le
roi, lorfqu'il reçut cette lettre. La féparation
d'un fils fi cher penfa le faire mourir. Pendant

que tout le monde étoit occupé à le confoler ; le prince & Becafigue s'éloignoient , & au bout de trois jours ils fe trouvèrent dans une vafte forêt , fi fombre par l'épaiffeur des arbres , fi agréable par la fraîcheur de l'herbe & des ruif-feaux qui couloient de tous côtés , que le prince , fatigué de la longueur du chemin , car il étoit encore malade , defcendit de cheval & fe jeta triftement fur la terre , fa main fous fa tête , ne pouvant prefque parler , tant il étoit foible. Seigneur , lui dit Becafigue , pendant que vous allez vous repofer , je vais chercher quelques fruits pour vous rafraîchir , & reconnoître un peu le lieu où nous fommes. Le prince ne lui répondit rien , il lui témoigna feulement par un figne , qu'il le pouvoit.

Il y a long-tems que nous avons laiffé la Biche au Bois , je veux parler de l'incomparable princeffe. Elle pleura en Biche défolée , lorf-qu'elle vit fa figure dans une fontaine qui lui fervoit de miroir : quoi ! c'eft moi , difoit-elle , c'eft aujourd'hui que je me trouve réduite à fubir la plus étrange aventure qui puiffe arriver du règne des fées à une innocente princeffe telle que je fuis ! combien durera ma métamorphofe ? où me retirer pour que les lions , les ours & les loups ne me dévorent point ? comment pourrois-je manger de l'herbe ? Enfin elle fe

faifoit

faifoit mille queftions, & reffentoit la plus cruelle douleur qu'il eft poffible. Il eft vrai que fi quelque chofe pouvoit la confoler, c'eft qu'elle étoit une auffi belle biche qu'elle avoit été belle princeffe.

La faim preffant Défirée, elle brouta l'herbe de bon appétit, & demeura furprife que cela pût être. Enfuite elle fe coucha fur la mouffe, la nuit la furprit, elle la paffa avec des frayeurs inconcevables. Elle entendoit les bêtes féroces proche d'elle; & fouvent oubliant qu'elle étoit biche, elle effayoit de grimper fur un arbre. La clarté du jour la raffura un peu, elle admiroit fa beauté; & le foleil lui paroiffoit quelque chofe de fi merveilleux, qu'elle ne fe laffoit pas de le regarder: tout ce qu'elle en avoit entendu dire, lui fembloit fort au-deffous de ce qu'elle voyoit: c'étoit l'unique confolation qu'elle pouvoit trouver dans un lieu fi défert; elle y refta toute feule pendant plufieurs jours.

La fée Tulipe, qui avoit toujours aimé cette princeffe, reffentoit vivement fon malheur; mais elle avoit un véritable dépit que la reine & elles euffent fait fi peu de cas de fes avis, car elle leur dit plufieurs fois que fi la princeffe partoit avant que d'avoir quinze ans, elle s'en trouveroit mal: cependant elle ne vouloit

point l'abandonner aux fureurs de la fée de la
fontaine, & ce fut elle qui conduifit les pas
de Giroflée vers la forêt, afin que cette fidelle confidente pût la confoler dans fa dif-
grace.

Cette belle biche paffoit doucement le long
d'un ruiffeau, quand Giroflée, qui ne pouvoit
prefque marcher, fe coucha pour fe repofer.
Elle rêvoit triftement de quel côté elle pourroit
aller pour trouver fa chère princeffe. Lorfque
la biche l'apperçut, elle franchit tout-d'un-coup
le ruiffeau, qui étoit large & profond, elle
vint fe jeter fur Giroflée & lui faire mille careffes. Elle en demeura furprife : elle ne favoit
fi les bêtes de ce canton avoient quelque amitié particulière pour les hommes, qui les rendiffent humaines, ou fi elle la connoiffoit,
car enfin il étoit fort fingulier qu'une biche
s'avisât de faire fi bien les honneurs de la
forêt.

Elle la regarda attentivement, & vit, avec
une extrême furprife, de groffes larmes qui
couloient de fes yeux : elle ne douta plus que
ce ne fût fa chère princeffe. Elle prit fes piés,
elle les baifa avec autant de refpect & de tendreffe qu'elle avoit baifé fes mains. Elle lui
parla, & connut que la biche l'entendoit, mais

qu'elle ne pouvoit lui répondre : les larmes &
les soupirs redoublèrent de part & d'autre. Giroflée promit à sa maîtresse qu'elle ne la quitteroit point, la biche lui fit mille petits signes
de la tête & des yeux, qui marquoient qu'elle
en seroit très-aise, & qu'elle la consoleroit d'une
partie de ses peines.

Elles étoient demeurées presque tout le jour
ensemble : Bichette eut peur que sa fidelle Giroflée n'eût besoin de manger, elle la conduisit
dans un endroit de la forêt où elle avoit remarqué des fruits sauvages, qui ne laissoient
pas d'être bons. Elle en prit quantité, car elle
mouroit de faim : mais après que sa collation
fut finie, elle tomba dans une grande inquiétude, ne sachant où elles se retireroient
pour dormir ; car de rester au milieu de la forêt, exposées à tous les périls qu'elles pouvoient
courir, il n'étoit pas possible de s'y résoudre.
N'êtes-vous point effrayée, charmante Biche,
lui dit-elle, de passer la nuit ici ? La Biche
leva les yeux vers le ciel, & soupira ; mais,
continua Giroflée, vous avez déjà parcouru une
partie de cette vaste solitude, n'y a-t-il point
de maisonnettes, un charbonnier, un buche-
ron, un hermitage ? La Biche marqua, par les
mouvemens de sa tête, qu'elle n'avoit rien vu :

O dieux ! s'écria Giroflée , je ne ferai pas en
vie demain : quand j'aurois le bonheur d'éviter les tigres & les ours , je fuis certaine que
la peur fuffit pour me tuer , & ne croyez pas ,
au refte , ma chère princeffe , que je regrette
la vie par rapport à moi , je la regrette par rapport
à vous. Hélas ! vous laiffer dans ces lieux dépourvue de toute confolation ! fe peut-il rien de plus
trifte ? La petite Biche- fe prit à pleurer , elle
fanglottoit prefque comme une perfonne.

Ses larmes touchèrent la fée Tulipe , qui
l'aimoit tendrement ; malgré fa défobéiffance ,
elle avoit toujours veillé à fa confervation , &
paroiffant tout d'un coup : Je ne veux point
vous gronder , lui dit-elle , l'état où je vous
vois me fait trop de peine. Bichette & Giroflée l'interrompoient en fe jetant à fes genoux :
la première lui baifoit les mains , & la car-
reffoit le plus joliment du monde , l'autre la
conjuroit d'avoir pitié de la princeffe , & de
lui rendre fa figure naturelle. Cela ne dépend
pas de moi , dit Tulipe , celle qui lui fait tant
de mal a beaucoup de pouvoir ; mais j'accour-
cirai le tems de fa pénitence , & pour l'adoucir , auffi-tôt que la nuit laiffera fa place au jour ,
elle quittera fa forme de Biche , mais à peine
l'aurore paroîtra-t-elle , qu'il faudra qu'elle la

reprenne, & qu'elle coure les plaines & les forêts comme les autres.

C'étoit déjà beaucoup de cesser d'être Biche pendant la nuit, la princesse témoigna sa joie par des sauts & des bonds qui réjouirent Tulipe. Avancez-vous, leur dit-elle, dans ce petit sentier, vous y trouverez une cabane assez propre pour un endroit champêtre. En achevant ces mots, elle disparut : Giroflée obéit, elle entra avec Bichette dans la route qu'elles voyoient, & trouvèrent une vieille femme assise sur le pas de sa porte, qui achevoit un panier d'osier fin. Giroflée la salua : voudriez-vous, ma bonne mère, me retirer avec ma Biche ? Il me faudroit une petite chambre : oui, ma belle fille, repondit-elle, je vous donnerai volontiers une retraite ici ; entrez avec votre Biche. Elle les mena aussi-tôt dans une chambre très-jolie, toute boisée de merisier : il y avoit deux petits lits de toile blanche, des draps fins, & tout paroissoit si simple & si propre, que la princesse a dit depuis qu'elle n'avoit rien trouvé de plus à son gré.

Dès que la nuit fut entièrement venue, Désirée cessa d'être Biche : elle embrassa cent fois sa chère Giroflée, elle la remercia de l'affection qui l'engageoit à suivre sa fortune, &

lui promit qu'elle rendroit la sienne très-heu-
reuse, dès que sa pénitence seroit finie.

La vieille vint frapper doucement à leur
porte, & sans entrer, elle donna des fruits
excellens à Giroflée, dont la princesse mangea
avec grand appétit, ensuite elles se couchèrent ;
& si-tôt que le jour parut, Désirée étant devenue Biche, se mit à gratter à la porte, afin que
Giroflée lui ouvrît. Elles se témoignèrent un
sensible regret de se séparer, quoique ce ne fût
pas pour long-tems, & Bichette s'étant élancée
dans le plus épais du bois, elle commença d'y
courir à son ordinaire.

J'ai déjà dit que le prince Guerrier s'étoit
arrêté dans la forêt, & que Becafigue la parcouroit pour trouver quelques fruits. Il étoit
assez tard lorsqu'il se rendit à la maisonnette
de la bonne vieille dont j'ai parlé. Il lui parla
civilement, & lui demanda les choses dont il
avoit besoin pour son maître. Elle se hâta d'emplir une corbeille & la lui donna : Je crains, dit-
elle, que si vous passez la nuit ici sans retraite,
il ne vous arrive quelque accident : je vous en
offre une bien pauvre, mais au moins elle met
à l'abri des lions. Il la remercia, & lui dit qu'il
étoit avec un de ses amis, qu'il alloit lui pro-
poser de venir chez elle. En effet, il fut si

bien perfuader le prince, qu'il fe laiffa conduire chez cette bonne femme. Elle étoit encore à fa porte, & fans faire aucun bruit, elle
les mena dans une chambre femblable à celle
que la princeffe occupoit, fi proche l'une de
l'autre, qu'elles n'étoient féparées que par une
cloifon.

Le prince paffa la nuit avec fes inquiétudes
ordinaires : dès que les premiers rayons du foleil eurent brillé à fes fenêtres, il fe leva, &
pour divertir fa trifteffe, il fortit dans la forèt,
difant à Becafigue de ne point venir avec lui.
Il marcha long-tems fans tenir aucune route
certaine : enfin il arriva dans un lieu affez fpa-
cieux, couvert d'arbres & de mouffes ; auffi-
tôt une Biche en partit. Il ne put s'empêcher
de la fuivre : fon penchant dominant étoit pour
la chaffe ; mais il n'étoit plus fi vif depuis la
paffion qu'il avoit dans fon cœur. Malgré cela,
il pourfuivit la pauvre Biche, & de tems en
tems il lui décochoit des traits qui la faifoient
mourir de peur, quoiqu'elle n'en fût pas bleffée :
car fon amie Tulipe la garantiffoit, & il ne
falloit pas moins que la main fecourable d'une
fée, pour la préferver de périr fous des coups
fi juftes. L'on n'a jamais été fi laffe que l'étoit
la princeffe des Biches : l'exercice qu'elle fai-

soit lui étoit bien nouveau : enfin elle se détourna à un sentier, si heureusement, que le
dangereux chasseur la perdant de vue, & se
trouvant lui-même extrêmement fatigué, ne
s'obstina point à la suivre.

Le jour s'étant passé de cette manière, la
Biche vit avec joie l'heure de se retirer, elle
tourna ses pas vers la maison où Giroflée l'attendoit impatiemment. Dès qu'elle fut dans sa
chambre, elle se jeta sur le lit, en haletant ; elle
étoit toute en nage. Giroflée lui fit mille caresses, elle mouroit d'envie de savoir ce qui
lui étoit arrivé. L'heure de se débichonner étant
arrivée, la belle princesse reprit sa forme ordinaire, jetant les bras au cou de sa favorite :
Hélas ! lui dit-elle, je croyois n'avoir à craindre que la fée de la fontaine & les cruels hôtes
des forêts ; mais j'ai été poursuivie aujourd'hui
par un jeune chasseur, que j'ai vu à peine,
tant j'étois pressée de fuir : mille traits déco-
chés après moi me menaçoient d'une mort
inévitable, j'ignore encore par quel bonheur
j'ai pu m'en sauver. Il ne faut plus sortir, ma
princesse, répliqua Giroflée : passez dans cette
chambre le tems fatal de votre pénitence, j'irai
dans la ville la plus proche acheter des livres
pour vous divertir, nous lirons les contes nou-

veaux que l'on a faits fur les fées, nous ferons des vers & des chanfons. Tais-toi, ma
chère fille, reprit la princeffe, la charmante
idée du prince Guerrier fuffit pour m'occuper
agréablement ; mais le même pouvoir qui me
réduit pendant le jour à la trifte condition de
Biche, me force malgré moi de faire ce qu'elles
font : je cours, je faute & je mange l'herbe comme
elles : dans ce tems-là une chambre me feroit
infupportable. Elle étoit fi harraffée de la chaffe,
qu'elle demanda promptement à manger : enfuite fes deux beaux yeux fe fermèrent jufqu'au
lever de l'aurore. Dès qu'elle l'apperçut, la
métamorphofe ordinaire fe fit, & elle retourna
dans la forêt.

Le prince de fon côté étoit venu fur le foir
rejoindre fon favori : J'ai paffé le tems, lui
dit-il, à courir après la plus belle Biche que j'aie
jamais vue, elle m'a trompé cent fois avec une
adreffe merveilleufe ; j'ai tiré fi jufte, que je
ne comprends point comment elle a évité mes
coups : auffi-tôt qu'il fera jour, j'irai la chercher encore, & ne la manquerai point. En effet,
ce jeune prince, qui vouloit éloigner de fon
cœur une idée qu'il croyoit chimérique, n'étant
pas fâché que la paffion de la chaffe l'occupât,
fe rendit de bonne heure dans le même en-

droit où il avoit trouvé la Biche ; mais elle se garda bien d'y aller, craignant une aventure semblable à celle qu'elle avoit eue. Il jeta les yeux de tous côtés, il marcha long-tems ; & comme il s'étoit échauffé, il fut ravi de trouver des pommes dont la couleur lui fit plaisir : il en cueillit, il en mangea, & presqu'aussi-tôt il s'endormit d'un profond sommeil, couché sur l'herbe fraîche, sous des arbres où mille oiseaux sembloient s'être donné rendez-vous.

Dans le tems qu'il dormoit, notre craintive Biche, avide des lieux écartés, passa dans celui où il étoit. Si elle l'avoit apperçu plutôt, elle l'auroit fui ; mais elle se trouva si proche de lui, qu'elle ne put s'empêcher de le regarder, & son assoupissement la rassura si bien, qu'elle se donna le loisir de considérer tous ses traits : O dieux ! que devint-elle, quand elle le reconnut ! son esprit étoit trop rempli de sa charmante idée pour l'avoir perdue en si peu de tems : Amour, amour, que veux-tu donc ? faut-il que Bichette s'expose à perdre la vie par les mains de son amant ? Oui, elle s'y expose, il n'y a plus moyen de songer à sa sûreté. Elle se coucha à quelques pas de lui, & ses yeux ravis de le voir, ne pouvoient s'en détourner un moment : elle soupiroit, elle pouſſoit de petits gémiſſemens : enfin devenant plus hardie , elle s'approcha encore davantage , elle le touchoit lorſqu'il s'éveilla.

Sa ſurpriſe parut extrême , il reconnut la même Biche qui lui avoit donné tant d'exercice, & qu'il avoit cherchée long-tems ; mais la trouver ſi familière , lui paroiſſoit une choſe rare. Elle n'attendit pas qu'il eût eſſayé de la prendre, elle s'enfuit de toute ſa force , & il la ſuivit de toute la ſienne. De tems en tems ils s'arrêtoient pour reprendre haleine , car la belle Biche étoit encore laſſe d'avoir couru la veille , & le prince ne l'étoit pas moins qu'elle : mais ce qui ralentiſſoit le plus la fuite de Bichette , hélas ! faut-il le dire ? c'étoit la peine de s'éloigner de celui qui l'avoit plus bleſſée par ſon mérite , que par les traits qu'il tiroit ſur elle. Il la voyoit très-ſouvent qui tournoit la tête ſur lui , comme pour lui demander s'il vouloit qu'elle pérît ſous ſes coups , & lorſqu'il étoit ſur le point de la joindre , elle faiſoit de nouveaux efforts pour ſe ſauver : ah ! ſi tu pouvois m'entendre , petite Biche , lui crioit-il , tu ne m'éviterois pas , je t'aime , je te veux nourrir , tu es charmante , j'aurai ſoin de toi. L'air emportoit ſes paroles , elles n'alloient point juſqu'à elle.

Enfin , après avoir fait tout le tour de la forêt,

notre Biche ne pouvant plus courir, ralentit ſes
pas, & le prince redoublant les ſiens, la joignit
avec une joie dont il ne croyoit plus être capable ; il vit bien qu'elle avoit perdu toutes ſes
forces, elle étoit couchée comme une pauvre
petite bête demi-morte, & elle n'attendoit que
de voir finir ſa vie par les mains de ſon vainqueur : mais au lieu de lui être cruel, il ſe mit
à la careſſer : belle Biche, lui dit-il, n'aye point
de peur, je veux t'emmener avec moi, & que
tu me ſuives par-tout : il coupa exprès des branches d'arbres, il les plia adroitement, il les
couvrit de mouſſes, il y jeta des roſes dont
quelques buiſſons étoient chargés : enſuite il prit
la Biche entre ſes bras, il appuya ſa tête ſur ſon
cou, & vint la coucher doucement ſur ces ra-
mées, puis il s'aſſit auprès d'elle, cherchant de
tems en tems des herbes fines, qu'il lui pré-
ſentoit, & qu'elle mangeoit dans ſa main.

Le prince continuoit de lui parler, quoiqu'il
fût perſuadé qu'elle ne l'entendoit pas : cependant quelque plaiſir qu'elle eût de le voir, elle
s'inquiétoit, parce que la nuit s'approchoit : que
ſeroit-ce, diſoit-elle en elle-même, s'il me
voyoit changer tout d'un coup de forme, il ſeroit
effrayé & me fuiroit ; ou s'il ne me fuyoit pas,
que n'aurois-je pas à craindre ainſi ſeule dans

une forêt ? elle ne faifoit que penfer de quelle
manière elle pourroit fe fauver, lorfqu'il lui en
fournit le moyen ; car ayant peur qu'elle n'eût
befoin de boire, il alla voir où il pourroit trouver
quelque ruiffeau, afin de l'y conduire : pendant
qu'il cherchoit, elle fe déroba promptement,
& vint à la maifonnette où Giroflée l'attendoit.
Elle fe jeta encore fur fon lit, la nuit vint, fa
métamorphofe ceffa, elle lui apprit fon aventure.

Le croirois-tu, ma chère, lui dit-elle, mon
prince Guerrier eft dans cette forêt : c'eft lui qui
m'a chaffée depuis deux jours, & qui m'ayant
prife, m'a fait mille careffes : ah ! que le portrait
qu'on m'en apporta eft peu fidelle ; il eft cent
fois mieux fait : tout le défordre où l'on voit les
chaffeurs ne dérobe rien à fa bonne mine, &
lui conferve des agrémens que je ne faurois t'exprimer : ne fuis-je pas bien malheureufe d'être
obligée de fuir ce prince, lui qui m'eft deftiné
par mes plus proches, lui qui m'aime & que
j'aime ? Il faut qu'une méchante fée me prenne
en averfion le jour de ma naiffance, & trouble
tous ceux de ma vie. Elle fe prit à pleurer : Giroflée la confola, & lui fit efpérer que dans
quelque tems fes peines feroient changées en
plaifirs.

Le prince revint vers fa chère biche, dès qu'il
eut trouvé une fontaine ; mais elle n'étoit plus
au lieu où il l'avoit laiffée. Il la chercha inutilement par-tout, & fentit autant de chagrin contre
elle que fi elle avoit dû avoir de la raifon : quoi!
s'écria-t-il, je n'aurai donc jamais que des fujets
de me plaindre de ce fexe trompeur & infidelle?
Il retourna chez la bonne vieille, plein de mélancolie : il conta à fon confident l'aventure de
Bichette, & l'accufa d'ingratitude. Becafigue ne
put s'empêcher de fourire de la colère du prince;
il lui confeilla de punir la Biche quand il la ren-
contreroit : je ne refte plus ici que pour cela,
répondit le prince, enfuite nous partirons pour
aller plus loin.

Le jour revint, & avec lui la princeffe reprit
fa figure de Biche blanche. Elle ne favoit à quoi
fe réfoudre, ou d'aller dans les mêmes lieux que
le prince parcouroit ordinairement, ou de prendre une route toute oppofée pour l'éviter. Elle
choifit ce dernier parti & s'éloigna beaucoup ;
mais le jeune prince, qui étoit auffi fin qu'elle,
en ufa tout de même, croyant bien qu'elle auroit
cette petite rufe ; de forte qu'il la découvrit dans
le plus épais de la forêt. Elle s'y trouvoit en fûreté, lorfqu'elle l'apperçut : auffi-tôt elle bondit,
elle faute par-deffus les buiffons ; & comme fi

elle l'eût appréhendé davantage, à caufe du tour
qu'elle lui avoit fait le foir, elle fuit plus légère
que les vents; mais dans le moment qu'elle tra-
verfoit un fentier, il la mire fi bien, qu'il lui
enfonce une flèche dans la jambe. Elle fentit une
douleur violente, & n'ayant plus affez de force
pour fuir, elle fe laiffa tomber.

    Amour cruel & barbare, où étois-tu donc?
Quoi! tu laiffes bleffer une fille incomparable,
par fon tendre amant? Cette trifte cataftrophe
étoit inévitable, car la fée de la Fontaine y avoit
attaché la fin de l'aventure. Le prince s'approcha, il eut un fenfible regret de voir couler le
fang de la Biche: il prit des herbes, il les lia
fur fa jambe pour la foulager, & lui fit un nouveau lit de ramée. Il tenoit la tête de Bichette
appuyée fur fes genoux: n'es-tu pas caufe, petite
volage, lui difoit-il, de ce qui t'eft arrivé?
que t'avois-je fait hier pour m'abandonner? Il
n'en fera pas aujourd'hui de même, je t'em-
porterai. La biche ne répondit rien: qu'auroit-
elle dit? Elle avoit tort & ne pouvoit parler;
car ce n'eft pas toujours une conféquence que
ceux qui ont tort fe taifent. Le prince lui faifoit
mille careffes: que je fouffre de t'avoir bleffée,
lui difoit-il: tu me haïras, & je veux que
tu m'aimes. Il fembloit, à l'entendre, qu'un

secret génie lui infpiroit tout ce qu'il difoit à Bichette ; enfin l'heure de revenir chez fa vieille hôteffe approchoit : il fe chargea de fa chaffe , & n'étoit pas médiocrement embarraffé à la porter, à la mener , & quelquefois à la traîner.

Elle n'avoit aucune envie d'aller avec lui : qu'eft-ce que je vais devenir, difoit-elle ? Quoi ! je me trouverai toute feule avec ce prince ! Ha ! mourons plutôt. Elle faifoit la pefante & l'accabloit, il étoit tout en eau de tant de fatigue ; & quoiqu'il n'y eût pas loin pour fe rendre à la petite maifon, il fentoit bien que fans quelques fecours il n'y pourroit arriver. Il fut querir fon fidelle Becafigue ; mais avant que de quitter fa proie, il l'attacha avec plufieurs rubans au pié d'un arbre, dans la crainte qu'elle ne s'enfuît.

Hélas ! qui auroit pu penfer que la plus belle princeffe du monde, feroit un jour traitée ainfi par un prince qui l'adoroit. Elle effaya inutilement d'arracher les rubans, fes efforts les nouèrent plus ferrés, & elle étoit prête de s'étrangler avec un nœud coulant qu'il avoit malheureufement fait, lorfque Giroflée, laffe d'être toujours enfermée dans fa chambre, fortit pour prendre l'air, & paffa dans le lieu où étoit la Biche blanche qui fe débattoit. Que devint-elle quand elle apperçut fa chère maîtreffe ? Elle ne

pouvoit

Quelque respect que fait pour moy Madame,
... mattez pas de m'engager au Lieux que vous auriez
voulu me faire

pouvoit se hâter assez de la défaire, les rubans étoient noués par différens endroits ; enfin le prince arriva avec Becafigue, comme elle alloit emmener la Biche.

Quelque respect que j'aie pour vous, madame, lui dit le prince, permettez-moi de m'opposer au larcin que vous voulez me faire ; j'ai blessé cette Biche, elle est à moi, je l'aime, je vous supplie de m'en laisser le maître. Seigneur, répliqua civilement Giroflée (car elle étoit bien faite & gracieuse) la Biche que voici est à moi avant que d'être à vous, je renoncerois aussi-tôt à la vie qu'à elle ; & si vous voulez voir comme elle me connoît, je ne vous demande que de lui donner un peu de liberté : allons, ma petite blanche, dit-elle, embrassez-moi ; Bichette se jeta à son cou : baisez-moi la joue droite, elle obéit, touchez mon cœur, elle y porta le pied : soupirez, elle soupira ; il ne fut plus permis au prince de douter de ce que Giroflée lui disoit : je vous la rends, lui dit-il honnêtement ; mais j'avoue que ce n'est pas sans chagrin. Elle s'en alla aussi-tôt avec sa Biche.

Elles ignoroient que le prince demeuroit dans leur maison ; il les suivoit d'assez loin, & demeura surpris de les voir entrer chez la vieille bonne femme. Il s'y rendit fort peu après , & poussé d'un mouvement de curiosité, dont Biche blanche étoit cause , il lui demanda qui étoit cette jeune personne ; elle répliqua qu'elle ne la connoissoit pas, qu'elle l'avoit reçue chez elle avec sa Biche , qu'elle la payoit bien , & qu'elle vivoit dans une grande solitude. Becafigue s'informa en quel lieu étoit sa chambre : elle lui dit que c'étoit si proche de la sienne , qu'elle n'étoit séparée que par une cloison.

Lorsque le prince fut retiré , son confident lui dit qu'il étoit le plus trompé des hommes, ou que cette fille avoit demeuré avec la princesse Désirée , qu'il l'avoit vue au palais, quand il y étoit allé en ambassade. Quel funeste souvenir me rappelez-vous , lui dit le prince , & par quel hasard seroit-elle ici ? c'est ce que j'ignore , seigneur , ajouta Becafigue ; mais j'ai envie de la voir encore , & puisqu'une simple menuiserie nous sépare , j'y vais faire un trou : voilà une curiosité bien inutile , dit tristement le prince , car les paroles de Becafigue avoient renouvelé toutes ses douleurs : en effet , il ouvrit sa fenêtre qui regardoit dans la forêt , & se mit à rêver.

Cependant Becafigue travailloit , & il eut bientôt fait un assez grand trou pour voir la

charmante princeffe vêtue d'une robe de brocard d'argent, mêlé de quelques fleurs incarnates brodées d'or avec des émeraudes : fes
cheveux tomboient par groffes boucles fur la
plus belle gorge du monde, fon teint brilloit
des plus vives couleurs, & fes yeux raviffoient.
Giroflée étoit à genoux devant elle, qui lui
bandoit le bras, dont le fang couloit avec abondance : elles paroiffoient toutes deux affez em-
barraffées de cette bleffure : laiffe-moi mourir,
difoit la princeffe, la mort me fera plus douce
que la déplorable vie que je mène : quoi ! être
Biche tout le jour, voir celui à qui je fuis
deftinée fans lui parler, fans lui apprendre ma
fatale aventure. Hélas ! fi tu favois tout ce qu'il
m'a dit de touchant fous ma métamorphofe,
quel ton de voix il a, quelles manières nobles
& engageantes, tu me plaindrois encore plus
que tu ne fais, de n'être point en état de l'éclaircir de ma deftinée.

L'on peut affez juger de l'étonnement de Becafigue, par tout ce qu'il venoit de voir &
d'entendre ; il courut vers le prince, il l'arracha de la fenêtre avec des tranfports de joie
inexprimables : ah ! feigneur, lui dit-il, ne différez pas de vous approcher de cette cloifon,
vous verrez le véritable original du portrait

qui vous a charmé. Le prince regarda, & reconnut aussi-tôt sa princesse ; il seroit mort de plaisir, s'il n'eût craint d'être déçu par quelque enchantement ; car enfin comment accommoder une rencontre si surprenante avec Longue-épine & sa mère, qui étoient renfermées dans le château des trois pointes, & qui prenoient le nom, l'une de Désirée, & l'autre de sa dame d'honneur ?

Cependant sa passion le flattoit, l'on a un penchant naturel à se persuader ce que l'on souhaite ; & dans une telle occasion, il falloit mourir d'impatience ou s'éclaircir. Il alla sans différer frapper doucement à la porte de la chambre où étoit la princesse. Giroflée, ne doutant pas que ce ne fût la bonne vieille, & ayant même besoin de son secours pour lui aider à bander le bras de sa maîtresse, se hâta d'ouvrir, & demeura bien surprise de voir le prince, qui vint se jeter aux pieds de Désirée. Les transports qui l'animoient, lui permirent si peu de faire un discours suivi, que quelque soin que j'aie eu de m'informer de ce qu'il lui dit dans ces premiers momens, je n'ai trouvé personne qui m'en ait bien éclairci. La princesse ne s'embarrassa pas moins dans ses réponses ; mais l'amour, qui sert souvent d'interprète aux muets, se mit en tiers , & persuada à l'un & à l'autre qu'il ne s'étoit jamais rien dit de plus spirituel ; au moins ne s'étoit-il jamais rien dit de plus touchant & de plus tendre. Les larmes, les soupirs , les sermens , & même quelques souris gracieux , tout en fut. La nuit se passa ainsi , le jour parut sans que Désirée y eût fait aucune réflexion , & elle ne devint plus Biche. Elle s'en apperçut ; rien n'égaloit sa joie : le prince lui étoit trop cher pour différer de la partager avec lui ; au même moment elle commença le récit de son histoire , qu'elle fit avec une grâce & une éloquence naturelle, qui surpassoit celle des plus habiles.

Quoi ! s'écria-t-il , ma charmante princesse ; c'est vous que j'ai blessée sous la figure d'une Biche blanche ? Que ferai-je pour expier un si grand crime, suffira-t-il d'en mourir de douleur à vos yeux ? Il étoit tellement affligé, que son déplaisir se voyoit peint sur son visage. Désirée en souffrit plus que de sa blessure ; elle l'assura que ce n'étoit presque rien , & qu'elle ne pouvoit s'empêcher d'aimer un mal qui lui procuroit tant de bien.

La manière dont elle lui parla étoit si obligeante , qu'il ne put douter de ses bontés. Pour l'éclaircir à son tour de toutes choses, il

C c iij

lui raconta la fupercherie que Longue-épine &
fa mère avoient faite, ajoutant qu'il falloit fe
hâter d'envoyer dire au roi fon père, le bonheur qu'il avoit eu de la trouver ; parce qu'il
alloit faire une terrible guerre, pour tirer raifon de l'affront qu'il croyoit avoir reçu Défirée le pria d'écrire par Becafigue ; il vouloit lui
obéir, lorfqu'un bruit perçant de trompettes,
clairons, timbales & tambours fe répandit
dans la forêt ; il leur fembla même qu'ils entendoient paffer beaucoup de monde proche de
la petite maifon ; le prince regarda par la fenêtre, il reconnut plufieurs officiers, fes dra-
peaux & fes guidons : il leur commanda de
s'arrêter & de l'attendre.

Jamais furprife n'a été plus agréable que celle
de cette armée, chacun étoit perfuadé que leur
prince alloit la conduire, & tirer vengeance
du père de Défirée. Le père du prince les menoit lui-même malgré fon grand âge. Il venoit
dans une litière de velours en broderie d'or ;
elle étoit fuivie d'un chariot découvert, Longue-épine y étoit avec fa mère. Le prince Guerrier ayant vu la litière, y courut, & le roi lui
tendant les bras, l'embraffa avec mille témoignages d'un amour paternel : & d'où venez-
vous, mon cher fils, s'écria-t-il, eft-il poffi-

ble que vous m'ayiez livré à la douleur que
votre abfence me caufe? Seigneur, dit le prince,
daignez m'écouter. Le roi auffi-tôt defcendit de
fa litière, & fe retirant dans un lieu écarté,
fon fils lui apprit l'heureufe rencontre qu'il avoit
faite, & la fourberie de Longue-épine.

Le roi ravi de cette aventure, leva les mains
& les yeux au ciel pour lui en rendre grâces;
dans ce moment il vit paroître la princeffe
Défirée, plus belle & plus brillante que tous
les aftres enfemble. Elle montoit un fuperbe
cheval, qui n'alloit que par courbettes, cent
plumes de différentes couleurs paroient fi tête,
& les plus gros diamans du monde avoient été
mis à fon habit : elle étoit vêtue en chaffeur,
Giroflée qui la fuivoit, n'étoit guère moins parée
qu'elle. C'étoit-là des effets de la protection de
Tulipe, elle avoit tout conduit avec foin &
avec fuccès ; la jolie maifon du bois fut faite
en faveur de la princeffe, & fous la figure d'une
vieille, elle l'avoit régalée pendant plufieurs
jours.

Dès que le prince reconnut fes troupes, &
qu'il alla trouver le roi fon père, elle entra
dans la chambre de Défirée : elle foufflá fur fon
bras pour guérir fa bleffure : elle lui donna enfuite les riches habits fous lefquels elle parut

aux yeux du roi , qui demeura fi charmé , qu'il
avoit bien de la peine à la croire une perfonne
mortelle. Il lui dit tout ce qu'on peut imaginer
de plus obligeant dans une femblable occafion ,
& la conjura de ne point différer à fes fujets
le plaifir de l'avoir pour reine ; car je fuis réfolu, continua-t-il , de céder mon royaume au
prince Guerrier , afin de le rendre plus digne
de vous. Défirée lui répondit avec toute la
politeffe, qu'on devoit attendre d'une perfonne
fi bien élevée ; puis jetant les yeux fur les
deux prifonnières qui étoient dans le chariot ,
& qui fe cachoient le vifage de leurs mains ,
elle eut la générofité de demander leur grâce ,
& que le même chariot où elles étoient, fer-
vît à les conduire où elles voudroient aller. Le
roi confentit à ce qu'elle fouhaitoit : ce ne fût
pas fans admirer fon cœur , & fans lui donner
de grandes louanges.

On ordonna que l'armée retourneroit fur fes
pas , le prince monta à cheval pour accompagner fa belle princeffe : on les reçut dans la
ville capitale avec mille cris de joie ; l'on prépara tout pour le jour des nôces , qui devint
très-folennel , par la préfence des fix bénignes
fées qui aimoient la princeffe. Elles lui firent
les plus riches préfens qui fe foient jamais

imaginés , entr'autres ce magnifique palais où la reine les avoit été voir , parut tout d'un coup en l'air , porté par cinquante mille amours , qui le posèrent dans une belle plaine au bord de la rivière : après un tel don , il ne s'en pouvoit faire de plus confidérable.

Le fidelle Becafigue pria fon maître de parler à Giroflée , & de l'unir avec elle lorfqu'il époufèroit la princeffe ; il le voulut bien : cette aimable fille fut très-aife de trouver un établiffement fi avantageux en arrivant dans un royaume étranger. La fée Tulipe , qui étoit encore plus libérale que fes fœurs , lui donna quatre mines d'or dans les indes , afin que fon mari n'eût pas l'avantage de fe dire plus riche qu'elle. Les nôces du prince durèrent plufieurs mois , chaque jour fourniffoit une fête nouvelle , & les aventures de Biche blanche ont été chantées par tout le monde.

La princeffe trop empreffée
De fortir de ces fombres lieux ,
Où vouloit une fage fée
Lui cacher la clarté des cieux :
Ses malheurs , fa métamorphofe
Font affez voir en quel danger
Une jeune beauté s'expofe
Quand trop tôt dans le monde elle ofe s'engager !

O vous ! à qui l'amour d'une main libérale,
A donné des attraits capables de toucher,
    La beauté souvent est fatale,
    Vous ne sauriez trop la cacher.
    Vous croyez toujours vous défendre,
En vous faisant aimer, de ressentir l'amour :
    Mais sachez qu'à son tour,
A force d'en donner, on peut souvent en prendre.

LE NOUVEAU
GENTILHOMME
BOURGEOIS,
CONTE.

UN gentilhomme , fils d'un marchand de la
rue Saint-Denis , qui vouloit être de qualité, &
faire le petit-maître , parce qu'il étoit fort riche
en argent comptant & en meubles, trouvant
qu'on ne révéroit pas affez fa nouvelle nobleffe,
dans un quartier où plufieurs perfonnes lui avoient
vu auner de l'étoffe , fe mit en tête de fe diftinguer en province , en faifant l'homme favant &
de bon goût. Il acheta la bibliothèque d'un aca-
démicien qui venoit de mourir , ne doutant pas
qu'il n'en fût bientôt autant que lui, puifqu'il avoit
tant d'excellens livres: il apprit même à faire des
armes, voulant paffer pour brave, mais fon courage répondoit mal à fes fanfaronades.

Quand il fut queftion de choifir la province où

ce nouveau gentilhomme vouloit s'établir, il jeta
les yeux sur la Normandie, & partit pour Rouen ;
il y trouva tous les correspondans de feu son père,
qui s'efforcèrent de le bien régaler, mais enfin
ce n'étoient que des marchands, & il eut beaucoup de peine à faire comparaison avec eux, se
disant homme de grosse qualité ; & pour le persuader, il disoit des mensonges ridicules à tout
le monde ; sa tête étoit étrangement fêlée & remplie de mille sortes d'imaginations. Après s'être
informé des terres qu'il y avoit à vendre aux environs, on lui en indiqua une sur le bord de la
mer, dont la description lui plut beaucoup ; il
l'alla voir, il l'acheta ; mais la maison ne lui parut pas assez belle, de sorte qu'il mit promptement
ment des ouvriers après pour l'abattre ; & comme
il se piquoit de savoir tout, il ne voulut point
d'autre architecte que lui-même pour bâtir son
petit château.

Il choisit un endroit effectivement très-agréable ;
c'étoit au bord de la mer ; pour peu qu'elle fût irritée, elle venoit jusqu'au pié de ses murs : une
rivière assez grosse s'y jetoit en cet endroit, de sorte
qu'il fit élever une grande arcade, sur laquelle il
bâtit son moderne palais ; l'on y montoit des
deux côtés par soixante degrés de pierre de taille,
avec des rampes de fer ; & quand il pleuvoit, ou
qu'il faisoit du vent, c'étoit un régal admirable ;

car avant que l'on fût dans la maison, l'on
étoit mouillé jusqu'aux os, tranfi de froid, ou
rôti du foleil : il ne falloit pourtant pas s'en
plaindre, & fi on le faifoit, il ne le pardon-
noit jamais.

Notre Gentilhomme Bourgeois, ayant quitté
fon nom paternel, voulut s'appeler monfieur de
la Dandinardière. La longueur de ce nom lui
fembla propre à en impofer à fes voifins, qui
n'étoient pour la plupart que des barons & des
vicomtes, médiocrement riches, & défacoutu-
més depuis long-tems d'aller à la cour : il falloit
voir auffi comme il vouloit leur en impofer ; fes
poches étoient pleines de lettres des perfonnes de
la première qualité ; il les compofoit & les écrivoit lui - même : dieu fait de quel ftyle ! mais il
les rempliffoit de nouvelles, dont on fait grand
cas en province, & toujours le roi étoit en peine
de l'état de fa fanté. Sur la foi de fon grand cré-
dit, il eut une demi-douzaine de méchans petits chiens, qu'il nomma fa meute, & un valet
appelé Alain, lequel fe titroit des noms les plus
convenables aux chofes où fon maître l'employoit,
comme fecrétaire, maître d'hôtel, cuifinier, re-
ceveur & valet de chambre.

Ce valet, dis-je, menoit la meute de fon
maître fur les terres de fes voifins, dont il tuoit
fouvent le gibier fort à fon aife, fans que la

Dandinardière craignît que quelqu'un le trouvât mauvais, ou qu'on lui en fît des affaires : mais un gentilhomme d'humeur peu patiente, ayant rencontré le tireur dans fes blés qui faifoit rude guerre à d'innocens perdreaux, il le battit fans quartier, & fur les menaces qu'il fit que fon maître en auroit raifon devant fes amis meffieurs les maréchaux de france : ah ! dit le campagnard, tu crois donc m'épouvanter ; fache que je connois ton monfieur de la Dandinardière : tiens, voilà quatre coups de poing, porte-les-lui de ma part, & lui demande s'il en a jamais mefuré de tels avec fon aune.

Le valet revint avec les yeux pochés, la tête meurtrie, & fans gibier, bien que fon maître eût fait fon compte d'en avoir pour donner le lendemain à dîner à deux ou trois honnêtes curés du voifinage. Quand Alain lui apprit fa trifte aventure, & la mauvaife plaifanterie de Villeville, (c'eft le nom du gentilhomme), il fe mit dans une colère épouvantable, car c'étoit un petit mutin, gros, replet, vif & prompt, qui trouvoit très-mauvais qu'on lui manquât de refpect. Je me vengerai, dit-il, en enfonçant fon chapeau, l'on verra lequel eft meilleur d'être en paix ou en guerre avec moi : ne fuis-je donc pas important ? J'ai une rivière qui paffe fous ma maifon, la mer devant mes fenêtres, un château couvert d'ardoifes, pendant que ce gredin n'a que des murailles de boue, & une chaumière couverte de paille.

Il fe promenoit fièrement, les mains derrière le dos, lorfque le baron de Saint-Thomas arriva. Il fe rendoit utile à tout le canton par fes bonnes manières, il n'y avoit guère de différens qu'il n'accommodât, de mariage fur lequel il ne fût confulté, & d'affaire où l'on ne l'appelât ; il avoit de la naiffance & peu de bien : par-deffus cela, il s'étoit marié à une grande femme fèche, maigre & noire, qui vouloit être belle, à quelque prix que ce fût ; ainfi elle faifoit beaucoup plus de dépenfe qu'il ne convenoit à l'état de fes affaires : elle avoit deux filles, très-bien faites, qu'elle n'aimoit point, parce qu'elles étoient devenues grandes un peu trop tôt, & que tous les connoiffeurs mettoient une différence confidérable entr'elles & leur mère : cela étoit caufe qu'elle les tenoit renfermées dans un petit pavillon au bout de fon jardin. Elles lifoient dans cette folitude autant de romans qu'elles vouloient & fe voyant jolies & très-malheureufes, elles fe figuroient être des princeffes infortunées, qui attendoient toujours quelque héros pour fortir de leur château enchanté.

Le peu d'ufage qu'elles avoient du monde, joint aux chimères qu'elles fe forgeoient pour foulager leurs ennuis, les rendirent bientôt des espèces de précieuses, qui au lieu d'un bon esprit, que le seigneur leur avoit donné, en prirent un très-singulier : leur mère qui n'avoit pas celui de s'en appercevoir & d'y remédier, se tranquillisoit fort sur leur chapitre ; en effet, pourvu qu'elles ne lui coûtassent presque rien, & que toute la dépense fût pour elle-même, elle laissoit faire à leur imagination mille extravagances : monsieur de Saint Thomas ressentoit davantage les travers que ses filles se mettoient dans la tête, & s'il avoit joui d'une meilleure fortune, il auroit travaillé utilement à la leur ; mais comme ses filles ne pouvoient se trouver heureuses qu'en idées, il les laissoit au moins maîtresses de s'en faire d'agréables.

Le baron de Saint - Thomas demeura surpris de l'air furibond qu'il remarquoit à Monsieur de la Dandinardière. Je ne vous connois pas aujourd'hui, lui dit-il en souriant, qu'avez vous donc ? Ce que j'ai, monsieur mon voisin, répliqua-t il, je vous l'aurai bientôt appris, & si vous n'en tombez pas mort dans le moment, au moins en serez-vous bien malade. Le sieur de Villeville m'insulte, il m'insulte, il tue mes chiens, il assassine mon veneur, il me chante pouille, à la vérité c'est de loin, car de près....... je n'en dis pas davantage ; nous nous verrons, nous verrons. Quoi ! dit monsieur de saint-Thomas, en l'interrompant, vous voulez mesurer

votre

votre épée avec la sienne ? Si je le veux, monsieur, s'écria la Dandinardière ? Je veux le tuer
du premier coup, à moins de cela, je ne serai
point content; il faut vous modérer, reprit le
baron, vous savez la cruelle destinée des duel-
listes, & vous n'auriez qu'à songer à sortir promptement du royaume, si votre dessein étoit su de
quelqu'un de vos ennemis. L'honneur m'a toujours été plus cher que la vie, dit la Dandinardière ; si je souffrois patiemment les nazardes
& les croquignoles, je n'aurois qu'à déserter mon
château, ces chiens de normands me traiteroient
d'un bel air ; je ne les nomme pas chiens, monsieur le baron, reprit-il, pour vous faire quelque
peine, mais seulement par rapport à la colère que
j'ai contre Villeville. Je ne prends pas les choses
si fort au pié de la lettre, répliqua monsieur de
Saint-Thomas, & pour marquer que je suis
votre serviteur, s'il est vrai que vous ayez bien
envie de vous battre, je suis tout prêt d'aller
faire l'appel. La Dandinardière fut surpris de cette
proposition, le péril étoit tout propre à rallentir
sa colère, & le zèle de son ami, lui parut dans
ce moment la chose du monde la plus insupportable.

Après avoir rêvé quelque tems, il lui dit:
croyez-vous en conscience que si je me trouve sur
le pré avec ce campagnard, qu'on m'en fasse des

affaires à la cour ? Il faut vous ménager une rencontre, répliqua le baron, je connois Villeville,
vous n'aurez aucune peine pour l'engager à se
battre. Eft-ce qu'il eft brave, dit la Dandinardière d'un air inquiet? Cela va jufqu'à la témérité, repartit le baron, il a plus tué d'hommes en
fa vie, qu'un autre n'a tué de mouches : J'en fuis
ravi, dit-il, en tenant la meilleure contenance qu'il
put, voilà comme il me les faut. Je me fouviendrai
toute ma vie du fixieme combat que j'ai fait, où
j'eftramaçonnai une efpèce de Matamore devant
qui l'on ne pouvoit tenir : oh! je me fuis toujours douté, ajouta le baron, que vous n'étiez
pas un apprenti ; mais enfin, déterminez-vous,
afin que j'aie le plaifir de vous être utile. Je fuis
tout déterminé, dit la Dandinardière ; cependant
il ne faut rien faire en étourdi ; dans quelques
jours j'aurai l'honneur de vous voir ; & changeant auffi-tôt de difcours, il parla de plufieurs
nouvelles qu'on lui avoit mandées de Paris & de
l'armée.

Monfieur de Saint-Thomas avoit trop envie
de rire pour refter plus long-tems chez notre
bourgeois. Bien qu'il ne fût plus jeune, il n'avoit
rien perdu d'une certaine gaîté naturelle qui
lui faifoit imaginer d'affez plaifantes chofes. Il
comprenoit tout l'embarras de la Dandinardiere,
& qu'il étoit moins fâché contre Villeville de

l'avoir infulté, que contre lui-même de s'en être vanté ; il voulut pouffer l'affaire pour s'en réjouir ; il avoit un valet affez bien fait, qui lui étoit venu du fond de la Gafcogne ; il n'y avoit point laiffé les petits airs fanfarons naturels aux gens de ce pays là : il l'inftruifit à merveille, & l'envoya deux jours après chez la Dandinardière. Il avoit un bufle, une cravatte de taffetas noir, un chapeau bordé auffi grand qu'un parafol, & relevé d'une manière mutine ; un large ceinturon de cuir, une écharpe bigarrée de plufieurs couleurs, & la plus formidable épée qui eût paru dans le pays depuis Guillaume le conquérant.

La Dandinardière, plein de fouci, fe promenoit le long du rivage de la mer, lorfqu'il vit tout d'un coup ce fier-à-bras fi proche de lui, que quelqu'envie qu'il eût de l'éviter, il n'en put venir à bout. N'êtes-vous pas, lui dit-il avec une voix de tonnerre, & fans prefque le faluer ; n'êtes-vous pas monfieur de la Dandinardière ? Selon, repliqua-t-il tout effrayé. Selon, continua l'autre, qu'eft-ce que vous entendez par cette réponfe ? J'entends que je ne vous connois point, ajouta la Dandinardière, & que je me paffe aifément de faire de nouvelles connoiffances ; ainfi je vous réponds en deux mots que je m'appelle peut-être la Dandinardière, & que peut-être je m'appelle autrement. Voilà donc votre felon expliqué,

reprit le brave ; & moi, je vous dis fans autre
cérémonie, que monfieur de Villeville étant bien
informé de toutes les gentilleffes que vous débi-
tez fur fon compte, trouve à propos de vous voir
dans trois jours face à face dans le bois prochain ;
je lui fervirai de fecond, vous aurez foin d'en
amener un.

La Dandinardière demeura fi furpris, que le
mangeur de petits enfans avoit eu le tems de s'é-
loigner avant qu'il fût revenu de fon effroi ; il
regarda de tous côtés où il pouvoit être, il ne
l'apperçut point, parce qu'il s'étoit gliffé par derrière une falaife qui s'élève en cet endroit ; & la
Dandinardière qui aimoit mieux en pareil cas avoir
affaire à un démon qu'à un homme, fe perfuada
autant qu'il le put, qu'il s'agiffoit d'une vifion,
que le malin efprit avoit encore pris un air fan-
taftique pour le venir inquiéter, & que fuppofé
qu'il fe trompât dans cette conjecture, il le per-
fuaderoit tout au moins au public, & fe tireroit
par-là honorablement d'affaire. Il rentra chez lui
fi pâle & fi défait, qu'il n'avoit pas befoin de fe
compofer pour faire croire qu'il avoit eu grand-
peur : il trouva le prieur de Richecourt & le vicomte de Berginville qui l'étoient venu voir, &
qui n'y prirent pas garde, parce qu'ils s'étoient
occupés, l'attendant, à regarder de vieux héros,
dont monfieur de la Dandinardière avoit orné fa

falle. Il avoit fait écrire au deſſus leurs noms &
leurs principales actions; mais comme le caractère étoit petit, l'on pouvoit à peine le lire, de
ſorte que le prieur & le vicomte diſputoient enſemble; l'un diſoit c'eſt Gillet, l'autre c'eſt Gillot.
Là-deſſus notre gentilhomme bourgeois entra:
ha! monſieur, lui dirent-ils, vous nous mettrez
s'il vous plaît d'accord; comment s'appelle ce ſeigneur dont voilà le portrait? Gilles, meſſieurs,
répliqua-t-il, Gilles de la Dandinardière : c'étoit
mon aïeul; il fut nourri par Louis XI, roi de
France, au château d'Amboiſe, avec Charles
VIII ſon fils, qui étoit un petit roi bien joli &
ſage; ce petit roi aimoit mon aïeul Gilles à la folie.
Louis XI craignoit, comme dit l'hiſtoire, que
ſon fils ne lui fît quelque mauvais tour, & pour
s'en garantir, il l'élevoit très-mal, & le nourriſſoit
de groſſe viande; mais Gilles, ſon favori, avoit toujours de bon gibier, & il en faiſoit part à ſon maître,
de ſorte que pour l'en récompenſer, il le fit, je ne
ſais plus quoi, je crois pourtant que c'étoit connétable. Je ſoutiens, dit le vicomte, que nous n'en
avons point eu de ce nom; n'importe, répliqua
la Dandinardière, s'il ne le fit pas connétable, il
fut au moins amiral de terre, car il eſt certain que
le voilà avec un bâton de commandant, & cela
ne ſignifie pas peu de choſe. Il leur expliqua ainſi
tout ce qu'il avoit fait écrire de l'hiſtoire de ſes

ancêtres , qu'il favoit par cœur , & il auroit continué , magré l'état où le mettoit l'apparition du
matamore, fans le vicomte qui jeta les yeux fur
lui , & qui le voyant bleu, vert, jaune, s'écria tout
d'un coup : hélas , mon bon monfieur , allez-vous
mourir ? Je vous trouve étrangement changé.

Après ce qui vient de m'arriver, dit-il , c'eſt
un coup de fortune que je fois encore en vie ;
& fi i'avois moins de courage, il eſt certain que
je ferois mort fur le champ: figurez vous, meſ-
fieurs , l'état où fe trouve un homme qui fe voit
aborder par un démon , à la vérité fous une
forme humaine, mais qui ne laiſſoit pas d'avoir
les yeux pleins d'une infernale malice, les piés de
travers, & de grands ongles crochus! Il leur raconta ce qui s'étoit paſſé au bord de la mer ; mais
quelque férieux que le vicomte & le prieur affec-
taſſent, ils ne pouvoient s'empêcher de rire de
cette frayeur chimérique. Ils s'entrepouſſoient &
fe donnoient des coups d'œil à la dérobée , qui
fignifioient aſſez leurs fentimens : enfin, après de
grandes acclamations fur une aventure fi extraordinaire , ils lui confeillèrent de fe faire faigner,
& il y confentit avec plaifir, parce que de quelque
manière qu'il tournât la chofe , c'étoit au moins
gagner quelques jours de répit.

Il envoya querir le chirurgien , & en l'attendant on dîna. La Dandinardière avoit envie de

ne point manger , quoiqu'il eût beaucoup de
faim, car l'air de la mer donne un appétit qu'on
n'a point ailleurs : mais fes amis lui dirent qu'il
falloit entretenir fes forces pour réfifter aux
hommes ou aux diables. Il approuva l'avis , & le
fuivit fi exactement , qu'il mangea lui feul plus
que fes deux convives, & que le refte de fes do-
meftiques.

Comme le chirurgien étoit affez éloigné de la
maifon de notre bourgeois, le prieur & le vicomte s'en allèrent avant qu'il fût venu , admi-
rant fa folie de vouloir être defcendu d'un favori
de Charles VIII , & de prétendre que le démon
s'étoit donné la peine de lui venir faire peur. Ils
convinrent enfemble qu'il y avoit là-deffous quelque chofe de fort plaifant , & que le baron de
Saint Thomas feroit tout propre à débrouiller cette
énigme. Ils allèrent donc coucher chez lui , & le
trouvant avec fa gaîté ordinaire, bien qu'il n'eût
pas toujours de fort grands fujets d'en avoir ; fa
femme & fes filles , ainfi que je l'ai déjà dit,
mêloient fouvent de l'abfynthe aux agrémens de
fa belle humeur. Il ne put s'empêcher d'avouer
à fes amis le tour qu'il avoit fait à la Dandinardière ; il leur fit voir l'homme qui l'avoit fi fort
effrayé , & il leur dit qu'il falloit fe réjouir encore
à fes dépens , qu'il iroit lui offrir fes fervices
contre Villeville, & qu'il leur rendroit un compte

exact des états violens où il le réduiroit, par la proposition d'un duel. Chacun imagina là-deſſus ce qui pourroit rendre la choſe plus plaiſante, & le lendemain le baron ne manqua pas d'aller au petit château de notre gentilhomme bourgeois.

Le chirurgien qui étoit venu par ſes ordres, ne le trouva pas diſpoſé à répandre une ſeule goutte de ſon ſang, il crut qu'il ſuffiſoit de faire courir le bruit qu'il avoit été ſaigné; il le pria de le dire, & le paya aſſez libéralement pour lui faire faire encore un menſonge aſſez conſidérable. Il ordonna à ſes gens de parler comme le chirurgien, & s'étant fait bander le bras, il ſe mit au lit.

Le baron de Saint-Thomas arriva aſſez matin pour l'y trouver encore. Son fidèle domeſtique Alain lui dit qu'il ne pouvoit pas éveiller ſon maître, parce qu'il étoit malade. J'ai des choſes trop importantes à lui communiquer pour m'en retourner ſans le voir, répliqua-t-il; ouvre-moi ſa chambre, Alain, mon ami! il faut que je lui parle. Le valet obéit, & le baron trouva la Dandinardière, couché en camiſole de drap noir, qui jadis avoit été un juſte-au-corps, mais il en avoit retranché le ſuperflu, dont ſon bonnet de laine rouge étoit couvert; tout le reſte de ſa toilette répondoit aſſez bien à ce déshabillé. Comment,

dit le baron, vous dormez quand Villeville eſt
en campagne pour vous exterminer? Il dit qu'il
envoya hier un brave vous faire un appel, &
qu'il veut ſe battre, à quelque prix que ce ſoit:
je ne crois pas, continua-t-il, que vous puiſſiez
lui refuſer cette ſatisfaction. La Dandinardière
l'écoutoit avec un air épouvanté qu'il n'étoit plus
le maître de cacher. Je vous avoue, lui dit-il,
que je ne ſuis point venu m'établir dans cette
province pour me couper la gorge avec perſonne;
autant m'auroit valu demeurer à Paris, c'eſt une
ville aſſez meurtrière, & où il ne manque pas
de gens capables de tourmenter les autres. J'avois
cherché ce canton pour y vivre pacifiquement;
j'ai du bien, & je n'ai aucun ſujet de haïr la vie:
pourquoi me conſeillez-vous de riſquer deux
choſes qui me ſemblent ſi précieuſes ? Je vous le
conſeille comme votre ami, reprit le baron, vous
êtes obligé de marcher ſur les traces que vos
aïeux vous ont ſi glorieuſement frayées. Voulez-
vous perdre votre honneur, pour ménager trois
ou quatre coups d'épées? Si le mot de duel vous
déplaît, réglons une rencontre, je prétends
vous ſervir. Je ſerai votre ſecond envers & contre
tous, bien que je haſarde beaucoup, car j'ai
une femme & deux filles, mais pour un ami,
que ne ferois-je pas? Je donnerois juſqu'à mon
ame.

La Dandinardière se voyant si vivement pressé, eut recours à une feinte qui lui réussit mal. Il se laissa tomber sur son chevet, criant de toute sa force, je me meurs, ma saignée fut trop grande hier au soir, mon bras s'est délié, j'ai perdu deux seaux de sang cette nuit, l'on tomberoit en foiblesse à moins ; & là-dessus fermant les yeux, il s'étendit ; bien résolu de ne les ouvrir de quatre heures. Le baron qui savoit à quoi s'en tenir, le tirailla, & lui donna deux ou trois chiquenaudes, que le pacifique moribond souffrit avec une patience admirable. Il courut ensuite prendre une aiguière, dont il lui jeta l'eau si rudement au visage, que la Dandinardière craignant une seconde inondation, ouvrit ses petits yeux, & devint tout rouge de colère. Je vous prie, monsieur, lui dit-il, que si vous me voyez jamais évanoui, vous me laissiez plutôt mourir que de me soulager comme vous venez de le faire. Mon zèle est mal payé, répliqua le baron ; mais n'importe, je suis votre ami & votre serviteur, pourvu que vous vous battiez, je serai content. Mon dieu, monsieur, laissez-moi le loisir de me tranquilliser, répondit la Dandinardière, vous êtes plus pressé que Villeville. Voulez-vous qu'il vous assassine, ajouta le baron ? C'est la destinée de la plupart des gens qui refusent les assignations qu'on leur donne.

Cette menace inquiéta notre petit homme : il faut que je rêve un peu sur cette affaire, dit-il ; je vous donnerai ensuite une réponse positive. Monsieur de Saint-Thomas jugea qu'il le fatigueroit trop, s'il le harceloit davantage ; & après l'avoir embrassé à l'étouffer, il retourna chez lui, quelques instances que la Dandinardière lui fît pour l'arrêter à dîner.

Dès qu'il fut seul, il songea très-férieusement aux engagemens d'honneur où il se trouvoit, il crut avoir un secret merveilleux pour sauver sa réputation, & garantir sa peau, c'étoit de faire battre Alain contre Villeville, revêtu de ses belles armes, & de paroître chez le baron & ailleurs avec les mêmes armes, afin que l'on crût toujours que c'étoit lui. Il appela son fidelle Alain: je ne doute point de ton affection, lui dit-il ; mais il est certaines choses qui ne dépendent pas absolument de nous; par exemple, l'on a beau vouloir être brave, si l'on est poltron, tous les efforts qu'on fait sont inutiles : à mon égard, je suis né avec un cœur de roi ou d'empereur, plein de courage & de résolution ; si je péche en quelque chose, c'est que j'en ai trop: or tu sauras, Alain, que ce misérable Villeville veut se battre contre moi ; si je m'y résous, c'est un homme mort du premier coup : j'ai du bien, il m'est fâcheux de le perdre ; & comme il est brutal, il pourroit encore me tuer avant que j'eusse mis ordre à l'en empêcher. Le seul remède que j'imagine dans cette affaire, c'est que tu paroisses sur le pré à ma place, pendant que je ferai des vœux pour toi.

Alain étoit le plus doux de tous les hommes; cette proposition lui sembla la chose du monde la plus cruelle, & la plus éloignée du bon-sens: il rêva un peu, afin de payer son maître d'une excuse agréable, & lui dit ensuite: à moins de me donner votre visage, votre air & votre taille, comment voulez-vous que je vous ressemble, & que je trompe monsieur de Villeville? Si j'applanis cette difficulté, repartit la Dandinardière, me promets-tu de te battre? Oui, monsieur, dit Alain (croyant la chose impossible), & si tu y manques, qu'est-ce que je te ferai? Tout ce qu'il vous plaira, continua le bon Alain. Hé bien! dans peu nous verrons si tu as du cœur & de l'honneur, ajouta la Dandinardière. Alain l'entendant, se prit à trembler si fort, qu'il pouvoit à peine se soutenir: il pensa aussi-tôt que ce même démon, qui avoit entretenu son maître au bord de la mer, pourroit bien lui avoir enseigné quelque secret extraordinaire. Ecoutez au moins, monsieur, lui dit-il, que le diable ne s'en mêle pas, je vous en prie; je ne me veux damner pour personne; je hais les forciers &

tous leurs tours : je renonce au pacte , & puiſqu'il y en a , je ne veux pas me battre , quand il
y auroit cent piſtoles à gagner. La Dandinardière , déſeſpéré de la poltronnerie d'Alain ,
prit un bâton, & le roua de coups : tu peux compter , lui dit-il , de recevoir tous les jours un pareil traitement , juſqu'à ce que tu aies pris la réſolution de m'obéir. Alain ſe ſauva très-dépité ,
& très-réſolu de quitter ſon maître.

La Dandinardière étoit agité de mille ſoucis :
le tems du rendez-vous approchoit, ſans qu'il
eût pris des meſures pour l'éviter. Il avoit acheté
à un vieux inventaire deux cuiraſſes , deux
caſques, des gantelets , & le reſte de l'équipage
d'un homme de guerre ; de ſorte qu'il vouloit
en habiller Alain , croyant bien que la viſière de
ſon caſque étant baiſſée , Villeville ne pourroit
le reconnoître. Il alla chercher ſon valet par-tout,
il le trouva retiré triſtement dans un petit caveau
ſombre, où il adouciſſoit ſes douleurs proche d'un
tonneau dont la liqueur lui ſembloit excellente
pour guérir les coups de bâton.

Viens-ça , faquin, lui cria-t il du haut de
l'eſcalier , viens voir ſi je ſuis ſorcier , ou ſi tu
es fou. Alain ſe hâta d'achever ſon pot , & monta
plus gai qu'il n'étoit deſcendu ; car il avoit pris
un peu de joie dans cette voûte ſouterraine. Il
ſuivit ſon maître juſqu'à ſa chambre , & demeura

biên effrayé de l'habillement de fer. La Dandinardière lui commanda de le mettre. Par où m'y
prendrai-je , monſieur ? Je connois auſſi peu cela
que la loi du grand turc : je vais t'aider, gros ma-
rouſle , répliqua-t-il; car ſi je ne ſuis ton valet de
chambre, tu n'auras jamais l'eſprit de t'habiller. Il
lui mit en même tems la cuiraſſe qui étoit ſi étroite,
qu'il fallut qu'Alain quittât juſte - au - corps &
pourpoint ; de ſorte que l'armure lui écorchoit la
peau. Voilà , diſoit la Dandinardière , comme
ſont les plus grands rois lorſqu'ils vont à la guerre.
Ces rois - là , dit Alain , n'ont guère d'eſprit ,
quand ils peuvent avoir du velours & du ſatin
tant qu'il leur plaît, de mettre une vilainie comme
cela ; j'aimërois mieux m'habiller d'un lit de
plume. O le coquin ! s'écria la Dandinardière ,
tu ne parviendras jamais : l'on connoît bien dans
les petites comme dans les grandes choſes les inclinations des gens de qualité ou des miſérables:
par exemple, moi qui ſuis homme de qualité, je
voudrois boire , manger & dormir , le harnois
ſur le corps : oui , dit Alain , mais vous ne vou-
driez pas y rencontrer monſieur de Villeville , &
c'eſt, dieu merci , pour moi que vous réſervez
le combat. La Dandinardière tout fâché ne répondit rien ; il prit le caſque , & le ficha ſur la
tête du pauvre Alain avec tant de force & ſi peu
de ménagement, qu'il en penſa mourir; car étant

là-defſus auſſi peu expert que ſon valet, il avoit
mis la viſière derrière la tête ; le bon Alain, prêt
à expirer, avoit beau crier, & même hurler ; la
Dandinardière, perſuadé que c'étoit une pure
malice, & manque d'habitude, n'en faiſoit que
rire; enfin il s'apperçut de ſa mépriſe, il y remé-
dia promptement : Alain étoit déjà tout changé,
mais la joie de reſpirer lui fit dire d'aſſez plai-
ſantes choſes.

Après qu'il fut armé, ſon maître s'arma à ſon
tour ; & le traînant devant un grand miroir, lui
dit : qui es-tu, à ton avis ? Hé ! monſieur, je
ſuis Alain. Tu es un ſot, reprit ſon maître : ne
vois-tu pas bien que tu es monſieur de la Dandinardiere ? Quand la viſière de nos caſques eſt
baiſſée, il n'y a aucune différence, & je ſuis ſûr
que Villeville n'y en fera jamais. Prends donc
un peu de cœur, mon pauvre garçon, continua-t-il, je ne prétends pas que tu te battes gra-
tis ; je te promets, mort ou vif, une bonne récompenſe. Si tu es tué, je te ferai enterrer honorablement, comme un ſeigneur de paroiſſe : &
ſi tu en reviens, je te marierai à Richarde, qu'il
me ſemble que tu ne hais pas. Tiens, voilà
d'avance trois pièces de quinze ſols, & quelque
menue monnoie, tu conçois bien que ta fortune
ſera faite. Alain qui avoit trop bu de quelques
coups, voyant l'argent de ſon maître, joint à ſes

promeſſes, ſe laiſſa toucher, s'écria ſur le ton
d'un héros: allons donc nous battre, dit-il, puiſqu'il ne faut que cela pour être riche, & pour
plaire à ma Richarde. La Dandinardière, pénétré
de joie, lui fit encore de nouvelles careſſes.

Le baron de Saint-Thomas étoit attendu impatiemment chez lui par le vicomte & le prieur.
Ils ſe réjouirent beaucoup enſemble de l'état où
notre bourgeois étoit réduit, & réſolurent qu'il
lui en coûteroit quelque choſe pour avoir la paix.
Le Dandinardière, ſûr de ſon Alain, ne manqua
pas d'aller chez le baron de Saint-Thomas. Il
avoit orné ſon caſque d'un vieux bouquet de
plumes; & pour ſe rendre encore plus terrible,
il coupa la queue d'un aſſez joli cheval qu'il
avoit, & la laiſſa flotter comme un panache ſur
ſes épaules; ſon épée étoit des plus antiques. L'on
auroit pu le prendre en cet équipage pour le cadet de don Quichotte, & l'on peut dire ſans
mentir, qu'il étoit auſſi fou, mais qu'il étoit
moins brave. Il ſe fit ſuivre par Alain, digne imi-
tateur de Sancho-Pança.

La Dandinardière ne laiſſoit pas de craindre
la rencontre malheureuſe de Villeville. Il eſt vrai
qu'il avoit une grande confiance à la viſière de
ſon caſque qui étoit baiſſée, par laquelle il pouvoit à peine reſpirer. Il eſt impoſſible que je puiſſe
être reconnu de mon ennemi, diſoit-il à Alain;

en

en tout cas, s'il m'abordoit, je lui dirois tout
d'abord qu'il n'aille pas s'y méprendre, & que je
ne fuis point la Dandinardière. Après une telle
déclaration, il feroit bien impertinent de me
pouffer à bout : le valet approuvoit fort fa prudence. Ils continuoient de parler, quand il penfa tout d'un coup que le bon Alain étoit propre à
découvrir ce qu'il vouloit tenir caché, car il
n'étoit pas armé comme lui, & il y avoit fi peu
que Villeville l'avoit battu, qu'à coup fûr il re-
mettroit fon idée, & feroit encore quelque tour
de promptitude dont il n'étoit que trop fatigué.

Il s'arrêta promptement pour commander à
Alain de s'en retourner ; & que s'il ne revenoit
pas le foir, il ne s'inquiétât point, qu'il pourroit
coucher chez le baron ; mais qu'à bon compte, il
ne manquât pas de s'exercer à faire des armes,
parce que cela pourroit être néceffaire avant qu'il
fût peu. Alain demeura furpris de cet ordre ; il
avoit déjà affez pris l'air pour diffiper une partie
de la belle humeur que fon féjour dans le caveau
lui avoit infpirée. Il lui répliqua, avec une mine
renfrognée, qu'il n'avoit aucune envie de fe
battre, & que jamais homme ne feroit plus neuf
que lui à ce métier.

La Dandinardière ne l'écoutoit plus ; dont bien
lui prit, car les coups de bâton ne lui auroient
pas manqué. Il fuivoit fa route le long de la mer,

lorsqu'en approchant d'un petit pavillon qui terminoit un affez grand jardin, il entendit tout
d'un coup une perfonne qui difoit : Marthonide,
ma fœur, venez, dépêchez-vous, voilà un chevalier qui paffe tout armé.

La Dandinardière ne doutant point qu'on ne
parlât de lui, leva gravement la tête, fe fachant le
meilleur gré du monde d'avoir pu infpirer de la
curiofité ; mais que devint-il, lorfqu'il apperçut
deux belles & jeunes perfonnes à une fenêtre
grillée? Il leur fit une fi profonde révérence, que
fans la vifière de fon cafque, il fe feroit bleffé le
nez à l'arçon de fa felle. Auffi-tôt chacune lui rendit fon falut avec ufure ; c'étoient les filles du baron de Saint - Thomas, que la Dandinardière
n'avoit jamais vues, bien qu'il lui eût rendu plufieurs vifites ; & comme ils étoient nouveaux les
uns pour les autres, il feroit difficile d'exprimer
l'admiration réciproque qu'ils s'infpirèrent.

Le petit la Dandinardière étoit affez fufcep-
tible de tendreffe, & affez galant pour être ravi
d'une rencontre fi imprévue & fi agréable ; &
pour les demoifelles, elles avoient dans la tête un
tel nombre d'aventures extraordinaires de chevaliers errans, de héros & de princes, qu'elles s'éton-
nèrent bien moins de voir la Dandinardière dans
cet équipage burlefque, qu'il ne s'étonna que
deux perfonnes fi aimables demeuraffent au bord

de la mer, dans un petit pavillon écarté de tout le monde.

Virginie, qui étoit l'aînée des deux sœurs, & qui s'appeloit Virginie au lieu de Marie (car c'étoit son véritable nom, de même que Marthonide avoit le nom de Marthe); Virginie, dis-je, rompit le silence la première. Bien qu'il soit aisé de juger, seigneur, dit-elle à notre bourgeois, que vous avez des affaires pressantes qui vous appellent dans quelqu'endroit important : permettez que nous vous arrêtions pour vous demander par quel hasard vous passez devant nos fenêtres ? La Dandinardière, ravi d'avoir été appelé seigneur, & ne voulant pas céder en civilité, leur repartit : puisque vos divines altesses daignent arrêter les yeux sur un infortuné tel que moi, je leur dirai qu'une affaire d'honneur m'oblige de me rendre ici. Quoi, noble chevalier, s'écria Marthonide en l'interrompant, vous allez vous battre? Et qui est le téméraire qui ose se trouver en champ clos avec vous ? La Dandinardière étoit transporté des jolies choses qu'il entendoit, il n'avoit en sa vie trouvé tant d'esprit à personne. Je ne puis vous nommer mon adversaire, mesdames, reprit-il, quelques raisons m'en empêchent. Je vous assure seulement que je ne lui aurai pas plutôt coupé la tête que je la pendrai à vos fenêtres comme un hommage que je dois à

vos beautés. Ah! feigneur, gardez-vous-en bien,
s'écria Virginie, vous nous feriez mourir de peur;
il repartit qu'il aimeroit mieux mourir lui-même,
que de leur déplaire ; qu'il avoit pour elles des
fentimens fi vifs & fi délicats, qu'on n'avoit jamais fait tant de progrès en fi peu de tems, &
qu'il étoit au défefpoir que fes affaires l'obli-
geaffent à les quitter. Il eft vrai qu'il voulut,
avant que de prendre congé d'elles, faire faire à
fon cheval quelques tours de manège; il lui appuya l'éperon dans le ventre, & lui retira la
bride fi rudement, que le pauvre cheval ne fachant plus ce qu'on lui demandoit, fe cabra; &
la Dandinardière voyant le péril, fans favoir le
remède, lui donna une faccade encore plus violente, dont le cheval fe renverfa tout à fait fur
lui.

Qui auroit entendu les cris des deux princeffes
grillées, auroit bien jugé que leur nouveau héros
étoit en péril ; il y étoit en effet, car fon cheval
trop pefant l'étouffoit ; les cailloux qui couvroient le rivage, lui brifoient les côtes; fon
cafque mal attaché étoit forti de fa tête, & fa
tête portant contre une petite roche, qui fe trouva là par malheur, fe meurtrit cruellement. A
cette vue, Marthonide perdit toute patience, &
dit à Virginie de refter à la fenêtre, pendant
qu'elle iroit avertir du défaftre de ce chevalier.

Elle courut dans la chambre de son père , il étoit avec le vicomte & le prieur qui se régaloient de café ; ah ! monsieur, lui dit elle , venez promptement sur le rivage : un chevalier errant , un héros , armé de pié en cap , est dangereusement blessé , il a besoin de votre secours. Le baron accoutumé aux saillies de ses filles, crut qu'il y avoit de la vision dans ce que celle-ci lui disoit; est-ce un chevalier de la table ronde , ou l'un des douze pairs de Charlemagne , lui dit-il en souriant ? Je ne le connois point , lui dit-elle , d'un air triste & sérieux ; tout ce que je sais , c'est qu'il a un petit cheval gris , dont les crins sont ratachés de rubans verts, & l'oreille droite coupée. A ces enseignes , le baron & le vicomte reconnurent le pauvre la Dandinardière ; ils s'entreregardoient , bien étonnés d'entendre ce que Marthonide leur disoit; & sans s'arrêter à la questionner davantage , ils se hâtèrent d'aller du côté qu'elle leur marqua.

Ils trouvèrent notre infortuné bourgeois , très-véritablement évanoui, son équipage les surprit : quelle folie , disoient-ils ! se peut-il une plus singulière métamorphose ? Enfin avec le secours de l'eau de la reine de Hongrie , & de tout ce qu'ils purent imaginer , ils le firent revenir à lui. Il parut étonné de l'état où il étoit, & prit le chemin de la maison de monsieur de

E e iij

Saint - Thomas , appuyé fur lui & fur le vicomte.

Virginie & Marthonide , qui étoient à leurs
fenêtres, fe demandoient l'une à l'autre par quel
hafard leur père connoiffoit ce brave chevalier ,
puisqu'apparemment il n'étoit pas du pays; pour
en être informées , elles allèrent dans la chambre
de madame de Saint-Thomas , à laquelle fon
mari venoit de dire l'aventure de leur bon voifin la Dandinardière. Elle demanda s'il refteroit
long-tems , & s'il prétendoit fe faire guérir à
leurs dépens ; car elle étoit auffi avare pour les
autres que prodigue pour elle. Il lui dit qu'elle ne
s'inquiétât point, que c'étoit un homme fort
riche , & qu'il en uferoit bien. Puis la tirant à
part dans fon cabinet, le vicomte de Berginville,
continua-t-il , m'a communiqué une penfée qui
lui eft venue, & que je ne trouve point mauvaife ,
ce feroit de tâcher que la Dandinardière épou-
sât Virginie ou Marthonide , je ne fuis pas en
état de leur donner beaucoup; & s'il goûtoit
cette affaire, j'en aurois bien de la joie.

Mais, monfieur, répliqua madame de Saint-
Thomas qui avoit auffi fes vifions : vous favez
quels font nos ancêtres , ferions-nous capables de
méfallier notre fang, & d'en avilir la nobleffe
par un mariage inégal! croyez-moi, madame,
dit le baron, la qualité fans biens, cloche beau-

coup , & je voudrois que ce bourgeois, tout
bourgeois qu'il eft , fût d'humeur à s'entêter ;
n'allez pas en parler fur un autre ton à vos filles :
vous êtes toutes capables de gâter ce que j'aurai
conduit avec affez de peine. Eft-ce , s'écria-t-elle,
en changeant de couleur, que je ne fuis pas leur
mère comme vous êtes leur père ? Ne dois-je
point en cas pareil , être confultée , & mon avis
n'eft-il pas auffi judicieux que le vôtre ? Non ,
monfieur , mes filles n'épouferont qu'un marquis
ou qu'un comte, qui fournira fes douze quartiers
& même plus. Courage , dit froidement monfieur
de Saint-Thomas , courage , madame , foutenez
bien la dignité de vos aïeux , & gardez vos filles
encore cinquante ans. La baronne défefpérée,
fe mit à lui chanter injure ; le tintamare qu'ils faifoient , attira dans le cabinet le vicomte & le
prieur ; je prends ces meffieurs pour juges , dit le
baron ; & moi, je les récufe , dit la baronne ,
fans compter qu'ils font plus de vos amis que des
miens ; ce font eux qui vous ont confeillé ce beau
mariage , ils ne voudront pas en avoir le démenti.

Ces meffieurs , qui avoient de l'efprit , entrèrent fans aigreur dans ce différent , & la
prièrent d'agir fans paffion fur la chofe du monde
la plus aifée à régler , puifqu'elle confentoit à

tout, pourvu que son gendre futur eût de la
naiſſance ; qu'ils pouvoient atteſter que ſa ſalle
étoit pleine de portraits de tous ſes grands pères, & qu'ils en avoient remarqué un entr'autres, appelé Gilles de la Dandinardière, qui
étoit pour le moins connétable ſous le règne de
Charles VIII. La baronne à ces mots ſe radou-
cit beaucoup ; elle ſerra la bouche, pour l'avoir
plus petite, & donna ſa parole que ſi cela étoit
ainſi, elle ne troubleroit point la fête. Ces
meſſieurs lui conſeillèrent d'aller voir le pauvre bleſſé, pour lui offrir les ſecours dont on
a beſoin en tels accidens.

Elle ne vouloit jamais paroître qu'elle ne
fût ſous les armes, c'eſt-à-dire fort ajuſtée ;
de ſorte qu'elle changea de corps, de robe,
de jupes, de cornettes, de tour de cheveux,
de rubans ; & après avoir paſſé pluſieurs heures à ſa toilette, elle entra dans la chambre
de la Dandinardière.

Il avoit déjà été panſé par le chirurgien du
village, qui étoit un grand ignorant, & qui
diſoit toujours qu'il falloit craindre d'enfermer
le loup dans la bergerie, de ſorte qu'il cou-
poit bras & jambes, en un beſoin la tête,
afin d'éviter ce redoutable loup. Il vouloit un
peu jouer du biſtouri ſur le pauvre bleſſé ; mais

aufli-tôt qu'il l'apperçut dans fa main, il s'écria
de toute fa force : monfieur de Saint-Thomas,
je me mets fous votre protection, ne fouffrez
point qu'on me faffe plus de mal que je n'en
ai ; à ces mots le baron empêcha que maître
Robert ne fît des fiennes.

Madame la baronne le trouva plus inquiète
que le malade, car fa bleffure n'étoit pas auffi
grande qu'elle auroit dû l'être, par rapport à
l'horrible coup qu'il s'étoit donné. Elle lui offrit
honnêtement de le garder chez elle jufqu'à ce
qu'il fût guéri, de lui tenir compagnie, &
même d'amener fes filles dans fa chambre pour
l'entretenir ; j'ofe dire, ajouta-t-elle, fans trop
de vanité, qu'elles ont de l'efprit & le goût
délicat. Elles aiment la lecture ; elles favent
en profiter ; elles vous diront les Amadis de
Gaules par cœur. Madame, répondit la Dandinardière, je crois tout ce que vous me dites,
mais le hafard m'ayant fait rencontrer deux
jeunes alteffes d'une beauté incomparable, j'en
ai l'idée fi remplie, que je ferai bien-aife de
n'en point voir d'autres qui puiffent les effacér
de mon fouvenir ; ce que je vous dis n'eft
point par un manquement de refpect pour mefdemoifelles vos filles, mais bien plutôt par une
crainte de les trouver trop belles. La baronne

rougit de chagrin , & fe rengorgea un peu : les volontés font libres , Monfieur , lui dit-elle , je croyois vous faire plaifir ; mais en effet il n'eft pas trop néceffaire que mes filles viennent ici. Elle fe leva auffi-tôt ; & comme elle étoit de méchante humeur, elle penfa étrangler fon mari & le vicomte , leur reprochant les pas inutiles qu'elle venoit de faire ; car enfin j'ai certains preffentimens , continua-t-elle , qui ne me trompent jamais ; je me doutois bien que je ne ferois pas contente de ma vifite ; ce petit homme eft amoureux de deux ou trois princeffes ; vraiment, il n'auroit garde de fonger à Virginie.

Monfieur de Saint-Thomas , qui aimoit la paix dans fa maifon , ne voulut point aigrir fa femme ; & s'étant allé promener dans fon jardin avec le vicomte & le prieur , ils s'entretinrent des extravagances de la Dandinardière. De qui veut-il parler , difoient-ils , & en quel lieu a-t-il vu ces princeffes fi charmantes ?. Il faut que la tête lui ait abfolument tourné. Votre confcience en eft chargée , répondit le vicomte , depuis l'appel que le gafcon lui a fait de la part de Villeville , il n'a pas eu un moment de bon fens , & cette armure qu'il porte en eft une preuve affez convaincante.

Le lendemain matin , tous ces meſſieurs vinrent dans ſa chambre ; & après quelques momens de converſation , il témoigna qu'il vouloit parler en particulier au baron : les autres
ſe retirèrent , il reſta ſeul avec lui , & prenant
ſes mains qu'il ſerra entre les ſiennes , puis-je
compter ſur vous , lui dit-il , comme l'on
compte ſur un ami inviolable ? Vous le pouvez ſans doute , répliqua le baron , je fais
profeſſion d'être des vôtres. Il faut donc que
vous ſachiez , reprit la Dandinardière , que
j'étois dans le deſſein de me trouver au rendez-
vous de Villeville tout armé au moins , car je
ne me ſuis jamais battu autrement , & ſi cela
ne lui convient pas , il n'a qu'à me laiſſer en
repos , je n'en rabattrois pas un gantelet ; je
venois vous trouver pour vous prier de l'en
avertir , afin qu'il cherchât des armes pareilles ,
ſi par haſard il en manquoit , n'étant point capable de vouloir aucuns avantages ſur lui , &
tenant les règles d'honneur & de chevalerie
écrites ſur mon front ; enfin pour ne vous pas
ennuyer par un diſcours trop long , je vais vous
ouvrir mon cœur , & vous dire en trois mots
que je ſuis amoureux. Vous êtes amoureux !
s'écria le baron , en l'interrompant , y a-t-il
long-tems ? vingt-quatre heures , dit-il , &

quelques minutes, si je compte bien ; mais je
n'ai pas toujours été insensible aux charmes de
la beauté, j'ai aimé, & je faisois des coups
de galanterie qui étonnoient tout Paris, &
grossissoient le mercure galant. Enfin quelques
duchesses, que je ne nomme pas, m'ayant joué
un mauvais tour, & fait trente infidélités atro-
ces ; je vous avoue que j'ai pris le mords aux
dents, & que piqué contre mon étoile, je
partis pour me venir précipiter au fond de la
mer ; mais ayant trouvé une belle situation,
je préférai d'y bâtir mon château presque en
l'air, & d'y vivre dans une léthargie philoso-
phique.

Voilà, monsieur, l'état où j'étois, sans amour,
sans ambition, plein de joie & de santé, lorsque mon premier malheur commença par la bru-
talité de Villeville, & l'impertinence d'Alain,
de s'en être vanté. Ce coquin m'a fait une affaire
d'honneur, dont je suis entre nous chargé
comme d'une montagne, car je n'ai aucune
envie de perdre mon bien & de m'exiler de
France. Je n'avois pas laissé que de me résoudre à ce maudit duel, à condition, comme je
l'ai dit, que je serois armé ; & je venois pour
vous informer de mes desseins, lorsque passant
au bord de la mer, j'ai entendu deux jeunes

perfonnes qui parloient affez haut. Leur voix
étoit d'une douceur à charmer , j'ai regardé de
tous côtés , j'ai vu un petit pavillon dont les
fenêtres font grillées , & des princeffes qui m'ont
ravi; celle particulièrement qui eft blanche &
blonde , a tout-à-fait gagné mon cœur. Elles
m'ont parlé avec une politeffe , une mignar-
dife , une énergie , une..... je n'aurois jamais
fait , fi je voulois exprimer l'agrément de ce
qu'elles m'ont dit , & quand elles m'appeloient
feigneur (ce qui fait affez connoître qu'elles
n'ont commerce qu'avec des rois & des Princes) quand elles m'appeloient donc, feigneur,
il me fembloit qu'elles enlevoient mon ame
comme un milan enlève un pigeon. Dans les
mouvemens de refpect & d'admiration qu'elles
m'infpiroient , je favois fi peu ce que je faifois , qu'au lieu de me donner l'air d'un homme
de cheval , je fuis maladroitement tombé fur
des cailloux , où ma tête s'eft mal accommodée;
de forte que je fuis, à l'heure qu'il eft , amoureux,
malade, chargé d'un procédé contre Villeville ,
& le plus infortuné de tous les hommes.

La Dandinardière fe tut en cet endroit pour
foupirer trois ou quatre fois comme un homme
accablé de douleur. Le baron l'avoit écouté fans
l'interrompre ; il leva alors les mains & les yeux

vers le ciel, marquant beaucoup de furprife des
grands événemens qu'il venoit de lui raconter,
& foupira à fon tour, car il n'étoit point avare
de fes foupirs. Prenez courage, lui dit-il, mon
cher ami, il faut tout efpérer du tems. Ha! monfieur le baron, reprit la Dandinardière, voilà un
étrange chaos à débrouiller ; mais le plus preffé à
l'heure qu'il eft, c'eft mon amour & ma fanté.
Je vous prie de m'envoyer querir un chirurgien,
plus habile que maître Robert, & de vouloir
écrire une lettre pour moi à ces belles perfonnes
dont je viens de vous parler. Pourvu que vous la
dictiez, répliqua monfieur de Saint-Thomas, je
ferai volontiers votre fecrétaire. Je vous épargne-
rois cette peine, ajouta la Dandinardière, fi ma
tête étoit en meilleur état, & je ne fais même
comment j'en pourrai tirer mille jolies chofes,
que je voudrois leur mander ; il ne faut là-deffus
confulter perfonne, dit le baron, vous êtes touché, & vous avez beaucoup d'efprit : commen-
çons ; il prit un écritoire. Pendant qu'il fe préparoit à écrire, la Dandinardière rêvoit & fe ron-
geoit les ongles : voici ce qu'il dicta.

*ALTESSES grillées, qui brûlez tout le monde,
il me femble que vous êtes deux foleils, qui frappant fur le cryftal optique de mes yeux, reduifez*

mon cœur en cendres. Oui, je suis cendre, charbon, fournaise, depuis le moment fatal & bienheureux que je vous apperçus à la grillade, mes belles, & que ma raison déraisonnant, s'est évaporée jusqu'à vous sacrifier mon tendre cœur. Je perdis alors la tramontane, vous fûtes les coupables témoins de ma chûte; j'ai versé mon sang auprès de vos murs, & j'y répandrois mon ame si le sacrifice vous en étoit agréable. Je suis, Mesdemoiselles, votre plus soumis Esclave, GEORGE DE LA DANDINARDIÈRE, petit fils de Gilles de la Dandinardière, favori de Charles VIII, & connétable, ou quelque chose d'approchant.

Ah! s'écria-t-il tout joyeux, après avoir lu & relu sa lettre; voilà une lettre, à dire la vérité, qui m'a coûté un peu, mais aussi elle est excellente: je vois bien que je n'ai pas encore tout à fait perdu le style qu'on admiroit tant à la cour, & qui me distinguoit assez avantageusement. Je suis si confus, dit le baron, de voir avec quelle facilité vous avez fait ce vrai chef-d'œuvre, que j'ai envie de m'en mettre en colère. Oui, monsieur, je mangerois plutôt le cornet, l'encre, la plume & le papier, que d'en faire autant en un mois; que l'on est heureux quand on a de l'esprit! ho, ho, ho! dit notre bourgeois, ne me louez pas

tant, mon cher baron, vous me donneriez trop
de vanité; j'avoue néanmoins que cette comparaison de verre optique me plaît infiniment, c'eſt
là ce qu'on appelle une penſée nouvelle : ajoutez-y
& très-ſublime, dit le baron; ſentez-vous le
petit jeu de mots grillées, grillades ? Rien ne convient davantage au ſujet, continua le pauvre la
Dandinardière; je ne veux pas céler que dans ces
ſortes de choſes, j'ai un génie ſupérieur; mais
cachetons la lettre d'une manière ſi galante ;
qu'elle réponde à ce qu'elle renferme. Il faut de
la ſoie verte & une deviſe, j'ai un cachet dans
ma poche qui y ſera propre; c'eſt une femme appuyée ſur une ancre, qui donne à téter à un petit
amour, & les paroles de l'emblême ſont :

L'eſpérance nourrit l'amour.

Il me ſouvient, dit monſieur de Saint-Thomas,
d'en avoir là une ſemblable. De quelqu'endroit
que vous l'ayiez, elle vient de moi, reprit hardiment la Dandinardière; toute la cour l'a ad-
mirée; le roi l'a fait graver, & rien n'étoit bien,
en fait de deviſes, ſi elles n'étoient de ma façon.
Je le crois ſans peine, continua le baron, vous
avez un feu & une vivacité qui vous feroient
réuſſir à quelque choſe encore plus difficile ; mais

à

à propos, je doute que ma femme foit fournie de foie platte. N'importe, dit la Dandinardière, pourvu qu'elle foit verte, j'en ferai content.

Monfieur de Saint-Thomas fortit, il en envoya chercher par le gafcon qui n'ofoit entrer; car la Dandinardière l'auroit reconnu pour fon matamore. Après avoir fouillé dans vingt tiroirs différens, il s'avifa d'aller au pavillon de mefdemoifelles de Saint Thomas; il leur dit que le gentilhomme bleffé demandoit de la foie verte, & de la cire pour cacheter une lettre. Comme elles n'avoient pu, fur aucun prétexte, aller dans fa chambre, elles furent ravies de celui qui s'offroit; n'attendez point, lui dirent-elles, nous n'avons ni foie ni cire. Le gafcon retourna en demander à toute la maifon, pendant que ces deux belles filles fe glifsèrent le long des charmilles du jardin, pour n'être point vues de leur mère; & tenant un petit coffre d'écaille, garni de feuilles d'argent fort minces, où elles avoient mis de la cire, de la poudre brillante, du papier doré & des pelotons de foie de toutes les couleurs, elles entrèrent dans la chambre de la Dandinardière, & s'approchèrent de fon lit, avant que leur père, qui étoit tourné, les eût apperçues; mais le petit homme qui les reconnut du premier coup d'œil, pouffa un grand cri, & fe

trémouffant dans fon lit, il difoit : place aux
princeffes. Il eft certain que le baron le crut alors
tout à fait infenfé ; cependant le bruit qu'il entendit derrière lui ; l'obligea de tourner la tête ;
il demeura furpris de voir là fes filles.

Voilà Virginie & Marthonide, lui dit-il, qui
vous viennent voir ; elles ont fu fans doute que
j'étois dans votre chambre. Mon père, répondit
l'aînée, on nous eft venu dire de votre part,
que ce jeune étranger avoit befoin de foie pour
cacheter une lettre, nous lui en apportons. La
Dandinardière, confus d'une fi grande faveur,
ne répondoit rien, il étoit agité de mille différentes penfées ; il croyoit aimer une alteffe, & il
falloit defcendre de plufieurs degrés ; il avoit fait
la lettre dans cet efprit, elle ne lui fembloit plus
convenable à des demoifelles de province ; il avoit
un regret mortel de perdre les applaudiffemens
qu'elle méritoit. Il s'étoit fait un plaifir de conduire cette intrigue galante, & d'avoir un homme
de qualité pour confident, le père de fa maîtreffe. La chofe, felon lui, ne pouvoit plus être
myftérieufe, elle changeoit bien d'efpèce ; c'étoit
un fujet de défefpoir ; d'ailleurs, il étoit ravi de
retrouver les charmantes inconnues ; leur empreffement pour venir dans fa chambre, flattoit beaucoup fa vanité & fon cœur ; toutes ces différentes

chofes l'agitoient à tel point, qu'il ne pouvoit parler.

Le baron qui n'avoit pas douté, en écrivant la lettre, que c'étoit pour fes filles, le tira bientôt d'embarras : il lui dit d'un air gai, qu'il ne pouvoit plus douter du mérite de Virginie & de Marthonide, puifqu'il avoit fait une fi forte impreffion fur lui ; & qu'il ne vouloit point qu'elles perdiffent la lecture du plus galant billet qui eût été écrit depuis un fiècle, qu'elles avoient affez de goût pour en fentir les beaux endroits. Nos précieufes n'eurent pas befoin d'être préparées pour tomber dans l'extafe ; elles furent frappées du verre optique, & s'écrièrent cent fois : ah que cela eft beau ! quelle penfée, que de fineffe ! il n'eft pas permis d'écrire ainfi. La Dandinardière, pendant ce tems-là, racommodoit fon bonnet de nuit, & fe fentant honteux d'avoir la tête entortillée de ferviettes, il prit brufquement fon cafque qui étoit fur une chaife à côté de lui, & le voulut mettre, pour être, dit-il, plus décemment devant ces demoifelles. Le baron ne pouvoit s'empêcher de rire de tout fon cœur d'une extravagance fi nouvelle. Il lui laiffoit effayer une chofe impoffible, car fa tête étoit alors trop groffe pour entrer dans le cafque : recevez au moins mes intentions refpectueufes, leur dit-il. Nous vous

F f ij

tenons compte de tout, seigneur, répliqua Virginie, & dans la crainte de vous incommoder,
je suis d'avis que nous nous retirions. Ah! beaux
soleils, s'écria notre bourgeois, sur le ton de
phébus, allez-vous obscurcir ma chambre par
votre éclipse? Monsieur, dit-il, en se retournant vers le baron, obligez ces charmantes
déesses de rester, je vous en conjure; non, dit
le baron, vous avez déjà tant parlé, que je me le
reproche; reposez vous un peu, vous êtes assez blessé pour devoir être ménagé. Adieu, nous
vous laissons; assurez-vous que maître Robert
ne paroîtra plus, & que vous en aurez un
autre.

Ainsi le père & les deux filles alloient quitter
la Dandinardière, lorsqu'il leur dit: tout au
moins, ne me refusez pas quelques livres, dont
la lecture puisse adoucir votre absence, car je
ne suis point assez mal pour ne pouvoir lire. Je
vais vous envoyer, dit Marthonide, un conte
que ma sœur acheva hier au soir. Je ne veux point
de contes, répliqua-t-il; comme je fais grosse dépense, mes marchands ne m'en envoyent que trop
souvent. Vous ne connoissez pas ceux-ci, cheva-
lier-seigneur, ajouta Virginie, ces sortes de contes
sont à la mode, tout le monde en fait; & comme
je me pique d'imiter les personnes d'esprit, en-

core que je fois dans le fond d'une province , je ne laiffe pas de vouloir envoyer mon petit ouvrage à Paris ; mais s'il pouvoit vous plaire , que j'en aurois de plaifir ! je ferois bien fûre de l'approbation des connoiffeurs. Je vous donne déjà mon fuffrage, adorable Virginie , répliqua le petit la Dandinardière, & je prétends envoyer dès demain ce joli conte à la cour , fi vous le trouvez bon ; il y a cinq ou fix princeffes qui me permettent de leur écrire , & de les régaler de mes vers. Ha ! que dites-vous, feigneur, s'écria Marthonide , vous faites des vers, j'en fuis folle ; de grâce , ayons le plaifir d'en entendre. Ce ne fera pas au moins à l'heure qu'il eft , dit le baron ; en les pouffant pour les faire fortir, vous n'êtes que des difcoureufes , & vous ferez caufe de la mort de mon ami.

Dès qu'elles furent retournées à leur pavillon, elles chargèrent une femme de chambre de porter le petit conte au chevalier errant ; il parut ravi de tant de marques de bonté ; mais comme il ne pouvoit lire longtems en l'état où il étoit , il envoya dire au prieur qu'il le demandoit avec beaucoup d'empreffement. Ces nouvelles inquiétèrent toute la maifon, l'on crut qu'il fe trouvoit plus mal , de forte que chacun vint , mais il parut fi tranquille, qu'on jugea bien que c'étoit

une fauſſe alarme. Le prieur lui demanda ce qu'il
ſouhaitoit. La Dandinardière lui montra le cahier qu'on venoit de lui apporter, & le pria de
ſoulager le mal qu'il ſouffroit par une lecture
agréable. Il commença auſſi - tôt le conte que
voici.

LA CHATTE

BLANCHE,

CONTE.

Il étoit une fois un roi qui avoit trois fils bien faits & courageux ; il eut peur que l'envie de régner ne leur prît avant sa mort ; il couroit même certains bruits qu'ils cherchoient à s'acquérir des créatures , & que c'étoit pour lui ôter son royaume. Le roi se sentoit vieux, mais son esprit & sa capacité n'ayant point diminué , il n'avoit pas envie de leur céder une place qu'il remplissoit si dignement ; il pensa donc que le meilleur moyen de vivre en repos, c'étoit de les amuser par des promesses dont il sauroit toujours éluder l'effet.

Il les appela dans son cabinet, & après leur avoir parlé avec beaucoup de bonté , il ajouta : vous conviendrez avec moi, mes chers enfans , que mon grand âge ne permet pas que je m'applique aux affaires de mon état avec autant de

Ff iv

foin que je le faifois autrefois : je crains que mes
fujets n'en fouffrent, je veux mettre ma couronne fur la tête d'un de vous autres ; mais il eſt
bien juſte que, pour un tel préſent, vous cher-
chiez les moyens de me plaire, dans le deſſein
que j'ai de me retirer à la campagne. Il me ſemble
qu'un petit chien adroit, joli & fidelle, me tiendroit bonne compagnie ; de forte que fans choifir mon fils aîné, plutôt que mon cadet, je vous
déclare que celui des trois qui m'apportera le plus
beau petit chien, fera auſſi-tôt mon héritier. Ces
princes demeurèrent furpris de l'inclination de
leur père pour un petit chien, mais les deux ca-
dets y pouvoient trouver leur compte, & ils acceptèrent avec plaiſir la commiſſion d'aller en
chercher un ; l'aîné étoit trop timide ou trop reſpectueux pour repréſenter ſes droits. Ils prirent
congé du roi, il leur donna de l'argent & des
pierreries, ajoutant que dans un an fans y manquer ils revinſſent au même jour & à la même
heure, lui apporter leurs petits chiens.

Avant de partir, ils allèrent dans un château
qui n'étoit qu'à une lieue de la ville. Ils y menèrent leurs plus confidens, & firent de grands
feſtins, où les trois frères ſe promirent une amitié éternelle, qu'ils agiroient dans l'affaire en
queſtion fans jalouſie & fans chagrin, & que le
plus heureux feroit toujours part de ſa fortune

aux autres ; enfin ils partirent, réglant qu'ils se trouveroient à leur retour dans le même château, pour aller ensemble chez le roi ; ils ne voulurent être suivis de personne, & changèrent leurs noms pour n'être pas connus.

Chacun prit une route différente, les deux aînés eurent beaucoup d'aventures ; mais je ne m'attache qu'à celles du cadet. Il étoit gracieux, il avoit l'esprit gai & réjouissant, la tête admirable, la taille noble, les traits réguliers, de belles dents, beaucoup d'adresse dans tous les exercices qui conviennent à un prince. Il chantoit agréablement, il touchoit le luth & le théorbe, avec une délicatesse qui charmoit. Il savoit peindre ; en un mot, il étoit très-accompli ; & pour sa valeur, elle alloit jusqu'à l'intrépidité.

Il n'y avoit guère de jours qu'il n'achetât des chiens, de grands, de petits, des lévriers, des dogues, limiers, chiens de chasse, épagneuls, barbets, bichons ; dès qu'il en avoit un beau, & qu'il en trouvoit un plus beau, il laissoit aller le premier pour garder l'autre ; car il auroit été impossible qu'il eût mené tout seul trente ou quarante mille chiens, & il ne vouloit ni gentilshommes, ni valets de chambre, ni pages à sa suite. Il avançoit toujours son chemin, n'ayant point déterminé jusqu'où il iroit, lorsqu'il fut surpris de la nuit, du tonnerre & de la

pluie dans une forêt , dont il ne pouvoit plus
reconnoître les fentiers.

Il prit le premier chemin , & après avoir marché long-tems , il apperçut un peu de lumière ;
ce qui lui perfuada, qu'il y avoit quelque maifon
proche où il fe mettroit à l'abri jufqu'au lendemain. Ainfi guidé par la lumière qu'il voyoit, il
arriva à la porte d'un château, le plus fuperbe
qui fe foit jamais imaginé. Cette porte étoit d'or,
couverte d'efcarboucles, dont la lumière vive &
pure éclairoit tous les environs. C'étoit elle que
le prince avoit vue de fort loin ; les murs étoient
d'une porcelaine tranfparente, mêlée de plufieurs
couleurs , qui repréfentoient l'hiftoire de toutes
les fées, depuis la création du monde jufqu'alors ;
les fameufes aventures de Peau-d'Ane, de Fi-
nette , de l'Oranger, de Gracieufe, de la Belle
au bois dormant, de Serpentin-Vert, & de cent
autres, n'y étoient pas oubliées. Il fut charmé
d'y reconnoître le prince Lutin, car c'étoit fon
oncle à la mode de Bretagne. La pluie & le mauvais tems l'empêchèrent de s'arrêter davantage
dans un lieu où il fe mouilloit jufqu'aux os ,
outre qu'il ne voyoit point du tout aux endroits
où la lumière des efcarboucles ne pouvoit s'é-
tendre.

Il revint à la porte d'or ; il vit un pié de chevreuil attaché à une chaîne toute de diamans, il

admira cette magnificence, & la fécurité avec
laquelle on vivoit dans le château ; car enfin,
difoit-il, qui empêche les voleurs de venir couper
cette chaîne, & d'arracher les efcarboucles ? ils
fe feroient riches pour toujours.

Il tira le pié de chevreuil, & auffi-tôt il entendit fonner une cloche qui lui parut d'or ou
d'argent, par le fon qu'elle rendoit ; au bout d'un
moment la porte fut ouverte, fans qu'il apperçut
autre chofe qu'une douzaine de mains en l'air,
qui tenoient chacune un flambeau. Il demeura fi
furpris, qu'il héfitoit à avancer, quand il fentit
d'autres mains qui le pouffoient par derrière avec
affez de violence. Il marcha donc fort inquiet, & à
tout hafard, il porta la main fur la garde de fon
épée; mais entrant dans un veftibule tout incrufté
de porphire & de lapis, il entendit deux voix ra-
viffantes qui chantèrent ces paroles.

> Des mains que vous voyez ne prenez point d'ombrage,
>   Et ne craignez en ce féjour
>   Que les charmes d'un beau vifage,
>   Si votre cœur veut fuir l'amour.

Il ne put croire qu'on l'invitât de fi bonne
grâce, pour lui faire enfuite du mal ; de forte que
fe fentant pouffé vers une grande porte de corail,
qui s'ouvrit dès qu'il s'en fut approché, il entra
dans un fallon de nacre de perles, & enfuite

dans plusieurs chambres ornées différemment, & si riches par les peintures & les pierreries, qu'il en étoit comme enchanté. Mille & mille lumières attachées depuis la voûte du sallon jusqu'en bas, éclairoient une partie des autres appartemens, qui ne laissoient pas d'être remplis de lustres, de girandoles, & de gradins couverts de bougies; enfin la magnificence étoit telle, qu'il n'étoit pas aisé de croire que ce fût une chose possible.

Après avoir passé dans soixante chambres, les mains qui le conduisoient l'arrêtèrent; il vit un grand fauteuil de commodité, qui s'approcha tout seul de la cheminée. En même tems le feu s'alluma, & les mains qui lui sembloient fort belles, blanches, petites, graffettes & bien proportionnées, le déshabillèrent, car il étoit mouillé comme je l'ai déjà dit, & l'on avoit peur qu'il ne s'enr'humât. On lui présenta, sans qu'il vît personne, une chemise aussi belle que pour un jour de nôces, avec une robe de chambre d'une étoffe glacée d'or, brodée de petites émeraudes qui formoient des chiffres. Les mains, sans corps, approchèrent de lui une table, sur laquelle sa toilette fut mise. Rien n'étoit plus magnifique; elles le peignèrent avec une légèreté & une adresse dont il fut fort content. Ensuite on le r'habilla, mais ce ne fut pas avec ses habits, on lui en ap-

porta de beaucoup plus riches. Il admiroit silen-
cieusement tout ce qui se passoit, & quelquefois il lui prenoit de petits mouvemens de
frayeur, dont il n'étoit pas tout-à-fait le
maître.

Après qu'on l'eut poudré, frisé, parfumé, pa-
ré, ajusté, & rendu plus beau qu'Adonis, les
mains le conduisirent dans une salle superbe
par ses dorures & ses meubles. On voyoit autour l'histoire des plus fameux Chats; Rodillar-
dus pendu par les piés au conseil des rats, Chat
botté, marquis de Carabas, le Chat qui écrit,
la Chatte devenue femme, les sorciers deve-
nus Chats, le sabat & toutes ses cérémonies;
enfin rien n'étoit plus singulier que ces tableaux

Le couvert étoit mis; il y en avoit deux, chacun garni de son cadenat d'or; le buffet surpre-
noit par la quantité de vases de cristal de roche
& de mille pierres rares. Le prince ne savoit pour
qui ces deux couverts étoient mis : lorsqu'il vit
des Chats qui se placèrent dans un petit orchestre,
ménagé exprès, l'un tenoit un livre avec des
notes les plus extraordinaires du monde, l'autre
un rouleau de papier dont il battoit la mesure, &
les autres avoient de petites guitarres. Tout d'un
coup chacun se mit à miauler sur différens tons,
& à gratter les cordes des guittarres avec leurs
ongles; c'étoit la plus étrange musique que l'on

eût jamais entendue. Le prince se seroit cru en enfer, s'il n'avoit pas trouvé ce palais trop merveilleux pour donner dans une pensée si peu vraisemblable; mais il se bouchoit les oreilles, & rioit de toute sa force de voir les différentes postures & les grimaces de ces nouveaux musiciens.

Il rêvoit aux différentes choses qui lui étoient déjà arrivées dans ce château, lorsqu'il vit entrer une petite figure qui n'avoit pas une coudée de haut. Cette bamboche se couvroit d'un long voile de crêpe noir. Deux chats la menoient; ils étoient vêtus de deuil, en manteau, & l'épée au côté; un nombreux cortège de chats venoit après; les uns portoient des ratières pleines de rats, & les autres des souris dans des cages.

Le prince ne sortoit point d'étonnement; il ne savoit que penser. La figurine noire s'approcha; & levant son voile, il apperçut la plus belle petite Chatte Blanche qui ait jamais été & qui sera jamais. Elle avoit l'air fort jeune & fort triste; elle se mit à faire un miaulis si doux & si charmant, qu'il alloit droit au cœur; elle dit au prince: fils de roi, sois le bien venu, ma miaularde majesté te voit avec plaisir. Madame la Chatte, dit le prince, vous êtes bien généreuse de me recevoir avec tant d'accueil, mais vous ne me paroissez pas une bestiole ordinaire; le don que vous avez de la parole, & le superbe château que vous possédez, en sont des preuves assez évidentes. Fils de roi, reprit Chatte Blanche, je te prie, cesse de me faire des complimens, je suis simple dans mes discours & dans mes manières, mais j'ai un bon cœur. Allons, continua-t-elle, que l'on serve, & que les musiciens se taisent, car le prince n'entend pas ce qu'ils disent. Et, disent-ils quelque chose, madame, reprit-il? Sans doute, continua-t-elle, nous avons ici des poëtes qui ont infiniment d'esprit, & si vous restez un peu parmi nous, vous aurez lieu d'en être convaincu: il ne faut que vous entendre pour le croire, dit galamment le prince; mais aussi, madame, je vous regarde comme une chatte fort rare.

L'on apporta le souper, les mains dont les corps étoient invisibles servoient. L'on mit d'abord sur la table deux bisques, l'une de pigeonneaux, & l'autre de souris fort grasses. La vue de l'une empêcha le prince de manger de l'autre, se figurant que le même cuisinier les avoit accommodées : mais la petite chatte, qui devina par la mine qu'il faisoit, ce qu'il avoit dans l'esprit, l'assura que sa cuisine étoit à part, & qu'il pouvoit manger de ce qu'on lui présenteroit, avec certitude, qu'il n'y auroit ni rats, ni souris.

Le prince ne fe le fit pas dire deux fois, croyant bien que la belle petite Chatte ne voudroit pas le tromper. Il remarqua qu'elle avoit à fa patte un portrait fait en table ; cela le furprit. Il la pria de le lui montrer, croyant que c'étoit maître Minagrobis. Il fut bien étonné de voir un jeune homme fi beau, qu'il étoit à peine croyable que la nature en pût former un femblable,& qui lui reffembloit fi fort, qu'on n'auroit pu le peindre mieux. Elle foupira, & devenant encore plus trifte, elle garda un profond filence. Le prince vit bien qu'il y avoit quelque chofe d'extraordinaire là-deffous ; cependant il n'ofa s'en informer de peur de déplaire à la Chatte, ou de la chagriner. Il l'entretint de toutes les nouvelles qu'il favoit, & il la trouva fort inftruite des différens intérêts des princes, & des autres chofes qui fe paffoient dans le monde.

Après le fouper, Chatte Blanche convia fon hôte d'entrer dans un fallon où il y avoit un théâtre, fur lequel douze chats & douze finges dansèrent en ballet. Les uns étoient vêtus en Maures, & les autres en Chinois. Il eft aifé de juger des fauts & des cabrioles qu'ils faifoient, & de tems en tems ils fe donnoient des coups de griffes ; c'eft ainfi que la foirée finit. Chatte Blanche donna le bon foir à fon hôte ; les mains qui l'avoient conduit jufques-là, le reprirent & le

menèrent

menèrent dans un appartement tout opposé à celui qu'il avoit vu. Il étoit moins magnifique que galant; tout étoit tapiffé d'aîles de papillons, dont les diverfes couleurs formoient mille fleurs différentes. Il y avoit auffi des plumes d'oifeaux très-rares, & qui n'ont peut-être jamais été vus que dans ce lieu-là. Les lits étoient de gaze, rattachés par mille nœuds de rubans. C'étoit de grandes glaces depuis le plafond jufqu'au parquet, & les bordures d'or cifelé, reprefentoient mille petits amours.

Le prince fe coucha fans dire mot, car il n'y avoit pas moyen de faire la converfation avec les mains qui le fervoient; il dormit peu, & fut reveillé par un bruit confus. Les mains auffitôt le tirèrent de fon lit, & lui mirent un habit de chaffe. Il regarda dans la cour du château, il apperçut plus de cinq cens chats, dont les uns menoient des lévriers en leffe, les autres fonnoient du cor; c'étoit une grande fête. Chatte Blanche alloit à la chaffe; elle vouloit que le prince y vînt. Les officieufes mains lui préfentèrent un cheval de bois qui couroit à toute bride, & qui alloit le pas à merveille; il fit quelque difficulté d'y monter, difant qu'il s'en falloit beaucoup qu'il ne fût chevalier errant comme don Quichotte: mais fa réfiftance ne fervit de rien, on le planta fur le cheval de bois. Il avoit

Tome III. G g

une houffe & une felle en broderie d'or & de
diamans. Chatte Blanche montoit un finge, le
plus beau & le plus fuperbe qui fe foit encore vu ;
elle avoit quitté fon grand voile, & portoit un
bonnet à la dragonne, qui lui donnoit un air fi
réfolu, que toutes les fouris du voifinage en
avoient peur. Il ne s'étoit jamais fait une chaffe
plus agréable ; les chats couroient plus vîte que
les lapins & les lièvres ; de forte que lorfqu'ils en
prenoient, Chatte Blanche faifoit faire la curée
devant elle, & il s'y paffoit mille tours d'adreffe
très-réjouiffans ; les oifeaux n'étoient pas de leur
côté trop en fûreté, car les chattons grimpoient
aux arbres, & le maître finge portoit Chatte
Blanche jufques dans les nids des aigles, pour
difpofer à fa volonté des petites alteffes ai-
glonnes.

La chaffe étant finie, elle prit un cor qui
étoit long comme le doigt, mais qui rendoit un
fon fi clair & fi haut, qu'on l'entendoit aifément de dix lieues : dès qu'elle eut fonné deux
ou trois fanfares, elle fut environnée de tous les
chats du pays, les uns paroiffoient en l'air,
montés fur des chariots, les autres dans des
barques abordoient par eau, enfin il ne s'en eft
jamais tant vu. Ils étoient prefque tous habillés
de différentes manières ; elle retourna au château avec ce pompeux cortège, & pria le prince

d'y venir. Il le voulut bien , quoiqu'il lui femblât
que tant de chatonnerie tenoit un peu du fabat
& du forcier , & que la Chatte parlante l'éton-
nât plus que tout le refte.

• Dès qu'elle fut rentrée chez elle , on lui mit
fon grand voile noir ; elle foupa avec le prince ,
il avoit faim , & mangea de bon appétit ; l'on
apporta des liqueurs dont il but avec plaifir , &
fur le champ elles lui ôtèrent le fouvenir du petit chien qu'il devoit porter au roi. Il ne penfa
plus qu'à miauler avec Chatte Blanche , c'eſt à
dire à lui tenir bonne & fidelle compagnie ; il
paſſoit les jours en fêtes agréables , tantôt à la
pêche ou à la chaſſe , puis l'on faifoit des ballets,
des caroufels , & mille autres chofes où il fe di-
vertiſſoit très-bien ; fouvent même la belle Chatte
compofoit des vers & des chanfonnettes d'un
ftyle ſi paſſionné , qu'il fembloit qu'elle avoit le
cœur tendre , & que l'on ne pouvoit parler comme
elle faifoit fans aimer ; mais fon fecrétaire qui
étoit un vieux chat , écrivoit ſi mal , qu'encore que
fes ouvrages aient été confervés , il eſt impoſſible,
de les lire.

Le prince avoit oublié jufqu'à fon pays. Les
mains dont j'ai parlé continuoient de le fervir. Il
regrettoit quelquefois de n'être pas chat , pour
paſſer fa vie dans cette bonne compagnie. Hélas!
difoit-il à Chatte Blanche , que j'aurai de douleur

de vous quitter ; je vous aime fi chèrement ! ou
devenez fille , ou rendez-moi chat. Elle trouvoit
son souhait fort plaisant, & ne lui faisoit que des
réponses obscures, où il ne comprenoit presque
rien.

Une année s'écoule bien vîte quand on n'a ni
souci ni peine, qu'on se réjouit & qu'on se porte
bien. Chatte Blanche savoit le tems où il devoit
retourner ; & comme il n'y pensoit plus , elle l'en
fit souvenir. Sais-tu, dit-elle , que tu n'as que
trois jours pour chercher le petit chien que le roi
ton père, souhaite, & que tes frères en ont trouvé de fort beaux ? Le prince revint à lui , &
s'étonnant de sa négligence : par quel charme secret, s'écria-t-il , ai-je oublié la chose du monde
qui m'est la plus importante? Il y va de ma gloire
& de ma fortune ; où prendrai-je un chien tel
qu'il le faut pour gagner un royaume, & un cheval assez diligent pour faire tant de chemin ?
Il commença de s'inquiéter , & s'affligea beaucoup.

Chatte Blanche lui dit, en s'adoucissant : fils
de roi, ne te chagrines point, je suis de tes amies ;
tu peux rester encore ici un jour ,& quoiqu'il y ait
cinq cens lieues d'ici à ton pays, le bon cheval de
bois t'y portera en moins de douze heures. Je
vous remercie , belle Chatte , dit le prince ; mais
il ne me suffit pas de retourner vers mon père ,

il faut que je lui porte un petit chien : tiens, lui dit Chatte Blanche, voici un gland où il y en a un plus beau que la canicule. Oh, dit le prince, madame la Chatte, votre majesté se moque de moi. Approches le gland de ton oreille, continua-t-elle, & tu l'entendras japper. Il obéit : aussitôt le petit chien fit jap, jap, dont le prince demeura transporté de joie, car tel chien qui tient dans un gland doit être fort petit. Il vouloit l'ouvrir, tant il avoit envie de le voir : mais Chatte Blanche lui dit qu'il pourroit avoir froid par les chemins, & qu'il valoit mieux attendre qu'il fût devant le roi son père. Il la remercia mille fois, & lui dit un adieu très-tendre ; je vous assure, ajouta-t-il, que les jours m'ont paru si courts avec vous, que je regrette en quelque façon de vous laisser ici, & quoique vous y soyez souveraine, & que tous les chats qui vous font la cour, aient plus d'esprit & de galanterie que les nôtres, je ne laisse pas de vous convier de venir avec moi. La Chatte ne répondit à cette proposition que par un profond soupir.

Ils se quittèrent, le prince arriva le premier au château où le rendez-vous avoit été réglé avec ses frères. Ils s'y rendirent peu après, & demeurèrent surpris de voir dans la cour un cheval de bois qui sautoit mieux que tous ceux que l'on a dans les académies.

Le prince vint au devant d'eux. Ils s'embraſ-
sèrent pluſieurs fois, & ſe rendirent compte de
leurs voyages; mais notre prince déguiſa à ſes frères
la vérité de ſes aventures, & leur montra un méchant chien, qui ſervoit à tourner la broche,
diſant qu'il l'avoit trouvé ſi joli, que c'étoit celui
qu'il apportoit au roi. Quelqu'amitié qui fût entre
eux, les deux aînés ſentirent une ſecrète joie du
mauvais choix de leur cadet; ils étoient à table,
& ſe marchoient ſur le pié, comme pour ſe dire
qu'ils n'avoient rien à craindre de ce côté-là.

Le lendemain ils partirent enſemble dans un
même carroſſe. Les deux fils aînés du roi avoient
de petits chiens dans des paniers, ſi beaux & ſi
délicats, que l'on oſoit à peine les toucher. Le
cadet portoit le pauvre tournebroche, qui étoit
ſi crotté, que perſonne ne pouvoit le ſouffrir.
Lorſqu'ils furent dans le palais, chacun les en-
vironna pour leur ſouhaiter la bien-venue; ils
entrèrent dans l'appartement du roi. Il ne ſavoit
en faveur duquel décider, car les petits chiens
qui lui étoient préſentés par ſes deux aînés,
étoient preſque d'une égale beauté, & ils ſe diſputoient déjà l'avantage de la ſucceſſion, lorſque
leur cadet les mit d'accord en tirant de ſa poche
le gland que Chatte Blanche lui avoit donné. Il
l'ouvrit promptement, puis chacun vit un petit
chien couché ſur du coton. Il paſſoit au milieu

d'une bague fans y toucher. Le prince le mit par
terre, auffi tôt il commença de danfer la farabande avec des caftagnettes , auffi légèrement
que la plus célèbre efpagnole. Il étoit de mille
couleurs différentes, fes foies & fes oreilles traînoient par terre. Le roi demeura fort confus ; car
il étoit impoffible de trouver rien à redire à la
beauté du toutou.

Cependant il n'avoit aucune envie de fe défaire de fa couronne. Le plus petit fleuron lui
étoit plus cher que tous les chiens de l'univers. Il
dit donc à fes enfans qu'il étoit fatisfait de leurs
peines ; mais qu'ils avoient fi bien réuffi dans la
première chofe qu'il avoit fouhaité d'eux, qu'il
vouloit encore éprouver leur habileté avant de
tenir parole ; qu'ainfi il leur donnoit un an à
chercher par terre & par mer, une pièce de toile
fi fine, qu'elle pafsât par le trou d'une aiguille à
faire du point de Venife. Ils demeurèrent tous
trois très-affligés d'être en obligation de retourner à une nouvelle quête. Les deux princes, dont
les chiens étoient moins beaux que celui de leur
cadet, y confentirent. Chacun partit de fon côté,
fans fe faire autant d'amitié que la première fois ,
car le tournebroche les avoit un peu refroidis.

Notre prince reprit fon cheval de bois ; & fans
vouloir chercher d'autres fecours que ceux qu'il
pourroit efpérer de l'amitié de Chatte Blanche, il

partit en toute diligence, & retourna au château
où elle l'avoit si bien reçu. Il en trouva toutes les
portes ouvertes ; les fenêtres, les toîts, les tours
& les murs étoient bien éclairés de cent mille
lampes, qui faifoient un effet merveilleux. Les
mains qui l'avoient si bien fervi, s'avancèrent
au-devant de lui, prirent la bride de l'excellent
cheval de bois, qu'elles menèrent à l'écurie,
pendant que le prince entra dans la chambre de
Chatte Blanche.

Elle étoit couchée dans une petite corbeille,
fur un matelas de fatin blanc très-propre. Elle
avoit des cornettes négligées, & paroiffoit abattue ; mais quand elle apperçut le prince, elle fit
mille fauts & autant de gambades, pour lui témoigner la joie qu'elle avoit. Quelque fujet que
j'eufe, lui dit-elle, d'efpérer ton retour, je
t'avoue, fils de roi, que je n'ofois m'en flatter,
& je fuis ordinairement fi malheureufe dans les
chofes que je fouhaite, que celle-ci me furprend.
Le prince reconnoiffant, lui fit mille careffes ;
il lui conta le fuccès de fon voyage, qu'elle favoit
peut-être mieux que lui, & que le roi vouloit
une pièce de toile qui pût paffer par le trou d'une
aiguille ; qu'à la vérité il croyoit la chofe impoffible, mais qu'il n'avoit pas laiffé de la tenter,
fe promettant tout de fon amitié & de fon fecours. Chatte Blanche prenant un air plus férieux,

lui dit que c'étoit une affaire à laquelle il falloit penser, que par bonheur elle avoit dans son château des chattes qui filoient fort bien, qu'elle-même y mettroit la griffe, & qu'elle avanceroit cette besogne ; qu'ainsi il pouvoit demeurer tranquille, sans aller bien loin chercher ce qu'il trouveroit plus aisément chez elle qu'en aucun lieu du monde.

Les mains parurent, elles portoient des flambeaux ; & le prince les suivant avec Chatte Blanche, entra dans une magnifique galerie qui régnoit le long d'une grande rivière, sur laquelle on tira un feu d'artifice surprenant. L'on y devoit brûler quatre chats, dont le procès étoit fait dans toutes les formes. Ils étoient accusés d'avoir mangé le rôti du souper de la Chatte Blanche, son fromage, son lait, d'avoir même conspiré contre sa personne avec Martafax & Lhermite, fameux rats de la contrée, & tenus pour tels par la Fontaine, auteur très-véritable : mais avec tout cela, l'on savoit qu'il y avoit beaucoup de cabale dans cette affaire, & que la plupart des témoins étoient subornés. Quoi qu'il en soit, le prince obtint leur grâce. Le feu d'artifice ne fit mal à personne, & l'on n'a encore jamais vu de si belles fusées.

L'on servit ensuite une médianoche très-propre, qui causa plus de plaisir au prince que le feu, car il avoit grand faim, & son cheval de

bois l'avoit mené fi vîte, qu'il n'a jamais été de
diligence pareille. Les jours fuivans fe pafsèrent
comme ceux qui les avoient précédés , avec
mille fêtes différentes, dont l'ingénieufe Chatte
Blanche régaloit fon hôte. C'eft peut être le premier mortel qui fe foit fi bien diverti avec des
chats , fans avoir d'autre compagnie.

Il eft vrai que Chatte Blanche avoit l'efprit
agréable , liant , & prefque univerfel. Elle étoit
plus favante qu'il n'eft permis à une chatte de
l'être. Le prince s'en étonnoit quelquefois : non ,
lui difoit-il, ce n'eft point une chofe naturelle que
tout ce que je remarque de merveilleux en vous:
fi vous m'aimez , charmante minette, apprenez-
moi par quel prodige vous penfez & vous parlez
fi jufte , qu'on pourroit vous recevoir dans les
académies fameufes des plus beaux efprits? Ceffe
tes queftions, fils de roi, lui difoit elle , il ne
m'eft pas permis d'y répondre , & tu peux pouffer
tes conjectures aufli loin que tu voudras , fans
que je m'y oppofe ; qu'il te fuffife que j'ai toujours pour toi patte de velours , & que je m'in-
térefle tendrement dans tout ce qui te regarde.

Infenfiblement cette feconde année s'écoula
comme la première , le prince ne fouhaitoit
guère de chofe que les mains diligentes ne lui
apportaffent fur le champ , foit des livres , des
pierreries, des tableaux , des médailles antiques;

enfin il n'avoit qu'à dire je veux un tel bijou, qui eft dans le cabinet du mogol ou du roi de Perfe, telle ftatue de Corinthe ou de la Grèce, il voyoit auffi-tôt devant lui ce qu'il défiroit, fans favoir ni qui l'avoit apporté, ni d'où il venoit. Cela ne laiffe pas d'avoir fes agrémens ; & pour fe délaffer, l'on eft quelquefois bien-aife de fe voir maître des plus beaux tréfors de la terre.

Chatte Blanche, qui veilloit toujours aux intérêts du prince, l'avertit que le tems de fon départ approchoit, qu'il pouvoit fe tranquillifer fur la pièce de toile qu'il défiroit, & qu'elle lui en avoit fait une merveilleufe ; elle ajouta qu'elle vouloit cette fois-ci lui donner un équipage digne de fa naiffance, & fans attendre fa réponfe, elle l'obligea de regarder dans la grande cour du château. Il y avoit une calèche découverte, d'or émaillé de couleur de feu, avec mille devifes galantes, qui fatisfaifoient autant l'efprit que les yeux. Douze chevaux blancs comme la neige, attachés quatre à quatre de front, la traînoient, chargés de harnois de velours couleur de feu en broderie de diamans, & garnis de plaques d'or. La doublure de la calèche étoit pareille, & cent carroffes à huit chevaux, tous remplis de feigneurs de grande apparence, très-fuperbement vêtus, fuivoient cette calèche. Elle étoit encore accompagnée par mille gardes du corps, dont

les habits étoient si couverts de broderie, que
l'on n'appercevoit point l'étoffe ; ce qui étoit singulier, c'est qu'on voyoit par-tout le portrait de
Chatte Blanche, soit dans les devises de la calèche, ou sur les habits des gardes du corps, ou
attachés avec un ruban au juste au corps de ceux
qui faisoient le cortège, comme un ordre nouveau dont elle les avoit honorés.

Va, dit-elle au prince, va paroître à la cour
du roi ton père, d'une manière si somptueuse,
que tes airs magnifiques servent à lui en imposer,
afin qu'il ne te refuse plus la couronne que tu
mérites. Voilà une noix, garde-toi de la casser
qu'en sa présence, tu y trouveras la pièce de
toile que tu m'as demandée. Aimable Blanchette,
lui dit-il, je vous avoue que je suis si pénétré de
vos bontés, que si vous y vouliez consentir, je
préférerois de passer ma vie avec vous, à toutes
les grandeurs que j'ai lieu de me promettre ailleurs. Fils de roi, répliqua-t-elle, je suis persuadée
de la bonté de ton cœur, c'est une marchandise rare
parmi les princes, ils veulent être aimés de tout
le monde, & ne veulent rien aimer ; mais tu
montres assez que la règle générale a son exception. Je te tiens compte de l'attachement que tu
témoignes pour une petite Chatte Blanche, qui
dans le fond n'est propre à rien qu'à prendre des
souris. Le prince lui baisa la patte, & partit.

L'on auroit de la peine à croire la diligence
qu'il fit, si l'on ne savoit déjà de quelle manière
le cheval de bois l'avoit porté, en moins de deux
jours, à plus de cinq cens lieues du château; de
sorte que le même pouvoir qui anima celui-là,
pressa si fort les autres, qu'ils ne restèrent que
vingt-quatre heures sur le chemin; ils ne s'arrêtèrent en aucun endroit, jusqu'à ce qu'ils fussent
arrivés chez le roi, où les deux frères aînés du
prince s'étoient déjà rendus; de sorte que ne
voyant point paroître leur cadet, ils s'applaudis-
soient de sa négligence, & se disoient tout bas
l'un à l'autre : voilà qui est bien heureux, il est
mort ou malade, il ne sera point notre rival
dans l'affaire importante qui va se traiter. Aussi-
tôt ils déployèrent leurs toiles, qui à la vérité
étoient si fines, qu'elles passoient par le trou
d'une grosse aiguille, mais pour dans une petite,
cela ne se pouvoit ; & le roi, très-aise de ce prétexte de dispute, leur montra l'éguille qu'il avoit
proposée, & que les magistrats, par son ordre,
apportèrent du trésor de la ville, où elle avoit
été soigneusement enfermée.

Il y avoit beaucoup de murmure sur cette dispute. Les amis des princes, & particulièrement
ceux de l'aîné, car c'étoit sa toile qui étoit la plus
belle, disoient que c'étoit là une franche chi-
cane, où il entroit beaucoup d'adresse & de

normanifme. Les créatures du roi foutenoient
qu'il n'étoit point obligé de tenir des conditions
qu'il n'avoit pas propofées ; enfin pour les mettre
tous d'accord, l'on entendit un bruit charmant
de trompettes, de timballes & de hautbois,
c'étoit notre prince qui arrivoit en pompeux ap-
pareil. Le roi & fes deux fils demeurèrent auffi
étonnés les uns que les autres d'une fi grande
magnificence.

Après qu'il eut falué refpectueufement fon
père, embraffé fes frères, il tira d'une boîte couverte de rubis la noix qu'il caffa ; il croyoit y
trouver la pièce de toile tant vantée ; mais il y
avoit au lieu une noifette. Il la caffa encore, &
demeura furpris de voir un noyau de cerife.
Chacun fe regardoit, le Roi rioit tout doucement,
& fe moquoit que fon fils eût été affez crédule
pour croire apporter dans une noix une pièce de
toile : mais pourquoi ne l'auroit-il pas cru, puifqu'il a déjà donné un petit chien qui tenoit dans
un gland? Il caffa donc le noyau de cerife qui étoit
rempli de fon amande ; alors il s'éleva un grand
bruit dans la chambre, l'on n'entendoit autre chofe,
finon, le prince cadet eft la dupe de l'aventure.
Il ne répondit rien aux mauvaifes plaifanteries
des courtifans, il ouvre l'amande, & trouve un
grain de blé, puis dans le grain de blé un grain
de millet. Ho ! c'eft la vérité qu'il commença à

fe défier, & marmota entre fes dents : Chatte
Blanche, Chatte Blanche, tu t'es moquée de
moi. Il fentit dans ce moment la griffe d'un chat
fur fa main, dont il fut fi bien égratigné, qu'il
en faignoit. Il ne favoit fi cette griffade étoit faite
pour lui donner du cœur, ou lui faire perdre
courage. Cependant il ouvrit le grain de miller,
& l'étonnement de tout le monde ne fut pas petit, quand il en tira une pièce de toile de quatre
cens aunes, fi merveilleufe, que tous les oifeaux,
les animaux & les poiffons y étoient peints avec
les arbres, les fruits & les plantes de la terre,
les rochers, les raretés & les coquillages de la
mer, le foleil, la lune, les étoiles, les aftres &
les planètes des cieux : il y avoit encore le portrait des rois & des autres fouverains qui ré-
gnoient pour lors dans le monde; celui de leurs
femmes, de leurs maîtreffes, de leurs enfans &
de tous leurs fujets, fans que le plus petit po-
liffon y fût oublié. Chacun dans fon état faifoit
le perfonnage qui lui convenoit, & vêtu à la
mode de fon pays. Lorfque le roi vit cette pièce
de toile, il devint auffi pâle que le prince étoit
devenu rouge de la chercher fi long-tems. L'on
préfenta l'aiguille, & elle y paffa & repaffa fix
fois. Le roi & les deux princes aînés gardoient
un morne filence, quoique la beauté & la rareté
de cette toile les forçât de tems en tems de dire

que tout ce qui étoit dans l'univers ne lui étoit
pas comparable.

Le roi pouſſa un profond ſoupir, & ſe tournant vers ſes enfans ; rien ne peut, leur dit-il,
me donner tant de conſolation dans ma vieilleſſe,
que de reconnoître votre déférence pour moi, je
ſouhaite donc que vous vous mettiez à une nouvelle épreuve. Allez encore voyager un an, &
celui qui au bout de l'année ramènera la plus
belle fille, l'épouſera, & ſera couronné roi à ſon
mariage ; c'eſt auſſi-bien une néceſſité, que mon
ſucceſſeur ſe marie. Je jure, je promets, que je
ne différerai plus à donner la récompenſe que j'ai
promiſe.

. Toute l'injuſtice rouloit ſur notre prince. Le
petit chien & la pièce de toile méritoient dix
royaumes plutôt qu'un ; mais il étoit ſi bien né,
qu'il ne voulut point contrarier la volonté de ſon
père ; & ſans différer, il remonta dans ſa calèche : tout ſon équipage le ſuivit, & il retourna
auprès de ſa chère Chatte Blanche ; elle ſavoit le
jour & le moment qu'il devoit arriver, tout étoit
jonché de fleurs ſur le chemin, mille caſſolettes
fumoient de tous côtés, & particulièrement dans
le château. Elle étoit aſſiſe ſur un tapis de Perſe,
& ſous un pavillon de drap d'or, dans une galerie
où elle pouvoit le voir revenir. Il fut reçu par les
mains qui l'avoient toujours ſervi. Tous les chats
grimpèrent

grimpèrent fur les goutières, pour le féliciter par un miaulage défefpéré.

Hé bien, fils de roi, lui dit-elle, te voilà donc encore revenu fans couronne ? Madame, répliqua-t-il, vos bontés m'avoient mis en état de la gagner : mais je fuis perfuadé que le roi auroit plus de peine à s'en défaire, que je n'aurois de plaifir à la poffëder. N'importe, dit-elle, il ne faut rien négliger pour la mériter, je te fervirai dans cette occafion ; & puifqu'il faut que tu mènes une belle fille à la cour de ton père, je t'en chercherai quelqu'une qui te fera gagner le prix ; cependant réjouiffons-nous, j'ai ordonné un combat naval entre mes chats & les terribles rats de la contrée. Mes chats feront peut-être embarraffés, car ils craignent l'eau ; mais auffi ils auroient trop d'avantage, & il faut, autant qu'on le peut, égaler toutes chofes. Le prince admira la prudence de madame Minerve. Il la loua beaucoup, & fut avec elle fur une terraffe qui donnoit vers la mer.

Les vaiffeaux des chats confiftoient en de grands morceaux de liége, fur lefquels ils voguoient affez commodément. Les rats avoient joint plufieurs coques d'œufs, & c'étoient là leurs navires. Le combat s'opiniâtra cruellement ; les rats fe jetoient dans l'eau, & nageoient bien mieux que les chats ; de forte que vingt fois ils furent vainqueurs & vaincus ; mais **Minagrobis**, amiral de la flotte chatonique, réduifit la gente ratonienne dans le dernier défefpoir. Il mangea à belles dents le général de leur flotte ; c'étoit un vieux rat expérimenté, qui avoit fait trois fois le tour du monde dans de bons vaiffeaux, où il n'étoit ni capitaine, ni matelot, mais feulement croque-lardon.

Chatte Blanche ne voulut pas qu'on détruisît abfolument ces pauvres infortunés. Elle avoit de la politique, & fongeoit que s'il n'y avoit plus ni rats, ni fouris dans le pays, fes fujets vivroient dans une oifiveté qui pourroit lui devenir préjudiciable. Le prince paffa cette année comme il avoit fait des autres, c'eft-à-dire à la chaffe, à la pêche, au jeu, car Chatte Blanche jouoit fort bien aux échecs. Il ne pouvoit s'empêcher de tems en tems de lui faire de nouvelles queftions, pour favoir par quel miracle elle parloit. Il lui demandoit fi elle étoit fée, ou fi par une métamorphofe on l'avoit rendue chatte ; mais comme elle ne difoit jamais que ce qu'elle vouloit bien dire, elle ne répondoit auffi que ce qu'elle vouloit bien répondre, & c'étoit tant de petits mots qui ne fignifioient rien, qu'il jugea aifément qu'elle ne vouloit pas partager fon fecret avec lui.

Rien ne s'écoule plus vîte que des jours qui fe paffent fans peine & fans chagrin, & fi la

Chatte n'avoit pas été soigneuse de se souvenir du
tems qu'il falloit retourner à la cour, il est certain que le prince l'auroit absolument oublié. Elle
l'avertit la veille qu'il ne tiendroit qu'à lui d'emmener une des plus belles princesses qui fût
dans le monde, que l'heure de détruire le fatal
ouvrage des fées étoit à la fin arrivé, & qu'il
falloit pour cela qu'il se résolût à lui couper la
tête & la queue, qu'il jetteroit promptement
dans le feu. Moi, s'écria - t - il, Blanchette ! mes
amours ! moi, dis-je, je serois assez barbare pour
vous tuer ? Ah ! vous voulez sans doute éprouver
mon cœur, mais soyez certaine qu'il n'est point
capable de manquer à l'amitié & à la reconnoissance qu'il vous doit. Non, fils de roi, continua-t-elle, je ne te soupçonne d'aucune ingratitude; je connois ton mérite, ce n'est ni toi, ni moi
qui réglons dans cette affaire notre destinée. Fais
ce que je souhaite, nous commencerons l'un &
l'autre d'être heureux, & tu connoîtras, foi de
Chatte de bien & d'honneur, que je suis véritablement ton amie.

Les larmes vinrent deux ou trois fois aux yeux
du jeune prince, de la seule pensée qu'il falloit
couper la tête à sa petite Chatonne qui étoit si jolie
& si gracieuse. Il dit encore tout ce qu'il put imaginer de plus tendre pour qu'elle l'en dispensât,
elle répondoit opiniâtrément qu'elle vouloit mou-

rir de fa main ; & que c'étoit l'unique moyen
d'empêcher que fes frères n'euffent la couronne;
en un mot, elle le preffa avec tant d'ardeur, qu'il
tira fon épée en tremblant, & d'une main mal
affurée, il coupa la tête & la queue de fa bonne
amie la Chatte : en même tems il vit la plus
charmante métamorphofe qui fe puiffe imaginer.
Le corps de Chatte Blanche devint grand, & fe
changea tout d'un coup en fille, c'eft ce qui ne
fauroit être décrit, il n'y a eu que celle-là d'auffi
accomplie. Ses yeux raviffoient les cœurs, & fa
douceur les retenoit : fa taille étoit majeftueufe,
l'air noble & modefte, un efprit liant, des manières engageantes; enfin elle étoit au-deffus de
tout ce qu'il y a de plus aimable.

Le prince en la voyant, demeura fi furpris,
& d'une furprife fi agréable, qu'il fe crut enchanté. Il ne pouvoit parler, fes yeux n'étoient
pas affez grands pour la regarder, & fa langue
liée ne pouvoit expliquer fon étonnement; mais
ce fut bien autre chofe, lorfqu'il vit entrer un
nombre extraordinaire de dames & de feigneurs,
qui tenant tous leur peau de chattes ou de chats
jetée fur leurs épaules, vinrent fe profterner aux
piès de la reine, & lui témoigner leur joie de la
revoir dans fon état naturel. Elle les reçut avec
des témoignages de bonté qui marquoient affez
le caractère de fon cœur. Et après avoir tenu fon

cercle quelques momens , elle ordonna qu'on la laifsât feule avec le prince , & elle lui parla ainfi :

Ne penfez pas , feigneur , que j'aie toujours été Chatte, ni que ma naiſſance foit obſcure parmi les hommes. Mon père étoit roi de fix royaumes. Il aimoit tendrement ma mère , & la laiſſoit dans une entière liberté de faire tout ce qu'elle vouloit. Son inclination dominante étoit de voyager ; de forte qu'étant groſſe de moi , elle entreprit d'aller voir une certaine montagne, dont elle avoit entendu dire des chofes furprenantes. Comme elle étoit en chemin , on lui dit qu'il y avoit proche du lieu où elle paſſoit, un ancien château de fée , le plus beau du monde , tout au moins qu'on le croyoit tel par une tradition qui en étoit reſtée ; car d'ailleurs comme perfonne n'y entroit , on n'en pouvoit juger ; mais qu'on favoit très-fûrement que ces fées avoient dans leur jardin les meilleurs fruits , les plus favoureux & délicats qui fe fuſſent jamais mangés.

Auſſi-tôt la reine ma mère, eut une envie fi violente d'en manger , qu'elle y tourna fes pas. Elle arriva à la porte de ce fuperbe édifice, qui brilloit d'or & d'azur de tous les côtés ; mais elle y frappa inutilement : qui que ce foit ne parut, il fembloit que tout le monde y étoit mort ; fon

envie augmentant par les difficultés , elle envoya
querir des échelles , afin que l'on pût paſſer par
deſſus les murs du jardin, & l'on en feroit venu
à bout, ſi ces murs ne ſe fuſſent hauſſés à vue
d'œil, bien que perſonne n'y travaillât ; l'on attachoit des échelles les unes aux autres , elles rompoient ſous le poids de ceux qu'on y faiſoit
monter , & ils s'eſtropioient ou ſe tuoient.

La reine ſe déſeſpéroit. Elle voyoit de grands
arbres chargés de fruits qu'elle croyoit délicieux,
elle en vouloit manger ou mourir ; de ſorte
qu'elle fit tendre des tentes fort riches devant le
château , & elle y reſta ſix ſemaines avec toute ſa
cour. Elle ne dormoit ni ne mangoit, elle ſou-
piroit ſans ceſſe , elle ne parloit que des fruits du
jardin inacceſſible; enfin elle tomba dangereuſement malade , ſans que qui que ce ſoit pût apporter le moindre remède à ſon mal , car les
inexorables fées n'avoient pas même paru depuis
qu'elle s'étoit établie proche de leur château.
Tous ſes officiers s'affligeoient extraordinairement : l'on n'entendoit que des pleurs & des
ſoupirs , pendant que la reine mourante demandoit des fruits à ceux qui la ſervoient; mais elle
n'en vouloit point d'autres que ceux qu'on lui
refuſoit.

Une nuit qu'elle s'étoit un peu aſſoupie, elle
vit en ſe réveillant une petite vieille , laide &

décrépite, affise dans un fauteuil au chevèt de
fon lit. Elle étoit furprife que fes femmes euffent
laiffé approcher fi près d'elle une inconnue, lorfqu'elle lui dit : nous trouvons ta majefté bien
importune, de vouloir avec tant d'opiniâtreté
manger de nos fruits ; mais puifqu'il y va de ta
précieufe vie, mes fœurs & moi confentons à
t'en donner tant que tu pourras en emporter, &
tant que tu refteras ici, pourvu que tu nous faffes
un don. Ah! ma bonne mère, s'écria la reine,
parlez, je vous donne mes royaumes, mon
cœur, mon ame, pourvu que j'aie des fruits,
je ne faurois les acheter trop cher. Nous voulons, dit-elle, que ta majefté nous donne la fille
que tu portes dans ton fein ; dès qu'elle fera née,
nous la viendrons querir ; elle fera nourrie parmi nous, il n'y a point de vertus, de beautés, de
fciences, dont nous ne la veuillons douer : en un
mot, ce fera notre enfant, nous la rendrons
heureufe ; mais obferve que ta majefté ne la re-
verra plus qu'elle ne foit mariée. Si la propofition
t'agrée, je vais tout à l'heure te guérir, & te
mener dans nos vergers ; malgré la nuit, tu verras affez clair pour choifir ce que tu voudras. Si
ce que je te dis ne te plaît pas, bon foir, madame
la reine, je vais dormir. Quelque dure que foit la
loi que vous m'impofez, répondit la reine, je
l'accepte, plutôt que de mourir ; car il eft certain

que je n'ai pas un jour à vivre, ainſi je perdrois mon enfant en me perdant. Guériſſez-moi, ſavante fée, continua-t-elle, & ne me laiſſez pas un moment ſans jouir du privilège que vous venez de m'accorder.

La fée la toucha avec une petite baguette d'or, en diſant: que ta majeſté ſoit quitte de tous les maux qui la retiennent dans ce lit ; il lui ſembla auſſi-tôt qu'on lui ôtoit une robe fort peſante & fort dure, dont elle ſe ſentoit comme accablée, & qu'il y avoit des endroits où elle tenoit davantage. C'étoit apparemment ceux où le mal étoit le plus grand. Elle fit appeler toutes ſes dames ; & leur dit avec un viſage gai, qu'elle ſe portoit à merveille, qu'elle alloit ſe lever, & qu'enfin ces portes ſi bien verrouillées & ſi bien barricadées du palais de féerie, lui ſeroient ouvertes pour manger de beaux fruits, & pour en emporter tant qu'il lui plairoit.

Il n'y eut aucune de ſes dames qui ne crût la reine en délire, & que dans ce moment elle rêvoit à ces fruits qu'elle avoit tant ſouhaités ; de ſorte qu'au lieu de lui répondre, elles ſe prirent à pleurer, & firent éveiller tous les médecins pour voir en quel état elle étoit. Ce retardement déſeſpéroit la reine ; elle demandoit promptement ſes habits, on les lui refuſoit ; elle ſe mettoit en colère, & devenoit fort rouge. L'on

difoit que c'étoit l'effet de fa fièvre ; cependant
les médecins étant entrés , après lui avoir touché
le pouls , & fait leurs cérémonies ordinaires , ne
purent nier qu'elle fût dans une parfaite fanté.
Ses femmes qui virent la faute que le zèle leur
avoit fait commettre , tâchèrent de la réparer en
l'habillant promptement. Chacun lui demanda
pardon , tout fut appaifé , & elle fe hâta de
fuivre la vieille fée qui l'avoit toujours attendue.

Elle entra dans le palais où rien ne pouvoit
être ajouté pour en faire le plus beau lieu du
monde ; vous le croirez aifément, feigneur ,
ajouta la reine Chatte Blanche, quand je vous
aurai dit que c'eft celui où nous fommes ; deux
autres fées un peu moins vieilles que celle qui
conduifoit ma mère, les reçurent à la porte, &
lui firent un accueil très-favorable. Elle les pria de
la mener promptement dans le jardin, & vers
les efpaliers où elle trouveroit les meilleurs fruits.
Ils font tous également bons, lui dirent-elles,
& fi ce n'étoit que tu veux avoir le plaifir de les
cueillir toi-même , nous n'aurions qu'à les appeler pour les faire venir ici. Je vous fupplie, mefdames , dit la reine, que j'aie la fatisfaction de
voir une chofe fi extraordinaire. La plus vieille
mit fes doigts dans fa bouche , & fiffla trois fois:
puis elle cria: abricots, pêches, pavis, brugnons,

cerifes, prunes, poires, bigarreaux, melons; mufcats, pommes, oranges, citrons, grofeilles, fraifes, framboifes, accourez à ma voix; mais, dit la reine, tout ce que vous venez d'appeler vient en différentes faifons : cela n'eft pas ainfi dans nos vergers, dirent elles, nous avons de tous les fruits qui font fur la terre, toujours mûrs, toujours bons, & qui ne fe gâtent jamais.

En même tems ils arrivèrent roulans, tampans, pêle-mêle, fans fe gâter ni fe falir; de forte que la reine, impatiente de fatisfaire fon envie, fe jeta deffus, & prit les premiers qui s'offrirent fous fes mains; elle les dévora plutôt qu'elle ne les mangea.

Après s'en être un peu raffafiée, elle pria les fées de la laiffer aller aux efpaliers, pour avoir le plaifir de les choifir de l'œil avant que de les cueillir : nous y confentons volontiers, dirent les trois fées; mais fouviens-toi de la promeffe que tu nous a faite, il ne te fera plus permis de t'en dédire. Je fuis perfuadée, répliqua-t-elle, que l'on eft fi bien avec vous, & ce palais me femble fi beau, que fi je n'aimois pas chèrement le roi mon mari, je m'offrirois d'y demeurer auffi; c'eft pourquoi vous ne devez point craindre que je rétracte ma parole. Les fées, très-contentes, lui ouvrirent tous leurs jardins, & tous leurs enclos ; elle y resta trois jours & trois nuits sans en vouloir sortir, tant elle les trouvoit délicieux. Elle cueillit des fruits pour sa provision ; & comme ils ne se gâtent jamais, elle en fit charger quatre mille mulets qu'elle emmena. Les fées ajoutèrent à leurs fruits des corbeilles d'or, d'un travail exquis, pour les mettre, & plusieurs raretés dont le prix est excessif ; elles lui promirent de m'élever en princesse, de me rendre parfaite, & de me choisir un époux, qu'elle seroit avertie de la nôce, & qu'elles espéroient bien qu'elle y viendroit.

Le roi fut ravi du retour de la reine ; toute la cour lui en témoigna sa joie ; ce n'étoit que bals, mascarades, courses de bagues & festins, où les fruits de la reine étoient servis comme un régal délicieux. Le roi les mangeoit préférablement à tout ce qu'on pouvoit lui présenter. Il ne savoit point le traité qu'elle avoit fait avec les fées, & souvent il lui demandoit en quel pays elle étoit allée pour rapporter de si bonnes choses ; elle lui répondoit qu'elles se trouvoient sur une montagne presque inaccessible, une autre fois qu'elles venoient dans des vallons, puis au milieu d'un jardin ou dans une grande forêt. Le roi demeuroit surpris de tant de contrariétés. Il questionnoit ceux qui l'avoient accompagnée ; mais elle leur avoit tant défendu de conter à personne son aventure, qu'ils n'ofoient en parler. Enfin la reine inquiète de ce qu'elle avoit promis aux fées, voyant approcher le tems de fes couches, tomba dans une mélancolie affreufe, elle foupiroit à tout moment, & changeoit à vue d'œil. Le roi s'inquiéta, il preffa la reine de lui déclarer le fujet de fa trifteffe ; & après des peines extrêmes, elle lui apprit tout ce qui s'étoit paffé entre les fées & elle, & comme elle leur avoit promis la fille qu'elle devoit avoir. Quoi ! s'écria le roi, nous n'avons point d'enfans, vous favez à quel point j'en défire, & pour manger deux ou trois pommes, vous avez été capable de promettre votre fille ? Il faut que vous n'ayez aucune amitié pour moi. Là-deffus il l'accabla de mille reproches, dont ma pauvre mère penfa mourir de douleur ; mais il ne fe contenta pas de cela, il la fit enfermer dans une tour, & mit des gardes de tous côtés pour empêcher qu'elle n'eût commerce avec qui que ce fût au monde, que les officiers qui la fervoient, encore changea-t-il ceux qui avoient été avec elle au château des fées.

La mauvaife intelligence du roi & de la reine jeta la cour dans une confternation infinie. Chacun quitta fes riches habits, pour en prendre de conformes à la douleur généra'e. Le roi, de fon côté, paroiffoit inexorable, il ne voyoit plus fa

femme , & fi-tôt que je fus née , il me fit apporter dans fon palais pour y être nourrie, pendant
qu'elle reftefoit prifonnière & fort malheureufe.
Les fées n'ignoroient rien de ce qui fe paffoit ;
elles s'en irritèrent, elles vouloient m'avoir,
elles me regardoient comme leur bien , & que
c'étoit leur faire un vol que de me retenir. Avant
que de chercher une vengeance proportionnée à
leur chagrin , elles envoyèrent une célèbre ambaffade au roi , pour l'avertir de mettre la reine en
liberté , & de lui rendre fes bonnes grâces , &
pour le prier auffi de me donner à leurs ambaffadeurs , afin d'être nourrie & élevée parmi elles.
Les ambaffadeurs étoient fi petits & fi contre-
faits , car c'étoient des nains hideux , qu'ils n'eurent pas le don de perfuader ce qu'ils vouloient
au roi. Il les refufa rudement , & s'ils n'étoient
partis en diligence , il leur feroit peut-être arrivé pis.

Quand les fées furent le procédé de mon
père , elles s'indignèrent autant qu'on peut l'être,
& après avoir envoyé dans fes fix royaumes tous
les maux qui pouvoient les défoler , elles lâ-
chèrent un dragon épouvantable , qui rempliffoit
de venin les endroits où il paffoit, qui mangeoit
les hommes & les enfans , & qui faifoit mourir
les arbres & les plantes du fouffle de fon haleine.

Le roi fe trouva dans la dernière défolation: il confulta tous les fages de fon royaume fur ce qu'il devoit faire pour garantir fes fujets des malheurs dont il les voyoit accablés. Ils lui confeillèrent d'envoyer chercher par-tout le monde les meilleurs médecins & les plus excellens remèdes, & d'un autre côté, qu'il falloit promettre la vie aux criminels condamnés à la mort, qui voudroient combattre le dragon. Le roi, affez fatisfait de cet avis, l'exécuta, & n'en reçut aucune confolation, car la mortalité continuoit, & perfonne n'alloit contre le dragon, qu'il n'en fût dévoré; de forte qu'il eut recours à une fée dont il étoit protégé dès fa plus tendre jeuneffe. Elle étoit fort vieille, & ne fe levoit prefque plus; il alla chez elle, & lui fit mille reproches de fouffrir que le deftin le perfécutât fans le fecourir. Comment voulez-vous que je faffe, lui dit-elle, vous avez irrité mes fœurs; elles ont autant de pouvoir que moi, & rarement nous agiffons les unes contre les autres. Songez à les appaifer en leur donnant votre fille, cette petite princeffe leur appartient: vous avez mis la reine dans une étroite prifon, que vous a donc fait cette femme fi aimable pour la traiter fi mal? Réfolvez - vous de tenir la parole qu'elle a donnée; je vous affure que vous ferez comblé de biens.

Le roi mon père , m'aimoit chèrement ; mais ne voyant point d'autre moyen de sauver ses royaumes, & de se délivrer du fatal dragon , il dit à son amie qu'il étoit résolu de la croire, qu'il vouloit bien me donner aux fées , puis-qu'elle assuroit que je serois chérie & traitée en princesse de mon rang; qu'il feroit aussi revenir la reine , & qu'elle n'avoit qu'à lui dire à qui il me confieroit pour me porter au château de féerie. Il faut , lui dit-elle , la porter dans son berceau sur la montagne de fleurs , vous pourrez même rester aux environs, pour être spectateur de la fète qui se passera. Le roi lui dit que dans huit jours il iroit avec la reine , qu'elle en aver-tît ses sœurs les fées, afin qu'elles fissent là-dessus ce qu'elles jugeroient à propos.

Dès qu'il fut de retour au palais, il envoya querir la reine avec autant de tendresse & de pompe, qu'il l'avoit fait mettre prisonnière avec colère & emportement. Elle étoit si abattue & si changée , qu'il auroit eu peine à la reconnoître, si son cœur ne l'avoit pas assuré que c'étoit cette même personne qu'il avoit tant chérie. Il la pria les larmes aux yeux, d'oublier les déplaisirs qu'il ve-noit de lui causer, l'assurant que ce seroient les der-niers qu'elle éprouveroit jamais avec lui. Elle re-pliqua qu'elle se les étoit attirés par l'imprudence qu'elle avoit eue de promettre sa fille aux fées ;

& que fi quelque chofe la pouvoit rendre excu-
fable, c'étoit l'état où elle étoit ; enfin il lui déclara qu'il vouloit me remettre entre leurs mains.
La reine à fon tour combattit ce deffein : il fembloit que quelque fatalité s'en mêloit, & que je
devois toujours être un fujet de difcorde entre
mon père & ma mère. Après qu'elle eut bien gé-
mi & pleuré, fans rien obtenir de ce qu'elle fouhaitoit, (car le roi en voyoit trop les funeftes
conféquences, & nos fujets continuoient de
mourir, comme s'ils euffent été coupables des
fautes de notre famille), elle confentit à tout
ce qu'il défiroit, & l'on prépara tout pour la cérémonie.

Je fus mife dans un berceau de nacre de perle,
orné de tout ce que l'art peut faire imaginer de
plus galant. Ce n'étoient que guirlandes de fleurs
& feftons qui pendoient autour, & les fleurs en
étoient de pierreries, dont les différentes couleurs frappées par le foleil, réfléchiffoient des
rayons fi brillans, qu'on ne pouvoit les regarder.
La magnificence de mon ajuftement furpaffoit,
s'il fe peut, celle du berceau. Toutes les bandes
de mon maillot étoient faites de groffes perles,
vingt-quatre princeffes du fang me portoient fur
une efpèce de brancard fort léger ; leurs parures
n'avoient rien de commun, mais il ne leur fut pas
permis de mettre d'autres couleurs que du blanc,

par

par rapport à mon innocence. Toute la cour m'accompagna, chacun dans son rang.

Pendant que l'on montoit la montagne, on entendit une mélodieuse symphonie qui s'approchoit; enfin les fées parurent, au nombre de trente-six; elles avoient prié leurs bonnes amies de venir avec elles; chacune étoit assise dans une coquille de perle, plus grande que celle où Vénus étoit lorsqu'elle sortit de la mer; des chevaux marins qui n'alloient guère bien sur la terre, les traînoient plus pompeuses que les premières reines de l'univers; mais d'ailleurs vieilles & laides avec excès. Elles portoient une branche d'olivier, pour signifier au roi que sa soumission trouvoit grâce devant elles; & lorsqu'elles me tinrent, ce furent des caresses si extraordinaires, qu'il sembloient qu'elles ne vouloient plus vivre que pour me rendre heureuse.

Le dragon qui avoit servi à les venger contre mon père, venoit après elles attaché avec des chaînes de diamans: elles me prirent entre leurs bras, me firent mille caresses, me douèrent de plusieurs avantages, & commencèrent ensuite le branle des fées. C'est une danse fort gaie; il n'est pas croyable combien ces vieilles dames sautèrent & gambadèrent; puis le dragon qui avoit mangé tant de personnes s'approcha en rampant. Les trois fées à qui ma mère m'avoit

Tome III.   I i

promife, s'affirent deffus, mirent mon berceau au milieu d'elles, & frappant le dragon avec une baguette, il déploya auffi-tôt fes grandes aîles écaillées ; plus fines que du crêpe, elles étoient mêlées de mille couleurs bizarres : elles fe rendirent ainfi au château. Ma mère me voyant en l'air, expofée fur ce furieux dragon, ne put s'empêcher de pouffer de grands cris. Le roi la confola, par l'affurance que fon amie lui avoit donnée, qu'il ne m'arriveroit aucun accident, & que l'on prendroit le même foin de moi que fi j'étois reftée dans fon propre palais. Elle s'appaifa, bien qu'il lui fût très-douloureux de me perdre pour fi long-tems, & d'en être la feule caufe ; car fi elle n'avoit pas voulu manger les fruits du jardin, je ferois demeurée dans le royaume de mon père, & je n'aurois pas eu tous les déplaifirs qui me reftent à vous raconter.

Sachez donc, fils de roi, que mes gardiennes avoient bâti exprès une tour, dans laquelle on trouvoit mille beaux appartemens pour toutes les faifons de l'année, des meubles magnifiques, des livres agréables, mais il n'y avoit point de porte, & il falloit toujours entrer par les fenêtres qui étoient prodigieufement hautes. L'on trouvoit un beau jardin fur la tour, orné de fleurs, de fontaines & de berceaux de verdure, qui garantiffoient de la chaleur dans la plus ardente canicule. Ce fut en ce lieu que les fées m'élevèrent avec des soins qui sur passoient tout ce qu'elles avoient promis à la reine. Mes habits étoient des plus à la mode, & si magnifiques, que si quelqu'un m'avoit vue, l'on auroit cru que c'étoit le jour de mes noces. Elles m'apprenoient tout ce qui convenoit à mon âge & à ma naissance : je ne leur donnois pas beaucoup de peine, car il n'y avoit guères de choses que je ne comprisse avec une extrême facilité : ma douceur leur étoit fort agréable, & comme je n'avois jamais rien vu qu'elles, je serois demeurée tranquille dans cette situation le reste de ma vie.

Elles venoient toujours me voir, montées sur le furieux dragon, dont j'ai déjà parlé ; elles ne m'entretenoient jamais ni du roi, ni de la reine ; elles me nommoient leur fille, & je croyois l'être. Personne au monde ne restoit avec moi dans la tour, qu'un Perroquet & un petit Chien qu'elles m'avoient donnés pour me divertir, car ils étoient doués de raison, & parloient à merveille.

Un des côtés de la tour étoit bâti sur un chemin creux, plein d'ornières & d'arbres qui l'embarrassoient, de sorte que je n'y avois apperçu personne depuis qu'on m'avoit enfermée. Mais un jour comme j'étois à la fenêtre, causant avec mon Perroquet & mon Chien, j'entendis quelque

bruit. Je regardai de tous côtés, & j'apperçus un jeune chevalier qui s'étoit arrêté pour
écouter notre converfation ; je n'en avois jamais
vu qu'en peinture. Je ne fus pas fâchée qu'une
rencontre inefpérée me fournît cette occafion ;
de forte que ne me défiant point du danger qui eft
attaché à la fatisfaction de voir un objet aimable,
je m'avançai pour le regarder, & plus je le regardois, plus j'y prenois de plaifir. Il me fit une
profonde révérence, il attacha fes yeux fur moi,
& me parut très-en peine de quelle manière il
pourroit m'entretenir ; car ma fenêtre étoit fort
haute, il craignoit d'être entendu, & il favoit
bien que j'étois dans le château des fées.

La nuit vint prefque tout d'un coup, ou, pour
parler plus jufte, elle vint fans que nous nous en
apperçuffions ; il fonna deux ou trois fois du
cors, & me réjouit de quelques fanfares, puis
il partit fans que je puffe même diftinguer de
quel côté il alloit, tant l'obfcurité étoit grande.
Je reftai très-rêveufe ; je ne fentis plus le même
plaifir que j'avois toujours pris à caufer avec mon
Perroquet & mon Chien. Ils me difoient les
plus jolies chofes du monde, car des bêtes fées
deviennent fpirituelles, mais j'étois occupée,
& je ne favois point l'art de me contraindre. Perroquet le remarqua ; il étoit fin, il ne témoigna
rien de ce qui rouloit dans fa tête.

Je ne manquai pas de me lever avec le jour.
Je courus à ma fenêtre ; je demeurai agréablement surprise d'appercevoir au pié de la tour le
jeune chevalier. Il avoit des habits magnifiques ;
je me flattai que j'y avois un peu de part, & je ne
me trompois point. Il me parla avec une espèce
de trompette qui porte la voix, & par son secours,
il me dit qu'ayant été insensible jusqu'alors à
toutes les beautés qu'il avoit vues, il s'étoit senti
tout d'un coup si vivement frappé de la mienne,
qu'il ne pouvoit comprendre comme quoi il se
passeroit sans mourir, de me voir tous les jours
de sa vie. Je demeurai très-contente de son compliment, & très-inquiète de n'oser y répondre ;
car il auroit fallu crier de toute ma force, & me
mettre dans le risque d'être mieux entendue encore des fées que de lui. Je tenois quelques
fleurs que je lui jetai, il les reçut comme une in-
signe faveur ; de sorte qu'il les baisa plusieurs
fois, & me remercia. Il me demanda ensuite
si je trouverois bon qu'il vînt tous les jours à
la même heure sous mes fenêtres ; & que si je
le voulois bien, je lui jetasse quelque chose.
J'avois une bague de turquoise que j'ôtai brusquement de mon doigt, & que je lui jetai
avec beaucoup de précipitation, lui faisant signe
de s'éloigner en diligence ; c'est que j'enten-
dois de l'autre côté la fée Violente qui montoit

fur fon dragon , pour m'apporter à déjeûner.

La première chofe qu'elle dit en entrant dans ma chambre, ce furent ces mots : je fens ici la voix d'un homme, cherches , dragon. Oh! que devins-je! j'étois tranfie de peur qu'il ne pafsât par l'autre fenêtre , & qu'il ne fuivît le chevalier pour lequel je m'intéreffois déjà beaucoup. En vérité , dis-je , ma bonne maman , (car la vieille fée vouloir que je la nommaffe ainfi) , vous plai-fantez , quand vous dites que vous fentez la voix d'un homme : eft-ce que la voix fent quel-que chofe ? Et quand cela feroit , quel eft le mortel affez téméraire pour hafarder de monter dans cette tour ? Ce que tu dis eft vrai , ma fille, répondit-elle , je fuis ravie de te voir raifonner fi joliment , & je conçois que c'eft la haine que j'ai pour tous les hommes , qui me perfuade quelquefois qu'ils ne font pas éloignés de moi. Elle me donna mon déjeûné & ma quenouille. Quand tu auras mangé , ne manques pas de filer, car tu ne fis rien hier , me dit-elle , & mes fœurs fe fâcheront : en effet , je m'étois fi fort occupée de l'inconnu , qu'il m'avoit été impoffible de filer.

Dès qu'elle fut partie , je jetai la quenouille d'un petit air mutin , & montai fur la terraffe pour découvrir de plus loin dans la campagne. J'avois une lunette d'approche excellente ; rien ne bornoit ma vue , je regardois de tous côtés,

lorfque je découvris mon chevalier fur le haut
d'une montagne. Il fe repofoit fous un riche pavillon d'étoffe d'or, & il étoit entouré d'une fort
groffe cour. Je ne doutai point que ce ne fût le
fils de quelque roi voifin du palais des fées.
Comme je craignois que s'il revenoit à la tour, il
ne fût découvert par le terrible dragon, je vins
prendre mon perroquet, & lui dis de voler jufqu'à cette montagne, qu'il y trouveroit celui qui
m'avoit parlé, & qu'il le priât de ma part de ne
plus revenir, parce que j'appréhendois la vigilance de mes gardiennes, & qu'elles ne lui
fiffent un mauvais tour.

Perroquet s'acquitta de fa commiffion en Perroquet d'efprit. Chacun demeura furpris de le
voir venir à tire d'aîle fe percher fur l'épaule du
prince, & lui parler tout bas à l'oreille. Le prince
reffentit de la joie & de la peine de cette ambaffade. Le foin que je prenois flattoit fon cœur ;
mais les difficultés qui fe rencontroient à me parler, l'accabloient, fans pouvoir le détourner du
deffein qu'il avoit formé de me plaire. Il fit cent
queftions à Perroquet, & Perroquet lui en fit
cent à fon tour, car il étoit naturellement curieux. Le roi le chargea d'une bague pour moi,
à la place de ma turquoife ; c'en étoit une auffi,
mais beaucoup plus belle que la mienne : elle
étoit taillée en cœur avec des diamans. Il eft

jufte, ajouta-t-il, que je vous traite en ambaffadeur : voilà mon portrait que je vous donne, ne
le montrez qu'à votre charmante maîtreffe. Il lui
attacha fous fon aîle fon portrait, & il apporta
la bague dans fon bec.

J'attendois le retour de mon petit courrier vert
avec une impatience que je n'avois point connue
jufqu'alors. Il me dit que celui à qui je l'avois envoyé étoit un grand roi, qu'il l'avoit reçu le
mieux du monde, & que je pouvois m'affurer
qu'il ne vouloit plus vivre que pour moi; qu'encore qu'il y eût beaucoup de péril à venir au bas
de ma tour, il étoit réfolu à tout, plutôt que de renoncer à me voir. Ces nouvelles m'intriguèrent
fort, je me pris à pleurer. Perroquet & Toutou
me confolèrent de leur mieux, car ils m'aimoient
tendrement. Puis Perroquet me préfenta la bague
du prince, & me montra le portrait. J'avoue que
je n'ai jamais été fi aife que je le fus de pouvoir
confidérer de près celui que je n'avois vu que de
loin. Il me parut encore plus aimable qu'il ne
m'avoit femblé; il me vint cent penfées dans
l'efprit, dont les unes agréables, & les autres
triftes, me donnèrent un air d'inquiétude extraordinaire. Les fées qui vinrent me voir, s'en apperçurent. Elles fe dirent l'une à l'autre que fans
doute je m'ennuyois, & qu'il falloit fonger à
me trouver un époux de race fée. Elles parlèrent

de plusieurs, & s'arrêtèrent sur le petit roi Migonnet, dont le royaume étoit à cinq cens mille
lieues de leurs palais ; mais ce n'étoit pas là une
affaire. Perroquet entendit ce beau conseil, il
vint m'en rendre compte, & me dit : ha ! que
je vous plains, ma chère maîtresse, si vous devenez la reine Migonnette ! c'est un magot qui
fait peur, j'ai regret de vous le dire, mais en vérité le roi qui vous aime, ne voudroit pas de lui
pour être son valet de pié. Est-ce que tu l'as vu,
Perroquet ? Je le crois vraiment, continua-t-il,
j'ai été élevé sur une branche avec lui. Comment
sur une branche, repris-je ? Oui, dit-il, c'est qu'il
a les piés d'un aigle.

Un tel récit m'affligea étrangement ; je regardois le charmant portrait du jeune roi, je pen-
sois bien qu'il n'en avoit régalé Perroquet, que
pour me donner lieu de le voir ; & quand j'en
faisois la comparaison avec Migonnet, je n'es-
pérois plus rien de ma vie, & je me résolvois
plutôt à mourir, qu'à l'épouser.

Je ne dormis point tant que la nuit dura. Perroquet & Toutou causèrent avec moi ; je m'en-
dormis un peu sur le matin ; & comme mon
chien avoit le nez bon, il sentit que le roi étoit
au pié de la tour. Il éveilla Perroquet : je gage,
dit-il, que le roi est là bas. Perroquet répondit :
tais-toi, babillard, parce que tu as presque tou-

jours les yeux ouverts & l'oreille alerte, tu es
fâché du repos des autres. Mais gageons, dit
encore le bon toutou, je fais bien qu'il y est.
Perroquet répliqua, & moi, je fais bien qu'il
n'y est point ; ne lui ai-je pas défendu d'y venir
de la part de notre maîtresse ? Ah! vraiment, tu
me la donnes belle avec tes défenses, s'écria
mon chien, un homme passionné ne consulte
que son cœur ; & là-dessus il se mit à lui tirailler
si fort les aîles, que Perroquet se fâcha. Je
m'éveillai aux cris de l'un & de l'autre ; ils me
dirent ce qui en faisoit le sujet, je courus, ou
plutôt je volai à ma fenêtre ; je vis le roi qui
me tendoit les bras, & qui me dit avec sa trompette, qu'il ne pouvoit plus vivre sans moi, qu'il
me conjuroit de trouver les moyens de sortir de
ma tour, ou de l'y faire entrer ; qu'il attestoit
tous les dieux & tous les élémens, qu'il m'épouferoit aussi-tôt, & que je serois une des plus
grandes reines de l'univers.

Je commandai à Perroquet de lui aller dire,
que ce qu'il souhaitoit, me sembloit presqu'impossible ; que cependant sur la parole qu'il me
donnoit & les sermens qu'il avoit faits, j'allois
m'appliquer à ce qu'il désiroit ; que je le conju-
rois de ne pas venir tous les jours, qu'enfin
l'on pourroit s'en appercevoir, & qu'il n'y auroit point de quartier avec les fées.

Il se retira comblé de joie, dans l'espérance dont je le flattois; & je me trouvai dans le plus grand embarras du monde, lorsque je fis réflexion à ce que je venois de promettre. Comment sortir de cette tour, où il n'y avoit point de portes? & n'avoir pour tout secours que Perroquet & Toutou; être si jeune, si peu expérimentée, si craintive! je pris donc la résolution de ne point tenter une chose où je ne réussirois jamais, & je l'envoyai dire au roi par Perroquet. Il voulut se tuer à ses yeux; mais enfin il le chargea de me persuader, ou de le venir voir mourir, ou de le soulager. Sire, s'écria l'ambassadeur emplumé, ma maîtresse est suffisamment persuadée, elle ne manque que de pouvoir.

Quand il me rendit compte de tout ce qui s'étoit passé, je m'affligeai plus que je l'eusse encore fait. La fée Violente vint, elle me trouva les yeux enflés & rouges; elle dit que j'avois pleuré, & que si je ne lui en avouois le sujet, elle me brûleroit; car toutes ses menaces étoient toujours terribles. Je répondis, en tremblant, que j'étois lasse de filer, & que j'avois envie de petits filets pour prendre des oisillons qui venoient béqueter les fruits de mon jardin. Ce que tu souhaites, ma fille, me dit-elle, ne te coûtera plus de larmes, je t'apporterai des cor-

delettes, tant que tu en voudras ; & en effet
j'en eus le foir même : mais elle m'avertit de
fonger moins à travailler qu'à me faire belle,
parce que le roi Migonnet devoit arriver dans
peu. Je frémis à ces fâcheufes nouvelles, & ne
répliquai rien.

Dès qu'elle fut partie, je commençai deux ou
trois morceaux de filets ; mais à quoi je m'ap-
pliquai ; ce fut à faire une échelle de corde,
qui étoit très-bien faite, fans en avoir jamais
vu. Il eft vrai que la fée ne m'en fournissoit
pas autant qu'il m'en falloit, & fans ceffe elle
difoit : mais ma fille, ton ouvrage eft femblable à celui de Pénélope, il n'avance point, &
tu ne te laffes pas de me demander de quoi
travailler. Oh ! ma bonne maman, difois-je !
vous en parlez bien à votre aife ; ne voyez-vous
pas que je ne fais comment m'y prendre, &
que je brûle tout ? Avez-vous peur que je vous
ruine en ficelle ? Mon air de fimplicité la réjouiffoit, bien qu'elle fût d'une humeur très-
défagréable & très-cruelle.

J'envoyai Perroquet dire au roi, de venir un
foir fous les fenêtres de la tour, qu'il y trouveroit l'échelle, & qu'il fauroit le refte quand
il feroit arrivé. En effet je l'attachai bien ferme,
réfolue de me fauver avec lui ; mais quand il
la vit, fans attendre que je defcendiffe, il monta

avec empreſſement, & ſe jeta dans ma chambre comme je préparois tout pour ma fuite.

Sa vue me donna tant de joie, que j'en oubliai
le péril où nous étions. Il renouvela tous ſes
ſermens, & me conjura de ne point différer de
le recevoir pour mon époux : nous prîmes Perroquet & Toutou pour témoins de notre mariage,
jamais noces ne ſe ſont faites, entre des perſonnes ſi élevées, avec moins d'éclat & de bruit,
& jamais cœurs n'ont été plus contens que les
nôtres.

Le jour n'étoit pas encore venu quand le roi me
quitta, je lui racontai l'épouvantable deſſein des
fées de me marier au petit Migonnet ; je lui dé-
peignis ſa figure, dont il eut autant d'horreur que
moi. A peine fut-il parti, que les heures me ſem-
blèrent auſſi longues que des années : je courus à
la fenêtre, je le ſuivis des yeux malgré l'obſ-
curité ; mais quel fut mon étonnement, de voir
en l'air un charriot de feu traîné par des ſala-
mandres aîlées, qui faiſoient une telle diligence,
que l'œil pouvoit à peine les ſuivre ? Ce charriot étoit accompagné de pluſieurs gardes montés ſur des autruches. Je n'eus pas aſſez de loiſir
pour bien conſidérer le magot qui traverſoit
ainſi les airs ; mais je crus aiſément que c'étoit
une fée ou un enchanteur.

Peu après la fée Violente entra dans ma chambre : je t'apporte de bonnes nouvelles, me dit-elle, ton amant est arrivé depuis quelques heures, prépare-toi à le recevoir : voici des habits & des pierreries. Eh! qui vous a dit, m'écriai-je, que je voulois être mariée ? ce n'est point du tout mon intention, renvoyez le roi Migonnet, je n'en mettrois pas une épingle davantage ; qu'il me trouve belle ou laide, je ne suis point pour lui. Ouais, ouais, dit la fée encore, quelle petite révoltée, quelle tête sans cervelle! je n'entends pas raillerie, & je te.... Que me ferez-vous, toute rouge des noms qu'elle m'avoit donnés ? peut-on être plus tristement nourrie que je le suis, dans une tour avec un Perroquet & un chien, voyant tous les jours plusieurs fois l'horrible figure d'un dragon épouvantable! Ha! petite ingrate, dit la fée, méritois-tu tant de soins & de peines ? je ne l'ai que trop dit à mes sœurs, que nous en aurions une triste récompense. Elle fut les trouver, elle leur raconta notre différent, elles restèrent aussi surprises les unes que les autres.

Perroquet & Toutou me firent de grandes remontrances, que si je faisois davantage la mutine, ils prévoyoient qu'il m'en arriveroit de cuisans déplaisirs. Je me sentois si fière de posséder le cœur d'un grand roi, que je méprisois les fées & les conseils de mes pauvres

petits camarades. Je ne m'habillai point , & j'af-
fectai de me coëffer de travers , afin que Migonnet me trouvât désagréable. Notre entrevue se fit
sur la terrasse. Il y vint dans son charriot de feu.
Jamais depuis qu'il y a des nains , il ne s'en est
vu un si petit. Il marchoit sur ses piés d'aigle
& sur les genoux tout ensemble , car il n'avoit
point d'os aux jambes ; de sorte qu'il se soutenoit sur deux béquilles de diamans. Son manteau royal n'avoit qu'une demi-aune de long ,
& traînoit de plus d'un tiers. Sa tête étoit grosse
comme un boisseau , & son nez si grand , qu'il
portoit dessus une douzaine d'oiseaux , dont le
ramage le réjouissoit : il avoit une si furieuse
barbe , que les serins de Canarie y faisoient leurs
nids , & ses oreilles passoient d'une coudée au-
dessus de sa tête ; mais on s'en appercevoit peu ,
à cause d'une haute couronne pointue , qu'il portoit pour paroître plus grand. La flamme de son
charriot rôtit les fruits , sécha les fleurs , &
tarit les fontaines de mon jardin. Il vint à moi ,
les bras ouverts pour m'embrasser , je me tins
fort droite , il fallut que son premier écuyer
le haufsât ; mais aussi-tôt qu'il s'approcha , je
m'enfuis dans ma chambre , dont je fermai la
porte & les fenêtres ; de sorte que Migonnet
se retira chez les fées très-indigné contre moi.
Elles lui demandèrent mille fois pardon de

ma brufquerie, & pour l'appaifer, car il étoit redoutable, elles réfolurent de l'amener la nuit dans ma chambre pendant que je dormirois, de m'attacher les piés & les mains, pour me mettre avec lui dans fon brûlant charriot, afin qu'il m'emmenât. La chofe ainfi arrêtée, elles me grondèrent à peine des brufqueries que j'avois faites. Elles dirent feulement qu'il falloit fonger à les réparer. Perroquet & Toutou reftèrent furpris d'une fi grande douceur. Savez-vous bien, ma maîtreffe, dit mon chien, que le cœur ne m'annonce rien de bon : mefdames les fées font d'étranges perfonnages, & fur-tout Violente. Je me moquai de ces allarmes, & j'attendis mon cher époux avec mille impatiences, il en avoit trop de me voir pour tarder ; je lui jetai l'échelle de corde, bien réfolue de m'en retourner avec lui, il monta légèrement, & me dit des chofes fi tendres, que je n'ofe encore les rappeler à mon fouvenir.

Comme nous parlions enfemble avec la même tranquillité que nous aurions eue dans fon palais, nous vîmes tout-d'un-coup enfoncer les fenêtres de ma chambre. Les fées entrèrent fur leur terrible dragon, Migonnet les fuivoit dans fon charriot de feu, & tous fes gardes avec leurs autruches. Le roi, fans s'effrayer, mit l'épée à la main, & ne fongea qu'à me garantir de la
plus

plus furieufe aventure qui fe foit jamais paffée ;
car enfin , vous le dirai-je , feigneur ? ces barbares créatures pouffèrent leur dragon fur lui ,
& à mes yeux il le dévora.

Défefpérée de fon malheur & du mien , je
me jetai dans la gueule de cet horrible monftre , voulant qu'il m'engloutît , comme il venoit
d'engloutir tout ce que j'aimois au monde. Il
le vouloit bien auffi ; mais les fées encore plus
cruelles que lui ne le voulurent pas ; il faut ,
s'écrièrent-elles , la réferver à de plus longues
peines , une prompte mort eft trop douce pour
cette indigne créature. Elles me touchèrent , je
me vis auffi-tôt fous la figure d'une Chatte blanche ; elles me conduifirent dans ce fuperbe palais qui étoit à mon père ; elles métamorphosè-
rent tous les feigneurs & toutes les dames du
royaume en chats & en chattes ; elles en laifsè-
rent à qui l'on ne voyoit que les mains , & me
réduifirent dans le déplorable état où vous me
trouvâtes , me faifant favoir ma naiffance , la
mort de mon père , celle de ma mère , & que
je ne ferois délivrée de ma chatonique figure ,
que par un prince qui reffembleroit parfaitement
à l'époux qu'elles m'avoient ravi. C'eft vous ,
feigneur , qui avez cette reffemblance , continua-t-elle , mêmes traits , même air , même
fon de voix ; j'en fus frappée auffi-tôt que je vous

vis ; j'étois informée de tout ce qui devoit arriver, & je le suis encore de tout ce qui arrivera ;
mes peines vont finir ; & les miennes, belle
reine, dit le prince, en se jetant à ses piés,
seront-elles de longue durée ? Je vous aime déjà
plus que ma vie, seigneur, dit la reine, il faut
partir pour aller vers votre père, nous verrons
ses sentimens pour moi, & s'il consentira à ce
que vous désirez.

Elle sortit, le prince lui donna la main, elle
monta dans un chariot avec lui : il étoit beaucoup plus magnifique que ceux qu'il avoit eus
jusqu'alors. Le reste de l'équipage y répondoit
à tel point, que tous les fers des chevaux étoient
d'émeraudes, & les cloux, de diamans. Cela ne
s'est peut-être jamais vu que cette fois-là. Je ne
dis point les agréables conversations que la
reine & le prince avoient ensemble ; si elle étoit
unique en beauté, elle ne l'étoit pas moins en
esprit, & le jeune prince étoit aussi parfait
qu'elle ; de sorte qu'ils pensoient des choses
toutes charmantes.

Lorsqu'ils furent près du château, où les deux
frères aînés du prince devoient se trouver, la
reine entra dans un petit rocher de crystal, dont
toutes les pointes étoient garnies d'or & de rubis. Il y avoit des rideaux tout autour, afin qu'on
ne la vît point, & il étoit porté par de jeunes

hommes très-bien faits , & superbement vêtus.
Le prince demeura dans le charriot , il apperçut ses frères qui se promenoient avec des princesses d'une excellente beauté. Dès qu'ils le reconnurent , ils s'avancèrent pour le recevoir ,
& lui demandèrent s'il amenoit une maîtresse :
il leur dit qu'il avoit été si malheureux , que dans
tout son voyage il n'en avoit rencontré que de
très-laides , que ce qu'il apportoit de plus rare ,
c'étoit une petite Chatte blanche. Ils se prirent
à rire de sa simplicité. Une Chatte , lui dirent-
ils , avez-vous peur que les souris ne mangent
notre palais. Le prince répliqua qu'en effet il
n'étoit pas sage de vouloir faire un tel présent
à son père ; là-dessus chacun prit le chemin de
la ville.

Les princes aînés montèrent avec leurs princesses , dans des calèches toutes d'or & d'azur ;
leurs chevaux avoient sur leurs têtes des plumes
& des aigrettes ; rien n'étoit plus brillant que
cette cavalcade. Notre jeune prince alloit après ,
& puis le rocher de cryltal , que tout le monde
regardoit avec admiration.

Les courtisans s'empressèrent de venir dire
au roi que les trois princes arrivoient : amè-
nent-ils de belles dames ? répliqua le roi. Il
est impossible de rien voir qui les surpasse. A
cette réponse il parut fâché. Les deux princes

s'empressèrent de monter avec leurs merveilleux
ses princesses. Le roi les reçut très-bien, & ne
savoit à laquelle donner le prix ; il regarda son
cadet, & lui dit : cette fois-ci vous venez donc
seul ? Votre majesté verra dans ce rocher une
petite Chatte blanche, répliqua le prince, qui
miaule si doucement, & qui fait si bien patte
de velours, qu'elle lui agréera. Le roi sourit,
& fut lui-même pour ouvrir le rocher ; mais
aussi-tôt qu'il s'approcha, la reine avec un res-
sort en fit tomber toutes les pièces, & parut
comme le soleil qui a été quelque tems enve-
loppé dans une nue ; ses cheveux blonds étoient
épars sur ses épaules, ils tomboient par grosses
boucles jusqu'à ses piés ; sa tête étoit ceinte
de fleurs, sa robe d'une légère gaze blanche,
doublée de taffetas couleur de rose ; elle se leva
& fit une profonde révérence au roi, qui ne
put s'empêcher, dans l'excès de son admiration
de s'écrier : voici l'incomparable & celle qui
mérite ma couronne.

Seigneur, lui dit-elle, je ne suis pas venue
pour vous arracher un trône que vous rem-
plissez si dignement, je suis née avec six royaumes : permettez que je vous en offre un, &
que j'en donne autant à chacun de vos fils. Je
ne vous demande pour toute récompense que
votre amitié, & ce jeune prince pour époux.

Nous aurons encore affez de trois royaumes. Le roi & toute la cour pouffèrent de longs cris de joie & d'étonnement. Le mariage fut célébré auffi-tôt, auffi-bien que celui des deux Princes ; de forte que toute la cour paffa plufieurs mois dans les divertiffemens & les plaifirs. Chacun enfuite partit pour aller gouverner fes états ; la belle Chatte Blanche s'y eft immortalifée, autant par fes bontés & fes libéralités, que par fon rare mérite & fa beauté.

> Ce jeune prince fut heureux
> De trouver en fa Chatte une augufte princeffe,
> Digne de recevoir fon encens & fes vœux,
> Et prête à partager fes foins & fa tendreffe :
> Quand deux yeux enchanteurs veulent fe faire aimer,
> On fait bien peu de réfiftance,
> Sur-tout quand la reconnoiffance
> Aide encore à nous enflammer.
> Tairai-je cette mère & cette folle envie,
> Qui fait à Chatte blanche éprouver tant d'ennuis,
> Pour goûter de funeftes fruits !
> Au pouvoir d'une fée elle la facrifie.
> Mères, qui poffédez des objets pleins d'appas,
> Déteftez fa conduite, & ne l'imitez pas.

LE prieur, en achevant la lecture du conte, jeta fes yeux fur la Dandinardière, il vit les fiens fermés, & qu'il ne remuoit point ; il s'approcha, & criant de toute fa force : mon ami, êtes-vous en ce monde ou en l'autre ? Le petit homme le regarda fixement , & lui dit ensuite : j'étois si charmé de Chatte Blanche , qu'il me sembloit être à la noce , ou ramassant à l'entrée qu'elle fit , les fers d'émeraudes & les cloux de diamans de ses chevaux. Vous aimez donc ces sortes de fictions , reprit le prieur ? Ce ne sont point des fictions , ajouta la Dandinardière ; tout cela est arrivé autrefois , & arriveroit bien encore , sinon que ce n'est plus la mode. Ah ! si j'avois été de ce tems-là , ou que cela fût de celui-ci , j'aurois fait une belle fortune. Sans doute , continua le prieur , que vous auriez épousé quelque fée ? Je ne sais , dit le petit homme , elles me semblent trop laides , & si je me marie , je veux que mon cœur y trouve son compte ; c'est-à-dire , interrompit le prieur , que vous prendrez une fille de mérite , belle , vertueuse & spirituelle ; qu'à l'égard du bien , vous lui ferez grâce , persuadé qu'il est difficile de rencontrer tant de bonnes choses à la fois ; allez , je vous en aime mieux , & je serai votre panégyriste à l'avenir. Vous ne voulez pas m'entendre , s'écria la Dandinardière , je prétends , que celle avec qui je me marierai , ait toutes les qualités de corps & d'esprit dont vous venez de parler ; mais je prétends aussi qu'elle soit riche , & dans le tems des fées , j'au-

rois bien trouvé le moyen d'avoir une reine ;
avec tout cela rien n'étoit plus commode, l'on
faifoit tout par trois mots de brelic, breloc, par
une baguette, par un vrai rien ; au lieu qu'à
préfent, fi l'on eft né pauvre, & que l'on veuille
s'enrichir, il faut travailler comme des loups,
bien fouvent même fans réuffir.

O tempora, ô mores !

Monfieur le prieur, qu'en dites-vous, continua-t-il, ce latin n'eft pas d'un fat ? Je vous
admire autant, dit le prieur, que vous avez
admiré Chatte Blanche ; vous êtes merveilleux,
& l'on s'inftruit toujours avec vous. Ce petit
mortel reffentoit une extrême joie de s'attirer
des louanges ; mais pour en mériter, felon lui,
d'éternelles, il vouloit faire un conte à fon tour ;
de forte qu'il pria le prieur, qu'on fût avertir
Alain de l'accident qui lui étoit arrivé, afin qu'il
fe rendît promptement auprès de lui, le remer-
ciant de la complaifance qu'il avoit eue de lire
fi long-tems ; il feignit d'avoir envie de dormir, pour refter dans l'entière liberté de rêver.
   Il rêva en effet, & ce fut beaucoup plus à
Virginie qu'aux fées. Quelle fublimité d'efprit,
s'écrioit-il ! une fille élevée au bord de la mer, qui
ne devroit pas avoir plus de génie qu'une fole

ou qu'une huître à l'écaille, écrit comme les plus célébres auteurs! J'ai le goût bon; quand j'approuve quelque chose, il faut qu'elle soit excellente: j'approuve Chatte Blanche, donc Chatte Blanche est excellente, & je veux le soutenir contre tout le genre humain. Mon valet Alain que je ferai armer de piet-en-cap, & qui se battra pour moi, sera le tenant de la barriére: on l'entendoit de l'anti-chambre, qui parloit ainsi, & qui faisoit tout seul plus de bruit qu'une douzaine de personnes.

On en fut avertir monsieur de Saint Thomas, il eut peur que sa chûte ne lui causât cette espèce de délire. Il vint l'écouter, & demeura surpris des disparates qu'il faisoit. Alain arriva; il lui défendit d'entrer dans la chambre de son maître, crainte de le faire parler davantage, & pour le tirer d'inquiétude, on lui dit qu'il viendroit le lendemain. La Dandinardière demeura occupé toute la nuit de l'envie de faire un conte, cela l'empêcha de dormir, il étoit défespéré de n'avoir pas son secrétaire pour le faire écrire; il demanda avant le jour un paysan pour envoyer à son château, parce qu'il vouloit voir Alain à quelque prix que ce fût. On éveilla le baron pour lui dire l'impatience du bourgeois, & sur-le-champ il lui envoya ce fidelle domestique.

Dès qu'il parut, il fit deux ou trois bonds dans son lit, & lui tendant les bras: viens, Alain, s'écria-t-il, viens, mon ami, pour que je te raconte les choses du monde les plus étonnantes. Permettez-moi, dit Alain (tout attendri de lui voir la tête entortillée de linges) que je vous demande comment vous vous portez ; cela me paroît plus pressé qu'aucune chose du monde ? Je pourrois me porter mieux, répliqua la Dandinardière; mais, hélas! mon plus grand mal n'est pas celui que tu vois à ma tête. Je suis amoureux, Alain, & c'est le coup le plus adroit que Cupidon ait décoché depuis qu'il s'en mêle. Alain ne répondit rien, il connoissoit aussi peu Cupidon que l'Alcoran, & il eut peur de hasarder une sottise, en voulant dire quelque chose de bon. Tu ne parles point, dit la Dandinardière ? Non, Monsieur, j'écoute, répondit Alain : écoutes donc ce qui m'est arrivé. J'ai engagé ma liberté à une jeune princesse. Combien vous a-t-elle donné dessus, interrompit Alain ? Crois-tu, grosse bête, s'écria la Dandinardière, qu'il s'agisse d'un habit ou de quelque bijou ? Je ne sais ce que je crois, dit le valet; vous me parlez dans des termes qui me sont tout nouveaux; par exemple, où avez-vous pu trouver une princesse dans ce pays-ci, à moins de quelque naufrage, & que la mer l'y ait jetée? Tu raisonnes fort bien, dit le petit bour-

geois, les princeffes ne foifonnent pas en ce canton; mais celle que j'adore mérite de l'être, &
à mon égard, c'eft tout comme fi elle l'étoit; on
l'appelle Virginie, ce nom vient de l'ancienne
Rome & pour l'amour du nom feul, Virginie
pofféderoit mon cœur.

Alain ouvrit les yeux & la bouche, émerveillé
de la fcience de fon maître. Il gardoit un filence
refpectueux qui donnoit le tems au malade de
parler fans relâche; mais faifant réflexion que
rien n'avançoit moins le conte qu'il avoit réfolu
d'écrire, il commanda tout-d'un-coup au bon
Alain d'aller chez lui, de mettre tous fes livres
dans une ou deux charrettes, & de les lui apporter.
Vous allez donc demeurer ici, monfieur, lui dit-
il triftement? non, mon ami, répliqua le malade, je n'y refterai qu'autant de tems que je ferai
incommodé de mes bleffures; mais il faut que
je faffe un grand ouvrage, & j'ai befoin de feuil-
leter les meilleurs auteurs: cours promptement,
& reviens avec la même diligence.

Alain rencontra le baron, le vicomte & le
prieur. Il paffa brufquement fans les regarder, &
fortit: le baron l'appela plufieurs fois; enfin il
revint fur fes pas. Dis-moi, Alain, où t'envoie
ton maître? car ton air affairé me donne de la
curiofité. Je vais, monfieur, répondit Alain,
querir tous fes livres & toute fa doctrine; il

veut écrire la plus belle chose du monde ; si vous vouliez lui aider , il en a , je crois grand besoin ; j'en suis persuadé , répliqua le baron , mais demeure ici , il y a assez de livres pour l'occuper agréablement ; oh! je n'ai garde de ne lui pas obéir , dit Alain , il veut quatre fois plus qu'un autre ce qu'il veut , il bat quand il est fâché ; ne sais-je pas comme il m'en a pris avec sa querelle d'honneur. Je t'assure , dit le vicomte en l'arrêtant , que tu ne partiras point , que tu ne nous aies raconté pourquoi tu as été battu. Alain aimoit trop à causer pour en perdre une si belle occasion. Il leur apprit comme il l'avoit armé , afin de le faire passer pour lui ; & tout ce qu'il lui avoit dit pour l'encourager à l'action héroïque de combattre.

Ces messieurs s'entreregardoient , bien étonnés des extravagances du petit homme , & des simplicités d'Alain. Ils voulurent inutilement le détourner d'aller querir la bibliothèque de son maître ; il leur dit qu'il s'en iroit , quand ce seroit pour jeter tous les livres au fond de la mer , & en effet il les quitta promptement.

En vérité , dit le baron de Saint-Thomas à ses deux amis , me conseilleriez-vous de penser sérieusement à la Dandinardière pour une de mes filles ? il semble , aux visions qui leur roulent dans la tête , qu'il sont faits les uns pour les autres ;

cependant un ménage va bien mal, quand il est
gouverné par de tels esprits. Ne vous dégoûtez pas,
répondit le vicomte, c'est un homme riche, il
est un don Quichote; mais ces extravagances lui
passeront plus aisément, car il n'est pas si brave
que lui, & vous voyez que le seul nom de Villeville le fait trembler; il est mal aisé qu'on sou-
tienne long-tems l'air fanfaron, quand on a toujours peur; ajoutez à cela, dit le prieur, que
vous pourrez les engager à demeurer avec vous,
& que vous les redresserez. J'ai plus sujet de
craindre, dit le baron en souriant, qu'ils ne me
gâtent le cerveau, que je n'ai lieu d'espérer que
mes remontrances raccommoderont le leur. Voilà
ma femme & mes deux filles qui ont chacune
leur génie particulier. La Dandinardière, avec
elles, achevera d'extravaguer; n'importe, dit le
prieur, il est en fonds d'argent comptant. Je ne
vous pardonnerai de ma vie, si vous le laissez
échapper; mais à propos, je vais le voir, il faut
que je sache ce qu'il veut écrire.

Il monta aussi-tôt dans sa chambre, & après
lui avoir demandé de ses nouvelles: je viens, lui
dit il, vous offrir d'être votre secrétaire aujour-
d'hui, comme je fus hier votre lecteur. Vous ne
pouvez me faire un plus sensible plaisir, s'écria la
Dandinardière, en lui tendant les bras; car encore que j'aie Alain, son écriture est si détestable,

que nous aurions besoin d'un tiers pour déchiffrer
ce qu'il griffonne ; il a si peu d'esprit, que toutes
les belles & bonnes pensées que je lui dis, sont
perdues, parce qu'il ne les entend point ; &
comment arranger ce qu'on n'entend pas ? Con-
clusion, dit le prieur, j'ai tout l'air de vous
servir de secrétaire, au moins tant que vous
serez incommodé. Ah, monsieur, s'écria la Dandinardière ! je suis votre serviteur, votre petit
valet redevable. Il me suffit que vous soyez mon
ami, dit le prieur, en l'interrompant ; apprenez-moi de quoi il est question, si vous voulez
traiter votre sujet en vers, ou bien en prose.
Cela m'est égal, répliqua notre Bourgeois, pourvu
que je fasse un conte, pour convaincre Virginie
que je n'ai guère moins d'esprit qu'elle ; tout
ce qui me chagrine, c'est que je n'ai jamais
vu de Fées, & que je ne sais pas même où elles
demeurent. Il ne faut point vous embarrasser,
dit le prieur, je suis tout propre à vous aider :
& sans vous creuser la tête, en voici un dans
ma poche que je viens de finir, & que personne
au monde n'a vu. Ah, monsieur, s'écria la Dandinardière ! si vous le voulez vendre, avec ser-
ment de ne vous en vanter jamais, & de m'en
laisser l'honneur tout entier, je vous en donnerai
volontiers quatre louis ; c'est trop peu, répliqua le
prieur, il vaut mieux qu'il ne vous en coûte rien.

En même tems il lui montre un gros cahier,
dont la Dandinardière fut si charmé, qu'il vouloit sortir de son lit pour se jeter à ses piés. Ce
qui le ravissoit davantage, c'étoit le bon marché
qu'il lui faisoit d'une chose qui, à son gré,
n'avoit point de prix.

Il faut savoir que ce conte étoit un pur larcin
que le prieur avoit fait dans la chambre de mesdemoiselles de Saint-Thomas ; elles ne s'en étoient
pas même apperçues, parce qu'elles écrivoient
tant, que la plupart de ces petits ouvrages étoient
négligés avant d'être finis. Il n'eut garde de faire
cette confidence à la Dandinardière, il ne voulut
pas perdre le mérite de sa libéralité, & il imagina
quelque chose d'assez plaisant sur la contestation
qui naîtroit entre le véritable auteur du conte &
le plagiaire : dans l'impatience où il le voyoit d'en
entendre la lecture, il ne tarda pas à la commencer.

Fin du troisième Volume.

TABLE
DES CONTES,
TOME TROISIÈME.

Contes des Fées, par madame la comtesse D'AULNOY.

FIN.

Imprimé en France
FROC021143140919
22143FR00013B/190/P